KNAUR

*Von Lena Johannson sind außerdem erschienen:*
Sanddornsommer
Villa Sanddorn
Sanddorninsel
Sanddornzauber
Das Marzipanmädchen
Die unsichtbare Handschrift
Die Bernsteinheilerin

*Über die Autorin:*
Lena Johannson wurde 1967 in Reinbek bei Hamburg geboren. Nach der Schulzeit auf dem Gymnasium machte sie zunächst eine Ausbildung zur Buchhändlerin, bevor sie sich der Tourismusbranche zuwandte. Ihre beiden Leidenschaften Schreiben und Reisen konnte sie später in ihrem Beruf als Reisejournalistin miteinander verbinden.
Vor einiger Zeit erfüllte sich Lena Johannson einen Traum und zog an die Ostsee.

Lena Johannson

# Das Erbe der Villa Sanddorn

Ein Rügen-Roman

Unter Mitarbeit von
Cornelia Maria Mann

KNAUR

**Besuchen Sie uns im Internet:**
**www.knaur.de**

Aus Verantwortung für die Umwelt hat sich die Verlagsgruppe Droemer Knaur zu einer nachhaltigen Buchproduktion verpflichtet. Der bewusste Umgang mit unseren Ressourcen, der Schutz unseres Klimas und der Natur gehören zu unseren obersten Unternehmenszielen. Gemeinsam mit unseren Partnern und Lieferanten setzen wir uns für eine klimaneutrale Buchproduktion ein, die den Erwerb von Klimazertifikaten zur Kompensation des $CO_2$-Ausstoßes einschließt. Weitere Informationen finden Sie unter: www.klimaneutralerverlag.de

MIX
Papier | Fördert gute Waldnutzung
FSC® C014496

Originalausgabe September 2023
Knaur Taschenbuch

Ein Imprint der Verlagsgruppe
Droemer Knaur GmbH & Co. KG, München

Redaktion: Gisela Menza
Covergestaltung: ZERO Werbeagentur, München
Coverabbildung: Collage unter Verwendung von Motiven von Shutterstock.com
Illustration im Innenteil: Anastasia Lembrik / Shutterstock.com
Satz: Daniela Schulz, Gilching
Druck und Bindung: GGP Media GmbH, Pößneck
ISBN 978-3-426-52638-5

2 4 5 3

# 1

»Der Frühling ist die Zeit der Pläne, der Vorsätze.«
*Lew N. Tolstoi*

Stellenweise ist vor allem im Norden nachts mit leichtem Schneefall zu rechnen.«

Christina tippte vor Schreck kurz die Bremse ihres Kleinwagens an und stellte das Radio lauter. Doch mehr hatte die Moderatorin über das Wetter nicht zu sagen.

»Im April?« Schnee war das Letzte, was sich Christina auf Rügen wünschte. Auch ihre entsetzte Nachfrage entlockte der Sprecherin des Studios NDR Mecklenburg-Vorpommern keinen weiteren Kommentar. Natürlich nicht. Dafür hatte sie plötzlich Harrys Stimme im Kopf. Ihr Ehemann, Berater in allen Lebenslagen und oft genug auch klassischer Fels in der Brandung, hätte sie beruhigt und ihr versichert, dass es sich höchstens um Schauer handeln könne. Bäume und Sträucher waren schon ausgeschlagen, das winterliche Grau einem zarten Grün gewichen. Für den gelben Raps, der bald die riesigen Felder zum Leuchten bringen würde, war es noch etwas zu früh. Aber für einen kräftigen Wintereinbruch war es eben auch deutlich zu spät.

Christina atmete einmal tief durch. Alles in Ordnung. Warum auch nicht? Es war schließlich nur eine Urlaubsreise, keine Forschungsexpedition. Wenn es ihr auch fast ein wenig so vorkam. Etwas mehr als gewöhnliche Ferien hatte sie auf jeden Fall vor sich. Allein die Tatsache, dass sie ohne Familie unterwegs war, sprach dafür.

»Das wird auch höchste Zeit!«, war der Kommentar ihrer Freundin Gudrun gewesen. Die lag ihr schon lange in den Ohren, sie solle sich endlich mal eine Auszeit von ihrem Harry und den

Kindern gönnen. Christina hatte nie verstanden, wofür das gut sein sollte. Als sie Harry mit sechsundzwanzig Jahren geheiratet hatte, wäre es ihr nicht in den Sinn gekommen, auch nur zwei Tage allein wegzufahren. Heiratete man denn nicht, um gemeinsam durchs Leben zu gehen? Als die Töchter geboren waren, hatte ihr größtes Glück darin bestanden, mit der ganzen Familie zu verreisen. Es hatte sie auch nicht gestört, dass die Möglichkeiten in Sachsen-Anhalt so wie im restlichen Teil der damaligen DDR eingeschränkt gewesen waren. Überhaupt war sie ziemlich zufrieden gewesen und war es noch. Das konnte nicht jeder von sich behaupten. Sie lächelte. Auch nach so vielen Jahren feierten Harry und sie jeden Hochzeitstag wie Weihnachten oder Geburtstag.

Christina hatte die beinahe schnurgerade Straße fest im Blick, ebenso die Bäume zur Linken und zur Rechten. Die Sonne stand schon tief und würde bald untergehen. In der Dämmerung musste man immer mit Wildwechsel rechnen. Normalerweise brauchte sie sich nicht um solche Dinge zu kümmern. Ebenso wenig um die Route. Harry war der Fahrer. Immer. Sie war ziemlich aus der Übung, darum hatte sie erst überlegt, die Bahn zu nehmen. Aber sie hatte sich nun mal eine Unterkunft am Arm der Welt ausgesucht, wie ihre Töchter ein wenig abfällig bemerkt hatten. Und sie wollte mobil sein. Allein, und dann auch noch mit dem Auto, Christina war ein bisschen stolz auf sich, was sie natürlich nie zugegeben hätte. Sie drehte die Musik lauter. Nach den Verkehrsmeldungen hatte sich ihre CD wieder eingeschaltet. Christina schmunzelte. Niemand außer ihr hätte es ertragen, das Puhdys-Album von 1978 schon zum dritten Mal anzuhören. Ein klarer Vorteil des Alleinreisens.

Leise sang sie mit: »Flieg, Vogel, flieg.« Ein schönes Lied. Darin ging es um Freiheit. Frei fühlte sie sich jetzt auch.

Ihre Wasserflasche baumelte an dem leuchtend orangefarbenen Ring, den Harry kurz vor der Fahrt extra für sie angebracht hatte.

»Du musst viel trinken«, hatte er sie mehr als einmal ermahnt, »sonst wirst du müde, und dir wird schwindelig.«

Ihr lieber Harry. Mit einem Schlag vermisste sie ihn. Hätten sie nicht doch gemeinsam fahren sollen? Auf dem Beifahrersitz lag eine Dose mit Käsebroten, dazu Radieschen und kleine Tomaten. Bisher hatte sie nichts angerührt. Sie sah ihren Mann noch in der Küche stehen und alles zurechtmachen. Normalerweise packte sie seinen Proviant für die Mittagspause.

»Jetzt kann ich mich endlich revanchieren«, hatte er verkündet. Eigentlich wäre sie lieber irgendwo essen gegangen, doch er meinte, wenn sie etwas Leckeres für ein Picknick dabeihätte, würde sie auf jeden Fall eine Pause machen. »Wie ich dich kenne, fährst du sonst durch, weil du keine Ruhe hast, ehe du am Ziel bist.« Er kannte sie gut. Einmal im Fahrfluss, hatte sie nicht anhalten mögen. Zwei Baustellen direkt nach ihrem Start in Magdeburg, an Potsdam vorbei, Stau bei Neuruppin, dann Waren an der Müritz und schließlich in der Nähe von Rostock auf die A 20. Ein gehöriges Kribbeln im Bauch, als sie das Festland hinter sich gelassen und Rügen erreicht hatte. Nun lag Bergen bereits hinter ihr, sie war gewissermaßen auf der Zielgeraden nach Putgarten. Bei Lietzow hatte sie das Gefühl, gleich im Wasser zu fahren, so nah war links und rechts der Bodden. Wahrscheinlich hätte sie doch die Route über Trent nehmen und mit der Wittower Fähre übersetzen sollen. Kürzer wäre die Strecke allemal gewesen, nur irgendwie war ihr das nicht geheuer gewesen. Mit dem Auto auf eine Fähre! Und womöglich fuhr die nur einmal pro Stunde. Was, wenn sie eine gerade verpasst hätte?

»Ich kenne keine patentere Frau als dich, Mama, volle Punktzahl. Aber du bist null spontan!«, hatte ihre jüngste Tochter ihr schon mehrfach vorgehalten. Dummerweise hatte sie recht, das war tatsächlich nicht ihre Stärke, musste sich Christina eingestehen. Na und, Mut zur Lücke. Sie hatte ihr ganzes Leben gearbeitet, nebenbei ihre drei Töchter großgezogen und das Reihenhäuschen in Magdeburg in Schuss gehalten. Nie hatte sie das als Belastung empfunden. Aber sie brauchte eben immer einen Plan. Eine vertretbare Schwäche, fand sie. Harry zog sie zu gern damit auf.

Mal stand er mit einem gepackten Picknickkorb vor ihr und sagte: »Komm, Chrissi, wir machen eine Radtour. Ich will eine neue Route ausprobieren.« Dann wieder kam er unangekündigt früher nach Hause und führte sie zum Essen aus. Immer wischte er ihre Einwände einfach beiseite und hatte jedes Mal recht damit. Nicht ein einziges Mal hatte es ihr hinterher leidgetan, sich auf seine Einfälle einzulassen. Seine Einfälle. Doch nun war sie allein unterwegs und hatte weder einen festen Plan noch Harrys Ideen. Ein beunruhigendes Gefühl. Vielleicht könnte sie durch das bevorstehende Coaching etwas mehr Lockerheit gewinnen. Änderte man sich mit Anfang sechzig überhaupt noch?

Himmel, was war das? Ein kleines Tier tauchte am linken Fahrbahnrand auf, hob den Kopf und rannte auch schon los. Christina trat mit voller Wucht auf die Bremse. Ihre Trinkflasche knallte zweimal gegen die Armaturen, drinnen herrschte plötzlich Wellengang, die Brotdose schlitterte zur Kante des Beifahrersitzes und kam kurz vor dem Abgrund des Fußraumes zum Halten. Glück gehabt. Sowohl das Tierchen als auch ihr Käsebrot. Christinas Beine zitterten, ihr war mit einem Schlag heiß. Neben der Fahrbahn gab es einen breiten Sandstreifen. Sie fuhr rechts ran. Glücklicherweise war niemand hinter ihr gewesen, darauf hatte sie vor lauter Schreck nicht geachtet. Sie atmete tief durch und guckte angestrengt in das Halbdunkel. Das war doch … Nicht sehr wahrscheinlich, andererseits … Ein nass glänzender Körper, eine kleine schwarze Nase und Knopfaugen. Sie hatte nur einen kurzen Blick auf das Kerlchen werfen können, doch sie hätte geschworen, dass es ein Fischotter gewesen war. Wer noch nie einen gesehen hatte, hätte ihn für eine Robbe mit langem Schwanz halten können. Bloß liefen Robben für gewöhnlich nicht auf Rügen herum. Schon gar nicht flink wie ein Wiesel, sie bewegten sich an Land eher plump vorwärts. Christina schaute noch eine Weile in die Richtung, in die der Otter verschwunden war, obwohl sie natürlich wusste, dass sie keine Chance auf einen zweiten Blick bekam. Dafür wurden die Bilder immer deutlicher, die aus ihrem Gedächtnis aufstiegen. Wie viele Jahre war es her, dass sie schon einmal eins der seltenen Tiere zu Gesicht bekommen hatte? Plötzlich bekam sie eine Gänsehaut, so deutlich hatte sie den Moment vor Augen. Es war Ewigkeiten her.

Die Vorhersage, dass es nachts schneien könnte, lief zum zweiten Mal, als Christina an noch überwiegend kahlen Sanddornbüschen vorbeifuhr und endlich die Kieseinfahrt zu ihrem Feriendomizil erreichte. Nicht am späten Nachmittag, wie sie den Vermietern mitgeteilt hatte, sondern am frühen Abend, aber Hauptsache unfallfrei. Über der Eingangstür brannte ein warmes gelbliches Licht. Christina blickte an der Villa Sanddorn hoch, und auch in ihr breitete sich auf der Stelle ein warmes Gefühl aus. Die typischen geschnitzten Balkone im Stil der Bäderarchitektur waren ebenso prächtig renoviert worden wie die gesamte Fassade, das erkannte sie auf einen Blick, obwohl sich die Dunkelheit immer schneller über die Villa, den Hof und die weiteren Gebäude legte. Sie stieg aus und sah sich gründlicher um. Alles wirkte äußerst einladend, soweit sie es beurteilen konnte. Wenngleich sie spürte, wie ihre Aufregung wuchs, war da doch auch die tiefe Sicherheit in ihr, dass es richtig war, herzukommen.

»Was willst du denn da ganz alleine?«, hatte Inge gefragt, ihre Älteste. Für eine Sekunde fragte sie sich das auch. Denn obwohl man sie doch gehört haben musste, tauchte kein Mensch auf. Da war auch kein Schild, das ihr den Weg zur Rezeption gewiesen hätte. Ob sie ihren Wagen dort stehen lassen durfte? Sie ging unschlüssig ein paar Schritte. Nichts. Alles blieb still. Nur in der Ferne bellte ein Hund. Einen Moment hielt Christina inne, schloss die Augen und genoss den Duft der kühlen, salzigen Ostseeluft. Dann trat sie auf die Villa zu, zaghaft. Ein Schild fiel ihr auf: *Auszeit mit Einsicht.*

Dummerweise sah es eher nach Ausflug aus, und zwar nach einem der Gastgeber. Christina stieg die drei Stufen der Veranda hinauf. Das Holz knarrte unter ihren Füßen, fremd und doch auf seltsame Weise vertraut. Da war sie wieder, diese Gänsehaut, die nichts mit den rasch sinkenden Temperaturen zu tun hatte. Zu gern hätte Christina einen Blick hineingeworfen, doch drinnen brannte kein Licht. Also ging sie die Stufen wieder hinab und ein paar Schritte über das Grundstück. Es musste doch irgendwo eine Rezeption oder Ähnliches geben. Sie zog ihren Blazer fester um sich. Wie gut, dass sie sich für das Exemplar aus reiner Wolle entschieden hatte, es war kälter, als sie es sich gewünscht hätte. Einen Hofladen gab es, so viel immerhin verriet ein Schild über einer Tür. Christina wollte gerade nachsehen, ob dort noch geöffnet war, als sie ein Motorengeräusch hörte, das schnell lauter wurde. Nur Sekunden später kam ein Wagen flott auf das Gelände gefahren und hielt neben Christinas Auto. Die Vordertüren öffneten sich fast synchron, eine schlanke Frau sprang an der Beifahrerseite heraus und lief auf Christina zu.

»Frau Reeber? Es tut mir so leid. Wir hatten früher mit Ihnen gerechnet, sind noch mal los, dann ist es bei uns später geworden.« Sie zuckte entschuldigend mit den Schultern und lachte. »Unsere beiden haben es nicht so mit zuverlässiger Zeitplanung.«

Sie zeigte zum Auto, wo der Fahrer, bestimmt ihr Mann, gerade eine der hinteren Türen geöffnet hatte und zwei kleinen Jungen heraushalf.

»Ihr hättet mit dem Fuß stecken bleiben können«, hörte Christina ihn sagen. »So eine Tür kann leicht zufallen, was dann? Ihr hättet schön in der Falle gesessen.«

Kaum hatte er seinen Satz beendet, piepste eine Kinderstimme, die nach jedem Wort von einem tiefen Atemzug abgelöst und zum Finale immer schneller und höher wurde: »Ja, aber, Papa, wir haben ja aufgepasst. Und die Tür ist ja gar nicht zugefallen. Ist doch garnicht … wargarnichtschlimm.«

»Franziska Marold.« Die Frau vor ihr streckte Christina mit entwaffnendem Lächeln die Hand entgegen. »Nennen Sie mich gern Ziska! Willkommen in der Villa Sanddorn. Ich hoffe, Sie haben nicht lange gewartet?«

»Nein, kein Problem. Meine Schuld. Wie Sie sagen, ich wollte eigentlich viel früher hier sein.« Das kam dabei heraus, wenn Pläne sich spontan änderten.

»Sie kommen aus Magdeburg, richtig?« Christina nickte. »Bei so einer Strecke kann man nie genau sagen, wie lange man braucht.« Sie seufzte. »Leider gilt das auch gerade für jede noch so kleine Aktivität mit unseren Söhnen. Felix und Jockel haben zurzeit wirklich nichts als Unsinn im Kopf. Am liebsten verstecken sie sich, sobald wir sie auch nur eine Sekunde aus den Augen lassen. Und glauben Sie mir, darin sind sie inzwischen richtig gut. Wir wollten nur ein paar Kleinigkeiten besorgen und mussten sie geschlagene zwanzig Minuten suchen.«

»Ist doch kein Problem. Hauptsache, Sie haben sie gefunden.« Christina lächelte.

»Danke für Ihr Verständnis und Ihre Geduld. Dann zeige ich Ihnen mal Ihr Zuhause für die nächsten zwei Wochen.«

# 2

»Zu viel Talent kann man nicht haben, aber zu viele Talente.«
*Marie von Ebner-Eschenbach*

Solange sie denken konnte, war Christina Frühaufsteherin. Doch an diesem Morgen waren ihre Augen schwer wie Blei, und sie drehte sich stöhnend auf die andere Seite. In fremden Betten schlief sie immer schlecht, jedenfalls in der ersten Nacht. Ein Gedanke sorgte dafür, dass sie trotzdem mit einem Schlag hellwach war. Sie sprang aus dem Bett und stürzte geradewegs auf das Fenster zu. Schwungvoll zog sie den Vorhang zur Seite. Die Sonne schien von einem fast wolkenfreien blauen Himmel, die Vögel zwitscherten, von Schnee keine Spur. Gott sei Dank! Beruhigt schlurfte sie zurück zum Bett und kuschelte sich noch einmal unter die Decke. Sie ließ ihren Blick durchs Zimmer schweifen. Die Wände waren perfekt in ruhigen Creme- und Schlammtönen gestrichen, der weiße Stuck an der Decke setzte sich apart davon ab. Die ebenfalls helle Möblierung war eher klassisch und passte mit den hellblauen Akzenten wunderbar zum nahen Meer, fand sie. Die gesamte Ferienwohnung vermittelte Geborgenheit, doch die Krönung war der Blick, den Christina von ihrem Bett aus hatte. Sie konnte direkt in den Garten sehen! Sehr viel Zeit schien ihm niemand zu gönnen. Aber das machte nichts, im Gegenteil. Stauden und Sträucher hatten sich vermutlich selbst so arrangiert, wie es für sie am besten war. Keine exotischen Pflegefälle, sondern robuste heimische Arten, die nach Herzenslust wuchsen. Vielleicht doch ein bisschen schade, dass sie nicht einen Monat später hergekommen war. Nicht nur, dass die Rapsfelder die gesamte Insel dann in strahlendes Gelb und den unverwechselbaren Duft getaucht hätten, im Mai hätte auch der große Rhododendron da draußen seine Blüten geöffnet. Das ausladende Gewächs musste die gesamte Geschichte der Villa miterlebt und alle Menschen gesehen haben, die gekommen und gegangen waren …

»Genug gefaulenzt!« Christina stand auf. Erste Amtshandlung: den kleinen Wasserkocher aus dem Korb holen und in Betrieb nehmen. Das gute Stück begleitete sie auf allen Reisen und garantierte ihrem Harry seinen ersten Kaffee und ihr einen Tee am Morgen. Doch auf dem Tischchen vor dem Fenster entdeckte sie schon einen, dazu eine Auswahl an grünen, Früchte- und Schwarztees, Instantkaffee, sogar Milchpulver und einen Steingutbecher sowie ein dünnwandiges Tässchen. Hier schien man an alles zu denken! Sie zuckte mit den Schultern. Würde sie ihr eigenes Gerät eben später wieder ins Auto räumen. Der Tee war schnell zubereitet, Brot von gestern hatte sie auch noch. Fertig war ein perfektes erstes Frühstück! Christina lächelte. Harry hatte ihren Lieblingskäse mit Gurkenscheiben und einem Klecks Mostrich dekoriert. Genau wie sie es mochte. Du meine Güte, sie hatte sich noch nicht einmal bei ihm gemeldet. Er machte sich bestimmt schon Sorgen. Andererseits … Wenn eine ihrer Töchter unterwegs war und Christina sich aufführte wie ein aufgeregtes Huhn, bis eine Nachricht kam, zog Harry sie gern damit auf.

»Falls ihr etwas passiert ist, werden wir benachrichtigt«, pflegte er zu sagen, was Christina äußerst makaber fand. »Solange wir nichts hören, ist es ein gutes Zeichen.«

Sie verschob ihren Anruf zu Hause, denn trotz des leichten Durcheinanders bei ihrer Ankunft hatte Ziska ihr noch den ersten Coachingtermin mitgeteilt. Und der stand ihr nun direkt bevor. Christina blieb gerade noch Zeit, sich frisch zu machen. Ihr Blick fiel in den Spiegel. Ihre braunen Augen sahen nicht so müde aus, wie sie nach der unruhigen Nacht erwartet hätte. Lagen nicht sogar eine Portion Neugier und Tatendrang darin? Sie musste grinsen, doch das verging ihr schnell. Ihr Spiegelbild verriet nämlich auch ihre typische Unsicherheit. Hoffentlich erkannte Ziska die nicht gleich.

»Guten Morgen, Frau Reeber! Haben Sie gut geschlafen?«

»Guten Morgen. Danke der Nachfrage. In einem fremden Bett schlafe ich anfangs nie gut. Dafür reise ich wahrscheinlich zu wenig. Aber das gibt sich. Ich wette, heute Nacht schlafe ich wie ein Bär.«

»Ich drücke Ihnen die Daumen.«

Christina sah sich in dem hellen, großzügigen Raum um. An einer Wand hing ein riesiges Bild, Schiffe auf dem Meer im Nebel, schätzte sie.

»Schön haben Sie es hier«, sagte sie leise. »Also, was ich bisher gesehen habe, gefällt mir wirklich gut, meine Wohnung, dieser Raum hier. Beeindruckend, was man aus einem alten Gebäude alles machen kann.«

»Danke schön. Sie scheinen ein gutes Auge dafür zu haben. Sind Sie Architektin?«

Christina winkte ab. »Nein, nein, ist einfach nur mein Gefühl.«

»Tatsächlich renovieren wir die Villa, seit wir sie aus dem Dornröschenschlaf geweckt haben. Als ich vor Jahren hier ankam, war sie hinter hohen Bäumen kaum zu sehen. Wir kommen leider nur im Schneckentempo voran. Vielleicht kennen Sie das, ein altes Haus hat jede Menge Überraschungen auf Lager.«

»O ja. Genau wie alte Menschen.«

Ziskas Augenbrauen gingen kurz nach oben.

»Da haben Sie allerdings recht.« Sie lächelte versonnen, dann erzählte sie: »Wir haben uns daran gewöhnt, ständig umzudisponieren oder etwas anders zu gestalten, als wir es im Kopf hatten. Dieser Raum war allerdings von vornherein so geplant, wie Sie ihn vor sich sehen. Es ist wichtig, dass sich meine Kunden wohlfühlen. Ich nenne sie übrigens lieber Gäste. Und ich möchte mich natürlich auch wohlfühlen«, ergänzte sie, lachte und sah sich zufrieden um. »An Charakter hat der Raum allerdings erst im Laufe der Zeit gewonnen. Vielleicht liegt das an der positiven Energie der Gespräche mit unseren Gästen. Auf jeden Fall aber auch an den Bildern, die überall im Haus hängen. Sie zeigen nicht nur die Insel, sie sind auch hier entstanden. Darf ich Ihnen eine Sanddornschorle als Willkommensgetränk anbieten?«

»Das hört sich gut an.«

»Ich möchte mich noch mal für die Hektik bei Ihrer Ankunft gestern entschuldigen«, sagte sie, während sie Sanddornsaft in zwei Gläser füllte und mit Mineralwasser aufgoss. »Mein Mann Nik wird Sie noch persönlich begrüßen. Gestern musste er erst mal unsere Jungs in Schach halten.«

»Scheinen ziemlich quirlig zu sein.«

»Sie finden es momentan besonders lustig, wegzulaufen und sich zu verstecken. Wir finden das weniger komisch.«

»Ja, man darf sich nicht täuschen lassen«, meinte Christina. »Wenn hier am nördlichen Zipfel der Insel auch alles idyllisch und harmlos wirkt, kann es doch ganz schön gefährlich werden. Nehme ich an«, schob sie schnell hinterher.

»Stimmt genau. Das versuchen wir ihnen beizubringen, ohne ihnen zu viel Angst zu machen. Keine leichte Aufgabe. Aber nun zu Ihnen.«

Ach je, jetzt sollte dieses Coaching also beginnen. Christina hatte sich den Moment immer wieder vorgestellt und sich auch zurechtgelegt, was sie erzählen könnte. Doch in dieser Sekunde fiel ihr nichts davon ein.

»Kinder können Gefahren in dem Alter noch nicht einschätzen«, sagte sie stattdessen. »Besonders Jungs sind meistens viel zu übermütig.«

»Da sagen Sie etwas. Haben Sie auch welche?«

»Nein, leider nicht. Ich hätte gern einen Sohn gehabt, aber meine Mädchen machen mir auch viel Freude.«

»Tut mir jedenfalls leid, dass Sie nach der langen Fahrt warten mussten. Sie sind immerhin aus Magdeburg gekommen, ein weiter Weg.«

»Ja.«

»Das dürften rund vierhundert Kilometer sein, oder?«

»Vierhundertfünfzig«, korrigierte Christina und ärgerte sich sofort, weil ihre Stimme verriet, dass sie ein wenig stolz war. »War aber alles problemlos«, setzte sie locker hinzu. »Fast hätte ich allerdings ein Tier überfahren. Ich glaube, es war ein Fischotter.«

»Na, da hätten Sie aber Glück gehabt.« Ziska stutzte und lachte. »Also, nicht wenn Sie ihn überfahren hätten, aber wenn Sie einen zu Gesicht bekommen hätten. Die Tiere sind vom Aussterben bedroht. In Mecklenburg-Vorpommern und besonders hier auf Rügen gibt es aber noch verhältnismäßig viele Exemplare. Das weiß ich allerdings nur vom Hörensagen, gesehen habe ich noch keinen.«

»Otter sind scheue Gesellen«, stimmte Christina ihr zu. »Selbst wenn sie irgendwo in größerer Menge vorkommen, laufen sie einem kaum über den Weg. Im Verstecken sind sie vermutlich so gut wie Ihre Söhne.«

»Deshalb denke ich, es war eher ein Marder, der Ihnen vor den Wagen gelaufen ist.«

»Nein, nein, es war ein Otter.«

Christina erkannte an Ziskas Blick, dass sie noch nicht überzeugt, aber höflich genug war, es dabei zu belassen.

»Jetzt aber Schluss mit Verstecken, Ottersichtung und anderem. Sie sind schließlich aus einem bestimmten Grund zu mir gekommen. Jetzt ist Ihre Zeit, und es geht nur um Sie!« Das sollte vermutlich eine gute Nachricht sein, doch Christina hätte viel lieber weiter über dieses und jenes geplaudert. Vor allem über die

Villa, die Plantage ... »Wir wollen uns gemeinsam Gedanken machen, wie Ihr Leben aussehen könnte, wenn Sie nicht mehr berufstätig sind«, fuhr Ziska fort. »Das ist spätestens in zwei Jahren so weit, stimmt's?«

»Richtig. Ganz kurz habe ich über einen vorzeitigen Ruhestand nachgedacht, aber dann würde ich mich schon früher alt fühlen, befürchte ich.« Sie lachte verschmitzt. »Mir fällt gerade etwas ein. Ich hätte da nämlich eine Bitte.«

»Schießen Sie los!«

»Dürfte ich mich später oder morgen etwas im Haus umsehen? Sie haben es ja gemerkt, ich interessiere mich für Architektur und alles, was damit zusammenhängt. Außerdem ist meine Tochter gerade dabei, die Wohnfläche ihres älteren Reihenhauses zu erweitern. Vielleicht kann ich ihr ein paar schöne Ideen mitbringen.«

»Das lässt sich bestimmt einrichten. Ein Zimmer außer Ihrem ist belegt, aber die anderen können Sie sich gern ansehen. So, jetzt zu Ihnen!«

»Ja, ach so, also, ich ...« Christina nahm einen Schluck von der Schorle und verzog das Gesicht.

»Tut mir leid, ich habe Sie nicht vorgewarnt. Sanddorn ist etwas gewöhnungsbedürftig. Möchten Sie etwas?« Ziska reichte ihr ein Glas, in dem es gelb schimmerte und ein gedrechselter Honiglöffel steckte.

»Nein, nein, ich habe nur lange nicht mehr ... Genau so soll Sanddorn schmecken. Herrlich!«

»Na, Sie kennen sich offenbar aus. Manche Gäste probieren das gesunde Früchtchen hier bei uns tatsächlich zum ersten Mal. Einigen entgleisen da schon mal die Gesichtszüge.«

»Kann ich mir vorstellen.«

»Christina ... wenn ich Sie so nennen darf?« Christina nickte. »Was genau hat Sie zu einer Auszeit mit Einsicht bewogen?«

»Also, eigentlich wollte ich vor allem mal etwas für mich tun.«

»Das ist schon mal ein guter Ansatz. Sie haben nicht genug Zeit für sich, keine Zeit für Hobbys?«

»O doch. Ich arbeite ja schon jetzt nicht mehr in Vollzeit. Das kommt meinen Hobbys sehr zugute. Zum Sport bin ich vorher schon gegangen, aber seit einem Jahr mache ich nicht nur Pilates, sondern ich gehe auch jeden Freitag schwimmen. Außerdem fahre ich viel Fahrrad, mit Freundinnen oder mit meinem Mann Harry. Und ich habe jetzt auch mehr Zeit für meinen Literaturzirkel. Ich lese fast jede Woche ein Buch. Wir backen umschichtig Kuchen und treffen uns mal bei der einen, mal bei der anderen, um über die Bücher zu reden.«

»Meine Güte, Sie sind ja ordentlich aktiv. Toll!«

»Ja, Langeweile kenne ich nicht. Übrigens, in diesem Literaturzirkel besprechen wir auch immer häufiger Sachbücher. Sie glauben nicht, was man dabei alles lernt und erfährt.«

»Doch, das kann ich mir vorstellen.« Ziska sah sie lächelnd an und runzelte die Stirn. »An Beschäftigung mangelt es Ihnen schon mal nicht. Sie haben eine Tochter, sagten Sie?«

»Drei! Und einen Enkel.«

»Also gibt es immerhin eine Generation weiter einen Jungen.«

»Stimmt, Tjark ist ein Prachtbursche.« Gutes Thema. »Wohnen hier auf dem Gelände eigentlich noch mehr Kinder?« Ziska schüttelte den Kopf, Christina ließ sie allerdings nicht zu Wort kommen. »Bestimmt verbringen aber oft Familien ihre Ferien hier, oder?«

Ziska lachte. »Meine Zwillinge sind meist die Einzigen, die hier alles auf den Kopf stellen. Ich möchte auch keinen weiteren Nachwuchs. Zwei lebhafte Jungs reichen uns absolut.«

»Wie alt sind die beiden?«

»Gerade sechs geworden.« Ziska schien sich orientieren zu müssen. »Unsere Ferienwohnungen sind eher etwas für Alleinreisende und Paare ohne Kinder. Die Lage«, erklärte sie und warf Christina einen vielsagenden Blick zu. »Familien bevorzugen Orte mit mehr Infrastruktur. Spielplätze, Restaurants, Läden und bewachte Strände in der direkten Nähe.« Sie grinste. »Im Herbst bringen wir einen Teil unserer Erntehelfer im Haus unter. Dann geht es hier auch manchmal zu wie im Kindergarten.«

»Das kann ich mir vorstellen. Wie viele Ferienwohnungen gibt es hier?«

»Nur vier. Wir haben die kleinen Zimmer zum Teil zusammengelegt. Wenn wir zu viele Feriengäste aufnehmen würden, könnten wir ihnen nicht gerecht werden oder bräuchten Personal. Wir legen aber Wert auf eine familiäre Atmosphäre und persönliche Betreuung, das ist unser Konzept. Mehr würden wir einfach nicht schaffen, denn auf der Sanddornplantage und in der Produktion gibt es immer einiges zu tun.«

»Das machen Sie alles? Coaching, Zimmervermietung, Sanddorn ernten und verarbeiten …«

»Bei der Ernte halte ich mich lieber im Hintergrund.« Ziska lachte wieder ihr fröhliches Lachen, das Christina sehr sympathisch war. »Organisatorische Aufgaben sind okay, mit der Praxis habe ich nicht so gute Erfahrungen gemacht.« Sie schüttelte den Kopf. »Um die Plantage mit allem, was dazugehört, kümmert sich mein Mann Nik wesentlich mehr als ich, das war sein Geschäft, ehe ich auf der Bildfläche erschienen bin. Auch einige Mitarbeiter hatte er schon, ehe er mich kennenlernte. Die kennen sich entsprechend besser aus. Das ist eine große Familie, könnte man sagen. Wenn mal Not am Mann oder der Frau ist, bin ich natürlich dabei, aber die Beratung von Menschen ist und bleibt mein Traumberuf. Was machen Sie eigentlich beruflich?«

»Ich bin Sekretärin. Heute nennt man das wohl lieber Assistentin. Ach nein: PA, Personal Assistant! Muss ja jetzt alles auf

Englisch sein. Ich war nie etwas anderes und bin es immer noch gerne. Trotzdem freue ich mich tatsächlich langsam auf meinen Ruhestand. Hätte ich nie gedacht.«

»Steht Ihr Mann auch noch im Berufsleben?«

»Nein, Harry ist fünf Jahre älter als ich. Er hat schon Übung mit dem Rentnerdasein.«

»Keine Sorge, das kriegen Sie auch hin.«

»Klar! Wir wollen noch möglichst viel gemeinsam unternehmen. Darüber sprechen wir oft. Man weiß schließlich nie, wie viel Zeit einem zusammen bleibt.«

»Kluge Entscheidung.« Ziskas Blick durchbohrte sie. Hätte sie bloß nicht so drauflosgeplappert.

»Machdeburjer Mostrich sagt Ihnen sicher nichts, oder?«, platzte Christina heraus.

Ziska machte große Augen.

»Ich kann mir denken, was es ist. Senf, richtig? Ist Magdeburg bekannt dafür? Das wusste ich nicht.«

»Da sind Sie nicht die Einzige. Dabei werden die Originalrezepte gerade wieder entdeckt und ordentlich vermarktet. Ich habe Ende 1979 in der alten VEB Essig- und Senffabrik über Bekannte eine Stelle bekommen und zugegriffen. Obwohl ich mir meine berufliche Zukunft anders vorgestellt hatte, ganz anders.« Ziska holte Luft, doch Christina sprach schnell weiter: »Trotzdem war es ein großes Glück. Ich bin dortgeblieben, bis das Unternehmen 1990 aufgelöst wurde. Dann hatte ich gleich noch mal Glück: Mein Chef wurde Geschäftsführer in einem mittelständischen Maschinenbauunternehmen und nahm mich mit. Dort arbeite ich heute noch, inzwischen allerdings für die Tochter meines ehemaligen Chefs. Manchmal denke ich, sie braucht gar keine Sekretärin. Das ist so eine patente junge Frau. Von ihrem Vater hat sie das nicht.« Christina grinste. »Bei dem habe ich mich so manches Mal gefragt, wie er am Wochenende zurechtkommt ohne mich und meine Kollegin. Wahrscheinlich hat seine Frau seinen kompletten Alltag organisiert.«

»Was wären Sie gern geworden?«, wollte Ziska unvermittelt wissen.

»Ach, ich weiß gar nicht. Vielleicht wusste ich das nie so genau«, meinte Christina nachdenklich. »Seit wann sind Sie auf Rügen?«

Ziska war perplex, das war nicht zu übersehen. Wahrscheinlich war sie es nicht gewohnt, dass eine Kundin den Spieß umdrehte und die Fragen stellte.

»Seit gut acht Jahren«, antwortete sie trotzdem.

»Also noch nicht so lange.«

»Acht Jahre sind schon eine lange Zeit, finde ich. Vergangen sind sie allerdings wie Monate.« Ziska schien eine Sekunde vergessen zu haben, dass sie nicht allein war. »Schon acht Jahre, echt verrückt«, sagte sie gedankenverloren.

»Immer hier im Haus?«

»Bitte? Ach so, nein, als ich zum ersten Mal herkam, wurden hier auf dem Gelände noch keine Zimmer vermietet. Seit ich mit Nik zusammen bin, lebe ich aber hier. Das heißt, wir haben zwischendurch kurz in Vitt gewohnt. Das ist ein Fischerdorf ganz in der Nähe. Wir wollten Arbeit und Privates räumlich trennen. Letztlich aber war es doch praktischer, immer vor Ort zu sein.«

Ein dumpfer Schlag unterbrach die Coachingsitzung, die eigentlich noch keine war. Ziska sprang auf und öffnete die Tür. Jockel fiel beinahe in den Raum, klammerte sich aber gerade noch an dem Horn eines Fantasiewesens aus Gummi fest. Christina konnte einen Blick auf beide Zwillinge erhaschen, die sich anscheinend ausgerechnet den breiten Flur direkt vor dem Zimmer ausgesucht hatten, um ein Rennen auf Hüpfbällen zu veranstalten. Jockel musste mit vollem Schwung gegen die Tür gekracht sein, wie es aussah.

»Was habt ihr denn bitte schön hier drinnen zu suchen, noch dazu mit den Dingern?« Ziska klang überraschend streng.

»Das sind unsere Rennmonster«, stellte Felix richtig.

»Rennmonster gehören nicht ins Haus«, entgegnete Ziska prompt. »Schon gar nicht in dieses. Ihr wisst genau, dass ihr mich in Ruhe lassen müsst, wenn ich im Coaching bin.«

»Wir sind noch viel zu klein dafür«, protestierte Jockel.

»Genau, wir wissen gar nicht, was Kotsching ist«, stimmte Felix ihm zu. Christina musste lächeln.

»Aber ihr seid nicht zu klein, um zu verstehen, dass hier Ruhe zu herrschen hat, wenn die Tür geschlossen ist.« Sie klopfte gegen das Holz. Die Jungen sahen sie aus aufgerissenen Kulleraugen an und saugten synchron ihre Unterlippen zwischen die Milchzähne. An Christina gewandt sagte Ziska: »Nach den Sommerferien kommen Felix und Jockel in die Schule, ich kann's kaum noch abwarten.«

Jockel trat einen Schritt vor.

»Guten Tag, Frau Christina«, krähte er und kehrte sofort wieder zurück zu seinem Bruder. »Wieso steht auf deinem Auto MD drauf? Du bist doch auf Rügen.«

»Genau, dann muss da doch RÜG stehen wie auf unserem Auto«, stimmte Felix ihm zu und nickte eifrig.

Christina spürte, wie ein warmes Gefühl sie durchströmte. Der Anblick der beiden hochgewachsenen, aber gleichzeitig so zerbrechlichen Jungen mit ihren riesigen blauen Augen rührte sie und nahm sie mit in eine ferne Vergangenheit. Wie gerne hätte sie außer ihren drei Töchtern noch einen Sohn bekommen.

»Warum sagt sie denn nichts, Mami?«, hörte Christina einen der Zwillinge fragen. Sie betrachtete die beiden, die gleichzeitig ihre Hände in die Hosentaschen der moosgrünen Latzhosen schoben. Sie sahen Christina gespannt an, trippelten von einem Fuß auf den anderen und stießen sich immer wieder gegenseitig an.

»Warum steht da denn nun MD drauf?«, wollte Jockel wissen.

»Weil ich aus Magdeburg komme. Die Buchstaben auf dem Kennzeichen sagen, wo ein Auto angemeldet wurde«, erklärte Christina. »Du bist doch bestimmt noch nicht in der Schule. Toll, dass du trotzdem schon das Alphabet kennst.«

Jockel grinste von einem Ohr zum anderen, verschränkte die Arme vor dem Hosenlatz und drehte den Oberkörper hin und her, dass seine kinnlangen Haare nur so flogen.

Ziska strich den beiden über die Köpfe.

»So, jetzt habt ihr gleich noch was gelernt. Und nun Abflug!« Christina raunte sie zu: »Worüber Kinder sich manchmal Gedanken machen! Ich hätte nie gedacht, dass sie Nummernschilder auch nur bewusst wahrnehmen.«

»Kinder sind faszinierend, man sollte sie auf keinen Fall unterschätzen.« Christina ließ ihren Blick in Richtung Treppenhaus schweifen. »Man kann sich dieses Haus gar nicht ohne sie vorstellen.«

»Doch, um ehrlich zu sein, kann ich mir das sehr gut vorstellen. Dieses Haus, oder wenigstens mein Coachingbereich, ist für alle unter, sagen wir, unter zwölf tabu. Also raus mit euch, und zwar sofort!«

Die Zwillinge flitzten mit den Hüpfbällen den Flur entlang und dann den Geräuschen nach zu urteilen raus auf die Veranda und vermutlich über den Hof mitten hinein in ihr nächstes Abenteuer.

»Sie haben noch ein paar Minuten Ihrer ersten Coachingstunde übrig.« Ziska blickte von der Uhr auf und sah Christina fragend an.

»Lassen Sie mal! Wir haben ja noch ein paar Sitzungen. Ich freue mich jetzt erst mal darauf, die Umgebung zu erkunden.«

»Wie Sie meinen«, begann Ziska zögerlich. »Falls Sie noch Tipps brauchen … Es gibt jede Menge zu sehen und zu erleben, vor allem wenn man das erste Mal auf der Insel ist. Es soll allmählich milder werden, Sie haben wirklich Glück. Im Hofladen gibt es eine Karte zur Orientierung. Holen Sie sich die gern. Oder fragen Sie einfach unsere Mitarbeiter. Alle, die Sie treffen, kennen sich gut aus und geben Ihnen herzlich gern Auskunft. Wir beide sehen uns spätestens morgen um zehn wieder.«

»In Ordnung.« Christina wandte sich zur Tür.

»Eins müssen Sie mir bitte verraten«, sagte Ziska. Christina drehte sich wieder um. »Sie haben geschrieben, dass Sie herausfinden möchten, was Sie mit Ihrer Zeit anfangen könnten, sobald Sie in Rente sind. Ich habe den Eindruck, Sie haben bereits so vieles begonnen, an Ideen scheint es Ihnen nicht zu fehlen. Mir ist nicht klar, wie ich Sie unterstützen kann.«

»Sie haben recht, an Aktivitäten mangelte es mir noch nie.« Christina lachte, wurde aber gleich ernst. »Ich bin auf der Suche nach etwas Sinnvollem. Auch dazu habe ich schon Ideen. Ich wüsste einfach gern, ob meine Vorstellungen realistisch und das Richtige für mich sind.« Ziska sah etwas hilflos aus. »Ach, da ist noch etwas. Auf der Fahrt dachte ich darüber nach, dass ich gern ein wenig spontaner wäre. Damit habe ich schon immer Schwierigkeiten. Sagt auch meine Jüngste. Meinen Sie, da lässt sich noch was machen? Ich meine, in meinem Alter …«

Ziska lachte. »Eine schöne Idee, Spontanität nach Stundenplan zu lernen. Im Ernst: Natürlich können wir es versuchen. Ich lasse mir was einfallen.«

# 3

»Allein man muß sein Sinnen auf alle Jahreszeiten richten.«
*Jean-Jacques Rousseau*

Die Idee, das Sortiment des Hofladens zu inspizieren, gefiel Christina ausgesprochen gut. Zwar hatte sie sich für die ersten Tage etwas Proviant mitgebracht, aber sie hatte schließlich Urlaub. Sollte man da nicht alles ein wenig anders machen als zu Hause im Alltag? Das betraf auch das Essen, fand sie. Vielleicht würde sie etwas Typisches entdecken, etwas, das es nur hier gab. Das wäre eine nette Ergänzung für ihr Frühstück. Außerdem konnte sie sich bei der Gelegenheit gleich mal nach Kleinigkeiten für ihre Familie umsehen. Sie konnte es nicht leiden, sich auf den letzten Drücker um so etwas zu kümmern. Am Ende kaufte man nur irgendeinen Plunder, um nicht mit leeren Händen dazustehen.

Christina zog ihre Jacke an und setzte ihren kleinen Lederrucksack auf den Rücken. Hatte sie auch nichts vergessen? Unsinn. Was brauchte sie schon? Sie musste über sich selbst lächeln. Sie hatte bis zu Harrys Rente den Haushalt weitgehend allein geschmissen. Auch in ihrem Beruf war sie selbstständiges Arbeiten gewöhnt. Aber auf Reisen war ihr Mann eben immer an ihrer Seite gewesen. Sie hatte sich darauf verlassen können, dass er das Auto fuhr, alles einpackte, was nötig war, oder sie zumindest an dieses oder jenes erinnerte. Schon seltsam, wie sehr es sie verunsicherte, nun allein für alles zuständig zu sein. Gleichzeitig genoss sie es, dass es einmal nur nach ihr und um sie ging. Gerade hier und jetzt war es goldrichtig, auf niemanden Rücksicht nehmen zu müssen. Sie atmete noch einmal tief durch und schloss die Tür ihrer Ferienwohnung hinter sich.

Von der Veranda aus ließ Christina den Blick über das Gelände schweifen. Am Vorabend hatte sie zwar schon eine grobe Vorstellung davon bekommen, dass es hier mehr gab als die Villa, allerdings konnte sie sich erst jetzt im hellen Licht des Tages einen Eindruck von sämtlichen Gebäuden verschaffen. Wann mochten die lang gezogenen Produktionshallen wohl gebaut worden sein? Direkt dahinter lag die Plantage und schien bis zum Horizont zu reichen. So viele Sanddornsträucher hatte Christina noch nie gesehen. Man fand sie auf Rügen überall, jedoch nicht in dieser Menge und schon gar nicht in Reih und Glied. Die Büsche mussten alle neu gepflanzt worden sein. Oder zumindest die meisten, einige mochten schon immer hier gestanden haben, schon damals. Sie betrachtete aus der Ferne die stacheligen, noch unbelaubten Zweige, an denen sich hier und da schon gelblich weiße Blüten zeigten, wenn sie sich nicht täuschte. Und ein Stück weiter, hinter dem Feld, spannte sich das Dunkelblau der Ostsee aus. Das konnte sie von hier zwar nicht sehen, aber sie wusste es. Ihr war sogar, als könnte sie das Meer riechen. Dorthin würde sie heute gehen.

Auf Christinas Rücken klingelte es. Harry! Eilig zerrte sie den Rucksack von ihren Schultern. Ein Ärmel blieb in einem der Riemen hängen. Sie streifte die Jacke ab und wühlte mit beiden Händen zwischen Portemonnaie, faltbarer Einkaufstasche, Schlüsseln, Lippenpflege und Feuchttüchern, bis sie endlich ihr Telefon zu fassen bekam.

»Harry?«

»Mahlzeit«, sagte er und schwieg. Nur kurz. »Ich wollte schon wieder auflegen, das hat ja ewig gedauert. Alles in Ordnung bei dir, bist du gut angekommen?«

»Ja, alles bestens.« Dass sie um ein Haar einen Fischotter auf dem Gewissen gehabt hätte, musste ihr Mann nicht wissen.

»Hättest dich ja mal melden können. Ich habe mir Sorgen gemacht.«

»Du sagst doch immer, keine Nachricht ist ein gutes Zeichen.«

»Das ist was anderes«, brummte er.

»Tut mir leid, hast ja recht. Ich wollte mich auch melden, aber gestern ist es spät geworden, und heute hatte ich gleich einen Termin.«

Das reichte ihrem Mann als Erklärung. So war er, mit Ärger oder schlechter Laune hielt er sich erfreulicherweise nie lange auf. Fröhlich sprudelte er los, wollte wissen, ob sie auch genug getrunken und seine Brote gegessen habe.

»Gefällt es dir denn, hast du ein schönes Zimmer?«

»Mehr als das, es ist ein geräumiges Appartement.«

»Wie war denn dein geheimnisvoller Termin, und was hast du heute noch Schönes vor?«

»Ich bin gerade auf dem Sprung«, erklärte sie ausweichend. Sie freute sich über sein Interesse und die geliebte vertraute Stimme. Kaum zu glauben, dass sie sich gestern Morgen erst voneinander verabschiedet hatten. Es kam ihr vor, als wäre es bereits Ewigkeiten her. Harry, die Kinder, ihr Reihenhaus, das Maschinenbauunternehmen, all das fühlte sich plötzlich an wie eine andere Welt. Ihre Welt. Aber nicht in den kommenden vierzehn Tagen. »Es ist alles in Ordnung, Harry, ich fühle mich pudelwohl. Noch ist es ein bisschen frisch, aber ab morgen sollen die Temperaturen in die Höhe klettern. Stell dir vor, gestern haben sie im Radio Schnee angekündigt. Aber keine Spur davon. Gott sei Dank!«

»Das hätte mich auch gewundert. Du bist zwar hoch im Norden, aber Schnee …? Der Frühling steht in den Startlöchern, das ist nicht zu übersehen. Herrlich, das ist doch wirklich die schönste Jahreszeit. Ich kann nicht verstehen, dass man Kies blühenden Krokussen vorzieht. Stell dir vor, Hartwichs wollen sich einen japanischen Steingarten anlegen. So ein Blödsinn! Na, denen habe ich meine Meinung gesagt.«

Das hätte Christina auch getan. Obwohl sie ihm komplett zustimmte, spürte sie einen Widerwillen in sich aufsteigen. Sie wollte einfach nichts von ihrer Magdeburger Nachbarschaft hören. Sie wollte mit Haut und Haaren an diesem einzigartigen Ort sein.

»Schatz, das Netz ist hier nicht besonders gut«, sagte sie schwach in seinen Redeschwall hinein.

»Warum musste es auch das Ende der Welt sein? In Binz oder Sellin hättest du die Probleme bestimmt nicht.«

»Ich empfinde das nicht als Problem. Schließlich habe ich Urlaub. Ich hatte nicht vor, mein Telefon dauernd eingeschaltet mit mir herumzuschleppen«, entgegnete sie etwas gereizter, als sie beabsichtigt hatte. »Schon gar nicht während der Coachingsitzungen«, erklärte sie lächelnd, »da hast du nämlich nichts zu suchen.«

»Du und dein Coaching.« Sie konnte ihn förmlich vor sich sehen, wie er den Kopf schüttelte. »Was machst du denn da genau? Also, ich würde ja nicht fragen …« Sie grinste. »… aber Onkel Kilo ruft schon dauernd an«, fuhr er fort.

»Tja, dann wird sich unser lieber Onkel Kilo gedulden müssen. Ich erzähle alles in Ruhe, wenn ich ein paar Stunden hatte. Oder zu Hause.«

»Alles klar! Dann genieße mal deine Auszeit.« Wenn er zunächst auch skeptisch auf ihren Plan reagiert hatte, dass sie allein verreisen und dann auch noch ein Coaching besuchen wollte, wusste sie doch, dass er ihr jede Minute hier von Herzen gönnte und ihr wirklich nur das Beste wünschte. Nach anfänglicher Irritation hatte er sie sogar den Töchtern gegenüber verteidigt.

»Eure Mutter war immer für uns da, sie hat sich Erholung von uns allen mehr als verdient!« Damit hatte er die Frotzeleien der Mädchen beendet.

»Hoffentlich siehst du auch etwas von der Insel und hockst nicht nur drinnen«, hörte sie ihn gerade sagen.

»Keine Sorge, ich bin schon draußen. Hörst du den Wind nicht?«

Sie stimmte Harry zu, dass es auch ohne Schnee eine gute Idee gewesen sei, ihre Daunenjacke mitzunehmen. Spätestens am Ostseestrand würden die Böen sie kräftig durchpusten. Der Gedanke brachte sie endgültig zurück ins Hier und Jetzt. Sie versprach, sich zwischendurch zu melden, dann verabschiedete sie sich von ihrem Mann. Er hatte schließlich recht, es sollte eine Auszeit von ihrem Alltag und ihrer Familie sein. Hier auf Rügen wollte Christina Gefühle zulassen, die sie ein Leben lang verdrängt hatte. Eine große Aufgabe.

Sie schlenderte ein wenig unentschlossen hinüber zu den Produktionshallen und spähte möglichst unauffällig hinein. Schien nicht viel los zu sein.

»Hallo, Frau Reeber.« Sie fuhr erschrocken herum. Vor ihr stand der Mann, der sich am Vorabend um die Zwillinge gekümmert hatte. »Ich bin Niklas.« Er reichte ihr die Hand. »Die beiden Quälgeister haben Sie ja schon kennengelernt.« Er deutete kurz zu einem kleinen hübschen Haus. Davor hockten Jockel und Felix im Gras und versuchten anscheinend, sich gegenseitig die Schnürsenkel aufzuziehen. »Herzlich willkommen! Ich hoffe, Sie haben sich gut eingelebt.« Er lächelte sie freundlich an.

»Danke, ja, das habe ich. Und die Quälgeister, wie Sie sie nennen, sind tolle Jungs, wie mir scheint. Ich wollte mich gerade ein bisschen auf dem Grundstück umsehen. Ich hoffe, Sie haben nichts dagegen?«

»Überhaupt nicht. Allerdings ist in der Produktion momentan nicht viel los, da gibt es also nichts Spannendes zu sehen. Erntezeit ist erst im Herbst, dann geht's hier rund.« Er verzog das Gesicht. »Bis dahin verarbeiten wir die eingefrorenen oder getrockneten Früchte aus dem letzten Jahr, aber hauptsächlich kümmern wir uns um den Versand. Ich empfehle Ihnen den Hofladen, der dürfte momentan die interessantere Anlaufstelle sein.«

»Da wollte ich gleich hin.« Einen Moment standen sie beide da und sahen sich an. Wahrscheinlich hatte Niklas jede Menge zu tun und würde sich gleich verabschieden. »Sagen Sie, seit wann gibt es diese Hallen?«, fragte sie daher schnell.

»Puh, da muss ich nachdenken, das wollte bisher noch niemand wissen.« Er runzelte die Stirn. »Die erste haben wir 2008 gebaut, die zweite drei Jahre später. Glaube ich. Mit Jahreszahlen habe ich es nicht so.« Plötzlich veränderte sich sein Gesichtsausdruck. »Hätte ich meine Frau damals schon gekannt, hätte ich gleich eine dritte Halle gebaut. Ihre Vermarktungsideen haben den Umsatz ganz schön angekurbelt. Zum Glück hat sie ihren alten Beruf nicht aufgegeben, und die Jungs beschäftigen sie außerdem. Wenn sie sich komplett auf die Werbung für *Rügorange* gestürzt hätte, müssten wir inzwischen wahrscheinlich überall drei Etagen aufstocken.« Wieder lachte er. »Ich fahre jetzt nach Bergen, aber ich verspreche Ihnen, dass wir später eine kleine Führung machen, wenn es Sie interessiert. Sie können gern einen Blick auf die Herstellung unserer Konfitüren, Schnäpse und Tees werfen. Und da wäre noch unsere Kosmetiklinie. Ist nicht sehr viel, aber es geht schließlich nicht um Quantität, sondern um Qualität. Davon können Sie sich selbstverständlich überzeugen«, kündigte er an. Christina nickte begeistert. »Ich muss Sie jedoch warnen, Sie müssen einen Kittel und eine Haube tragen, unter der Ihre Haare verschwinden. Für einige Frauen ist das ein Grund, auf eine Führung zu verzichten.«

»Ach was, das kenne ich vom Mostrich«, gab sie fröhlich zurück. Er stutzte. »Senf! Ich habe zwar nicht in der Produktionshalle gearbeitet, hatte dort aber immer mal etwas zu tun.«

»Verstehe. Also dann bis später!« Er drehte sich um und rief: »Los geht's, Jungs! Ich kann keine Turnschuhe für euch anprobieren, das müsst ihr schon selbst machen.«

Die beiden kamen angeflitzt. Jockel hatte einen offenen Schnürsenkel.

»Weißt du, was mein Lieblingstier ist?«, wollte Felix von Christina wissen, der mit einem Schlusssprung direkt vor ihren Füßen gelandet war. Ehe sie antworten konnte, platzte er schon heraus: »Ein Faulbär.«

»Aha? Was soll das sein?«

Seine Augen weiteten sich ungläubig.

»Du kennst keine Faulbären? Die sind schwarz und weiß und schlafen auf Bäumen. Den ganzen Tag schlafen die.«

»Ach so.« Christina strich ihm über den Kopf. »Kann es sein, dass du mal eben aus zwei Tieren eins gemacht hast?« Er sah sie noch immer verständnislos an. »Gut, dass du nicht noch ein Stinktier mit hineingekreuzt hast«, sagte sie leise.

Felix schien noch immer nicht recht zu wissen, was er von ihrer Bemerkung halten sollte. Jockel dagegen kiekste vor Vergnügen.

»Stinktier, Stinktier, Stinktier«, rief er. Sofort stimmte Felix ein, und die beiden hüpften im Kreis.

Nik seufzte, zwinkerte Christina zu und machte sich auf den Weg zum Auto.

»Alle Stinktiere einsteigen! Wer nicht bei drei hier ist, kriegt keine neuen Schuhe.«

Der Hofladen gefiel Christina auf Anhieb. Das Backsteingebäude wirkte gemütlich und einladend. Obwohl es draußen noch recht frisch war, stand die Tür offen. So wurde sie beim Näherkommen zwangsläufig Zeugin, wie drinnen eine Frau heftig flirtete, vermutlich am Telefon. Christina musste schmunzeln, denn immer wieder wurden leise Töne durch ein geradezu wieherndes

Lachen abgelöst. Wenn die Dame richtig in Fahrt war, blieb wahrscheinlich kein Auge trocken. Christina trat ein, und sofort beendete die Frau ihr Gespräch. Das Haar stand ihr wild vom Kopf ab, nur mäßig von einem gelben Tuch gebändigt, das mit dem Strahlen im Gesicht der Trägerin um die Wette leuchtete.

Sie lehnte entspannt am Verkaufstresen und wandte sich Christina zu: »Herzlich willkommen!«

»Danke. Ich bin …«

»Du bist Christina«, fiel ihr die Frau ins Wort und tat im nächsten Augenblick so, als hätte sie eine offizielle Durchsage zu machen: »Achtung, Achtung, hier kennt jeder jeden! Ich bin Gesa, moin!«, sagte sie dann wieder in einem ganz natürlichen Ton.

»Hallo! Schön, Sie kennenzulernen.« Christina lächelte.

»Okay, Lektion Nummer zwei: Die meisten duzen sich hier. Du musst natürlich nicht … ich meine, Sie müssen nicht, wenn Sie das nicht so mögen.«

Tatsächlich tat sich Christina schwer damit, fremde Menschen einfach mit Du anzusprechen, wahrscheinlich weil sie es nicht gewohnt war. Doch diesem sympathisch-verschmitzten Gesichtsausdruck konnte sie nicht widerstehen.

»Klar, das ist völlig in Ordnung.«

»Fein. Und wo wir schon mal dabei sind: ›Moin‹ sagen wir waschechten Insulaner eigentlich nicht. Ist mit Gästen aus Hamburg eingewandert. Ich mag's.« Sie hob kurz die Schultern und lachte gleich wieder los. Ihre gute Laune war definitiv ansteckend.

»Ich bin auf der Suche nach Mitbringseln und nach etwas Besonderem für mein Frühstück. Bestimmt hast du eine Empfehlung für mich, oder?«

»Logisch! Aber mach dich drauf gefasst, dass es mit Sanddorn zu tun haben wird.« Ein erneutes Wiehern. »Es sei denn, du brauchst ein Regencape, Zahnpasta oder Shampoo, das gibt's auch in anderen Formen, Farben und Geschmacksrichtungen. Wobei … das gibt's auch mit Sanddorn«, erklärte sie und sah aus, als würde die Erkenntnis sie selbst ein wenig überraschen. »Nur das Regencape nicht!«

Gesa baute eine Reihe von Gläsern mit Konfitüren und Gelees auf dem Tresen auf, drehte die kunstvoll gestalteten Etiketten in Christinas Blickrichtung und trat feierlich einen Schritt zurück.

»Tataa! Unsere neue Kollektion: Sanddorn mit Quitte oder hier mit Acerolabeeren für den totalen Vitamin-C-Flash.« Sie legte immer zwei Finger auf den Deckel eines Gläschens. »Diese enthält Nüsse, nicht ganz mein Fall, aber Eichhörnchen würden sie lieben.« Sie kicherte und meinte lässig: »Geschmäcker sind eben verschieden. Drüben stehen noch die klassischen Sorten: pur, aber natürlich gesüßt, die Variante mit Vanille und eine mit Birne.«

»Quitte probiere ich gern. Ansonsten tendiere ich eher zu klassisch als zur Eichhörnchensorte.«

Christina wandte sich dem Regal zu, auf das Gesa gedeutet hatte. Sah alles wirklich sehr verlockend aus. Sie wollte sich die Zutaten näher ansehen, ehe sie ihre Entscheidung traf. Nicht dass sie ihrem Appetit und der hübschen Aufmachung nachgab und am Ende zu viel kaufte. Mehr als einen Aufstrich würde sie im Urlaub nicht probieren können, falls sie nicht morgens, mittags und abends Brot essen wollte. Sie trat noch einen Schritt näher und blieb wie angewurzelt stehen.

»Was ist denn jetzt los?«, fragte Gesa besorgt. »Hast du einen Hexenschuss?« Sie lachte nicht einmal.

»Nein, nein, alles in Ordnung.«

»Na, du kannst einem vielleicht einen Schreck einjagen.«

Was sollte Christina erst sagen? Na gut, einen Schreck hatte ihr das Bild nicht gerade eingejagt, das über einem der Regale an der Wand hing, es hatte sie eher elektrisiert.

»Du kannst alle Sorten probieren«, bot Gesa an und klang noch immer leicht verunsichert.

»Das ist die Villa, richtig? Von wann ist das Foto?«

»Alle Achtung, dass du das Haus gleich erkannt hast! Sieht da noch 'n büschen anders aus, finde ich. Aber von wann das ist?« Sie pustete sich eine Strähne aus der Stirn. »Keine Ahnung. Ziska und Nik haben ein paar Schwarz-Weiß-Bilder in einer Kiste auf dem Dachboden gefunden. Zusammen mit jeder Menge altem Zeugs. Da war die Aufnahme auch dabei.«

Das Kribbeln, das Christina bei dem Anblick erfasst hatte, verstärkte sich. Altes Zeugs!

»Interessant«, sagte sie langsam. »Anscheinend waren die Sanddornsträucher noch nicht gepflanzt, als das Foto gemacht worden ist. Zumindest nicht so viele. Könnte aber auch an der Perspektive liegen.« Christina konnte ihren Blick gar nicht mehr von dem Bild lösen. Sie hatte eine Gänsehaut und fühlte gleichzeitig eine wohlige Wärme, die sie vollständig auszufüllen schien.

»Nein, das stimmt. Nik hat die Sträucher alle gesetzt, nachdem er das Gelände übernommen hat.«

»Warum hat er das Grundstück überhaupt gekauft?«

Gesa zuckte mit den Schultern. »Er hat mir mal erzählt, dass es schon ein paar wilde Büsche gab. Die haben ihn wohl auf die Idee gebracht, hier eine richtige Plantage anzulegen.« Etwas in ihrer Miene sagte Christina, dass sie zu weit gegangen war mit ihrer Fragerei.

»Geht mich auch nichts an. Ich dachte nur … Ist die einzige Sanddornfarm auf der Insel, soweit ich weiß. Auf so eine Idee muss man erst mal kommen.«

»Männer! Wer weiß schon, was in deren Köpfen los ist.« Gesa lächelte jetzt wieder offen und freundlich. »Nik hat mal von einer kleinen Pension oder so gesprochen. Vielleicht war das seine erste Idee. Ist naheliegend auf Rügen.« Sie sah auf die Uhr. »Christina, ich würde supergerne noch mit dir plaudern, aber ich habe ein Date zum Mittag.« Sie strahlte. »Das möchte ich nicht verpassen, und ich will auf keinen Fall zu spät kommen. Möchtest du was mitnehmen oder lieber noch mal überlegen? Ich würde sonst gern abschließen.« Sie guckte ein bisschen zerknirscht.

»Dann nehme ich jetzt ein Päckchen Sanddorntee und ein Glas von der neuen Quittengeleesorte, und wir sind quitt«, scherzte Christina.

»Der war gut.« Schallendes Lachen von Gesa, das allerdings sofort wieder abbrach. »Bezahlen müsstest du schon, fürchte ich. Kannst aber auch aufs Zimmer schreiben«, erklärte sie.

Christina bezahlte bar. Eine Minute später verließen die beiden gleichzeitig den Laden. Gesa schloss ab und drehte das Schild an der Tür um. *Mittagspause* stand da in orange leuchtenden Buchstaben. Mit einem Satz war sie auf ihrem Rad, klingelte kräftig, hob die Hand zum Gruß und verschwand über den Sandweg, eine stattliche Staubwolke zurücklassend.

Der Wind vertrieb den sandigen Nebel schnell und brachte dafür eine Portion frischer Ostseeluft mit. Christina atmete tief ein. Sie wollte heute noch ans Meer! Eine Böe ließ sie frösteln, und sie zog ihre Jacke fester um sich. Ob sie für einen Ausflug ans Steilufer warm genug angezogen war? Erfahrungsgemäß pustete es dort noch kräftiger. Unentschlossen blieb sie einen Moment auf dem Hof stehen und blickte zur Villa. Sofort tauchte die alte Aufnahme wieder vor ihrem geistigen Auge auf. Sie ging zurück in ihre Ferienwohnung. Wenn sie schon einmal da war, konnte sie auch eine Kleinigkeit essen. Sonst knurrte ihr Magen, kaum dass sie sich auf den Weg gemacht hatte. Sie rührte einen Löffel Sanddorn-Quitten-Marmelade in einen Joghurt, den sie von zu Hause mitgebracht hatte. Köstlich! Die würde Harry auch schmecken. Davon würde sie noch mindestens ein Glas kaufen. Harry. Kaum dachte sie an ihren Mann, fiel ihr ein, was er jetzt tun würde: Mittagsschlaf. Harry war gewissermaßen Weltmeister in dieser Disziplin.

»Ich werde nie verstehen, wie du dir diesen Genuss entgehen lassen kannst«, pflegte er zu sagen, ehe er sich auf dem Sofa ausstreckte. Für Christina war das nichts, es sei denn, sie war krank. Doch auf einmal fand sie die Vorstellung recht charmant. Gehörte es nicht zu einer Auszeit dazu, sich mehr Ruhe zu gönnen als gewöhnlich? Sie lächelte über sich selbst, während sie aus ihren Sachen schlüpfte, unter die Decke kroch und die Augen schloss. Harry begann meist innerhalb einer Minute leise zu schnarchen, sie dagegen drehte sich von einer Seite auf die andere und gleich darauf wieder zurück. So eine blödsinnige Idee, sie war überhaupt nicht müde! Mitten am Tag im Bett liegen, wo gab es denn so was? Ihre Gedanken wanderten erneut zu dem Foto im Hofladen. Jedes Detail rief sie sich in Erinnerung … und schlief darüber ein.

Ein Spätsommertag wie im Bilderbuch. Flirrende Hitze, die Luft steht. Alles wirkt reglos, matt, nur selten bewegt sich das eine oder andere Blättchen an einem der Bäume. Selbst die vier Hühner bleiben an einer Stelle stehen und picken apathisch auf dem Boden herum. Ein paar Meter weiter das glatte Gegenteil. Der drückenden Wärme zum Trotz werfen sich auf dem großen Hof fünf Kinder einen Ball zu. Ein Knirps ist bestimmt noch nicht einmal fünf Jahre alt, ein Mädchen scheint älter zu sein, es geht sicher längst zur Schule. Auch die anderen sind älter. Alle springen hoch, lachen, jagen dem Ball hinterher, wenn er zu weit fliegt.

Nur ein Mädchen von etwa zwölf Jahren steht abseits und betrachtet ernst das Spiel. Plötzlich erscheint eine Frau auf dem Hof. Sie trägt eine Küchenschürze und wischt sich die Schweißperlen von der Stirn. Die Frau geht zu dem Mädchen.

»Möchtest du nicht mit den anderen spielen?« Sie nickt der Kleinen aufmunternd zu, nimmt ihre Hand und will sie zu den anderen führen. Doch das Mädchen zögert, bleibt stehen und entzieht ihr ihre Hand. Die Frau blickt sie sanft an. »Vielleicht möchtest du mir lieber in der Küche helfen. Ich will gerade einen Kuchen backen. Hast du Lust? Na, dann komm!«

Die Küche ist riesig, viel größer als in einem normalen Haushalt. Alles ist da, Töpfe, Pfannen, Rührbesen, blank polierte Kellen und jede Menge Behälter mit Linsen, Reis, Mehl und Zucker. Auf einem großen Holztisch steht eine Wanne voller gelb leuchtender Mirabellen. Die Frau gleitet geradezu durch den großzügigen Raum. Und wirklich, ihre Füße schweben tatsächlich ein paar Millimeter über dem Boden! Sie macht sich emsig an dem frischen Obst zu schaffen. Immer wieder dreht sie sich dabei zu dem Mädchen um und lächelt. Jetzt nimmt sie eine Mirabelle zur Hand, gleich darauf die nächste. Plötzlich verwandeln sich die Steinfrüchte in Äpfel. Blitzschnell landet ein zusammenhängender, gedrehter Streifen aus Schale neben dem nächsten in einer Schüssel. Dort flechten sich die Apfelschalenstreifen von ganz allein zu einem Zopf, aus dem Zopf wird ein Kranz. Das Mädchen guckt erstaunt in die Schüssel und lächelt die Frau scheu an. Sie lächelt zurück und nickt kaum sichtbar. Die Hände des Mädchens berühren den Rand des großen Metallgefäßes, ein ohrenbetäubendes Scheppern, als die Schale auf den gefliesten Boden schlägt.

Christina schreckte hoch und sah sich um. Ihr Herz raste. Hatte da eben jemand neben ihrem Bett gestanden?

# 4

»Der Sommer räumt dem Herbst das Feld und
der Herbst dem Sommer die Felder.«
*Deutsches Sprichwort*

## 1977

Ich habe schlecht geschlafen.« Beate rieb sich die Augen.

»Kein Wunder, es hat letzte Nacht kräftig geblitzt und gedonnert, was?« Alma lächelte aufmunternd. »Dabei ist der Sommer längst vorbei«, sagte sie mehr zu sich selbst.

Tatsächlich erinnerte der Morgen eher an den einsetzenden Herbst. Es regnete, und die eine oder andere Windböe rüttelte an den Fenstern.

»Das Wetter beruhigt sich, heute Abend werdet ihr bestimmt besser schlafen. Jetzt raus aus den Federn, es gibt Frühstück.«

Alma hatte sicher ebenso wenig Schlaf bekommen. Tine fielen ihre Augenringe auf und die blasse Gesichtsfarbe. Den Kindern gegenüber ließ Alma sich nichts anmerken. Wie immer sah sie aus, als könnte sie es nicht abwarten, sich an ihr Tagewerk zu machen. Sie trug ein fröhlich-buntes Baumwollkleid und darüber eine Küchenschürze. Aus rein praktischen Gründen, das betonte Alma regelmäßig, denn so recht konnte sie sich mit dem unförmigen Ding und seinem grau-blauen Karomuster wohl nicht anfreunden. Tine betrachtete sie und meinte, die Zahl der silbernen Fäden in ihrem dicken braunen Haar hätte schon wieder zugenommen.

»Ich habe keinen Hunger.« Beates Stimme riss Tine aus ihren Gedanken.

»Ich auch nicht«, maulte Sven. Die beiden waren vermutlich noch todmüde.

»Ihr müsst wenigstens eine Kleinigkeit im Bauch haben, bevor ihr in die Schule geht«, beharrte Alma. »Tine hat gestern ein Brot mit Nüssen gebacken. Stimmt's, Tine?«

»Allerdings! Das schmeckt fast wie Kuchen. Wer heute nicht schnell genug ist, kriegt nur noch Krümel ab«, verkündete sie. Die Drohung zeigte Wirkung, ein Kind nach dem anderen sprang aus dem Bett. Während die einen in den beiden Badezimmern verschwanden, legten sich die anderen ihre Kleidung für den Tag zurecht und räumten Schmutzwäsche in die dafür aufgestellten Körbe. Ein Ritual, an das sich jeder im Haus zu halten hatte, damit nicht Chaos und Unordnung das Regiment übernahmen.

Beate und Doreen saßen als Erste auf ihren Plätzen an dem riesigen Esstisch, der für Tine das Herzstück des Hauses bildete. Er stand angeblich schon seit Jahrzehnten hier und sollte in einer Tischlerei in Bergen gefertigt worden sein. Die Mädchen beäugten neugierig den großen rundlichen Laib, der in der Mitte zwischen Butter, Marmelade, Käse und Wurst thronte. Deutlich langsamer gesellten sich auch Sven, Stefan und Maik dazu. Tine schnitt das Brot in Scheiben. Sofort verbreitete sich ein köstlicher Duft, der ihr das Wasser im Mund zusammenlaufen ließ. Sie blickte kurz in die Runde. Offenbar war sie nicht die Einzige, die Appetit bekam. Sie lächelte zufrieden. Dann stutzte sie. Nesthäkchen Guido fehlte.

»Wo ist denn der Kurze? Schläft er etwa noch?« Sie sah Alma an.

»Nee, der muss schon ganz früh aufgestanden sein«, antwortete Stefan an Almas Stelle. »Der war schon weg, als ich aufgewacht bin.« Er grinste. »Vielleicht war er gar nicht im Bett, sondern hat die Nacht draußen verbracht.« Er machte ein Geräusch, das möglichst gruselig sein und an Wolfsgeheul erinnern sollte.

Tine zog kurz die Augenbrauen hoch.

»Das ist nicht lustig, Stefan«, mahnte Alma. »Ihr teilt euch ein Zimmer, und er ist der Jüngste. Es liegt in deiner Verantwortung, mir oder Georg Bescheid zu geben, wenn er nicht da ist.«

Stefan setzte zu einer Rechtfertigung an, verstummte aber sofort unter Almas strengem Blick. Sie und Georg ließen den Kindern viele Freiheiten, fand Tine. Vor allem Alma. Es war immer wieder erstaunlich, wie sie mit liebevoller Hand dennoch jeden in die von ihr gewünschte Richtung lotsen konnte. Georg eingeschlossen. Er war der schweigsame Teil der beiden, was ihn manches Mal ein wenig mürrisch erscheinen ließ. Ohne große Worte hielt er die alte Villa in Schuss, die seine Eltern im Stil der Bäderarchitektur hatten bauen lassen. Wann immer er dabei eine helfende Hand brauchte, musste eins der Kinder ran und bekam bei der Gelegenheit meist eine Lektion im Umgang mit Hammer, Säge und anderem Werkzeug. Ansonsten überließ er die Erziehung Alma. Wahrscheinlich, weil sie im Gegensatz zu ihm immer zu Hause war.

»Georgs handwerkliches Geschick ist Fluch und Segen zugleich«, hatte Alma mal gesagt. »Jeder auf der Insel scheint zu glauben, dass er einfach alles reparieren kann. Dauernd soll er hier oder da etwas richten.« Sie hatte geseufzt und im nächsten Moment gezwinkert. »Das Gute daran ist, dass er immer etwas für unsere Vorratskammer mitbringt oder Baumaterial, das übrig geblieben ist.«

Alma stemmte die Fäuste in die Hüften und sah Stefan erwartungsvoll an. So sanft sie sein konnte, so unerbittlich bestand sie auf die Einhaltung bestimmter Absprachen. Die erste lautete: Die Familie hatte jeden Tag zu den Mahlzeiten im Esszimmer zusammenzukommen. Ausnahmen akzeptierte sie nur in wirklich dringenden Fällen. Georg genoss diesbezüglich eine Sonderbehandlung, weil er häufig den ganzen Tag unterwegs war. Doch das Frühstück war heilig, daran kam auch er nicht vorbei. Regel Nummer zwei: Bei Tisch wurde nicht über das Essen gemosert.

»Wenn die Lütten damit erst anfangen, gibt's nur noch Gemecker«, hatte Alma Tine erklärt. Mit ihren fast achtzehn Jahren gehörte Tine nicht mehr zu den Lütten, was sie ein wenig stolz machte. Sie fühlte sich schon ziemlich erwachsen. Immerhin war sie gewissermaßen Almas rechte Hand im Haushalt und in der Betreuung der anderen Kinder. Wenn sie zu zweit am Herd werkelten oder in der Waschküche schwitzten, führten sie richtige Erwachsenengespräche. So hatte Alma ihr bei einer solchen Gelegenheit beispielsweise verraten, dass Georgs Eltern die Villa einmal gebaut hatten, um darin ein Hotel zu betreiben.

»Als er noch ein Junge war, hatten seine Eltern oft das Haus voller Feriengäste. Georg liebte es, Familien aus allen Ecken Deutschlands, manchmal sogar aus Österreich oder der Schweiz kennenzulernen und mit den Kindern zu spielen.«

»Was ist dann passiert«, hatte Tine gefragt. »Warum kamen später keine Urlauber mehr?«

»Mit Gründung der DDR flaute der Tourismus ab.« Alma hatte einen Moment geschwiegen. Sie hatte sogar kurz aufgehört, Socken zu kleinen Knäueln zu drehen, und Tine ganz versonnen angeguckt. »Georg hätte zu gern ein großes, schickes Hotel geleitet. Er wollte Reisende aus aller Welt beherbergen, die ihre Geschichten mitgebracht hätten. So hat er sich das vorgestellt.« Dann hatte sie mit den Schultern gezuckt und sich wieder um die Strümpfe gekümmert.

Tine hatte mit Almas Bemerkung nicht viel anfangen können.

»Hast du Georgs Eltern eigentlich kennengelernt?«, fragte sie stattdessen. Alma schüttelte den Kopf.

»Ich hab Eier!« Guido stürmte ins Esszimmer. Seine Wangen leuchteten mit seinem rötlich braunen Schopf um die Wette. Den unteren Rand seines Hemdchens hatte er wie Sterntaler angehoben. Offenbar transportierte er etwas darin. An einer Stelle wurde der Stoff zusehends dunkler. Hatte Guido eben nicht von Eiern gesprochen? Sah ganz so aus, als wäre da etwas schiefgegangen.

»Wo warst du denn?« Alma sah ihn erwartungsvoll an. »Stefan wollte sich gerade auf den Weg machen und dich suchen.«

Stefan lehnte sich lässig zurück und grinste. Guido dagegen linste immer wieder in seine improvisierte Schürze, warf Alma einen Blick zu, der einen Eisberg hätte schmelzen können, und sah im nächsten Moment wieder nach seiner kostbaren Fracht. Tine lächelte. Sie hing an dem Sechsjährigen, als wäre er ihr Sohn. Zwar hielt er sie und den Rest der großen Familie ständig auf Trab und kostete manchmal wirklich Nerven, doch konnte ihm niemand böse sein. Tine am allerwenigsten. Mit seinem runden Gesicht, auf dessen Apfelbäckchen Sommersprossen tanzten, den strubbeligen Haaren, die kein Kamm zur Räson bringen konnte, und den ein ganz klein wenig zu eng stehenden braunen Augen, denen nichts zu entgehen schien, entsprach er optisch dem Lausbub, wie er im Buche stand. Dazu kamen sein sonniges Gemüt und seine grenzenlose Neugier, eine unschlagbare Kombination, mit der er am Ende jeden um den Finger wickelte.

»Du sollst nicht vor dem Frühstück auf dem Hof herumflitzen«, ermahnte Alma ihn. »Wie oft muss ich das noch sagen?«

Guido sah zu Boden. »Ich wollte ja nur kurz in den Stall gehen«, verteidigte er sich schwach.

»Da hast du allein aber nichts zu suchen«, erinnerte sie ihn. »Du gehst nur mit einem von uns in den Stall, auch das habe ich dir schon mehrfach erklärt.«

Tine konnte den Anblick kaum ertragen. Der Knirps stand da, die kleinen Hände zu Fäusten geballt, um nur nicht den Rand des Hemdes loszulassen, und dazu zog er eine derart enttäuschte Miene, dass sie hätte weinen können. Am liebsten hätte sie ihn getröstet, aber sie wusste genau, dass sie nicht in Almas Erziehung eingreifen durfte, so schwer es ihr auch fiel.

»Ich finde es sehr schön, dass du dich für die Tiere interessierst«, setzte Alma gerade an.

»Nur Hühner«, fiel Guido ihr ins Wort.

Alma stutzte. »Und was ist mit der Kuh, mit den beiden Schweinen und den Schafen? Magst du die nicht so gern?«

Guido schüttelte den Kopf, sagte aber hastig: »Doch, die Schafe mag ich auch.«

In dem kleinen Gesicht kündigte sich ein Lächeln an. Tine atmete auf, doch sie hatte sich zu früh gefreut. Guido warf nämlich einen erneuten Blick in seine provisorische Schürze. Was er dort zu sehen bekam, schien ihn geradezu in Verzweiflung zu stürzen. Seine fröhlichen, wachen Augen wurden verräterisch feucht, seine Unterlippe begann zu beben. Tine konnte es kaum aushalten, wenn er so unglücklich war. Manchmal träumte sie, dass ihm etwas zustieß, dass ihm jemand schrecklich wehtat. Dann erwachte sie jedes Mal schweißgebadet und brauchte lange, ehe sie sich wieder beruhigen konnte. Wenn sie nur daran dachte, wie viel Leid er trotz seines jungen Alters schon erleben musste …

»Ich wollte doch nur helfen«, piepste er gerade. »Ich wollte Eier zum Frühstück holen, weil keine mehr da sind. Tine hat doch gestern gebacken, dafür hat sie die Eier gebraucht, das habe ich genau gesehen.«

Um Tines Fassung war es geschehen, ihr traten Tränen in die Augen.

»Das ist wirklich lieb von dir«, brachte sie hervor und fing einen warnenden Blick von Alma auf. »Aber du bist noch klein«, erklärte sie ihm sanft. »Du musst erst ein paar Dinge lernen, ehe du selbstständig Aufgaben übernehmen kannst.« Er sah zu ihr auf. »Es kann zu viel passieren.«

»Na, dann zeig doch mal, was du uns mitgebracht hast, Guido.« Alma trat zu ihm. »Sonst verhungert die Meute noch.« Er streckte den Bauch raus und machte ein Hohlkreuz, damit Alma die Eier aus dem feuchten Hemd sammeln konnte. »Nur eins ist zerbrochen, die anderen vier sind heil geblieben«, verkündete sie. »Am besten gehst du nachher mit Sven noch einmal in den Stall. Wenn uns die Hennen heute noch ein paar Eier schenken, machen wir später vielleicht Pfannkuchen oder Omeletts.« Alma nahm Guido in den Arm und strich ihm über das Haar. Auch Tine konnte nicht widerstehen, ihm kurz die Schultern zu tätscheln. Sofort beruhigte er sich und setzte sich auf seinen Stuhl. Gerade noch rechtzeitig, damit Georg, der in diesem Moment eintrat, nichts von dem kleinen Malheur mitbekam.

»Guten Morgen«, sagte er, schnappte sich eine Kaffeetasse und lehnte sich an die Arbeitsplatte. Wahrscheinlich war er mit seinen Gedanken schon wieder woanders, wie so oft. Selbst Hund Socke, der sich an seine Beine presste, konnte seine Aufmerksamkeit nicht ergattern. Nicht mal ein beiläufiges Streicheln fiel für den Vierbeiner ab. Er schnaufte und verzog sich auf seine alte Decke. Alma warf einen schnellen Blick zur Küchenuhr, die über der Tür hing, und goss den Kindern Tee oder Kakao ein. Georg machte noch immer keine Anstalten, sich zu setzen. Alma sah ihn an, eine Augenbraue hochgezogen. Ein leises Lächeln huschte über seine Lippen, und er nahm Platz.

»Lieber Gott, wir danken dir, dass wir alle zusammen sind und zu essen haben.« Doreen war an diesem Morgen mit dem Dankgebet an der Reihe. Sie sprach so schnell, dass sie kaum zu verstehen war. Aber das machte nichts, schließlich kannten alle die immer gleichen Worte.

»Und dass wir ein Ei weniger haben«, raunte Maik kichernd Sven zu. Georg hatte ihn entweder nicht gehört, oder es kümmerte ihn nicht. Er hatte innerhalb von Sekunden eine Scheibe Brot mit Butter beschmiert, Wurst daraufgelegt und hineingebissen, als gälte es, einen Schnelligkeitsrekord aufzustellen. Guido dagegen hatte Maiks Kommentar sehr wohl mitbekommen und warf dem Älteren aus zusammengekniffenen Augen einen energischen Blick zu. Der Steppke ließ sich von den Großen nichts gefallen. Wie sehr Tine ihn für diesen Mut und dieses Selbstbewusstsein bewunderte.

Reden war bei Tisch nicht verboten, also schnatterten Doreen und Beate aufgeregt über eine Zeichnung, die Beate in der Schule gemacht hatte.

»Fritz hat bei mir abgemalt, dabei war die Aufgabe, dass wir uns selbst zeichnen.« Beate prustete. »Seitdem fragen ihn alle, wo seine Zöpfe geblieben sind.« Die Mädchen lachten. Sven hatte mit seinem Teelöffel eine Nuss aus dem Brot gepult und feuerte die gerade auf Stefan ab. Sehr gut gezielt hatte er dabei allerdings nicht. Die Nuss landete auf dem Boden, direkt vor Katze Paulines Nase. Die zuckte zusammen, schnupperte vorsichtig und stupste das runde Ding mit dem Pfötchen an. Der Nuss-Schuss ging Alma eindeutig zu weit. Ehe Georg ein Machtwort sprach, setzte sie dem Trubel ein Ende.

»Mit Essen spielt man nicht! Außerdem wird es Zeit für die Schule. Beeilung, alle Mann! Sven und Maik, ihr räumt heute ab, und dann zack, zack auf die Räder. Bestimmt ist Johanna gleich hier. Ihr wisst, dass sie meistens ein paar Minuten zu früh kommt. Also hopp, hopp!«

Tatsächlich kam die Nachbarin, deren Sohn Axel mit Beate in eine Klasse ging, jeden Tag ein bisschen früher, um Beate und Stefan abzuholen. Wenn es so weiterging, würde sie irgendwann schon nachts vor der Tür stehen, dachte Tine grinsend. Vielleicht stellte sie sich aber auch nur rechtzeitig auf den Winter ein. Sobald Schnee lag, wurde der Weg aus dem höchsten Norden

Rügens über die schlecht ausgebauten Wege bis zur Schule sehr lang.

»Wieso müssen wir eigentlich immer abräumen?«, beschwerte Maik sich.

»Darum!« Alma verzog keine Miene.

»Genau, wir müssen zuerst los, weil wir bei Wind und Wetter nach Altenkirchen strampeln müssen. Warum räumen nicht die ab, die gemütlich gefahren werden oder sogar zu Hause bleiben?« Sven reckte herausfordernd das Kinn.

»Weil ich es sage«, entgegnete Alma und ignorierte jedes weitere Murren der beiden Ältesten. Tine stellte die Lebensmittel schon mal in den Kühlschrank, so sparten die Jungs ein bisschen Zeit. Im Grunde hatten die beiden nichts dagegen, die rund sieben Kilometer zu radeln. Im Sommer. Je kürzer die Tage aber wurden, desto mehr sank ihre Begeisterung. Dann versuchten sie alles, damit Georg eine Ausnahme machte und sie mit seinem Barkas-Kleintransporter fuhr. Tine hatte größtes Verständnis dafür. Sie war immer heilfroh, bei Frost und völliger Dunkelheit mit Doreen und Guido zu Hause bleiben zu dürfen, wo die beiden Jüngsten im Wechsel von Alma und von Nachbarin Johanna unterrichtet wurden.

Nachdem die Haustür ein letztes Mal geklappt hatte, kehrte Ruhe ein. Tine und Alma erledigten den Abwasch.

»Es wäre schön, wenn wir jemanden hätten, der uns in der Küche hilft«, begann Alma plötzlich.

»Wieso? Wir schaffen das doch gut zu zweit. Oder ist dir das alles zu viel? Ich kann mehr übernehmen«, schlug Tine eifrig vor. »Du musst mir nur sagen …«

»Du machst mehr als genug«, fiel Alma ihr ins Wort. »Ich dachte an eine Art Hilfskoch.« Sie wischte die Arbeitsplatte sauber und hievte eine große Wanne voller Pflaumen darauf. Die erste von insgesamt drei, deren Inhalt entsteint werden musste.

»Du sollst nicht mehr übernehmen, im Gegenteil. Du brauchst Zeit für dich, Tine, damit du etwas lernen kannst«, sagte sie, während sie die Früchte wusch. »Vielleicht wäre es sogar am besten, wenn du eine Ausbildung anfangen oder eine weiterführende Schule besuchen würdest.« Tine nahm ein Obstmesser zur Hand und stellte Schüsseln bereit. »Irgendwo auf dem Festland, nicht hier auf Rügen«, fügte Alma hinzu, ohne Tine anzusehen. Die ließ das Messer klirrend auf den Tisch fallen.

»Nein!« Eine Sekunde war es still in der Küche. Tine nahm sich eine Pflaume, schnitt sie in zwei Hälften, die sie so gegeneinander verdrehte, dass sich der Stein leicht entfernen ließ, wie Alma es ihr vor Jahren gezeigt hatte. »Wozu soll ich eine Lehre machen, Alma? Du hast mir Backen, Kochen und Nähen beigebracht, einfach alles, was ich wissen muss. Mit den Quälgeistern kann ich inzwischen auch einigermaßen umgehen.« Sie lachte unsicher. »Ich wüsste nicht, wie ich von einem Fremden mehr lernen könnte als von dir. Außerdem brauchst du eine zweite Frau im Haus, das hast du selbst mal gesagt. Und jetzt sprichst du sogar von einem Hilfskoch.«

»Das schon, aber …«

Tine ließ Alma nicht ausreden, was die sich überraschenderweise gefallen ließ.

»Na also, es könnte gar nicht besser passen! Ich will keine Ausbildung machen, schon gar nicht auf dem Festland, Alma, auf keinen Fall.« Leise setzte sie hinzu: »Ich will nicht weg von hier.«

»Trotzdem.« Eine Weile schwiegen sie beide. Es war nur das leise Klatschen zu hören, wenn eine steinlose Pflaume auf die anderen fiel. »Es ist ja nicht nur das Kochen«, setzte Alma erneut an. »Allein das riesige Haus sauber zu halten ist eine Mammutaufgabe. Obendrein machen wir die Wäsche, nähen, stopfen, organisieren die Einkäufe. Die anderen sind einfach noch zu klein, um Aufgaben zu übernehmen, die uns wirklich entlasten würden.«

Sie schob sich mit dem Handrücken eine Strähne aus dem Gesicht. »Ich weiß auch nicht, manchmal denke ich einfach, es könnte alles besser laufen, sodass wir alle mehr Zeit zum Spielen und zum Reden hätten. Zwei Erwachsene … entschuldige, drei Erwachsene und sechs Kinder auf einem Haufen, glaubst du nicht, dass da der eine oder andere zu kurz kommt?«

»Auf keinen Fall. Ihr seid die besten Eltern, die wir uns nur wünschen können.« Tine strahlte Alma an. Die lächelte dankbar. Die Tür ging auf, Georg steckte seinen Kopf herein.

»Ich fahre nach Spyker.« Er kam rein und nahm sich eine von den entsteinten Pflaumen.

»Hey!«, riefen Alma und Tine wie aus einem Mund. Er blickte mit großen Augen von einer zur anderen.

»Schon wieder Spyker?« Alma seufzte. »Ich dachte, du kümmerst dich heute um die Lampen im oberen Stockwerk. Inzwischen sind schon zwei kaputt. Es ist einfach zu dunkel, wenn die Kinder nachts mal aufstehen müssen.«

»Müssen sie eben ein bisschen aufpassen. Spyker ist wichtig, Alma, das weißt du genau.« Er sah sie so eindringlich an, dass Tine ganz seltsam wurde. Alma atmete schwer aus.

»Die Sache mit den Lampen kostet dich nicht mehr als eine halbe Stunde«, versuchte sie es erneut. »In der Zeit haben wir eine ordentliche Menge Pflaumen fertig, und Tine könnte dich begleiten.« Sie sah zu ihm auf. »Bitte, so viel Zeit wird es doch haben, oder?«

»Leider nicht, Alma«, erklärte er hart. »Tine, schnapp dir eine Jacke!« Tine wollte protestieren. Zwar liebte sie Ausflüge, wollte aber Alma nicht mit der Arbeit im Stich lassen. »Auf dem Rückweg holen wir gleich einen Sack Kartoffeln und einen Sack Möhren«, sagte er, stibitzte sich eine weitere Pflaume und war schon aus der Tür. »Bis später.«

»Lass einfach alles stehen, ich mache nachher weiter.«

Tine drückte Alma einen Kuss auf die Wange und ging. Sie wusste genau, dass alle drei Wannen leer sein würden, wenn sie zurück war.

Die Straße war noch nass vom Regen, der dem schweren Gewitter in der vergangenen Nacht gefolgt war. Es hatte sich empfindlich abgekühlt. Kein Zweifel, der Herbst meldete sich zur Stelle. Recht früh in diesem Jahr. Die Sonne malte breite Streifen auf das Grau des Himmels, wo sie sich durch die Wolken kämpfen konnte, und tauchte die Felder und Alleen in ein gelbliches Licht. Wie ein Gemälde, ging Tine durch den Kopf.

»Willst du mal ans Steuer?« Ein Grinsen machte sich auf Georgs Gesicht breit. Seit sie sich auf den Weg gemacht hatten, hatte er kein Wort gesagt, doch er konnte es sich nicht verkneifen, Tine aus der Reserve zu locken. Er wusste nur zu gut, dass ihm das mit diesem Thema gelang. Es kam für sie nicht infrage, ohne Führerschein ein Auto zu lenken, er dagegen sah das entspannt.

»Du kannst es nicht lassen, oder?« Sie schnitt eine Grimasse, schüttelte den Kopf und sah wieder aus dem Fenster.

»Du wirst noch an mich denken«, sagte er wie jedes Mal, wenn sie darüber sprachen. »Wenn du immer jemanden bitten musst, dich zu fahren, oder wenn du dich mit den Fahrstunden abmühst, dann wirst du dir wünschen, du hättest auf mich gehört. Dann wirst du dir sagen: Hätte ich mal den Rat vom guten alten Georg befolgt und es wenigstens probiert.«

Sie wandte sich ihm zu, um ihre Argumente zu verteidigen, doch sie musste lachen. So mürrisch Georg auch manchmal war, so humorvoll konnte er auch sein. Seine Unschuldsmiene war bühnenreif! Statt ihm zu antworten, knuffte sie gegen seinen Arm und freute sich über sein leises Lachen.

# 5

»Der Herbst ist immer unsere beste Zeit.«
*Johann Wolfgang von Goethe*

## 1977

Georg fuhr auf den Sandplatz vor Schloss Spyker. Tine hatte schon einiges davon gehört, ihn aber noch nie hierher begleitet. Jetzt sah sie das parkähnliche Gelände mit dem imposanten Bau zum ersten Mal mit eigenen Augen. Ihr blieb eine Sekunde die Luft weg. So prächtig hatte sie es sich nicht vorgestellt. An jeder Ecke ragte ein runder Turm in die Höhe, der Haupteingang glich mit der nach oben spitz zulaufenden Pforte einer Kathedrale. Das Schloss hatte bis vor einigen Jahren angeblich einem Fürsten gehört. Ob jetzt noch jemand dauerhaft hier wohnte, wusste sie nicht. In Tines Fantasie konnte hier auch heute noch nur ein König zu Hause sein.

»Nun mach den Mund mal wieder zu.« Tine hatte nicht bemerkt, dass Georg sie offenbar schon eine Weile amüsiert beobachtete. »Kann verstehen, dass du von den Socken bist. Lass dich bloß nicht von dem Prunk blenden, sondern nutze lieber die Gelegenheit, etwas zu lernen.« Sie sah ihn fragend an. »Hier siehst du, wie die Gesellschaft funktioniert. Wer Beziehungen und das nötige Kleingeld hat, bekommt eine solche Luxuskarosse.« Er deutete auf die edlen Limousinen, zwischen denen sein alter Barkas vermutlich auffiel wie das hässliche Entlein. Drei elegante Wartburg-Coupés, blank poliert, in unterschiedlichen Pastellfarben standen neben Lada-Pkw, Volvos und Trabants, die zwar etwas eckiger waren, aber nicht weniger begehrt. »Und das sogar ohne zehn Jahre Wartezeit«, fügte er hinzu. »Ich konnte mich schon glücklich schätzen, diese alte Karre hier zu ergattern. Und soll ich dir was sagen?« Er erwartete keine Antwort von ihr. »Ich möchte nicht tauschen.«

Sie musste schmunzeln, denn das hatte sie schon häufiger von ihm gehört. Wenn er davon sprach, wie viel Glück er gehabt hatte, den Wagen zu bekommen, konnte er für seine Verhältnisse geradezu redselig werden. Richtig in Fahrt kam er, wenn er davon erzählte, wie er den rostigen kleinen Transporter umgebaut hatte.

»Ein Schmuckstück habe ich daraus gemacht«, sagte er stets. »Mit allem Komfort!« Worin der bestehen sollte, war Tine schleierhaft. Wahrscheinlich dachte er dabei an die schrecklich harten Holzbänke, die er nach Bedarf einbauen konnte. »Das ist nicht nur ein Blitz«, beendete er seine Lobrede zuverlässig, womit er auf die Bedeutung des Namens Barkas anspielte, und die versammelte Mannschaft rief: »Das ist ein Potzblitz!«

»Es dauert nicht lange, bin im Handumdrehen wieder da.« Georg schnappte sich eine Kiste, in der vier massive Türschlösser neben einer Dose Holzschutzmittel lagen. »Ich hätte dich mit reingenommen, aber es scheint etwas los zu sein. Eine Versammlung vielleicht, so viele Autos, wie hier rumstehen. Kannst dich hier draußen umgucken. Ich beeile mich, in Ordnung?«

»Ja, klar.« Tine hätte zu gern gewusst, wie es drinnen aussah. Wie viele Zimmer mochte es in den drei Stockwerken des Schlosses geben? Sie stellte sich Wendeltreppen aus dunklem Holz vor, riesige Gemälde an den Wänden und überall dicke kostbare Teppiche. Vielleicht ergab sich irgendwann einmal die Möglichkeit, dass Georg sie mitnehmen durfte.

Tine ging ein paar Schritte über einen Pfad, der zu einer Rasenfläche mit dichtem Baumbestand führte. Aus einem der Fenster im ersten Stock waren Stimmen zu hören, auch lautes Lachen wehte ab und zu herüber. Hatte Georg nicht einmal erzählt, dass

Spyker als Ferienheim genutzt wurde? Also gab es drinnen vermutlich eher Etagenbetten als Wandteppiche. Sie schlenderte wieder zurück. Es konnte gut sein, dass Georg tatsächlich schnell alles erledigt hatte und sie schon bald wieder aufbrachen, dann sollte er sie nicht suchen müssen. Sie sah sich die Autos auf dem Parkplatz aus der Nähe an. Mann, die sahen alle aus, als wären sie noch nicht alt, wahrscheinlich bestens gepflegt und in Schuss. Bei dem Trabi, mit dem Nachbarin Johanna die Kinder ab und an zur Schule fuhr, musste man ständig damit rechnen, dass er auseinanderfiel, besonders wenn er voll besetzt war. Der hatte aber auch schon etliche Jahre auf dem Buckel oder eher auf der Motorhaube. Die Kisten hier waren etwas ganz anderes.

»Junge Dame, was machen Sie denn hier?«

Ein Fenster im Erdgeschoss war geöffnet worden. Eine Frau mit weißer Schürze und Haube auf dem Haar sah heraus. Zu ihr gehörte also der zickige Ton. Sie sah misstrauisch zu Tine herüber.

»Nichts. Ich warte nur auf … meinen Vater.«

Tine verbrachte die restliche Zeit im Barkas, denn sie hatte keine Lust, noch einmal so unfreundlich angesprochen zu werden. Nicht lange, dann war Georg zurück, schwang sich hinter das Lenkrad und fuhr ohne ein Wort los. Gerade rechtzeitig, denn es fing wieder an zu regnen.

»Was hattest du im Schloss zu tun?«, fragte Tine, nachdem sie ein paar Minuten schweigend gefahren waren. »Brauchte es etwa neue Schlösser?« Sie lachte. Georg ging nicht auf das Wortspiel ein.

»Ja, sie haben geklemmt«, erklärte er sachlich. »Ich hatte sie letztes Mal ausgebaut und zu Hause wieder gangbar gemacht.«

Schweigen.

»Sind die Leute dort nett?«

»Darum geht es nicht. Ich habe Aufgaben angenommen, und die erledige ich.«

Bester Laune schien er nicht zu sein. Wenn alle Bewohner so freundlich waren wie die Frau, die aus dem Fenster gerufen hatte, konnte Tine ihn verstehen. Hinter Glowe fiel ihr ein Mann auf. Er lief direkt auf dem Straßenrand durch den Regen. Ohne Jacke.

»Ob der sich verlaufen hat?«, überlegte sie laut.

»Kann sein. Wollen wir ihn fragen?«

»Ich weiß nicht.« Natürlich wäre es nett, ihm den Weg zu zeigen, falls er sich hier nicht auskannte. Womöglich wollte er dann aber mitfahren. Tine war nicht sicher, was sie davon halten würde. Je näher sie ihm kamen, desto seltsamer kam der Mann ihr vor. Er trug eine Hose und Schuhe, die schon bessere Tage gesehen hatten, und über einer Schulter hing ein kleiner Rucksack, dessen Nähte an mehreren Stellen offen waren. Wenn er den noch lange benutzen wollte, sollte er ihn dringend nähen.

Georg drosselte das Tempo, der Wanderer blieb stehen. Sie fuhren an ihm vorbei. Nach wenigen Metern ließ Georg den Wagen auf einen Grünstreifen rollen und hielt an. Er öffnete die Fahrertür ein Stück.

»Können wir Ihnen helfen?«

Der Fremde schloss zum Wagen auf.

»Ist nett von Ihnen.«

»Wir können Sie ein Stück mitnehmen«, schlug Georg vor. »Sie müssten sich hinten reinhocken.« Er deutete auf die Ladefläche. »Nicht sehr komfortabel, aber immerhin überdacht. Besser, als weiter durch den Regen zu laufen. Wollen Sie?«

»Gern.« Er reichte Georg die Hand. »Ich heiße Bernd.«

»Georg. Dann mal rein in die gute Stube.« Bernd sprang in den Wagen und wandte sich Tine zu, die er anscheinend jetzt erst entdeckte.

»Hallo, und Sie sind?«

Sie drehte sich zu ihm um.

»Tine.«

Ein Lächeln huschte über Bernds schmales Gesicht. Er streckte ihr die Hand entgegen.

»Hallo, Tine.« Seine braunen Augen schienen ihr bis ins Herz gucken zu können. Schnell drehte sie sich wieder zurück und schaute konzentriert nach vorne.

»Wo wollen Sie überhaupt hin?«, fragte Georg ihn.

»Eigentlich wollte ich in Bobbin unterkommen, aber da gab es ein Missverständnis«, entgegnete Bernd vage.

»Nach Bobbin geht's in die andere Richtung.«

»Ich weiß. Ich dachte, ich hätte dort einen Freund, bei dem ich eine Weile bleiben könnte. Da habe ich mich getäuscht.«

Auf Georgs Stirn erschienen Falten.

»Sie brauchen eine Unterkunft?«, wollte er wissen.

»Wenn Sie so direkt fragen ... ja.«

Georg startete den Motor, blieb aber an Ort und Stelle stehen. Tine sah ihn an. Niemand sagte etwas. Dann schien sich Georg ein Herz zu fassen. Er drehte sich zu ihrem Fahrgast um.

»Können Sie kochen?«

Tine zuckte zusammen. Was hatte Georg vor? Er wollte doch wohl nicht einen völlig fremden Mann ins Haus holen?

»Zur Not kann ich alles.« Eine seltsame Antwort. Während Tine noch überlegte, was sie von diesem Bernd halten sollte, hatte Georg diese Entscheidung für sich offensichtlich getroffen und gab Gas. Als würden die beiden sich schon länger kennen, ging er zum vertrauten Duzen über.

»Woher kommst du?«

»Aus Brandenburg.« Bernd schien keine große Lust zu haben, von sich zu erzählen. Stattdessen fragte er: »Wohin fahren wir?«

»Ganz in den Norden.«

»Gut.«

Was die Lust zu plaudern anging, hatten die zwei schon mal eine Gemeinsamkeit. Bis nach Putgarten sagte keiner der Männer mehr ein Wort. Tine schwieg auch. Sie drehte sich nur einmal um, weil da plötzlich ein Geräusch war, das sie nicht einordnen konnte. Bernd trippelte mit den Fingerspitzen auf seinem Rucksack herum, als ob er nervös wäre. Ihre Blicke trafen sich, er zuckte kurz mit den Schultern, legte die Hände übereinander und sah still aus dem Fenster.

Zu Hause angekommen, sprang Tine aus dem Auto und stellte überrascht fest, dass Georg und Bernd keine Anstalten machten, auszusteigen. Das war ja ein Ding. Erst schwiegen sie wie Rügener Herzmuscheln, dann blieben sie im Wagen sitzen, als hätten sie jede Menge miteinander zu besprechen. Aber was? Ob Bernd Georg jetzt mehr über sich erzählte? Oder würde Georg ihn darauf vorbereiten, dass sie mit neun Personen unter einem Dach wohnten, ihm vielleicht Verhaltensregeln mit auf den Weg geben? Sie hätte zu gern Mäuschen gespielt, schließlich nahm man nicht jeden Tag einen Menschen auf, den man auf der Straße eingesammelt hatte. Dummerweise konnte sie nicht wieder in den Wagen steigen. Georg war nicht nur handwerklich begabt, er brachte auch immer alles irgendwie in Ordnung. Was er tat und sagte, hatte immer Hand und Fuß. Manchmal dachte Tine, es gab nichts, was er nicht konnte. Also würde er bestimmt auch jetzt das Richtige tun. Sie ging ins Haus und lief zuerst in die Küche. Hatte sie sich's doch gedacht, die drei Wannen waren leer und ordentlich ineinandergestapelt, keine einzige Pflaume wartete noch darauf, entsteint zu werden. Ein großer Teil köchelte schon auf kleiner Flamme in mehreren Töpfen. Das würde einige Gläser Mus geben. Nicht zum ersten Mal schätzte Tine die Vorzüge der riesigen Küche, die einmal für einen Hotelbetrieb geplant worden war. Auf dem zweiten Herd stand ein riesiger Topf, aus dem es köstlich duftete. Tine wollte gerade nachsehen, was es Schönes geben würde, als Alma die Küche betrat.

»Bohnensuppe«, sagte sie, ehe Tine fragen konnte.

»Du musst mir verraten, wie das mit deiner Wunschfee funktioniert, Alma!« Tine verschränkte die Arme vor der Brust und sah sie erwartungsvoll an.

»Wunschfee? Was meinst du?« Eine tiefe Falte erschien über Almas Nasenwurzel.

»Heute Morgen hast du dir einen Hilfskoch gewünscht, und zack – haben wir einen!«

»Wie bitte? Woher sollte der denn so plötzlich kommen?«

»Wir haben ihn auf der Straße aufgelesen, kurz hinter Glowe. Er sah ziemlich verloren aus, da hat Georg ihn gefragt, ob er mitfahren möchte.«

»Aha, und der ist Koch?«

»Glaube ich nicht. Er heißt Bernd und wohnt jetzt bei uns.«

Die Falten machten sich auf Almas Stirn breit. Sie sah wenig begeistert aus.

»Da habe ich ja wohl auch ein Wörtchen mitzureden. Hoffe ich.«

Zum Abendessen versammelte sich die gesamte Familie wie üblich um den großen Tisch. Natürlich war der Gast Mittelpunkt des Interesses. Tine bemerkte, dass Alma den hageren Mann mit dem schütteren rotblonden Haar und den wachen Augen still beobachtete. Auch sie selbst betrachtete ihn eher verstohlen, statt ihm Löcher in den Bauch zu fragen, wie es der Rest der Bande tat. Sie wollten wissen, woher er kam, was er auf Rügen wollte, warum er keinen Schlafplatz hatte. Tine fiel auf, dass Bernd auf keine der Fragen wirklich antwortete. Er konnte so geschickt mit Worten umgehen, dass er im Grunde nichts verriet und sich trotzdem niemand daran störte.

»In wem sein Zimmer schläft Bernd? In Stefans und meinem oder bei Tine und den Mädchen?« Guido stand auf, stützte seine kleinen Hände genau vor Bernd auf den Tisch und guckte ihn neugierig an. Tine spürte, wie ihre Wangen warm wurden. Hoffentlich konnte man das nicht sehen, sonst würden Sven und Maik sie gleich aufziehen.

»Das heißt: In wessen Zimmer?«, korrigierte Alma.

Georg erklärte: »Bernd bekommt ein eigenes Zimmer, oben auf dem Dachboden. So, und nun Tisch abräumen!« Auch Georg erhob sich, das klare Zeichen, dass das Abendessen beendet war.

»Liest du mir was vor?« Guido schien Bernd regelrecht zu hypnotisieren. Glücklicherweise rettete Georg seinen Gast.

»Bernd möchte sich bestimmt zurückziehen und seine Ruhe haben, er muss sich schließlich erst mal einleben. Ihr werdet ihn schon noch kennenlernen.« Mit Blick auf Alma setzte er hinzu: »Morgen kocht er für uns. Ich bin schon gespannt, was es gibt.« Bernd sah ihn erschrocken an. »Vielleicht hat Alma aber auch schon etwas geplant«, sagte Georg eilig. »Sie und Tine nehmen dich unter ihre Fittiche. Wirst sehen, ihr werdet prima miteinander klarkommen.«

Tine hatte nicht gut geschlafen. Sie hatte viel wirres Zeug geträumt von einer Gestalt, die bei Sturm und Regen plötzlich vor dem Auto aufgetaucht war. Mal konnte sie sein Gesicht kaum erkennen, dann wieder wandte er sich ihr zu, und seine blitzenden Augen jagten ihr einen wohligen Schauer über den Körper. Als sie aufgewacht war, hatte ihr Nachthemd an ihr geklebt. Ihr erster Gedanke galt Bernd. War er nur ein Traum, oder wohnte er nun wirklich bei ihnen? Wenig später kannte sie die Antwort: Er erschien zum Frühstück und sah ein wenig frischer aus als am Tag zuvor. Er sprach allerdings noch immer nicht viel.

Nachdem alle Kinder aus dem Haus waren, führte Georg Bernd ein wenig herum. Schließlich tauchte er mit ihm in der Küche auf, murmelte etwas davon, sich jetzt um die Lampen im

Obergeschoss kümmern zu wollen, und ließ Bernd bei Alma und Tine zurück. Tine war sehr froh, sich um die Pflaumenmusgläser kümmern zu können. Alma war der Ansicht, Tine habe die schönste Handschrift im Haus, weshalb sie für sämtliche Etiketten zuständig war. So hatte sie etwas zu tun, das sie davon abhielt, Bernd pausenlos anzustarren. Schon seine pure Anwesenheit machte sie irgendwie nervös.

»Wir könnten heute Wurstgulasch machen«, sagte Alma und klang auch ein wenig unsicher. »Georg hat gestern eine große Jagdwurst mitgebracht, und die Kinder essen das gerne. Was hältst du davon?« Als er nicht antwortete, fügte sie hinzu: »Nudeln sollten auch noch genug da sein.«

»Prima, gute Idee.« Das klang nicht begeistert. Tine blickte kurz auf. Bernd kratzte sich gerade am Kopf und sah sich um.

»Tine wird dir helfen, sie weiß, wo du alles findest. Die Etiketten können warten.«

»Sehr gut.« Bernd lächelte Tine erleichtert an.

Schon wieder spürte sie die Wärme in ihren Wangen. Hoffentlich hörte das bald auf, das war ja schrecklich.

»Ich bin in der Schule«, sagte Alma, »falls was ist.« Damit verschwand sie auch schon. Tine räumte die Bögen und den Stift ein wenig umständlich weg. Sie überlegte, worüber sie sich mit ihm unterhalten sollte.

»In der Schule?«, fragte er da, und seine Augenbrauen zuckten kurz. »Mir ist gar kein größeres Gebäude in der Nähe aufgefallen.«

Tine lachte. »Sie meint unser Klassenzimmer. Ist ein kleiner Raum im ersten Stock. Da werden Guido und Stefan unterrichtet. Stefan muss aber bald in die richtige Schule.«

»Verstehe.« Er zögerte. »Ihr seid eine Menge Geschwister. Alma sieht noch gar nicht so alt aus. Ich meine …«

»Hier sind Zwiebeln und Paprika.« Tine legte das Gemüse auf die Arbeitsfläche. »Die Wurst ist im Kühlschrank, da findest du außerdem Tomatenmark. Fleischbrühe ist schon fertig.« Sie holte einen Topf aus der Speisekammer. »Alma kocht immer einen großen Vorrat und friert ihn ein. Die Menge müsste reichen, haben wir vorhin schon aufgetaut.«

»Bestens, dann kann's ja losgehen.« Bernd stemmte die Hände in die Hüften.

»Lass dich nicht aufhalten«, sagte sie keck. »Ich bin oben, heute ist Wäschewechseltag. Mal sehen, ob die Jungs ihre Betten abgezogen haben«, murmelte sie und seufzte. »Bis gleich.«

»Ach so, ja … bis gleich.«

Als Tine in die Küche zurückkam, sah es nicht so aus, als würden sie heute Mittag etwas zu essen bekommen. Bernd hatte die Paprika in Stücke geschnitten. Sie hatten alle exakt die gleiche Größe, waren allerdings sehr groß. Da bekam man ja Maulsperre. Er schien das in Ordnung zu finden, denn er hatte sich bereits den Zwiebeln zugewandt. Er hackte sie nicht einfach in kleine Würfel, sondern kämpfte regelrecht mit ihnen und rieb sich ständig die Augen, was das Brennen vermutlich immer schlimmer machte. Tine musste schmunzeln, er konnte ihr richtig leidtun.

»Soll ich dir vielleicht helfen?«, bot sie an.

»Das wäre toll.« Als hätte er nur darauf gewartet, ließ Bernd Zwiebel und Messer los und machte einen großen Schritt weg von dem bösartigen Gemüse. »Habt ihr irgendwo ein Radio, Tine?«

»Ja, im Wohnzimmer«, antwortete sie wie aus der Pistole geschossen, stutzte aber dann. »Mit Helfen meinte ich aber nicht, dass ich den Rest jetzt allein mache.«

»Nein, nein, ich wollte auch nicht jetzt Radio hören. Interessiert mich nur generell.«

»Wir haben auch einen Plattenspieler«, erzählte sie, während sie blitzschnell die Zwiebeln hackte. »Der steht im Schrank im

Esszimmer.« Es war natürlich nicht ihr Plattenspieler, aber trotzdem war sie ein bisschen stolz und strahlte Bernd an.

»Ich bin eher für das Radio zu haben. Ich werde Georg mal fragen, irgendwann.«

Nachdem sie die Paprika in kindergerechte Happen geschnitten hatte, stellte Tine die Nudeln bereit.

»Die Jagdwurst kannst du ungefähr in die gleiche Größe schnippeln, in Ordnung?«

»Klar!«

»Fein.« Damit überließ sie ihn wieder seinem Schicksal. Eigentlich wollte sie nicht lange wegbleiben. Wenn er schon für die Vorbereitung so lange brauchte und sich obendrein so töffelig anstellte, schwante ihr für den Rest Schlimmes. Doch zuerst hielt Georg sie auf.

»Gut, dass du da bist. Ist meine Arbeitshose in der Wäsche? Du weißt schon, die braune Cordhose ...«

»Ja, müsste aber schon trocken sein. Ich hole sie dir schnell.«

Dann bat Alma sie, Guido kurz zu beschäftigen, während sie mit Stefan das Diktat durchgehen wollte, das er eben geschrieben hatte. Eine Bitte, der Tine nur zu gern nachkam und die dafür sorgte, dass sie Bernd und das Wurstgulasch völlig vergaß.

»Wir haben Hunger!« Sven und Maik stürmten fast gleichzeitig mit Doreen und Beate ins Haus. Tine sah erschrocken auf die Uhr. Im selben Moment sprang Guido auf und verkündete ebenfalls, er habe Kohldampf. Das übliche Gepolter und Gekicher sagte Tine, dass alle ihre Sachen in die Zimmer brachten und sich über ihren Schultag austauschten. Sie lächelte. So war es immer: Mit einem Schlag war der Trubel zurück in Georgs und Almas Villa.

»Wenn ihr mir beim Tischdecken helft, geht's schneller«, rief sie fröhlich und ging ins Esszimmer hinunter. Erstaunlich schnell gesellten sich die Kinder zu ihr. Tine beobachtete amüsiert, wie sie sich immer wieder möglichst unauffällig umschauten.

Nur Guido machte keinen Hehl aus seiner Neugier: »Wo ist denn der neue Koch?«

Wie aufs Stichwort tauchte der auf und balancierte den riesigen Topf auf den Untersetzer, der mitten auf dem Tisch lag. Bernd hatte einen roten Kopf und Schweißperlen auf der Stirn. So heiß war es in der Küche wirklich nicht. Wieder beschlich Tine eine böse Ahnung. Alma holte die Schüssel mit den Nudeln. Ihr Gesichtsausdruck war seltsam. Ebenso ungewöhnlich war auch die Stille, die nach dem Tischgebet einsetzte. Wie üblich hatten die Jungs schon den Mund voll, als Tine sich auffüllte. Sie wechselten bedeutungsvolle Blicke und starrten gleich darauf wieder das dampfende Essen an. Gudio spießte einen Klumpen Nudeln auf, hielt ihn in die Höhe und musterte ihn, als würde es sich um ein Objekt handeln, das er nie zuvor gesehen hatte. Sven wackelte an seinem Teller herum und versetzte damit die Oberfläche der wässrigen Suppe in leichte Wellenbewegungen. Tine fiel auf, dass alle ihr Besteck unschlüssig in den Händen hielten und sich nur ab und zu hilflos ansahen.

Es war Guido, der das Schweigen brach: »Geschwister, schmeckt es euch etwa?«, fragte er entrüstet.

Nun gab es kein Halten mehr.

»Ziemlich salzig, dafür schmecken die Nudeln nach nichts«, meinte Maik. Beate teilte gerade einen aus drei oder vier Nudeln bestehenden Brocken mit dem Löffel ab und ließ die Soße zurück in den Teller tröpfeln.

»Tut mir leid«, brachte Doreen zerknirscht hervor, »aber so was Schreckliches habe ich noch nie gegessen.«

Georg guckte unglücklich aus der Wäsche. Kein Wunder, er hatte den sogenannten Koch angeschleppt. Bernd selbst schien seiner Miene nach zu urteilen mit seinem ersten Gericht auch nicht zufrieden zu sein. Alma seufzte und warf einen nachdenklichen Blick in den großen Topf, der nicht so schnell leer werden würde.

»Bernd kann ja noch nicht wissen, wie ihr das Wurstgulasch am liebsten mögt«, sagte sie und lächelte angestrengt. »Wir hätten ihn mehr unterstützen müssen. Komm, Tine, es ist noch altes Brot da. Lass uns schnell arme Ritter machen. Um das Gulasch kümmern wir uns später, das gibt es morgen.«

Auf dem Weg in die Küche sah Tine Bernd noch einmal an. Er tat ihr schon ein bisschen leid, denn er brauchte offenbar dringend eine Unterkunft und Arbeit. Ob aus ihm jemals ein guter Koch würde, bezweifelte sie. Wie es aussah, konnte Almas Wunschfee ein paar Nachhilfestunden gebrauchen.

Tags drauf kam die Sonne raus und zeigte, wie viel Kraft sie auch im September noch hatte. Der Regen hatte der Natur gutgetan, jetzt freuten die Kinder sich, nach den Hausaufgaben endlich wieder draußen spielen zu können. Sven holte sein Fahrrad aus dem Schuppen und fuhr ein Stück dem alten Barkas hinterher. Georg hatte offensichtlich schon wieder irgendwo irgendetwas zu tun. Tine schleppte eine große Wanne voll Wäsche hinaus, um Laken und Bettbezüge auf die Leinen hinter dem Haus zu hängen. Alma saß auf der Veranda und besserte ein paar Kleidungsstücke aus. Sie blickte von ihrer Arbeit auf.

»Wo steckt eigentlich Guido?«

»Vorhin habe ich ihn mit Stefan in Richtung Stall laufen sehen. Ich guck gleich mal nach, ob sie noch dort sind.«

»Mach das.« Alma lächelte und beugte sich wieder über ein Hosenbein, das demnächst einen Flicken auf dem Knie tragen würde.

Während Tine den schweren Korb in den Garten trug, musste sie wieder an das Gespräch denken, das sie kürzlich mit Alma geführt hatte. Eine Ausbildung anfangen, aufs Festland gehen. Bestimmt gab es Berufe, die ihr Freude machen würden und für die sie auch geeignet wäre. Dann hätte sie ihr eigenes Geld, mit dem sie machen konnte, was sie wollte. Seltsam, dass sie noch nie darüber nachgedacht hatte. Aber warum sollte sie auch? Es fehlte ihr an nichts. Sie stellte ihre Fracht ab und ging zum Stall. Außerdem wusste sie eins sicher: Sie wollte nie von hier und von Rügen weg!

Schon von Weitem sah sie, dass es nicht Stefan war, der da mit Guido auf dem Boden hockte. Bernd saß einträchtig mit dem Kleinsten im Gras, beide mit gesenkten Köpfen. Was die zwei da wohl so sehr beschäftigte? Sie zögerte, doch dann ging sie neugierig näher.

»Was bastelt ihr denn da?«

»Wir bauen. Ein Dach.« Guido sah nicht einmal auf, sondern konzentrierte sich weiter auf seine Arbeit.

»Aha. Willst du dir ein eigenes Haus bauen?«

»Quatsch.«

Bernd lächelte sie kurz an, wandte sich dann aber auch sofort wieder einem Stück Holz zu, dem er gerade mit einem Taschenmesser zu Leibe rückte. Tine sah etwa gleich lange Stöcke auf dem Boden liegen, die die beiden sich wahrscheinlich aus Ästen zurechtgebrochen hatten. Jeder einzelne dürfte ungefähr Guidos Körpergröße haben, schätzte sie. Daneben lagen Haufen aus Grasbüscheln. Erst jetzt fiel ihr auf, dass einige der Stöcke mit den langen Halmen eng aneinandergebunden waren.

Als hätte er ihren Blick bemerkt, fragte Bernd: »Meinst du, ihr habt irgendwo etwas stabileres Baumaterial? Paketband zum Beispiel.«

Wieder sah er zu Tine hoch. Dabei kniff er ein Auge zu, da ihn die Sonne hinter ihrem Rücken blendete.

»Ich weiß nicht, ich könnte mal nachgucken.« Ob Bernd sehen konnte, dass ihre Wangen schon wieder glühten? »Wofür ist denn nun das Dach?«, fragte sie schnell.

»Für die Schafe. Falls es wieder regnet. Dann müssen sie nicht immer zu den Schweinen.« Guido stand auf, verschränkte die

Arme vor der Brust und betrachtete, was sie bisher geschafft hatten.

»Guido hatte eigentlich schon einen prima Stall für die Schafe gebaut«, erklärte Bernd und löste damit ein stolzes Strahlen bei dem Kurzen aus. »Es war so eine Art Wigwam. Bloß wollte der nicht so stehen bleiben, wie Guido ihn aufgestellt hatte.«

Bernd erhob sich jetzt ebenfalls und deutete auf einen Haufen alter Bretter, die der Kleine einfach aus dem Schuppen geholt haben musste. Sie lagen kreuz und quer übereinander. Von einem Wigwam, geschweige denn einem Stall war nichts zu erkennen.

»Deshalb haben wir uns gemeinsam eine neue Konstruktion überlegt«, verkündete Bernd. »Wir bauen einen Unterstand, das Dach bringen wir seitlich an.« Er drehte sich zu ihr und trat unvermittelt einen Schritt näher. So wie ihr Gesicht jetzt brannte, musste er etwas bemerken. Doch er murmelte nur: »Keine Ahnung, wie wir das befestigen sollen. Das muss ich mir noch überlegen.«

»Na dann, viel Erfolg.« Tine machte auf dem Absatz kehrt und lief eilig zur Wäscheleine.

Am Abend legte sich Kühle und Feuchtigkeit auf den Garten und um das Haus. Tine hatte die Wäsche gerade noch rechtzeitig abgenommen und auf der Veranda zusammengefaltet. Eben legte sie die letzte der großen Tischdecken auf den Stapel, fertig. Froh, sich endlich aufwärmen zu können, schnappte sie sich die Wanne und ging hinein. Sie hörte Georg und Alma miteinander sprechen. Klang, als säßen sie am Esstisch.

»... mir auf Anhieb sympathisch«, sagte Georg gerade. »Ist er auch noch. Trotzdem, irgendwas ist seltsam mit unserem Gast.«

»Bisher konntest du dich immer auf deine Menschenkenntnis verlassen, oder nicht?«

»Ja, schon.«

»Warten wir einfach noch ein paar Tage ab, ob er uns eine Hilfe sein kann. In der Küche will ich ihn allerdings nicht mehr sehen.« In Almas Stimme lag eine Mischung aus Belustigung und Verzweiflung. »Vielleicht hat er andere Qualitäten.« Tine fand es nicht richtig, zu lauschen, spitzte aber trotzdem mit angehaltenem Atem die Ohren. »Er wirkt auf jeden Fall intelligent.«

Kurz war es still. Tine wollte schon davonschleichen, doch dann hörte sie Georg sagen: »Ich werde einfach nicht schlau aus ihm. Der Mann dürfte etwa dreißig sein, schätze ich. Trotzdem habe ich den Eindruck, er will vor allem seine Ruhe haben. Ist doch nicht normal für das Alter.«

»Das ist vielleicht seine Art. Nicht jeder ist ein Temperamentsbündel«, wandte Alma ein.

»Aber die wenigsten sind ohne Grund kritisch und zynisch.«

»Wie meinst du das?«

»Er hat gleich so eine komische Bemerkung zum Wagen gemacht, als ob ich jemanden geschmiert haben müsste, um einen Transporter zu kriegen. Da wusste er aber auch noch nichts von unserer Kinderschar«, lenkte er ein. »Ob wir noch keiner LPG angehören, wollte er wissen und hat dabei ein Gesicht gezogen. Und nach einem Radio hat er gefragt.«

»Das ist wirklich eigenartig«, sagte Alma nachdenklich. »Mit mir hat er noch kaum gesprochen. Ich wollte ihn wegen Bobbin aus der Reserve locken. Keine Ahnung, was er dort wollte. Er hat von irgendeinem Missverständnis geredet.«

Die Griffe der Wanne taten allmählich in Tines Handflächen weh, doch sie traute sich nicht, sie abzusetzen. Und sie wollte ihren Posten um nichts in der Welt verlassen. Zu gern hätte sie etwas über Bernd erfahren, woher er kam, ob er womöglich Familie hatte …

»Wenn du mich fragst«, unterbrach Georg ihre Gedanken, »müssen wir den Grund herausfinden, warum er Brandenburg verlassen hat. Das scheint mir das Ausschlaggebende in seiner Geschichte zu sein. Überleg mal, er hat nichts mitgebracht, keinen Koffer, nichts, er ist einfach nur weg.« Ein tiefes Seufzen. »Du hast recht, geben wir ihm noch etwas Zeit, sich einzuleben.«

»Er hat nicht gerade das gemütlichste Zimmer bekommen«, meinte Alma. »Das ist doch eher ein Abstellraum auf dem Dachboden. Der ist schon jetzt zugig und kalt. Im Winter werden wir uns etwas einfallen lassen müssen.«

»Falls er überhaupt so lange bleibt.«

Tine erschrak. Auf Zehenspitzen machte sie sich aus dem Staub. Gerade noch war er ein Fremder gewesen, der vom Himmel gefallen zu sein schien. Doch jetzt war er Bernd, der zwar nicht kochen konnte, aber Guidos Herz im Sturm erobert hatte. Das Bild kam ihr wieder in den Sinn, wie die beiden im Gras gesessen und Stöcke zusammengebunden hatten. Sie lächelte.

»Wer hat den Unterstand am Stall gebaut?«

Drei Tage nachdem Tine Bernd und Guido bei der Arbeit getroffen hatte, ließ Georg die morgendliche Begrüßung ausfallen und blickte ernst von einem zum anderen. Alma war offenbar so verblüfft, dass sie ihn nicht einmal ermahnte, sich zu setzen, dabei war er der Einzige, dessen Platz am Esstisch noch leer war.

»Das war ich.« Bernd sprang sofort auf. »Ich kann ihn wieder abbauen.«

»Nein, bitte nicht«, krähte Guido. »Da wohnen doch die Schafe drunter.«

»Das Gatter für die Schweine müsste auch neu gemacht werden. Willst du das übernehmen?« Georg sah Bernd fragend an.

»Geht klar, gern. Wenn ihr hier irgendwie an Baumaterial rankommt?« Er hob vielsagend die Augenbrauen.

»Dafür sollten die Reste reichen, die im Schuppen liegen. Außerdem bin ich günstig an ein paar Autoersatzteile gekommen.

Die brauche ich für unseren Wagen vermutlich nicht. Zur Not können wir die eintauschen.«

»Mit den nötigen Beziehungen geht's doch manchmal auch anders.« Bernd sah Georg herausfordernd an. Tine wurde mulmig.

»Die hat hier aber niemand«, gab Georg eisig zurück und hielt Bernds Blick stand.

Tine guckte gespannt von einem zum anderen. Sie wusste, dass es oft nicht leicht war, das zu besorgen, was gerade gebraucht wurde. Doch darüber wurde im Haus nicht weiter gesprochen.

»Dann nehmen wir eben etwas von den maroden Hütten, die hier in der Gegend bestimmt herumstehen, oder? In Brandenburg müsste ich jedenfalls nicht lange suchen.« Georg sah ihm noch immer in die Augen, sagte aber nichts. »Euer Haus haltet ihr bestens in Schuss, ist nicht einfach.« Bernd senkte den Blick. »Kompliment, ehrlich.«

»Zeit fürs Frühstück«, erklärte Alma bestimmt und beendete damit das Thema.

# 6

»Alles freuet sich und hoffet, wenn der Frühling sich erneut.«
*Friedrich von Schiller*

Schöner konnten ein Morgen und der Blick aus Christinas Fenster nicht sein: strahlend blauer Himmel, eine Frühlingssonne, die sich von den noch niedrigen Temperaturen überhaupt nichts sagen ließ, und Bienen, die die Ankündigung von Schneeschauern auf der Hinfahrt definitiv Lügen straften. Glücklicherweise. Lila Krokusse hatten sich zwischen Gänseblümchen einen Platz auf dem Rasen gesucht, und auch der Löwenzahn durfte hier erste gelbe Blüten entfalten. Ihn herauszustechen hielt man in diesem Haus offensichtlich für Zeitverschwendung. Gut so. Christina bereitete sich einen grünen Tee in dem hübschen Tässchen zu und verspeiste das letzte Stück des mitgebrachten Marmorkuchens zum Frühstück. Dann entschied sie sich für ihre cremefarbene Jeans, dazu einen leuchtend rosa Baumwollpulli und weiße Turnschuhe. Vor ihrer zweiten Coachingstunde wollte sie sich im Hofladen ein Brötchen zum Mitnehmen holen. Sie konnte schließlich nicht wissen, wo sie den nächsten Bäcker finden würde. Im touristischen Zentrum der Insel gab es bestimmt einen neben dem anderen, aber hier? Sie musste plötzlich über sich selbst lachen und schüttelte den Kopf. Wie war das noch mit dem Spontansein? Bäcker gab es vermutlich an jeder Ecke. Sie zögerte, huschte dann aber doch in den kleinen Laden und freute sich, Gesa wiederzusehen.

»Mo-in, Gesa!«

»Moin, Christina! Moin – mit eu wie Euter und ohne Pause zwischendurch. Wenn schon, denn schon.« Ihr kraftvolles Lachen ging in ein Husten über. »Oha, da habe ich wohl gestern zu lange draußen am Strand gesessen. War's aber wert, das war so romantisch.« Sie zwinkerte verschmitzt und seufzte.

»Na, dann hast du ja alles richtig gemacht.« Christina lächelte sie an. »Ich hätte gern zwei Brötchen. Ich will heute endlich einen Ausflug machen und mir etwas ansehen.«

»Und die Brötchen willst du zerkrümeln und hinter dich streuen, damit du wieder zurückfindest?« Dieses Mal hatte das Lachen seinen vollen Klang. »Aber du hast natürlich recht: Die Hofladen-Brötchen sind die besten, da sollte man keine Experimente wagen.« Sie griff sich eine Papiertüte. »Was hast du dir denn Schönes vorgenommen? Möchtest du dir ein E-Bike leihen?«

Christina schüttelte vehement den Kopf. »Mit so einem Ding bin ich noch nie gefahren. Nein, ich nehme lieber mein Auto. Und für meine nächsten Touren wollte ich mal die Busfahrpläne studieren. Gibst du mir noch eine Tüte Schokosanddornkekse, bitte?«

»Gute Idee! Das Auto stehen zu lassen, meine ich. Und die Kekse, die hätte ich auch genommen.« Sie hob den Daumen, schob ihre Unter- über die Oberlippe und nickte wichtig.

»Sag mal, wie lange wohnst du schon auf Rügen, Gesa?«

»Ach herrje, immer und 'n büschen. Du hast das Glück, einer Eingeborenen gegenüberzustehen«, verkündete sie stolz. »Oder so gut wie. Geschlüpft bin ich nämlich in Stralsund, aber den Großteil meines Lebens habe ich hier auf der Insel verbracht.«

»Ich nehme an, du bist zu jung und hast die DDR nicht mehr wirklich erlebt, oder?«

»Na, hören Se ma, junge Frau! Klar habe ich die nicht mehr erlebt. Die allerersten Jahre schon, aber als Kleinkind habe ich natürlich nichts mitgekriegt, auch nicht den spektakulären Mauerfall. Ist total an mir vorbeigegangen. Die Nachwirkungen der DDR habe ich aber schon noch wahrgenommen. Auf der Insel sah es nicht immer so aufgeräumt aus wie jetzt.« Sie legte den

Kopf schief. »Irgendwann fing man hier an, wie doll zu bauen und zu renovieren.«

»Die Villa sah bestimmt schon anders aus als auf dem Schwarz-Weiß-Foto, als du sie zum ersten Mal gesehen hast, kann ich mir vorstellen.« Sie deutete auf die kleine gerahmte Aufnahme.

»Die sah noch gar nicht aus«, antwortete Gesa und grinste. »Die war total zugewuchert. Nik hat viel Arbeit und Geld reingesteckt. Nicht nur in das Haus, sondern ins gesamte Gelände. Ich kenne ihn ja schon länger als Ziska.« Sie strich das dicke Haar zurück, um das sie heute kein Tuch geschlungen hatte, und verschränkte stolz die Arme vor der Brust. »Als ich hergekommen bin, war zwar die Sanddornfabrik schon hier, wenn auch kleiner, aber die Villa hat er da noch nicht beachtet. Die Idee mit den Ferienwohnungen ist erst mit Ziska eingezogen. Ein tolles Team, die beiden, die haben hier viel geschafft.«

Christina freute sich diebisch, dass Gesa nicht nur Zeit hatte, sondern anscheinend auch in Plauderlaune war. Die Gelegenheit konnte sie sich nicht entgehen lassen.

»Und beim Ausbau haben sie das Foto und jede Menge alten Kram gefunden?« Sie hoffte, sie klang nicht zu neugierig. »Da gab es bestimmt einige spannende Entdeckungen, was?«

»So genau weiß ich das nicht. Ich bin lieber nicht mit auf den Dachboden gekraxelt. Sie haben irgendwelche Kisten mit Papierkram gefunden.« Christina holte ihr Portemonnaie hervor. Sie durfte das Coaching nicht vergessen. »So was wie ein Tagebuch war wohl auch dabei oder eine Chronik oder so.«

Das Portemonnaie fiel Christina aus der Hand und rutschte zurück in die Tiefen des Rucksacks. Sie sah Gesa mit großen Augen an.

»Das muss unglaublich aufregend sein«, sagte sie und spürte, dass ihr Mund trocken wurde.

»Wie man's nimmt. Die Hütte muss jahrzehntelang leer gestanden haben, ehe Nik auftauchte und die Sanddornplantage angelegt hat. Was soll ich sagen? Wer Dornröschenschlaf spannend findet, für den könnten die alten Zettel Gänsehautpotenzial haben, für alle anderen …« Sie pustete die Wangen auf und hob die Schultern.

»Ich kann mir kaum etwas Interessanteres vorstellen als Dornröschenschlaf.« Christina sah zur Uhr. »Aber jetzt ist erst mal meine nächste Sitzung mit Ziska dran.«

»Apropos spannend«, sagte Gesa, während sie das Rückgeld aus der Kasse sammelte, »ich gebe dir mal diesen Flyer mit.« Blitzschnell griff sie das schmale gefaltete Papier und reichte es Christina. »Nächste Woche findet eine Vernissage mit einer echt tollen Künstlerin statt. Und mit mir«, schob sie ungewöhnlich leise hinterher. »Vielleicht hast du ja Zeit und Lust.«

Christina schlug die kleine Broschüre auf.

»Das Bild erinnert mich an das riesige Gemälde im Coachingraum. Ist das von der Künstlerin oder von dir?«

»Gut erkannt. Das ist von mir.«

»Wirklich? Meine Güte, ich stehe vor einer begnadeten Malerin! Ich komme ganz bestimmt.«

Niedlich, die sonst eher laute und etwas burschikose Gesa lächelte Christina fast mädchenhaft scheu an.

»Würde mich sehr freuen. Brauchst du eigentlich auch eine Inselkarte?«

»Ja, danke, die nehme ich gern mit. Wahrscheinlich kenne ich mich nicht mehr aus. Tschüss!«

»Guten Morgen, Christina!« Ziska wirkte frisch und gut gelaunt wie anscheinend immer.

»Moin.« Dieses Mal ging Christina die norddeutsche Begrüßung flüssig über die Lippen. Sie stellte ihren kleinen Lederrucksack neben den Stuhl, hängte ihre Jacke über die Rückenlehne, zapfte sich Wasser aus dem Behälter, in dem einige Zitronenscheiben schwammen, stellte das Glas auf den Boden neben dem Stuhl, setzte sich und drückte das Kreuz durch. Dann legte sie die Hände auf ihre Oberschenkel und sah Ziska an. »Ich habe mitbekommen, dass sich hier alle duzen, jedenfalls die meisten. Deshalb würde ich gern auch Ihnen das Du anbieten. Da ich eindeutig die Ältere bin, steht es mir zu.«

»Prima, gern. Wir haben die Erfahrung gemacht, dass damit alle entspannter sind.« Ziska lächelte amüsiert. »Aber sag mal, das war ja fast ein Anflug von Spontanität! Oder hast du seit gestern darüber nachgedacht?« Sie legte Christina kurz eine Hand auf den Arm und verkündete: »Ich habe mir überlegt, dass wir unsere Stunde heute nach draußen verlegen, auf die Veranda. Es sind kaum Gäste hier, wir werden ungestört sein und können die ersten Strahlen der Frühlingssonne genießen. Wenn das für dich in Ordnung ist.«

»Ach so, ja, natürlich.« Eigentlich passte Christina das nicht gut, jetzt musste sie wieder all ihre Sachen zusammensammeln. Sie mochte aber nichts sagen, vielleicht war das eine erste kleine Übung des kurzfristigen Umdisponierens! Also legte sie sich ihre Jacke über den Arm und wollte ihren Rucksack ergreifen, wobei sie fast das Glas umgestoßen hätte. Ziska schien von ihrem umständlichen Hantieren nichts mitzubekommen. Immerhin. Ergeben folgte Christina ihr auf die Veranda. Ausgerechnet.

Als hätte Ziska ihre Gedanken gelesen, sagte sie: »Ein besonderer Ort, so eine Veranda, finde ich. Eine Zwischenwelt, noch nicht drinnen, aber auch nicht mehr draußen.«

Und ein Ort schlechter Nachrichten, fügte Christina in Gedanken hinzu. Das war es für sie jedenfalls. Sie blieb unschlüssig stehen und atmete tief durch, ehe sie sich doch setzte.

»Mir ist das schöne alte Schwarz-Weiß-Foto der Villa im Hofladen aufgefallen«, sprudelte sie los. »Gesa wusste nicht, von wann es ist. Ich tippe auf die Sechziger, kann das sein? Gesa sagte, ihr habt eine Chronik des Hauses gefunden.«

Ziska legte das Notizbuch neben sich, das sie gerade zur Hand genommen hatte.

»Ja, das stimmt. Beim Renovieren des Dachbodens im vergangenen Jahr haben wir ein paar Kisten mit Dingen entdeckt. Aber erst jetzt sind wir dazu gekommen, uns näher damit zu beschäftigen. Es ist ungeheuer spannend, hat uns aber auch einige Rätsel aufgegeben. Na ja, das macht es natürlich gerade interessant.« Sie lachte. »Wir haben nicht die leiseste Ahnung, wer das Tagebuch geschrieben haben könnte und wozu«, fuhr sie ernst fort. »Ich habe erst ein paar Seiten gelesen. Für mehr fehlt mir tagsüber die Zeit, und abends fallen mir meist die Augen zu.«

Christina hing an ihren Lippen. »Kann ich verstehen«, bekundete sie, obwohl sie kein bisschen Verständnis dafür hatte. Wenn sie diese Aufzeichnungen in die Hände bekäme, sie würde sie nicht weglegen, ehe sie jedes Wort kannte.

»Wir sitzen manchmal bei einem Glas Wein und stöbern in unseren Fundstücken, wenn die Kinder im Bett sind.Es ist übrigens auch noch ein viel älteres Foto dabei, das allerdings in keinem guten Zustand ist.«

»Sicher aus den Zwanzigerjahren. Da gab es hier ja schon mehrere Hotels in der typischen Bäderarchitektur.«

Ziska runzelte die Stirn. »Wie kommst du darauf, dass die Villa damals ein Hotel war?«

»Das war geraten.« Christina suchte nach den richtigen Worten. »Die wenigsten konnten sich so eine Villa als Privathaus leisten, deswegen dachte ich …«

»Du hast recht, sie wurde tatsächlich zu dem Zweck erbaut. Die Eigentümer müssen sich damit einen Traum erfüllt haben. Sie haben erst 1919 mit dem Bau begonnen, da war dieser Stil schon fast wieder aus der Mode. Das haben wir jedenfalls gelesen.«

Christina nickte eifrig und schwieg. Sie wollte Ziska auf keinen Fall unterbrechen. »Viele Zimmer gab es nicht, wohl um die zehn, maximal. Heute würden wir es vielleicht eher Pension nennen.« Sie stockte. »Christina, ich bekomme ein ganz schlechtes Gewissen. Du hast ein Coaching bei mir gebucht, und wir sprechen über das Haus. So ist das nicht gedacht.«

»Mach dir keine Sorgen, ich finde das wirklich interessant.«

Wieder erschienen ein paar Falten auf Ziskas Stirn. Sie sah Christina in die Augen.

»Warst du eigentlich schon mal auf Rügen? Normalerweise frage ich meine Gäste gleich bei ihrer Ankunft danach, aber deine Anreise war ja etwas … anders.« Sie zuckte entschuldigend mit den Schultern.

»Ja, war ich, das ist aber schon sehr lange her.« Christina hob die Augenbrauen und lächelte. »Bestimmt hat sich so viel verändert, dass ich kaum etwas wiedererkenne.«

»Und wahrscheinlich warst du auch eher in Binz oder Sassnitz. Oder warst du etwa hier im Norden?«

»Ja, auch.« Christina merkte, wie ihr der Schweiß ausbrach. Bisher hatte es ganz ordentlich geklappt, Ziska auszufragen. Jetzt drehte sie nicht nur den Spieß um, sondern hatte womöglich schon eine Ahnung. Das gefiel Christina überhaupt nicht. Dieses Mal war sie froh, dass Ziska auf das Coaching zurückkam.

»Jetzt lass uns aber mal starten. Im Grunde hast du mir einerseits zwei Aufgaben mitgebracht, deine Rente und deine, sagen wir mal, nicht gerade stark ausgeprägte Spontanität. Andererseits hängt beides auch irgendwie zusammen. Du möchtest schon jetzt einen möglichst genauen Plan für die Zeit haben, in der du nicht mehr zur Arbeit musst. Du willst das lieber nicht einfach auf dich zukommen lassen.« Christina hörte ihr aufmerksam zu. »Eine Freundin hat mir eine Karte geschenkt, bevor ich zu meiner eigenen Auszeit hier auf Rügen aufgebrochen bin. ›Nicht suchen, sondern finden‹, hatte sie geschrieben. Den Satz mochte ich zwar auf Anhieb, aber was er mir genau sagen wollte, war mir damals noch nicht bewusst. Ich war durch meinen Beruf so eingespannt, dass ich in erster Linie Ruhe finden wollte. Nach dem, was ich dann tatsächlich gefunden habe, hätte ich niemals suchen können.« Ziska lächelte versonnen. »Na ja, neben Ruhe wollte ich auch einen Sinn finden. Du siehst, was ich nun davon habe.« Sie lachte und schüttelte den Kopf. Der Glanz in ihren Augen verriet allzu deutlich, dass sie ihren Mann, die Zwillinge und auch diesen Ort um nichts in der Welt je wieder hergeben wollte.

Christina rückte auf ihrem Stuhl nach vorn, stützte die Ellenbogen auf ihre Oberschenkel und sah Ziska an.

»Nicht suchen, sondern finden. Das gefällt mir. Aber das ist nur die halbe Wahrheit. Man muss sich auf das, was man findet, auch einlassen. Wie gut, dass du das gemacht hast, sonst säßen wir jetzt nicht hier.«

»Da ist etwas dran.« Ziska nickte. »Ich habe mir überlegt, dass du dich für einen Architekturkurs anmelden könntest, wenn du in Rente bist, oder dich intensiv mit Innendesign beschäftigen. Dein Interesse dafür scheint sehr ausgeprägt zu sein. Da du etwas Sinnvolles tun willst, könntest du zum Beispiel Menschen helfen, sich ein schönes Zuhause zu gestalten. Unentgeltlich. Dann noch all die Dinge, die du jetzt schon tust, Sport, Handarbeiten … Du solltest ruhig ein paar Lücken lassen für …«

»… das Spontane«, beendete Christina den Satz und stöhnte leise.

»Ganz genau. Alles andere findet sich dann, oder es findet dich.«

»Es sollte auf jeden Fall auch mit Kindern zu tun haben«, schoss Christina in den Kopf. Sie erschrak fast ein wenig, dass sie es direkt laut ausgesprochen hatte.

»Das eine schließt das andere nicht aus. Warum engagierst du dich nicht in einem Kindergarten oder in einer Kita? Die

Erzieherinnen und Erzieher haben so viel zu tun, die sind bestimmt heilfroh, wenn sie Unterstützung haben. Zum Beispiel beim Vorlesen.«

»Stimmt, eine schöne Idee.«

»Ich hoffe, du unternimmst heute noch etwas. Erfahrungsgemäß wirken Coachingstunden im Unterbewusstsein am besten nach.«

»Kann ich mir gut vorstellen.« Christina lachte. »Dann lasse ich meinen Hinterkopf mal machen.« Sie erhoben sich gleichzeitig. »Ich will nicht drängeln, aber meinst du, ich dürfte morgen vielleicht mal die anderen Räume im Haus ansehen? Eventuell sogar den Dachboden? Wenn es nicht zu viel verlangt ist.«

Nachdem sie Ziska die Zusage abgeluchst hatte, ging Christina gut gelaunt zu ihrem Wagen. Welch ein ungewohnter Anblick: Eine dünne Staub- und Pollenschicht hatte sich über das Dach gelegt. Zu Hause stand ihr Wagen oft tagelang geschützt in der Garage. Sie sah sich um. Die weißen Pollen mussten von der großen Pappel kommen, die bereits im März anfing, ihre schneeflockengleichen Blüten zu verteilen. Ob sie auf dieser Reise wohl noch häufiger an winterliche Pracht erinnert wurde?

Sie war bereits auf der Hauptstraße in Richtung Altenkirchen, als ihr einfiel, dass sie die Inselkarte auf ihrem Tisch hatte liegen lassen. Ärgerlich. Aber umdrehen wollte sie nun auch nicht. Sah fast so aus, als bekäme sie eine zusätzliche Nachhilfestunde im Treibenlassen. Nobbin las sie auf einem Schild. Ihr Puls beschleunigte. Irgendetwas klingelte da doch, nur was? Sie bog ab und fuhr auf die Steilküste Goor zu, wie ein Hinweis ihr verriet. Schon nach höchstens einer Minute sah sie die Spitzen der winzigen Ostseewellen. Sie funkelten im Sonnenschein wie kleine Diamanten, die auf und ab hüpften. Christinas Herz tat es ihnen nach. Im nächsten Moment weckte ein Wegweiser ihre Neugier.

Großsteingrab Riesenberg. Eigentlich war Schloss Spyker ihr Tagesziel, aber warum sollte sie nicht einfach ihren Plan ändern? Sie stellte sich vor, wie begeistert ihr Fräulein Tochter wäre, und schmunzelte. Auf einem Parkplatz ließ sie den Wagen stehen. Schon von Weitem erkannte sie die massiven Felsblöcke des Hünengrabs, die um einen Baum herumstanden und im Tageslicht rötlich braun schimmerten. Sie spazierte zu den eindrucksvollen Felsen und legte eine Hand auf einen der Blöcke, der die Wärme der Aprilsonne gespeichert hatte. Eine Tafel verriet ihr, dass sie vor einem der größten Steingräber Norddeutschlands stand. Donnerwetter, eine richtige Attraktion! Davon hatte sie noch nie etwas gehört. Die Findlinge, aus denen die Anlage vor Tausenden von Jahren erschaffen worden war, sollten während der Eiszeit von einem Gletscher zur Insel geschoben worden sein, las sie. Es gab sie also ganz sicher damals schon. Allerdings waren erst in den Siebzigerjahren interessante Funde gemacht worden, wie der Informationstext erzählte, menschliche Schädel, Werkzeuge aus Feuerstein und einige Grabbeigaben.

Archäologie wäre auch ein fesselnder Beruf gewesen, kam Christina in den Sinn. Obwohl ihr lebendige Menschen eindeutig lieber waren. Einen Moment blieb sie versonnen an den massiven Steinen stehen. Wie wunderbar, dass es Orte und Dinge gab, die unbeirrt der Entwicklung und dem Lauf der Zeit trotzten und einfach blieben. Für Menschen galt das leider nicht. So viele in ihrem Leben waren nicht geblieben, manche sogar schon für immer gegangen. Sie hatte geahnt, dass sie hier auf der Insel besonders daran erinnert werden würde. Trotzdem war sie nicht darauf vorbereitet, wie weh es tat. Nicht trübsinnig werden, ermahnte sie sich im Stillen. Dafür gab es keinen Grund. Sie war mit ihrem Leben zufrieden, mehr als das, sie war glücklich. In Magdeburg hatte sie eine echte Heimat gefunden. Sie atmete noch einmal tief durch und machte sich wieder auf den Weg.

Nachdem sie sich Nobbin angesehen hatte, fuhr sie in Richtung Glowe. Nobbin. Der Ortsname war ihr so vertraut vorgekommen, doch da war nichts gewesen, was sie erkannt hätte. Bei Breege erreichte sie die schmale Landzunge zwischen Ostsee und Bodden. Hier in der Nähe müsste doch … Tatsächlich, ein Schild kündigte das Dünenhaus an. Eine Welle der Freude flutete Christina. Sie hatte etwas erkannt, und es war noch da! Natürlich war es noch da, sagte sie sich und musste schmunzeln. Vor gut einem Jahr hatte sie einen Dokumentarfilm gesehen, in dem das Hotel, das in der Ära der DDR zu den Traditionshäusern gezählt hatte, gleich mehrfach vorgekommen war. Es war erwähnt worden, dass es zu DDR-Zeiten ein beliebter Treffpunkt gewesen sei, zumindest derjenigen, die entsprechende Beziehungen hatten und es sich leisten konnten. Auch dass es noch immer Gäste anzog, war in dem Beitrag erwähnt worden, daran erinnerte sich Christina genau. Kein Wunder, lag es doch direkt an einem herrlichen Strand. Sie würde dort auf jeden Fall wenigstens einen Kaffee trinken. Irgendwann. Schließlich hatte es in gewisser Weise etwas zu ihrem Entschluss beigetragen, endlich eine Reise nach Rügen zu unternehmen. Wobei es in der Fernsehreportage nicht so sehr um das Dünenhaus selbst gegangen war, sondern um einen besonderen Abschnitt in der Geschichte der Insel. Einen Abschnitt, den sie selbst erlebt hatte und niemals würde vergessen können.

Christina blinzelte in die Sonne und fuhr weiter Richtung Glowe. Zwischen Bäumen hindurch konnte sie hin und wieder den Sandstrand der Schaabe erspähen. Am liebsten hätte sie gleich noch einen Stopp eingelegt, um endlich am Meer spazieren zu gehen, wie sie es schon gestern vorgehabt hatte. Andererseits wollte sie endlich Spyker wiedersehen. Wenig später sah sie vor allem eins: aufflammende Bremslichter einer langen Autoschlange. Am Ortseingang von Glowe wurde gebaut. Ausweichmöglichkeiten Fehlanzeige. Sie seufzte und stellte sich auf eine Geduldsprobe ein. Auch wenn sie alles andere als eine Raserin war, aber Kriechtempo konnte sie nicht leiden. Glücklicherweise hatte sie keinen Zeitdruck. Sie schaltete Musik ein und ließ sich von den Puhdys die Wartezeit versüßen. Außerdem konnten ihre Gedanken ungestört zurück zu der eindrucksvollen TV-Dokumentation schweifen. Unter dem Eindruck des Films hatte sie zunächst ihrer Freundin Gudrun von der Idee erzählt, in einigen Jahren nach Rügen zu fahren.

»Warum in Gottes Namen willst du denn bis zur Rente warten?« Gudrun hatte verständnislos den Kopf geschüttelt. »Zwar kann ich mir vorstellen, dass du auch dann noch durch die Gegend rast wie ein aufgescheuchter Vogel Strauß, aber wissen kann man das nie. Wenn du nach Rügen willst, dann fahr. Jetzt!«

Dass sie allein reisen wolle, verursachte sowohl bei Gudrun als auch bei ihren Töchtern zunächst grenzenloses Erstaunen, gefolgt von überschwänglichen Gratulationen und Ermutigungstiraden. Wobei das nichts gegen Harry sein sollte, wie alle versicherten. Christina hatte diese Reaktion zu denken gegeben. Allen Anfeuerungen zum Trotz hatte sie das Projekt zunächst nicht weiter vorangetrieben. Und doch war sie jetzt hier.

Die Baustellenampel sprang auf Grün, und Christina passierte gut gelaunt den kleinen Badeort. Hinter Glowe führte die Landstraße zwischen Wald und Wiesen hindurch und machte dann einen weiten Bogen. Nun konnte es nicht mehr weit sein bis zum Schloss. Sie reckte den Hals, konnte sich nicht sattsehen. Die Landschaft löste so viel in ihr aus. Da war etwas wie Wiedersehensfreude, aber immer auch Nervosität. Mal dachte sie, dass es höchste Zeit war, endlich hergekommen zu sein, dann wieder fragte sie sich, ob es gut wäre, so viel Vergangenes aufzuwühlen. Als sie kurz darauf zu ihrer Rechten glitzerndes Wasser entdeckte, wusste sie, dass das der Spyckersche See war. Das

Wechselbad der Gefühle bescherte ihr auf einen Schlag einen flauen Magen. Oder hatte sie einfach nur Hunger? Das Frühstück war lange her.

Sie hatte Harrys Stimme im Kopf: »Mit leerem Magen kann mir sogar der Taj Mahal gestohlen bleiben.«

»Hast recht«, murmelte sie und fuhr an der Schlossallee vorbei. Spyker war zu schade als Kulisse für eine Brotzeit. Wenig später las sie auf einem Hinweisschild: Hofladen Bobbin. Ein gelb-rot leuchtender Apfel ersetzte das o im Wort Hofladen. Daran hatte Nobbin sie also erinnert, an Bobbin. Ja, sie war absolut sicher, dass sie diesen Ort kannte. Spontan lenkte sie den Wagen einen Weg hinauf und erreichte den Parkplatz.

Der Hofladen war geschlossen, doch das war ihr in dem Moment egal. Sie wollte ohnehin lieber das Dörfchen erkunden. Konnte doch sein, dass sie hier etwas wiedererkannte. Sie packte ihre Brötchen aus. War eben doch gut, auf alles vorbereitet zu sein, statt die Dinge auf sich zukommen zu lassen, dachte sie fröhlich.

Sie spazierte über Kopfsteinpflaster vorbei an hübschen gepflegten Häusern. Alles wirkte malerisch und ein bisschen verträumt. Mit Moos bewachsene und neu gedeckte Reetdächer saßen auf weiß gestrichenen und rot geziegelten Häusern. In den Gärten blühten jede Menge Krokusse und Narzissen, hier und da zeigten rosa Hyazinthen ihr Blütenkleid im Kreise bunter Primeln. Während sie kaute, marschierte sie immer höher hinauf und kam allmählich aus der Puste. Jetzt war sie absolut sicher, den Hausberg von Bobbin schon früher erklommen zu haben. Vor der alten, imposanten Feldsteinkirche blieb sie stehen und hielt einen Moment inne. War vermutlich auch geschlossen wie der Laden. Ihr Blick wanderte den hohen Glockenturm hinauf bis zu seinem grünlich angelaufenen Kupferdach und weiter über das rote Dach des Kirchenschiffes. Neben der Eingangstür warb ein

Holzaufsteller für ein klassisches Konzert, auf dem Plakat war auch der verzierte Altar der Kirche zu sehen.

Sie hatte ihren Proviant verspeist und wollte wenigstens probieren, ob das Gotteshaus nicht doch geöffnet war. Sie drückte die schwere Eisenklinke des Portals herunter. Na also, Glück gehabt! Mit leisem Quietschen öffnete sich die Tür. Im Vorraum der St.-Pauli-Kirche umfing sie die typische feuchte Kühle von Steingemäuern. Im Sommer mochte das angenehm sein, doch jetzt ließ es sie frösteln. Dennoch erfüllte es sie mit einer tiefen Freude, unter der Orgel hindurch in das Kirchenschiff zu treten. Es roch nach Holz. Der einzige Schmuck, den sich die schlichten Bänke gönnten, war eine echte Kerze, die in einem schmiedeeisernen Halter steckte. Der üppige Altar, die eindrucksvoll verzierte Kanzel und vor allem der bunt bemalte Beichtstuhl mit den kleinen quadratischen Fensterscheiben bildeten einen krassen Kontrast zu den einfachen Möbeln und dem kargen Steinboden. Christina war keine regelmäßige Kirchgängerin, doch sie genoss jedes Mal die Stille und das Gefühl, für einen Moment weit weg von der niemals rastenden Welt zu sein.

Als sie wieder vor die Tür des Gotteshauses trat, seufzte sie erleichtert. Die Aprilsonne vertrieb ihre Gänsehaut im Nu und wärmte sie wunderbar. Nein, oft hielt sie sich wirklich nicht in Kirchen auf, meist nur aus besonderen Anlässen. Ihre Hochzeit fiel ihr ein. Harry fiel ihr ein. Er hatte sich nicht mehr gemeldet. Bestimmt wollte er sie in Ruhe lassen. Oder war womöglich etwas passiert? Sie beschloss, ihn anzurufen. Sie würde sich ein hübsches Plätzchen suchen und ein wenig mit ihm plaudern. Auf der Suche nach einer Bank spazierte sie um St. Pauli herum. Noch war nur wenig Laub an den Bäumen, sodass sie von der Anhöhe einen weiten Blick hatte. Herrlich, Kap Arkona war deutlich sichtbar, und sie meinte, sogar Hiddensee zu erkennen.

Welch eine wunderbare Gegend, geradezu ein Paradies. Vermutlich war es in erster Linie die Ostsee, die ihr zu Hause in Magdeburg am meisten fehlte. Da konnte auch ein Spaziergang entlang der Elbe nicht mithalten. Wieder seufzte sie. Auf Rügen hätte sie auch glücklich werden können. Wenn nur bestimmte Menschen ihre Pläne geteilt hätten, dachte sie bitter. Sie fand eine Bank, ließ sich darauf nieder und schloss die Augen. Bobbin. Hier hatte sie einmal jemanden gekannt. Ob er noch hier wohnte? Oder hatte er auch die erste Gelegenheit genutzt, die Insel zu verlassen?

# 7

»Der Sommer macht den Menschen zum Träumer.«
*Paul Keller*

## 1978

Na, Tine, so früh am Morgen schon wieder fleißig?« Sie fuhr erschrocken herum. Zwar hatte sie Schritte gehört, die zu ihr in Richtung Küche kamen, doch sie hätte nie gedacht, dass es Bernd war. Seit dem verunglückten Wurstgulasch hatte er eigentlich Küchenverbot. Na ja, nicht so richtig, aber er war von allem befreit worden, was mit Anrühren, Anbraten oder Abschmecken zu tun hatte. Sehr zu Tines Leidwesen, sie hätte ihm zu gern einige Kniffe gezeigt und einfache Rezepte beigebracht.

»Lohnt sich nicht«, hatte Alma allerdings in einem Ton verkündet, der keinen Widerspruch zugelassen hatte. »In diesem Leben machen wir keinen Koch mehr aus ihm, nicht mal einen Hilfskoch.«

»Wäre auch Verschwendung«, hatte Georg kommentiert. Der war inzwischen nämlich begeistert von Bernds handwerklichen Fähigkeiten. Das Dach für die Schafe war erst der Anfang gewesen. Nachdem Georg ihm in Aussicht gestellt hatte, er könne bleiben, wenn er sich gewissermaßen als Hausmeister nützlich mache, war Bernd geradezu zu Höchstform aufgelaufen. Glücklicherweise war es bei Maik gerade andersherum. Mit seinen bald sechzehn Jahren war noch immer keinerlei Geschick im Hantieren mit Hammer oder Säge zu erkennen. Dafür hatte er Interesse am Umgang mit Lebensmitteln gefunden, half seit einer Weile nicht nur beim Gemüseputzen und -schneiden, sondern erwies sich außerdem als außerordentlich kreativ, was die Kombination der Zutaten anging. Er hatte ein Händchen dafür, aus dem etwas zu zaubern, was da war, und das zu ersetzen, was gerade nicht zu kriegen war. Ein sehr nützliches Talent!

Tine wurde bewusst, dass sie noch keinen Ton gesagt hatte. Bernd musste sie ja für völlig dämlich halten. Er stand vor ihr und sah sie amüsiert an.

»Bin gleich fertig«, sagte sie. »Die Schubladen mussten dringend mal wieder ausgewischt werden.« Sie legte das Besteck zurück an seinen Platz.

»Dann hast du jetzt ja Zeit«, stellte er fest.

»Klar, kann ich dir bei irgendetwas helfen?«

Er zog die Stirn kraus. »Denkst du eigentlich immer nur an die Arbeit?« Mist, sie merkte, wie ihre Wangen warm wurden. »Möchtest du nicht mal raus, was erleben?«, fragte er.

»Was erleben? Was denn?«

»Na, du könntest zum Beispiel echte Helden unseres stolzen Landes in Aktion sehen.« Bernd schritt mit großen Gesten durch den Raum, als würde er eine Sensation ankündigen. Manchmal wusste Tine nicht, ob er zynisch war, etwas ernst meinte oder nur einen harmlosen Scherz machte. In diesem Fall war eine tüchtige Portion Ironie allerdings kaum zu überhören.

Seit fast einem Dreivierteljahr war Bernd nun schon in Putgarten. Er gehörte fast zur Familie, für Tine allemal. Sie konnte ihn gut leiden, obwohl vieles an ihm sie auch ziemlich durcheinanderbrachte. Noch nie hatte sie jemanden kennengelernt, der so wechselhaft war. Da war ja das Wetter auf Rügen stabiler. Er konnte fröhlich eine Aufgabe nach der anderen erledigen, immer ein freundliches Wort oder sogar ein Lied auf den Lippen. Dann wieder zog er sich plötzlich zurück und ließ sich tagelang kaum blicken. Nicht einmal zum gemeinsamen Essen kam er dann. Als er wieder einmal längere Zeit in seinem Rückzugsort auf dem

Dachboden verschwunden war, hatte Tine ihm angeboten, ihm etwas hinaufzubringen. Liebe Güte, hatte er sich da aufgeregt!

»Wenn ich Hunger habe, hole ich mir schon etwas«, hatte er losgepoltert. »Ich bin schließlich erwachsen.«

»Ich wollte ja nur …«, hatte Tine leise angesetzt, war aber nicht weitergekommen.

»Aber ich will nicht. Und bedient werden schon gar nicht.«

Daraufhin hatte sie ihn erst mal eine Weile links liegen lassen und gewartet, dass er sich entschuldigte. So richtig hatte er das zwar nicht gemacht, sondern eben mehr so auf seine Art, aber jetzt war zwischen ihnen alles wieder in Ordnung.

»Und was sollen das für Helden sein?«, wollte Tine wissen, um nicht schon wieder viel zu lange zu schweigen. Sie lächelte ihn unsicher an und schloss zufrieden die frisch gereinigte und aufgeräumte Schublade.

»Komm mit mir nach Sassnitz, dann zeige ich sie dir.« Er zog die Augenbrauen nach oben und legte den Kopf ein wenig schief. »Der Wagen steht vor der Tür«, lockte er weiter. »Georg hilft immer noch irgendwelchen Nachbarn. Er hat mir angeboten, das Auto zu nehmen, wenn ich es brauche.« Ein Ausflug mit Bernd nach Sassnitz. Etwas in Tines Bauch fing an zu flattern. »Auf dem Rückweg können wir gleich die Einkäufe erledigen, dann musst du kein schlechtes Gewissen haben, dass du dich zwischendurch einfach mal amüsierst.« So gut kannte er sie also schon. Sollte sie sich darüber freuen oder sich ärgern, weil er sie damit aufzog? Weil sie noch immer nicht einwilligte, deutete er auf die Einkaufsliste, die samt Bleistift ihren Platz auf einer Ecke der Arbeitsfläche hatte. »Ist 'ne ziemliche Menge. Alma und Georg sind bestimmt froh, wenn wir zwei alles besorgen.« Er machte ein drolliges Gesicht, wie ein Kind, das etwas unbedingt haben wollte.

Einerseits hätte sie liebend gern zugestimmt, andererseits konnte sie nun mal keine Überraschungen leiden.

Sie wollte mehr über das geheimnisvolle Ausflugsziel wissen und bohrte weiter: »Wenn du jemanden als Held bezeichnest, soll das was heißen«, sagte sie spöttisch. »Also, raus mit der Sprache, was ist in Sassnitz los? Kirmes, mit Ringern oder Feuerschluckern?«

»Im Sommer? In Brandenburg findet so was im Herbst statt. Aber wir sind ja nicht in Brandenburg«, setzte er leise hinzu. Das fröhliche Lächeln verschwand. Tine fürchtete schon, er würde sich im nächsten Augenblick wieder zurückziehen und tagelang nicht mehr sehen lassen. Doch so war es nicht. »Das ist also das Interessanteste, was du dir vorstellen kannst? Lass mich raten: Und der Höhepunkt wäre dann, an einer Losbude einen neuen Elektroquirl zu gewinnen!« Sein Lachen wirkte ein wenig abfällig. Ehe sie noch wusste, was sie dazu sagen sollte, fuhr er fort: »Wusstest du, dass Rummelbudenbesitzer inzwischen zu den wohlhabendsten Leuten gehören, weil alle Besucher, so wie du, Berge von Losen kaufen? Jeder hofft, ein Elektrogerät zu gewinnen, weil es keine zu kaufen gibt. Wenn man die alten Dinger, die längst ihren Geist aufgegeben haben, wenigstens reparieren könnte. Aber Ersatzteile gibt's natürlich auch nicht.« Er redete sich immer mehr in Rage. »Vielleicht sollte es Ersatzteile als Hauptgewinne auf der Kirmes geben, das wäre mal was! Dann könntest du euren alten Quirl womöglich retten. Die Gewinner sind auf jeden Fall die Losverkäufer.«

»Ich habe doch gar nicht gesagt, dass ich Lose kaufen will«, verteidigte Tine sich. Sofort fiel seine kämpferische Haltung in sich zusammen, und er stand da wie der sprichwörtliche begossene Pudel. »Ich war mal mit meinen Eltern, also … damals, mit den früheren … also, wir waren mal auf einem Rummel«, sprach sie schnell weiter, weil sie nicht ertragen konnte, wenn er so hilflos aussah. »Da war ich fünf oder sechs. Ich weiß noch, dass ihnen nicht wohl dabei war, dorthin zu gehen. Sie meinten, das gehörte sich eigentlich nicht.«

»Blödsinn«, schnaubte er. »Damals wollte man die Leute zu richtiger Kultur erziehen.« Er zeichnete mit den Zeigefingern Anführungszeichen in die Luft. »Was immer das sein soll. Aber wenigstens in dieser Hinsicht hat sich die Masse durchgesetzt. Die wollte ums Verrecken nicht auf das Gebimmel der Karussells verzichten.«

»Ist doch auch schön, gerade für Kinder«, meinte Tine.

»Ich würde mich heutzutage nicht mehr freiwillig auf so ein Ding setzen. Die sind doch alle marode.« Er sah sie an und zuckte mit den Schultern. »Keine Ersatzteile.«

Was er alles wusste! Tine hatte noch nie einen Menschen getroffen, der über so vieles Bescheid zu wissen schien. Außer vielleicht Georg. Obwohl … Manchmal dachte sie, Bernd war noch schlauer als Georg. Konnte sogar sein, dass Georg das auch merkte und es ihm nicht gefiel. Er machte Alma gegenüber auch jetzt noch manchmal solche Bemerkungen, dass er nicht wisse, was er von Bernd halten solle und ob er ihm überhaupt vertrauen könne, dass er womöglich etwas verheimliche, was in Brandenburg passiert sei, denn die Erwähnung dieses Ortes bringe Bernd zuverlässig dazu, sich in sein seltsames Schweigen zu hüllen. Irgendwie umkreisten Georg und Bernd sich wie zwei Löwen, die noch ausmachen mussten, wer der dominante von beiden war. Ein einziges Mal hatte Tine beobachtet, wie die beiden in Georgs Zimmer verschwunden waren, die Tür hinter sich geschlossen hatten und erst eine ganze Weile später wieder aufgetaucht waren. Georg hatte natürlich nie verraten, ob er bei der Gelegenheit ein paar Dinge über Bernd erfahren hatte, dabei hätte Tine doch zu gern mehr über ihn gewusst. Eins wusste sie sicher, sie konnte Bernd gut leiden und glaubte nicht, dass er etwas Schlimmes zu verheimlichen hatte. Nur mit seinen wechselnden Launen hatte sie so ihre Probleme und mit seiner negativen Sicht auf vieles.

»Piep, piep, pieeep, piep, Bernd an Tine!«

Für eine Sekunde wusste sie nicht, worüber sie zuletzt gesprochen hatten. Das war aber auch zu dämlich. In Bernds Nähe fühlte sie sich oft unsicher, als wäre sie ein kleines Mädchen.

»Entschuldigung, ich habe nur gerade gedacht, dass du versuchen wolltest, unseren alten Quirl zu reparieren, oder? Ein neuer wäre natürlich auch nicht übel. Allerdings würde ich mich ungern auf mein Losbudenglück verlassen. Außerdem ist auch hier erst im Herbst Rummel. Wäre ziemlich lästig, bis dahin noch alles mit der Hand rühren zu müssen.«

»Ertappt«, gestand er zerknirscht.

Tine freute sich diebisch. War vielleicht ganz gut, ihm hin und wieder mal Kontra zu geben. Er war nicht sauer. Im Gegenteil. Er lächelte sie an, sogar ganz ohne den typischen Spott in seinen Augen.

»Also schön, du kommst jetzt mit, und ich kümmere mich nachher um den Quirl«, schlug er vor und setzte seinen Hundeblick auf. Weil sie nicht sofort reagierte, ergänzte er: »Wenn ich alleine fahre, bringe ich sowieso nur wieder zu schrumpelige Möhren, zu krumme Gurken oder viel zu scharfe Radieschen mit, falls es überhaupt welche gibt. Als Einkäufer bin ich ungefähr so begabt wie als Koch.«

»Ist ja gut, ich bin dabei«, entgegnete sie großmütig. Sie spürte, wie ihr Herz ein bisschen schneller schlug. Sie war noch nie längere Zeit mit Bernd allein gewesen, geschweige denn mit ihm irgendwo hingefahren. Bis in die Stadt würden sie eine ganze Weile im Auto sitzen. Während sie den Einkaufskorb, die Liste und eine Jacke zusammensuchte, schlugen ihre Gedanken Purzelbäume. In einem Moment hätte sie vor Freude losschreien können, im nächsten bereute sie ihre Zusage. Und sie wusste noch nicht einmal, was in Sassnitz überhaupt los war.

Außer ihrem Zuhause, dem Bau mit den verschnörkelten Balkonen und der Veranda auf dem weitläufigen Gelände, auf dem Schwarzdorn, Holunder und Sanddorn wucherten, war Vitt Tines Lieblingsort auf der Insel. Wann immer sie Zeit hatte, machte sie einen Spaziergang dorthin. Sie liebte den Blick über die Ostsee, egal ob die Hitze darüber flirrte oder eisige Böen über die Wellen peitschten. Sie hatte immer gedacht, es könnte nichts Schöneres geben, doch jetzt rauschten sie mit offenen Fenstern zwischen Breege und Glowe entlang, salzige Luft strömte in das Innere des Wagens, hier und da blitzte das Meer auf. Es war herrlich. Und dann saß auch noch Bernd neben ihr auf dem Fahrersitz und pfiff vergnügt, wie sie ihn selten erlebt hatte. Wie gut, dass sie sich getraut hatte, ihn zu begleiten. Sie drehte ihr Gesicht in den leichten Wind und schloss die Augen. Die Melodie, die Bernd pfiff, kannte sie irgendwoher. Sie war ihr merkwürdig vertraut. Jetzt fiel es ihr ein! Bernd hatte seit einiger Zeit ein Radio in seinem Zimmer. Sie fragte sich, wo er das wohl aufgetrieben hatte. Bisher war sie davon ausgegangen, dass der Apparat im Wohnzimmer der einzige im Haus war. Bernd hörte die Musik nie laut, doch als seine Tür einmal offen gestanden hatte, war dieses Lied vom Dachboden herabgeweht: »Flieg, Vogel, flieg.«

Sie betrachtete ihn von der Seite und stellte sich vor, wie es wohl wäre, wenn sie und Bernd ein Paar wären. Ein aufregendes warmes Kribbeln nahm ihr kurz die Luft. Es wäre völlig normal, gemeinsam einen Ausflug zu unternehmen. Vielleicht würden sie eine alte Schulfreundin von Tine treffen und ihr sagen, dass sie auf dem Weg in ein Schmuckgeschäft seien, um Ringe auszusuchen.

»Darf ich vorstellen? Das ist Bernd, mein zukünftiger Mann«, sagte Tine in ihrem Tagtraum und erntete einen bewundernden und etwas neidischen Blick.

»Guckst du mal ins Handschuhfach, ob da ein Taschentuch oder so was Ähnliches liegt? Ist es zu glauben, der Vogel hat doch glatt mitten auf die Windschutzscheibe geschissen.«

Tine merkte, wie ihr mal wieder die Röte in die Wangen kroch. Von wegen Ringe aussuchen, das war ja lächerlich. Stattdessen suchte sie nach einem Putzlappen. Sie musste über sich selbst grinsen. Na und, die Gedanken sind frei. Sie reichte Bernd ein Tuch, und er lehnte sich beängstigend weit aus dem Fenster. Hätte er nicht anhalten können, um das Malheur zu beseitigen? Als er sich wieder auf den Sitz gleiten ließ, standen ihm seine dünnen Haare vom Kopf ab, als würden sie von einem Magnet angezogen. Tine prustete los, versuchte, sich das Lachen zu verkneifen, doch sie konnte einfach nicht aufhören zu kichern. Bernd warf ihr einen irritierten Blick zu, noch einen, etwas ärgerlich, wenn sie sich nicht täuschte, dann verlangsamte er das Tempo. Tine fürchtete schon, er würde anhalten und sie aus dem Wagen werfen. Sie musste sich endlich zusammenreißen! Plötzlich begriff sie, dass Bernd sich gar nicht mehr um sie kümmerte. Die Straßen vor Sassnitz waren so voll, dass sie seine komplette Aufmerksamkeit forderten. An der Ortseinfahrt standen so viele Busse, wie Tine sie selten auf einem Haufen gesehen hatte. Dazu jede Menge Pkw, für die nicht genug Parkplätze zu finden waren. Weite Bereiche am Straßenrand waren abgesperrt. Tine war das Lachen vergangen. So viel war auf Rügen selten los, und sie hatte noch immer keine Ahnung, was sie erwartete.

»Wir fahren weiter in den Ort rein«, erklärte Bernd. Seine gute Laune war offenbar beim Überqueren von Jasmund verloren gegangen. »Irgendwo werden wir die Karre schon los. Was für eine bescheuerte Idee, sich in diesen Trubel zu stürzen. Ich kann Massenveranstaltungen nicht leiden.«

Tine nickte ihm verständnisvoll zu und fühlte sich irgendwie schuldig. Dabei war der Ausflug doch nicht ihre Idee gewesen.

Gruppen von Kindern und Jugendlichen in farbigen Trikots drängten sich durch die schmalen Straßen und plapperten aufgeregt. Sie hatten keinen Sinn für die hübschen Häuser mit ihren verzierten Balkonen, geschwungenen Balustraden und Türmchen, die so typisch für die Seebäder der Insel waren. Einige sagten, die seien viel zu protzig, Tine mochte sie trotzdem leiden. Noch mehr den Leuchtturm am Ende der langen Mole, auf den sie jetzt einen Blick erhaschen konnte. Mit seiner grünen Spitze und dem grünen Geländer sah er von Weitem aus wie eine Figur, die ihre Arme hob und den vorbeifahrenden Schiffen zuwinkte. Tine wäre gerne an die Mole gegangen, um sich die neuen Gebäude anzusehen, die dort in letzter Zeit entstanden waren. Besonders das moderne Transit-Hotel interessierte sie, in dem, wie es hieß, viele schwedische Gäste wohnten, die auf die Abfahrt ihrer Fähre warteten. Doch Bernd bog ab. War doch nicht so einfach, das Auto loszuwerden. Überall versuchten Uniformierte, Ordnung in das Chaos aus Bussen und Pkw zu bringen, mit übersichtlichem Erfolg. Tine beobachtete das Geschehen. War wirklich mal etwas anderes als die ständige Hausarbeit. »Spartakiade Jasmund 1978« las sie auf einem großen Transparent über dem Eingang zu den Sportplätzen. Gerade wollte sie Bernd darauf ansprechen, als er auf die Bremse trat, im nächsten Moment den Rückwärtsgang einlegte und so viel Gas gab, dass der alte Motor aufheulte.

»Was …?« Sie starrte ihn an.

»Wir parken woanders«, knurrte er. »Ich habe keine Lust auf Diskussionen mit den Herren der vorbildlichen Ordnung.«

In einer Seitenstraße fand er tatsächlich eine Lücke. Wortlos stiegen sie aus und machten sich auf den Weg. Na wunderbar, wenn er jetzt wieder stundenlang die wortkarge Muschel spielte, konnte es ja lustig werden.

»Jetzt weiß ich übrigens, von welchem Held du gesprochen

hast«, begann sie und lächelte unsicher. Sie wollte unbedingt seine Laune wieder heben. »Du willst mir Spartakus vorstellen.«

»Kluges Mädchen.« Bernd brachte immerhin ein trockenes Lachen hervor. Tine dagegen verging die Fröhlichkeit immer mehr. Fehlte nur noch, dass er ihr den Kopf tätschelte, als wäre sie ein Kleinkind. Aber sie war eine Frau. Wann würde er das endlich bemerken?

»Früher, als ich noch zur Schule gegangen bin, haben die Teilnehmer der Spartakiaden direkt nebenan auf dem großen Campingplatz in Altenkirchen gewohnt. Nicht alle natürlich. Jedenfalls war da immer ordentlich was los«, erzählte sie, weil sie die Spannung nicht länger aushalten konnte.

»Hast du selbst auch mal mitgemacht?«, wollte er wissen.

»Nein, ich habe nur an Wettkämpfen innerhalb meiner Schule teilgenommen.« Mist, sie hätte zu gern ein bisschen mit Auszeichnungen angegeben. Jetzt hielt er sie bestimmt für unsportlich.

Sie hatten den Sportplatz erreicht. Dort hatten sich bereits zahlreiche Trüppchen kleiner und großer Teilnehmer versammelt. Einige waren bestimmt zum ersten Mal dabei. Sie wussten nicht, wohin sie zuerst gucken sollten, hüpften und zappelten ununterbrochen herum. Andere waren routiniert und trugen abgeklärte Langeweile zur Schau. Die grün-weißen Trainingsanzüge der SG Empor Sassnitz waren besonders häufig vertreten. Daneben las Tine BSG Turbine Bergen und SG Empor Göhren. Auch Vereine vom Festland waren erschienen und präsentierten stolz ihre Vereinsfarben und -embleme. Es wehte kaum ein Lüftchen, und dennoch standen die Zuschauer dicht an dicht. Tine fürchtete schon, dass Bernd das alles zu viel war und er kehrtmachen, einkaufen und auf schnellstem Weg nach Hause fahren würde. Sie sah ihn kurz von der Seite an. Das war eine Überraschung! Der grimmige Gesichtsausdruck war verschwunden, er beobachtete gespannt die letzten Vorbereitungen auf die bevorstehenden Wettkämpfe. Eltern stimmten ihre Sprösslinge auf größtmöglichen Einsatz ein, Trainer erinnerten ihre Schützlinge vermutlich daran, was sie ihnen in den letzten Monaten eingebläut hatten. Der riesige Schwenkgrill, von dem ein appetitlicher Duft herüberwehte, schien Bernd kein bisschen zu interessieren. War für Tines Geschmack allerdings auch noch ein bisschen früh für eine Bratwurst. Bernd hatte ihren Seitenblick offenbar bemerkt.

»Ich liebe sportlichen Wettstreit«, erklärte er ihr mit leuchtenden Augen. »Dafür stürze ich mich sogar in so ein Getümmel. Es geht los«, rief er aufgeregt, nahm ihre Hand und zog sie hinter sich her zu einem fast vollständig von hohen Netzen umgebenen runden Platz, den gerade der erste Diskuswerfer betrat. Tine wusste kaum, wie ihr geschah. Sie heftete ihren Blick zwar auf den kräftig gebauten Jungen von etwa zwölf oder höchstens vierzehn Jahren, der soeben in den auf dem Sandboden markierten Ring trat, doch ihre Aufmerksamkeit gehörte Bernds Hand, die sich kräftig anfühlte und warm und sicher.

Sie wünschte, dieser Moment würde ewig dauern, da ließ Bernd sie los und sagte: »Der arme Kerl, als Erster bei so einem Spektakel anzutreten ist eine Ehre. Dummerweise sind die Erwartungen entsprechend hoch.«

Tatsächlich drehte der junge Athlet die Scheibe ein paarmal zwischen beiden Händen, legte sie dann in seine rechte und korrigierte ihre Position zwischen Fingern und Handgelenk immer wieder.

»Liebe Freunde des Sports, herzlich willkommen in Sassnitz zu unserer Jasmunder Spartakiade«, dröhnte es plötzlich über die Köpfe der Menschen hinweg. Tine zuckte vor Schreck zusammen. Der Lautsprecher knisterte und knackte, die Stimme des Ansagers krächzte. Selbst der Sportler auf seiner Startposition schien einen Moment aus dem Konzept zu kommen.

»Als Erster stellt sich heute unser Carsten Schulz unserem diesjährigen Wettbewerb«, schnarrte es unangenehm. »Er hat sich in den letzten Jahren durch besondere Leistungen hervorgetan und verdient schon jetzt einen tosenden Applaus!«

Falls der Mann, der irgendwo am Rand des Platzes in das Megafon brüllte, noch etwas sagte, ging das im eingeforderten Beifall unter. Als der schließlich verstummte, waren alle Augen auf den kleinen Carsten gerichtet, der seinen Stand noch einmal korrigierte, ehe er den Diskus auf seinen Unterarm legte und mit gespreizten Fingern festklammerte. Dann beugte er die muskulösen Oberschenkel, wippte von einem Fuß auf den anderen, drehte sich im nächsten Moment schnell um die eigene Achse und schleuderte die Scheibe mit voller Kraft durch die Luft.

»Oh!« Bernd hielt sich die Hände vor die Augen.

»Das war doch toll.« Tine sah ihn überrascht an.

»Haltung und Weite schon, aber er hat überdreht. Anderthalb Schritte, mehr darf er nicht machen. Hat er aber, und schon stimmte die Richtung nicht mehr ganz.« Ein Schiedsrichter deutete auf Carstens Füße, und sofort bestätigte die krächzende Stimme durch den Lautsprecher Bernds Analyse. »Das sind die Nerven«, erklärte Bernd. »Macht nichts, ein paar Versuche hat er ja noch.«

Auch dieses Mal schien seine Einschätzung zu stimmen. Der Diskuswerfer hatte sich offensichtlich an die Wettkampfsituation gewöhnt und warf die Scheibe bei den nächsten Durchgängen weit und obendrein noch in die exakt richtige Richtung.

Als Nächstes war der Hammerwurf an der Reihe. Tine kam aus dem Staunen nicht heraus. Die Sportler waren offensichtlich ein paar Jahre älter und noch kräftiger gebaut als die Diskuswerfer. Das Geschoss, das man als Hammer bezeichnete, war eine Kugel an einem starren Seil und sah furchtbar schwer aus.

Schreckliche Vorstellung, jemand könnte das Ding an den Kopf bekommen. In der Drehung baute sich so viel Schwung auf, dass es aussah, als würden die kräftigen jungen Männer vom Hammer aus ihrem Gitterkäfig gerissen werden. Glücklicherweise blieben alle am Boden, aber einige stießen beim Abwurf so markerschütternde Schreie aus, dass Tine beim ersten Mal dachte, der Athlet hätte sich die Schulter ausgekugelt.

Die Stimmung war einzigartig! Auch wenn Tine keins der teilnehmenden Kinder kannte, verfolgte sie wie elektrisiert die unterschiedlichen Disziplinen und fieberte so sehr mit wie die Zuschauer, die ihre Kinder oder Freunde anfeuerten. Das war etwas völlig anderes als der Sportunterricht in der Schule auf müffelnden Matten und abgenutzten Geräten und die Meisterschaften, die sie als lästige Pflicht empfunden hatte. Dieser Ausflug war eine einzige positive Überraschung und übertraf ihre Erwartungen um Längen. Das Sahnehäubchen war das Zusammensein mit Bernd. Meistens stand er ganz nah neben ihr. Manchmal drehte er sie sanft in eine Richtung, um ihr etwas zu zeigen. Dann stützte er sich locker auf ihrer Schulter ab, den rechten Zeigefinger nach vorn gestreckt, während die linke Hand zart ihren Hals berührte. Sie spürte seinen Körper an ihrem Rücken, ganz natürlich und trotzdem wunderbar aufregend. Sie hätte ewig so stehen können.

»Ich war auch gar nicht so schlecht im Sport«, erzählte Bernd, als sie zurück zum Wagen gingen. »Brandenburg, wo ich herkomme, hat eine ziemlich erfolgreiche Sportschule. Die fühlen sich allerdings zu Höherem berufen«, erklärte er in seinem typischen abfälligen Ton. »Die wollten mich sogar haben, wollten, dass ich bei ihnen mitmache.«

»Du hast dich da also beworben?« Tine sah ihn neugierig an.

»Nee, ich bin bei einem Nachwuchstag einem Trainer aufgefallen. Sprint, Kurzstrecke. Das hättest du nicht gedacht, oder?«

Sie legte den Kopf schief und tat so, als müsste sie überlegen. Dann sagte sie lachend: »Doch, warum denn nicht?« Er grinste kurz.

»Jedenfalls ist es nicht dazu gekommen. Sonst wäre ich vielleicht auch so ein Held geworden«, erklärte er und deutete vage zurück in Richtung Sportplatz. »Zur Belohnung für gute Leistungen hätte ich an lustigen Spielenachmittagen teilnehmen oder zu Trainingslagern fahren dürfen. Mein Rückgrat wäre dann so schief geworden wie deins, wenn du nicht aufpasst.« Er stupste spielerisch unter ihr Kinn.

Erst jetzt fiel ihr auf, dass sie ihren Kopf noch immer schief hielt. Schnell nahm sie eine gerade Haltung ein und fragte ihn, warum es mit der Sportschule nicht geklappt habe.

»Ich habe leider, leider mein Abzeichen für gutes Wissen nicht bekommen. Bin bei den Fragen durchgefallen, weil ich mich wohl nicht gut genug mit den Herren Marx und Engels auskannte. So ein Pech.« Bernd setzte eine Unschuldsmiene auf.

»Verstehe ich nicht, was hat das denn mit Sport zu tun?«

»Sehr gute Frage.« Er blieb stehen und wandte sich ihr zu. »Du denkst doch nicht, dass die hier alle nur dabei sind, weil sie sportlich talentiert sind?«, raunte er ihr zu. »Ich schwöre dir, ihre Eltern haben alle *Wie der Stahl gehärtet wurde* gelesen. Unter den älteren Sportskanonen sind sicher auch einige ganz eifrig und haben das Buch nicht nur selbst verschlungen, sondern können es wahrscheinlich auswendig und nehmen sich hübsch ein Beispiel daran.«

»Kenne ich gar nicht«, murmelte sie unsicher.

»Du kannst auch gut drauf verzichten, der Titel sagt schon alles. Andererseits … vielleicht solltest du dir den Roman mal zu Gemüte führen. Jeder sollte sich seine eigene Meinung bilden. Hoffentlich die richtige«, ergänzte er und setzte sich wieder in Bewegung. »Komm, Tine, ich will dir die Laune nicht verderben.

Sport ist eine tolle Sache. Er kann ja nichts dafür, wenn einige Menschen ihn für ihre Zwecke instrumentalisieren.«

Eine größere Gruppe Jugendlicher kam ihnen entgegen. Bernd legte schützend seinen Arm um Tine und bugsierte sie sicher hindurch. Tine wurde wohlig warm. Als sie den Wagen erreicht hatten, stieg sie ein, noch immer ein glückliches Lächeln auf den Lippen. Welch ein überraschender und aufregender Vormittag!

Sie fuhren zurück und hatten Sagard bereits hinter sich gelassen.

»Bobbin«, flüsterte Bernd, als sie den nächsten Ort erreichten, und blickte finster drein.

»Hier scheint Markt zu sein«, rief Tine. »›Große Auswahl, alles frisch‹ stand da eben auf dem Schild. Wir müssen auf jeden Fall noch einkaufen«, erinnerte sie ihn.

»Muss das hier sein? Mit dem Ort habe ich nicht gerade die besten Erfahrungen gemacht.« Er starrte geradeaus, seine Finger hielten das Lenkrad plötzlich nicht mehr so locker. Oder kam es ihr nur so vor? Tine hatte natürlich nicht ihre erste Begegnung vergessen. Bernd war gerade aus Bobbin gekommen, als sie ihn im strömenden Regen aufgelesen hatten. Er hatte etwas von einem Missverständnis gesagt. Was es damit wohl auf sich hatte? Die Frage hatte Tine sich oft gestellt.

»Bist du sicher, dass der arme Ort etwas dafür kann?«, fragte sie ihn grinsend und hoffte, ihn aus der Reserve zu locken. Doch Bernd schwieg. »Auf dem Markt wirst du ja wohl keine schlechten Erfahrungen gemacht haben, oder?«, setzte sie nach.

Wieder keine Reaktion. Zumindest keine verbale. Im letzten Moment bog er doch noch auf den Parkplatz ab.

»Große Auswahl, alles frisch«, wiederholte er knurrig. »Hoffentlich halten die wenigstens ihr Versprechen.«

Neben einem großen Stall hatten die Bauern des Ortes ihre Obst- und Gemüsestände aufgebaut. Auf den ersten Blick machte die Ware einen guten Eindruck, sah tatsächlich frisch aus, und die Auswahl hätte auch schlechter sein können. Tine lief fröhlich von einer Auslage zur anderen, während Bernd, in jeder Hand einen Korb, lustlos hinter ihr hertrottete. Üppiger Blumenkohl lag neben Eisberg- und Feldsalat, Kohlrabi war ebenso zu haben wie Bohnen. Sogar Wassermelone aus Ungarn war im Angebot. Eine der riesigen Früchte war aufgeschnitten und leuchtete rot und saftig. Tine verzichtete trotzdem. Falls jeder zu Hause ein Stück bekommen sollte, hatte sie kaum noch Geld für alles andere übrig. Sofern man ihr überhaupt so viel verkaufte. Sie tröstete sich mit den Kirschen, die sie im Garten hatten. Die waren reif und zuckersüß und kosteten nichts. Sie würde gleich welche ernten, wenn sie zu Hause war, beschloss sie. Nicht dass ein Schwarm Stare vor ihr auf diese Idee kam. Tine konzentrierte sich auf ihre Liste. Radieschen. Sie sah sich um und entdeckte welche, die knackig aussahen. Übermütig knuffte sie Bernd in die Seite.

»Na, möchtest du probieren, ob die nicht zu scharf sind?« Sie hielt ihm eine der rot-weißen Knollen direkt unter die Nase. Er antwortete ihr nicht. Wie angewurzelt stand er zwischen Kohl und Zwiebeln, hatte die Körbe abgestellt und starrte vor sich hin. »Bernd?« Als er noch immer kein Wort sagte, bekam Tine es mit der Angst zu tun. Sie folgte seinem Blick und entdeckte einen Mann am Kartoffelstand, dem anscheinend Bernds Aufmerksamkeit gehörte. Der Mann packte gerade seinen Einkauf in einen Beutel, verabschiedete sich von der Marktfrau und wandte sich zum Gehen. Dabei sah er in Bernds und Tines Richtung. Seine Augen weiteten sich kurz, ein Zögern, dann kam er vorsichtig lächelnd auf die beiden zu.

»Mensch, das ist eine Überraschung, Bernd! Was machst du hier in … Ich wusste nicht, dass du …« Er nickte Tine zu und hob den freien Arm, als wollte er Bernd zur Begrüßung an sich drücken. Dann ließ er den Arm jedoch sinken und streckte die Hand aus, aber auch diese freundliche Geste löste sich gewissermaßen auf.

»Tja, da staunst du. Hättest wohl nicht gedacht, dass ich überhaupt noch auf der Insel bin, stimmt's?«

»Nein, also … ich weiß nicht. Noch? Dann bist du gar nicht zurück aufs Festland, als das bei uns nicht so geklappt hat?«

»Bei dir hat's nicht geklappt«, korrigierte Bernd frostig. »Ich war da, wie verabredet!«

Der große, schlaksige Mann mit dem jungenhaften Gesicht sah ziemlich zerknirscht aus.

»Na ja, so richtig fest verabredet waren wir nicht.« Bernd verschränkte die Arme vor der Brust, der andere sprach hastig weiter: »Ist blöd gelaufen. Ich war doch gerade erst neu bei der Zeitung. Da musste ich vorsichtig sein, du weißt doch, wie das ist. Meine Frau war so froh, dass ich die Stelle bekommen habe. Sie hat immer noch Angst, ich könnte sie wieder verlieren, wenn ich einen Fehler mache.« Er sah kurz zu Tine herüber, als würde er sich genau überlegen, was er in ihrem Beisein sagen konnte. »Es ist alles nicht so einfach, das verstehst du bestimmt«, schloss er.

»Nein, verstehe ich nicht. Freunde sind Freunde, die helfen sich. Sonst wären es keine. Ich dachte, du wärst mein Freund.«

Tine konnte die Spannung, die sich zwischen den Männern aufgebaut hatte, nicht leiden. Am liebsten hätte sie die beiden stehen lassen und ihre Einkaufsliste abgearbeitet. Andererseits konnte sie vielleicht endlich etwas über Bernd erfahren. Er hatte damals einen Freund erwähnt, bei dem er auf eine Unterkunft gehofft hatte. Das war dann ja wohl dieser Mann, der jetzt offensichtlich nicht wusste, was er sagen sollte.

»Tja, da habe ich wohl falsch gedacht«, presste Bernd hervor.

Über das freundliche Gesicht des anderen legte sich von einem Moment auf den anderen ein Schatten.

»Bernd, du hattest schon immer deine Meinung.« Wieder sah

er unsicher zu Tine. »Und du wusstest auch, dass du dir damit Ärger einhandeln kannst. Mehr sage ich nicht dazu. Ich habe dir nichts versprochen.«

»Du hast gesagt, du willst mich unterbringen«, unterbrach Bernd ihn zornig. Tine war klar, dass nicht mehr von einer Schlafgelegenheit die Rede war.

»Wenn ich einigermaßen fest im Sattel sitze. So was dauert seine Zeit. Du warst schon immer zu ungeduldig.« Er lächelte, wurde aber sofort wieder ernst. »Wenn ich nicht irre, darfst du gar nicht …« Bernd brachte ihn mit einem vernichtenden Blick zum Schweigen. Nur kurz, dann murmelte der Mann: »Du würdest sowieso nicht zu dem Blatt passen, Bernd, du wärst nicht glücklich.«

»Und was ist mit dir?«

»Ich muss Geld verdienen, und es gibt schlechtere Stellen.« Die beiden standen sich gegenüber, als würden sie sich entweder endlich umarmen, wie alte Freunde es tun sollten, oder aufeinander losgehen.

»Das Problem ist wohl eher, dass wir nicht zusammenpassen«, sagte Bernd schließlich. Seine Stimme war plötzlich rau. »Ich kann mir gar nicht mehr vorstellen, dass wir mal gemeinsame Pläne hatten.« Der Schlaks fiel förmlich in sich zusammen. Fast konnte er einem leidtun. »Eine eigene Meinung habe ich noch immer, Dieter, und das wird sich auch nie ändern. Zum Glück. Ich handle mir nämlich lieber Ärger ein, als ein Pappkamerad zu werden, den du mit einem Finger umschubsen kannst.«

Damit schnappte sich Bernd die Einkaufskörbe, drehte sich um und ging ohne ein weiteres Wort oder auch nur einen Gruß davon. Tine zuckte mit den Schultern, nickte Dieter hilflos zu und lief hinter Bernd her.

Bernds Lippen waren zu einem schmalen Strich zusammengekniffen, noch immer schwieg er beharrlich. Also hielt auch Tine lieber den Mund, ließ sich auf den Beifahrersitz gleiten und wartete. Doch Bernd machte keine Anstalten, loszufahren. Die Stimmung war schrecklich. Tine hätte am liebsten das Atmen eingestellt, um nur keinen Laut von sich zu geben. Wie konnte sich ein so schöner Tag im Handumdrehen in eine Katastrophe verwandeln? Sie sah zu ihm hinüber und überlegte fieberhaft, was sie sagen könnte.

Plötzlich begann Bernd zu reden: »Dieter stammt aus Brandenburg, genau wie ich. Wir sind zusammen zur Schule gegangen und haben eine Schülerzeitung ins Leben gerufen. Wir haben über Veranstaltungen berichtet, über Lehrer geschrieben, die in den Ruhestand gingen, über einen neuen Schrank, den die Schule bekam. So was eben.« Er holte tief Luft. »Oft haben wir auch einfach aus Spaß Texte verfasst, die gar nicht zur Veröffentlichung gedacht waren, sondern nur für uns. Als Übung sozusagen, wir wollten nämlich beide auf die Journalistenschule in Leipzig gehen. Das war toll, wir konnten schreiben, worüber wir wollten, und brauchten auf nichts und niemanden Rücksicht zu nehmen. Keiner hat uns reingeredet oder Sätze gestrichen.« Er sah sie kurz an, starrte aber gleich wieder geradeaus. »In der Schule war das anders. Als ich zum Beispiel vermerkt habe, dass Heinzes der Schule den Schrank nur gestiftet haben, damit ihr Sohn keine allzu schlechten Noten im Zeugnis bekommt, wurde das aus meinem Artikel gestrichen. Ich hätte da wohl etwas falsch verstanden, hieß es.« Er lachte bitter, dann sagte er leise: »Dieter war von vornherein dagegen, es zu erwähnen. Das hätte mir zu denken geben sollen.«

Er machte eine so lange Pause, dass Tine schon dachte, er würde sich für den Rest des Tages wieder in Schweigen hüllen. Aber er startete den Wagen noch immer nicht. Also wartete sie still ab. Es fühlte sich gut an, dass er ihr sein Herz ausschüttete. Er vertraute ihr, dachte sie voller Freude.

»Eigentlich war Dieter ein netter Kerl«, fuhr er schließlich fort. »Einer, mit dem man Spaß haben, bei dem man aber auch seine Probleme loswerden konnte. Ein richtiger Freund eben. Ich habe mir immer vorgestellt, wie wir irgendwann als alte Herren, die etwas erreicht haben im Leben, in schweren Ohrensesseln sitzen und uns unsere Geschichten von damals erzählen.« Seine Augen glänzten, als würde er sich wirklich gerade an etwas besonders Kostbares erinnern. Er seufzte. »Schade. Ich muss mich damit abfinden, dass er doch nur ein Kumpel war. Einer für die guten Zeiten. Ist echt bitter, einen Freund zu verlieren.« Er schüttelte enttäuscht den Kopf.

»Tut mir leid.« Tine legte sich jedes Wort zurecht. »Was ist denn nur passiert, dass du so sauer auf ihn bist?«, fragte sie leise. »Warum meinst du, dass er kein echter Freund ist?«

»Er hatte mir zugesagt, dass ich bei ihm in Bobbin unterkommen könnte, falls es mal nötig wäre, dass er mir auch eine Stelle besorgen würde. Als ich dann vor seiner Tür stand, wollte er davon nichts mehr wissen.«

»Ihr seid also wirklich beide Journalisten geworden?«

»Nicht sofort. Wir wurden erst verdonnert, eine Lehre zu machen. Etwas Anständiges.« Er lachte freudlos. »Zu meinem Glück gab es an meiner Arbeitsstelle eine Betriebszeitung, für die ich natürlich sofort geschrieben habe. Ich musste mir immer weniger die Finger schmutzig machen, sondern durfte gemütlich im Büro sitzen. Die waren nämlich froh, einen zu haben, der interessant über den Alltag erzählen und ihnen auch gleich ihre schönen Loblieder auf die Helden der Arbeit formulieren konnte. Habe ich sogar gern gemacht, weil die Kollegen wirklich hart geschuftet haben.« Sie wollte ihn fragen, was es für eine Arbeitsstelle gewesen war, doch er sprach schon weiter: »Nach der Ausbildung bin ich noch eine Zeit geblieben und konnte dann tatsächlich zum Studium nach Leipzig ins berühmte Rote Kloster gehen.«

»Dann hat sich dein Traum erfüllt«, stellte sie fest.

»Traum?« Er starrte vor sich hin. »Das sehe ich im Nachhinein anders.« Seine Wangenknochen traten hervor. »Jahrelang musste ich die Klappe halten, so tun, als wäre ich mit allem einverstanden, um nicht von der Uni zu fliegen. Und zur Belohnung gab's hinterher einen der begehrten Posten in der Redaktion des *Neuen Deutschland*.« Tine wusste, dass er es nicht ernst meinte, sondern mal wieder seine zynische Phase hatte. »In Berlin habe ich sofort gemerkt, dass ich mich nicht länger verbiegen und komplett in den Dienst der Propaganda stellen kann. Also habe ich behauptet, ich wolle aus persönlichen Gründen zurück nach Brandenburg, wegen meiner Eltern. Was man eben so sagt. Dort bin ich bei einer Kirchenzeitung untergekommen. Das ging 'ne ganze Weile gut, vielleicht weil ich meine Gedanken gerne in Bilder gefasst oder mich einfach auf biblische Werte gestützt habe.« Jetzt wandte er sich ihr direkt zu. »Heißt es nicht, vor Gott sind alle gleich? Sollten wir dann nicht alle danach leben?« Er erwartete keine Antwort von ihr. »Nimm mal das Beispiel von der Schule und dem Schrank. Warum soll ein Kind bessere Noten bekommen, nur weil die Eltern die richtigen Beziehungen haben, eine so großzügige Spende leisten zu können? Warum sollen die einen an der Losbude ihr letztes Geld ausgeben, um ein Elektrogerät zu ergattern, während andere nur ihre Verbindungen spielen lassen brauchen? Das ist doch nicht in Ordnung!«

»Stimmt«, meinte sie nachdenklich.

»Und das sind nur kleine Beispiele, Lappalien im Grunde. Eigentlich geht es mir um was ganz anderes.«

Tine wusste, dass sie sich auf den Weg machen sollten. Die letzte Schulwoche vor den Ferien war angebrochen, die Kinder würden bald hungrig nach Hause kommen. Da konnte Alma Unterstützung gut gebrauchen. Aber sie wollte um keinen Preis diesen Moment der Vertrautheit beenden. Zum ersten Mal redete er mit ihr wie mit einer Erwachsenen. Doch was fast noch wichtiger war: Zum ersten Mal erzählte er von sich. Sie konnte nicht sicher sein, dass er das jemals wieder tun würde.

»Warum hast du deinen Beruf aufgegeben? Hört sich für mich so an, als ob er dir sehr wichtig war.«

»Das habe ich nicht«, erklärte er ihr ernst, fuhr sich durch die Haare und zog die Stirn kraus. »Ich habe geschrieben, was ich denke. Immer. Anfangs noch verklausuliert, weil mir natürlich klar war, dass es Ärger gibt, wenn man die Wahrheit sagt. Selbst wenn meine Vorgesetzten mir inhaltlich zugestimmt hätten, hatten sie einfach eine Heidenangst vor Nachteilen. Ihre Stelle zu verlieren wäre nur der Anfang gewesen. Ich gebe dir noch mal ein Beispiel: Einmal habe ich darüber berichtet, dass Menschen aus dem Osten ihre Verwandten jahrelang nicht sehen dürfen, nur weil die im Westen wohnen und irgendjemand eine Grenze mitten durch ein Land gezogen hat. Ein Land, das eigentlich keine Grenze haben dürfte, und doch können sich Familien aus Ost und West nicht treffen!« Er sprach immer schneller und immer lauter. »Genau so habe ich das formuliert. Reisefreiheit sei kein Thema für eine Kirchenzeitung, erklärte man mir da. Wir hätten uns aus gesellschaftspolitischen Themen rauszuhalten. Das konnte ich nicht akzeptieren und habe weiter in meinen Texten ausgesprochen, was ich beobachtet und empfunden habe. Vielleicht habe ich es am Schluss etwas übertrieben, jedenfalls wurde schließlich sogar mal eine Ausgabe nicht gedruckt, weil ich mich zu kritisch geäußert hatte. Die Abteilung Agitation des SED-Zentralkomitees beziehungsweise deren Lakaien hatten einen Blick darauf geworfen, ob die Artikel auch alle schön geschrieben seien. Zensur war das selbstverständlich nicht, denn die gibt's ja nicht, nein, nein!« Bernd lachte bitter auf.

Tine blieb beinahe die Luft weg. Da war so viel, was sie nicht genau verstand und womit sie sich bisher einfach nicht beschäftigt hatte. Kein Wunder, zu Hause wurde kaum diskutiert, schon gar nicht über Politik. Wobei ... Wenn sie so darüber nachdachte, fiel ihr auf, dass Georg und Alma manchmal Andeutungen machten. Einige davon ergaben plötzlich einen Sinn.

Ehe sie nachfragen konnte, fuhr er fort: »Meine Texte waren nicht schön genug geschrieben, hieß es, schon war ich meine Stelle los. Und einen aufmüpfigen Kerl wie mich wollte natürlich auch niemand einstellen.«

»Hast du denn gar nicht mehr versucht, etwas Neues zu finden?«

Er schüttelte den Kopf. »Vielleicht hätte ich doch vorsichtiger sein sollen. Dann hätte ich womöglich die Chance gehabt, wenigstens durch die Blume den Finger in die Wunden zu legen, die mir wirklich am Herzen liegen.«

»Was meinst du damit?«

Er sah sie an, als würde er überlegen, ob er noch mehr von sich preisgeben sollte.

»Energiepolitik«, sagte er dann unvermittelt. »Die Strukturen sind komplett marode, und obendrein sind wir völlig von der Braunkohle abhängig. Für die Natur ist das eine Katastrophe. Auf Dauer kann das nicht gut gehen. Denk an meine Worte, Tine! Wir werden eines Tages ein Riesenproblem mit der Energieversorgung bekommen!«

Tine schwirrte der Kopf. Sie hatte keine Ahnung von Kohle, Strukturen oder der Energieversorgung, also hielt sie dazu lieber ihren Mund. Außerdem wollte sie ihn unbedingt aufmuntern.

»Du bist klug und kennst dich mit so vielen Bereichen gut aus.« Sie lächelte ihn schüchtern an. »Wir haben hier die *Ostsee-Zeitung*. Da könntest du dich doch bewerben. Da arbeiten anerkannte Journalisten. Habe ich gehört. Ich kann mir nicht vorstellen, dass sie jemanden ablehnen, der so gut informiert ist und auch noch gut schreiben kann.« Er zog eine Augenbraue hoch. »Die würden deine Texte bestimmt gern veröffentlichen. Das ist genau das Richtige für dich«, erklärte sie.

Bernd stieß die Luft hörbar aus.

»O ja, das sind anerkannte Leute. Im wahrsten Sinne des Wortes.« Er schüttelte langsam den Kopf und wandte sich von ihr ab. »Du weißt wahrscheinlich gar nicht, wie wahr deine Worte sind«, brummte er. Dann sah er sie wieder an. »Dieter arbeitet für die *Ostsee-Zeitung*. Als Lokalredakteur. Er schreibt über so aufregende Dinge wie achtzigste Geburtstage oder Auszeichnungen beim Sport. Ach ja, und natürlich berichtet er auch brühwarm, welche Unternehmen mit Urkunden oder Porzellantellern geehrt wurden, weil sie sich vorbildlich für das Volkswohl eingesetzt haben. Ob die Unternehmen ihre Anerkennungen wirklich jemals bekommen, überprüft der großartige Journalist sicher nie, sondern gibt sich mit der Ankündigung durch die Partei zufrieden.«

»Müsste er das denn?« Tine hätte nicht gedacht, dass so etwas zu den Aufgaben eines Redakteurs gehörte.

»Findest du nicht?« Bernd sah ihr in die Augen, als würde er darin tatsächlich nach der Antwort suchen. »Was nützen Versprechen denn, wenn sie nicht eingelöst werden?«

»Dafür kann Dieter aber doch nichts«, meinte sie zaghaft. Bernd ging nicht darauf ein.

»Wahrscheinlich kann er das dreißigjährige Jubiläum unseres schönen Landes schon gar nicht mehr abwarten«, knurrte er stattdessen. »Da gibt es für den braven Reporter viel zu tun.« Er atmete tief ein und aus, schlug mit beiden Händen auf das Lenkrad und lächelte endlich mal wieder. »Du hast völlig recht, mein Beruf ist mir sogar sehr wichtig. Ich werde ihn niemals aufgeben. Irgendwann ändern sich die Zeiten, dann schlägt meine große Stunde. Aber jetzt schlägt erst mal die Stunde der Einkäufe.« Er startete den Wagen. »Lass uns schleunigst den Rest besorgen und dann nach Hause fahren, sonst macht Alma uns die Hölle heiß.«

# 8

»Eine Viertelstunde Frühling ist mehr
wert als ein Sack Gold.«
*Aus China*

Christina ließ ihren ersten Ausflug tief in sich nachklingen. Sie schaltete auf dem Heimweg zu ihrem Feriendomizil nicht einmal das Radio ein, weil sie durch nichts von ihren Gedanken und ihrer Stimmung abgelenkt werden wollte. Stattdessen wanderten ihre Augen über die weite Landschaft, wann immer der Verkehr es erlaubte, und sie nahm den Anblick der Felder und der Weite in sich auf. Immer wieder blitzte zwischen den Bäumen das Meer auf. Bei Juliusruh fuhr sie spontan auf einen Parkplatz. Es wäre einfach zu schade, ihre Ausfahrt jetzt schon zu beenden. Mit einem Lächeln im Gesicht, das sich in ihre Miene eingebrannt zu haben schien, ging sie zum Strand, zog ihre Schuhe aus und spazierte am Wasser entlang, dessen salzig-würziger Duft ihr vertraut in die Nase stieg. Der Sand unter ihren Fußsohlen war noch empfindlich kalt, ein Gefühl aus Kindertagen. Wie Sprünge in Pfützen oder Liegen im hohen Gras. Da die Sonne sich hinter den Wolken versteckte und der Tag sich ohnehin bald zur Ruhe begeben würde, blieb sie nur kurz und trat schließlich endgültig die Rückfahrt an. Ihr fiel auf, dass sie nicht nur den Weg nach Putgarten, sondern auch den Abzweig zur Villa Sanddorn problemlos gefunden hatte. Sie brauchte schon keine Karte mehr.

Der Fahrer eines Kleintransporters, der aus der Gegenrichtung kommend offenbar genau wie sie zur Villa wollte, konnte natürlich nicht ahnen, dass die Kieseinfahrt ihr Ziel war. Gerade als sie den Blinker setzte, blinkte auch der andere Wagen. Christina bremste, eine Sekunde später standen sich die Fahrzeuge gegenüber, vermutlich keine zwei Meter voneinander entfernt. Sie setzte eine strenge Miene auf, die möglichst respekteinflößend sein sollte. Doch die schmolz innerhalb eines Wimpernschlags dahin, denn hinter dem anderen Lenkrad saß ein Mann, dessen freundliches Gesicht nur aus blitzenden Augen und schneeweißen Zähnen zu bestehen schien, die einen beeindruckenden Kontrast zu seiner dunklen Haut bildeten. Er legte kurz eine Hand theatralisch an die Stirn, dann auf das Brustbein und deutete schließlich eine tiefe Verbeugung an, so weit das in einem Auto eben möglich war. Anschließend zeigte er ihr mit einer Geste an, dass sie zuerst fahren solle.

»Bitte verzeihen Sie vielmals! Attraktive Frauen, dazu noch Gäste der Villa, haben natürlisch immer Vorfahrt, sogar beim Linksabbiegen.« Der Mann war so schnell aus dem Wagen gesprungen, dass er es sogar schaffte, ihr die Autotür zu öffnen. »Isch bin John«, stellte er sich vor und strahlte sie an.

Christina lächelte geschmeichelt. Komplimente bekam sie eigentlich nur von Harry oder in sehr seltenen Fällen von ihren Töchtern.

»Ach was, ich habe mich zu entschuldigen. Ich war wohl ein bisschen in Gedanken. Christina, angenehm.« Sie reichte ihm die Hand. Erst jetzt sah sie das orangefarbene Sanddornlogo und den Schriftzug *Rügorange* auf dem Wagen. »Sie arbeiten hier?«

»Ja, isch bin das Mädschen für alles.« Sein tiefes Lachen klang warm und war äußerst ansteckend. »Hast du, oh, haben Sie …« John zögerte kurz.

»Gerne du, hier duzen sich doch alle, dachte ich!«

»Das stimmt! Hast du einen Ausflug gemacht? Du bist noch nicht lange hier, oder? Ich war ein paar Tage nicht auf der Insel.« Wenn er wollte, konnte er also fast ohne seinen sympathischen Akzent sprechen, fiel ihr auf.

»Nein, ich habe noch fast den gesamten Urlaub vor mir. Trotzdem würde ich am liebsten die gesamte Insel auf einmal erkunden. Vor allem den Norden«, sprudelte sie weiter. Dann bremste sie sich. »Na ja, bis nach Spyker bin ich immerhin schon gekommen.« Sie lachte. »Das ist jetzt wohl ein Luxushotel, was?«

»Schon lange! Soll sehr schön sein. Hast du dort einen Champagner getrunken?«

»Ich? Du liebe Güte, nein, das ist nichts für mich.« Ihre Gedanken flogen in die Vergangenheit. »Ich war schon mal dort, vor sehr vielen Jahren«, erklärte sie leise. »Da war es noch kein Hotel. Es war eher etwas … eine Einrichtung …« Sie holte tief Luft.

»Alles verändert sich, das ist der Lauf der Dinge. Auch hier auf Rügen.« Er nickte. »Es ist bestimmt ein schönes Hotel, jedenfalls ist es ein märchenhaftes Gebäude in herrlicher Lage mitten im Grünen.«

»Absolument. Tut mir leid, ich muss mich schon wieder verabschieden, ich will nämlich auf keinen Fall Gesa die Laune verhageln. Sie hat ein paar Sendungen für mich, die verschickt werden müssen. Und sie will heute unbedingt pünktlisch Feierabend machen.« John zwinkerte Christina zu und verschwand in Richtung Hofladen.

Kurz vor dem Schlafengehen rief Christina endlich Harry an. Nicht aus Pflichtgefühl, sondern weil sie das tiefe Bedürfnis verspürte. Von Magdeburg wollte sie nichts hören, schon gar nichts von den Japanischer-Steingarten-Nachbarn. Sie wollte reden, sich mit ihm austauschen. Nach nur zwei Freizeichen war er dran.

»Meine Frau ruft an, wie schön!«, begrüßte er sie. Christina konnte ihn lächeln hören.

»Deine Stimme hat mir gefehlt. Du hast mir gefehlt. Schon den ganzen Tag«, erwiderte sie leise und bemerkte, dass sie unsicher war wie ein Teenager. Es war lange her, dass sie ihrem Mann so etwas gesagt hatte. Kein Wunder, sie waren fast immer zusammen.

»Aber dir geht es doch gut, oder?«, wollte er besorgt wissen.

»Mir geht es sehr gut. Es ist seltsam, Harry. Ich habe heute einen Ausflug unternommen. Als ich losfuhr, fühlte es sich an, als wäre ich zum ersten Mal auf der Insel. Mir kam nichts bekannt vor, gar nichts, alles war mir fremd. Nur nicht die Ostsee. Du findest das bestimmt albern, aber wenn ich auf das blaugraue Meer schaue, auf die weißen Schaumkronen, dann ist es, als würde es zu mir gehören.« Sie dachte kurz nach. »Nein, es ist, als würde ich zu ihm gehören. Es wirkt beruhigend auf mich und vertraut, wühlt mich aber auch auf.« Sie brach hilflos ab. »Du findest das vielleicht lächerlich.«

»Aber nein, warum sollte ich?«

»Wir müssen unbedingt irgendwann zusammen hierherkommen, Harry, damit ich dir alles zeigen kann. Es würde dir gefallen.«

»Kann ich mir vorstellen. Ich hätte schon mal Lust, mit dem Rasenden Roland zu fahren, zu wandern …«

Schlechtes Gewissen keimte in ihr auf. Harry hätte Zeit gehabt, sie zu begleiten. Er hätte sie sanft bedrängen können, gemeinsam zu reisen, doch das hatte er nicht getan.

»Danke, dass du mich dieses Mal allein hast fahren lassen. Es wäre nicht das Gleiche … Ich meine, es wäre schön, zusammen hier zu sein, aber eben nicht beim ersten Mal nach all der Zeit.«

»Ist doch klar«, sagte er nur.

»Ich war heute in Spyker«, begann sie.

Christina hatte Harry nie viel über ihre Kindheit erzählt, und er hatte nicht danach gefragt. Er wusste, dass sie in Bergen, im Inneren der Insel Rügen, geboren worden war, aber das war es auch schon fast. Sollten sie je in einer »Wie gut kennen Sie Ihren

Partner«-Show auftreten, wäre er verloren, sobald es um ihre Vergangenheit ginge. Dafür würde er in allen anderen Runden die volle Punktzahl erreichen, dachte sie und musste lächeln. Er kannte ihre Angewohnheiten, ihre Schwächen und Stärken geradezu erschreckend gut.

»Spyker?«, kam es aus ihrem Telefon. »Hilf mir auf die Sprünge. Das war irgendein Treffpunkt vermeintlich wichtiger Leute, oder?«

»So kann man es ausdrücken. Es war das Ferienheim des FDGB, des Freien Deutschen Gewerkschaftsbundes. Ich weiß noch, dass ich als Jugendliche deren Emblem sehr mochte. Knallgelbe Hände, die einander auf leuchtend rotem Untergrund fassen, das wirkte irgendwie fröhlich und sympathisch.« Sie schnaubte. »Wie naiv ich damals war! Ich habe erst viel später verstanden, dass der Verein längst nicht für alle Arbeitnehmer in der DDR gut war. Wie hätte ich auch darauf kommen sollen? Wir hatten mit ihnen nichts auszustehen. Im Gegenteil. Ich darf mir gar nicht ausmalen, was ohne die stillschweigende Einigung geschehen wäre, die wir mit ihnen hatten.« Sie seufzte und vertrieb den Gedanken. »Das erzähle ich dir in Ruhe, wenn ich wieder zu Hause bin.«

»Bestimmt hast du mir jede Menge zu erzählen!«

»Da kannst du sicher sein.« Eine Weile schwiegen sie beide. »Spyker wiederzusehen fühlte sich seltsam an. Ich war selbst nur zweimal dort, glaube ich, vielleicht dreimal. Aber damit hatte es nichts zu tun. Es ist eher so, dass ich sofort wieder die unangenehme Spannung gespürt habe, die immer in der Luft lag, sobald nur der Name fiel. Ich erinnere mich, dass von dort häufig Arbeitsaufträge kamen, jedes Mal wichtig und natürlich eilig.« Sie stieß die Luft aus. »Das Gebäude hat mich immer fasziniert, doch gleichzeitig hing damit etwas Bedrohliches zusammen, etwas Unheimliches, das ich nie fassen oder einschätzen konnte. Und jetzt erholen sich da die Leute und genießen vermutlich jeden nur erdenklichen Luxus.«

»Hört sich interessant an.«

»Ich kann dich beruhigen, Harry, wenn wir zusammen auf die Insel fahren, werde ich garantiert nicht darauf bestehen, dass du uns ein Zimmer im Schloss buchst.«

»Würde ich aber tun, wenn du es dir wünschen würdest.«

»Das weiß ich doch.« Sie lächelte gerührt. »Du bist wirklich mein Allerbester.« Sie seufzte. Mit einem Schlag kam die Müdigkeit. »War gut, deine Stimme zu hören. Ich glaube, jetzt gehe ich schlafen. Die Seeluft, die Eindrücke … und das Coaching morgen fängt schon um halb neun an.«

Ziska hatte sich für die Sitzung eine kreative Aufgabe überlegt: Christina sollte einen Entwurf für den idealen Kindergarten zeichnen. Die Staffelei mit dem riesigen Papierblock stand schon bereit, und jede Menge bunte Stifte waren zurechtgelegt.

»Stell dir vor, du solltest ein Gebäude in einer Gegend gestalten, die, sagen wir, nicht sehr privilegiert ist. Die Kinder, die dorthin kommen, wohnen in beengten Verhältnissen ohne Garten. Die Eltern können sich keinen großartigen Urlaub leisten. Aber im Kindergarten sollen sich die Kleinen wohlfühlen, geborgen und gleichzeitig frei. Lass dir was einfallen!«

Christina gefiel die Aufgabe auf Anhieb. Wenn Ziska sie nur vorgewarnt hätte, dann hätte sie sich schon ein paar Gedanken machen können.

»Wäre eine schöne Hausaufgabe gewesen«, sagte sie vorsichtig. »Hättest du mir die gestern aufgegeben, würden wir heute bestimmt flotter vorankommen.«

Ziska lächelte.

»Schneller vielleicht, ich glaube allerdings nicht, dass das auch besser gewesen wäre. Es gibt schon einen Grund, warum ich dich erst heute Morgen eingeweiht habe. Ich wette, du kommst drauf.« Sie zwinkerte ihr zu und drückte ihr einen dicken blauen Stift in die Hand.

Christina brauchte einen Moment, um den Anflug von Ärger abzuschütteln. Natürlich verstand sie den beabsichtigten Lerneffekt, nur fand sie es unnötig, dafür kostbare Zeit zu verlieren. Ratlos zog sie die Kappe vom Stift und betrachtete den großen Papierbogen, dessen unterer Rand sich leicht wellte. Ihre Gedanken wanderten sehnsüchtig zur Ostsee. Warum konnte sie jetzt nicht einen Strandspaziergang machen wie andere Urlauber auch? Wieso musste sie in den Ferien Probleme lösen, die es in der Wirklichkeit nicht einmal gab? Plötzlich hatte sie einen Einfall.

»Ich hab's«, rief sie und erntete einen ziemlich erstaunten Blick. »In Magdeburg gibt es sicher einige Kindergärten, auf die deine Beschreibung zutrifft. Wie wahrscheinlich in den meisten Städten. Die schließen einfach eine Vereinbarung mit euch und schicken ihre Kinder grüppchenweise hierher in die Villa Sanddorn. Dann haben sie alles auf einmal. Sie können den Urlaub machen, den ihre Eltern ihnen nicht ermöglichen können, sie haben Platz, um sich auszutoben, es gibt viel Grün.« Ehe Ziska einen Einwand vorbringen konnte, beendete sie ihren kleinen Vortrag: »Es gibt hier immer etwas zu tun, Kinder können sich optimal ausprobieren und spielerisch lernen. Für ihre Anleitung und ein buntes Programm engagiert ihr mich. Das wäre perfekt, das musst du zugeben.« Christina steckte die Kappe des Stiftes mit einem Klacken wieder auf dessen Spitze und strahlte zufrieden. Ziska lachte schallend.

»Das ist zwar haarscharf am Thema vorbei, weil ich nach einem Kindergarten gefragt habe, nicht nach einem Ferienheim, aber ich will mal nicht so sein. Auf jeden Fall ist es eine spontane Idee!«

»Mit dem Grundriss ist es etwas komplizierter«, fuhr Christina unbeirrt fort. »Wenn ich den zeichnen soll, würde mir eine

Besichtigung der Villa bestimmt helfen.« Ein weiteres siegessicheres Strahlen.

»Wie gesagt, mir gefällt dein Lösungsansatz, trotzdem lautete die Aufgabe eigentlich …«

Christina unterbrach sie: »Einen Plan zu zeichnen, weiß ich doch. Dafür wäre es aber wirklich sinnvoll, die vorhandenen Räumlichkeiten zu kennen. Ich meine, es ist doch sowieso ein rein fiktives Kinderparadies, das ich zeichnen soll. Warum kann ich dann nicht so tun, als hätte ich dieses Gebäude dafür zur Verfügung?« Sie hielt die Luft an. Wenn sie Ziska damit nicht überzeugen konnte, wusste sie auch nicht weiter.

»Na schön«, sagte Ziska nach kurzem Zögern. »Du gibst vermutlich sowieso keine Ruhe, bevor du das Haus gesehen hast. Meinetwegen, brechen wir also auf zur Besichtigungstour.« Christinas Herz machte einen Freudenhüpfer. »Unter einer Bedingung. Du musst mir erklären, warum dir so sehr daran gelegen ist, die anderen Räume zu sehen.« Sie verschränkte die Arme und blickte sie neugierig an.

Christina wurde mulmig. Sie mochte Ziska. Warum sollte sie ihr nicht verraten, weshalb sie in Wahrheit hergekommen war? Sie schluckte. Nein, noch brachte sie es nicht fertig. Immerhin müsste sie zugeben, geschwindelt zu haben. Außerdem war es nicht gerade freundlich, Ziskas Coaching nur als Vorwand genutzt zu haben. Zumindest ein bisschen. Es war ja nicht so, dass Christina nicht den einen oder anderen Rat gebrauchen könnte. Und natürlich hätte sie auch eine Ferienwohnung ohne Termine bei Ziska buchen können. Das hatte sie in erster Linie nicht getan, um Zeit mit der Chefin zu verbringen, ihr Fragen über das Gelände stellen zu können, um die Chance zu ergattern, herumgeführt zu werden. Wie es aussah, ging ihr Plan auf.

»Christina, alles in Ordnung?«

»Ja, entschuldige, ich habe gerade an meine Tochter Inge gedacht. Ich hatte dir doch erzählt, dass sie mit ihrem Mann den Dachboden ausbauen will. Ich dachte gerade, wie gut die beiden geeignet sind, fertige Pläne umzusetzen, aber wie sehr ihnen gleichzeitig jede Vorstellungskraft fehlt.« Innerlich entschuldigte sie sich bei Tochter und Schwiegersohn, denn die beiden hatten brillante gestalterische Ideen. »Sie freuen sich bestimmt, wenn ich ihnen ein paar Anregungen und gute Tipps mitbringe.«

»Stimmt, du hast davon erzählt. Nur verstehe ich trotzdem nicht, warum du deine Beratungszeit dafür opfern willst, die du schließlich bezahlst, um Anregungen für dich zu bekommen.«

»Eins schließt das andere nicht aus, finde ich.« Christina hoffte, dass ihre Miene harmlos wirkte. »Mir würden reale räumliche Gegebenheiten wirklich helfen, um die Aufgabe zu lösen, die du mir gegeben hast. Bei der Gelegenheit könnte ich für meine Inge ein bisschen mit den Augen klauen. Ein Abwasch sozusagen, und du musst dir nicht extra Zeit für mich nehmen. Ich meine, ist doch ein Zufall: Meine Tochter will das Dachgeschoss ausbauen, ich komme hierher, und ihr macht gerade genau das.«

»Wie du willst. Der Gast ist König.« Sie lächelte, wirkte im nächsten Augenblick allerdings ein wenig zerknirscht. »Nur ist ausgerechnet der Dachboden noch gar nicht ausgebaut. Wir haben erst mit dem Trockenbau angefangen, darüber hinaus sind wir noch mit dem Ausräumen und Sortieren beschäftigt. Die Zimmer sind inzwischen alle fertig. Wenn du willst, kannst du sie dir ansehen.«

»Sehr gern!« Christina sprang auf. »Wenn das nicht für meine Tochter interessant ist, dann bestimmt für meine Zeichnung.« In wenigen Minuten würde sie wissen, wie viel im Haus sich aus der Vergangenheit in die Gegenwart hatte retten können, ob überhaupt etwas. Ein Kribbeln breitete sich von ihrem Bauch bis zu den Figerspitzen aus.

Das vertraute Knarzen der Treppe, als sie in das Obergeschoss hinaufgingen, verstärkte Christinas freudige Aufregung. Die Mitte der Stufen war mit einem naturfarbenen Sisalteppich belegt worden, links und rechts blieb jeweils ein schmaler Streifen des gut gepflegten Holzes sichtbar. Runde Messingleisten sorgten dafür, dass sich die Auslegeware eng an jede Kante schmiegte. Die Vertäfelung an den hohen Wänden war zum Teil belassen worden und strahlte in rötlich dunklem Braun, die Flächen daneben hatten Ziska und Nik weiß getüncht. Dadurch wirkte alles etwas heller, als Christina es in Erinnerung hatte. Auch im Flur der ersten Etage war Sisal verlegt worden, ebenfalls mit breiten Aussparungen vor den beiden Zimmern.

»Die alten Türen!«, entfuhr es ihr.

»Ja, tatsächlich. Ursprünglich waren es mal vier pro Etage. Da wir nur zwei brauchten, konnten wir uns die besten aussuchen und aufarbeiten lassen. Die restlichen Türen haben wir zu Tischplatten umfunktioniert. Sie sind draußen im Garten gelandet. Für mehr waren sie nicht zu gebrauchen, so wie die aussahen. Müssen ganz schön gelitten haben, dabei sind Kastentüren doch eher robust. Vermutlich wurden sie häufig und kräftig zugeschlagen, oder ein paar lebhafte Kinder, wie unsere Jungs es sind, haben sie als Fußballtor missbraucht.« Sie zuckte mit den Schultern. »Ich wünschte wirklich, ich könnte in die Vergangenheit reisen und Mäuschen spielen.«

Christina lächelte und nickte. Womöglich würde sie ihr diesen Wunsch erfüllen.

Sämtliche Gästezimmer, die sie sich ansahen, waren genauso geschmackvoll renoviert und eingerichtet wie Christinas Ferienwohnung. Modern und klar und dennoch zum Stil der Bäderarchitektur passend. Inspiration für Ausbau und Einrichtung gab es hier sicher zur Genüge, doch Christinas volle Aufmerksamkeit gehörte den Details, die man im alten Haus gefunden und erhalten hatte. Hier ein Stück der Holzvertäfelung an der Decke, dort ein geschwungener Türgriff oder ein schmales Fensterbrett, wenn das auch unter mehreren Schichten weißer Farbe verborgen war. Die Fenster waren, wie Ziska erklärte, aus energetischen Gründen ausgetauscht worden, dafür entdeckte Christina in einem Zimmer noch einen alten Holzofen.

»Reine Dekoration«, erklärte Ziska, die ihren Blick bemerkt hatte. »Wir haben ihn nie benutzt. Wahrscheinlich funktioniert er schon lange nicht mehr.«

»Sofern der Schornstein nicht entfernt oder verschlossen wurde, müsste er durchaus noch in Schuss sein. Das würde ich auf jeden Fall herausfinden. So ein Ofen kann die Rettung sein, wenn's drauf ankommt.«

Ziska beobachtete sie mit einer Mischung aus Neugier und Skepsis. Mensch, sie musste wirklich aufpassen, dass sie sich nicht verplapperte. Sie wandte sich rasch der anderen Seite des Zimmers zu, und ihr Blick fiel auf eine Wand, an der ein kleines Gemälde hing. Sie erstarrte.

»Hübsch, nicht?« Ziska ging einen Schritt darauf zu.

»Ja, sehr schön«, sagte Christina leise und trat auch näher. Sie blinzelte die Tränen weg, die ohne Vorwarnung in ihr aufgestiegen waren. Selbst wenn sie gewollt hätte, wäre es ihr nicht möglich gewesen, die Augen von der Malerei zu lösen. Eine Horde bunt gekleideter Kinder in dicken Wintermänteln, mit Pudelmützen und Fausthandschuhen, spielten auf einem abschüssigen verschneiten Weg, der zwischen mehreren Holzhäusern hindurchführte. Zwei Jungen saßen auf einem Schlitten, ein anderer zielte mit einem Schneeball auf eine Gruppe von drei Mädchen. Ein weiterer Junge balancierte auf breiten Holzskiern. Das unsichere Rudern seiner Arme war so gut gelungen, dass man meinen könnte, er bewege sich wahrhaftig.

»Wir haben es auf dem Dachboden gefunden«, erzählte Ziska.

»Es hat uns beiden auf Anhieb so gut gefallen, dass wir es gründlich entstaubt und den Rahmen geölt haben. Leider haben wir nichts über den Maler oder die Malerin herausgefunden, auch nicht über das Motiv. Wir denken, es könnte eine Szene irgendwo in Norwegen sein.«

»Wäre möglich. Jedenfalls ist es wunderschön.«

Vor Christinas innerem Auge tauchte ein Knirps mit wuscheligen Haaren und Sommersprossen auf. Sie hörte seine Stimme, die sich vor Aufregung überschlug: »Hängen wir jetzt endlich das Weihnachtsbild auf? Morgen ist doch Nikolaustag!«

»Wenn du wirklich möchtest, können wir auch noch auf den Dachboden gehen. Aber sag nachher nicht, ich hätte dich nicht gewarnt.« Ziska sah unentschlossen aus.

»Ehrenwort«, sagte Christina daher schnell.

Ein Seufzen, dann ging Ziska vorweg. Eine schmale, aber sehr stabile Treppe führte nach oben. Christina war sie nicht oft hinaufgestiegen. Außer in der Zeit, als … Erneut jagte ein Kribbeln durch ihren Körper. Ziska öffnete die Tür.

»Wir werden sicher nicht alles ausbauen. Wie ich schon sagte, soll die Zahl unserer Gäste nicht wachsen. Eigentlich. Aber dieser Bereich bietet sich einfach zu sehr an, um zwei Zimmer daraus zu machen. Du siehst ja, wir haben immerhin schon die alten Wände weggerissen, die den Speicher früher in viele kleine dunkle Abstellräume zerstückelt haben. Die Schienen lassen die neue Einteilung erkennen. Der Bereich dort hat das Zeug zum künftigen Lieblingsgästezimmer.« Ziska lächelte. Sie sah offenbar bereits mehr vor sich als die staubige Fläche und die Reste einer Dämmung, die lose an den Schrägen hing. »Wir wollen die Balken komplett freilegen und weiß streichen. Der Raum soll bis in die Dachspitze offen sein. Außerdem möchte ich an dieser Seite ein großes Fenster einbauen lassen.« Sie zwinkerte Christina fröhlich an. »Von hier oben kann man nämlich die Ostsee sehen!«

»Eine tolle Idee. Kann ich es schon reservieren?«

Ziska lachte. »Ich fürchte, es wird noch dauern, bis es bewohnbar ist.« Ihr Blick glitt durch den großen düsteren Raum. Auch Christina sah sich in Ruhe um. Mehrere Kartons standen dort, einige gestapelt, andere unordentlich nebeneinander, als hätte jemand kürzlich etwas darin gesucht. »Es ist verrückt«, begann Ziska, »zuerst haben wir eine Kiste hinter der Verkleidung zwischen den alten Balken entdeckt. Wir dachten natürlich, es ist ein Schatz.« Wieder lachte sie, wirkte aber auch nachdenklich. »Das war es zwar nicht, aber der Inhalt hat uns auf die Geschichte des Hauses gestoßen.« Christina spürte schlagartig einen leichten Druck auf der Brust, dennoch wurde sie hellhörig. »Tja, und dann haben wir noch die Abseite entdeckt.« Sie deutete auf das andere Ende des Dachbodens, das von der Dunkelheit beinahe vollständig verschluckt wurde. »Darin waren die Kartons. Ich wette, es hat seit Jahren niemand mehr hineingesehen. Vor uns, meine ich.«

»Und, habt ihr darin euren Schatz gefunden?«, fragte Christina und hatte Mühe, ihre Aufregung zu verbergen.

»Den einen oder anderen. Das Gemälde mit den Kindern im Schnee war in einem Karton, und das Foto, das im Hofladen hängt, lag in einer der Kisten obenauf.«

»Das kann man wohl als Schätze bezeichnen«, stimmte Christina ihr zu.

»Wir sind wahnsinnig gespannt, was wir noch alles entdecken. Bisher haben wir alles nur grob gesichtet. Und wir hoffen, noch einige Mosaiksteinchen zu finden, mit denen wir die Historie des Hauses möglichst vollständig zusammensetzen können. Wenn wir bloß Zeit dafür hätten.«

»Aber weggeschmissen habt ihr doch noch nichts, oder?«

»Hast du Angst, wir könnten etwas Wertvolles übersehen haben?« Das klang nur halbwegs scherzhaft.

»Nein, nein, ich dachte nur gerade, dass manchmal die kleinsten Zettel oder Notizen die größten Geschichten erzählen.«

»Da hast du wohl recht. Es ist noch nichts auf den Müll geflogen, und die Tagebücher, die in den Kartons waren, haben wir schon mit nach Hause genommen, damit sie nicht womöglich während der Bauarbeiten unter die Räder kommen.«

»Tagebücher?« Christinas Fingerspitzen wurden merkwürdig taub. Sie versuchte, ruhig zu atmen.

»Ja, irgendjemand muss nicht nur ziemlich fleißig gewesen sein, sondern auch ein großes Bedürfnis gehabt haben, die Geschehnisse der Vergangenheit zu bewahren. Jedenfalls ist das mein erster Eindruck, nachdem ich hier und da mal reingeblättert habe. Leider fehlte mir bis jetzt die Muße, sie alle zu sortieren und zu lesen.«

»Das ist ja ein richtiges Abenteuer«, meinte Christina leise.

»Kann man wohl sagen. Dabei haben wir mit der Sanierung an sich und natürlich mit unseren beiden Jungs eigentlich schon genug davon.«

Ziska sprach weiter, doch Christina hörte ihr nicht mehr zu. Sie war einen Schritt zur Seite gegangen und sah plötzlich ein Paar massive Männerstiefel, die eben von einem Karton verdeckt gewesen waren. Der eine stand kerzengerade, der Schaft des anderen hatte sich leicht zur Seite geneigt. Beide waren abgenutzt und hatten ihre besten Zeiten eindeutig hinter sich. Turbulente Zeiten …

»Alles in Ordnung?« Ziskas Stimme drang leise in ihr Bewusstsein. »Du bist ein bisschen blass geworden.«

»Mir geht's gut. Stammen die da auch …?«

»Aus der Abseite, ja.«

»Sehen robust aus«, sagte Christina langsam. »Das waren bestimmt unentbehrliche Begleiter für ihren Besitzer. Scheint ganz so, als hätte er sie viel getragen.« Sie deutete auf den linken Stiefel, wo der große Zeh des einstigen Trägers das Leder deutlich ausgebeult hatte. Und da waren Ränder zu sehen, die einmal von der Feuchtigkeit auf das Leder gemalt worden sein mussten. »So wie sie da stehen, könnte man meinen, es schlüpft gleich jemand hinein und marschiert damit los.« Nur dass die Füße, die einmal hineingehört hatten, schon lange keinen Schritt mehr machten.

»Ich denke, wir sollten wieder runtergehen«, schlug Ziska vor.

Christina nickte und wollte sich gerade umdrehen, als etwas ihre Aufmerksamkeit auf sich zog, das aus einem der Kartons hing. Wie hypnotisiert ging sie darauf zu und klappte eine Hälfte des Pappdeckels auf. Zum Vorschein kam ein Stoffhase mit zwei unterschiedlich großen Knöpfen als Augen. Er fühlte sich feucht an und war schmutzig. Christina schluckte.

»Nik meinte, dem würde auch eine Waschmaschine nicht helfen. Aber irgendwie habe ich es nicht übers Herz gebracht, das Langohr zu entsorgen.« Ziska zuckte mit den Schultern.

Die Coachingstunde war um. Mehr als das, sie hatten kräftig überzogen. Christina atmete innerlich auf. Wenn sie sich jetzt noch zusammensetzen würden, hätte Ziska bestimmt die eine oder andere persönliche Frage auf Lager. Christina hatte sehen können, wie gern Ziska von dem Ausbauprojekt erzählte, wie sehr sie sich freute, jemanden herumzuführen, der echtes Interesse daran hatte. Ihr war allerdings auch nicht entgangen, dass Ziska zu gern gewusst hätte, was wirklich hinter der Neugier ihrer Klientin steckte.

»Mit den frischen Eindrücken im Kopf werde ich mir jetzt gleich einen Plan für den perfekten Kindergarten überlegen«, erklärte Christina deshalb hastig. »Morgen hast du ihn auf dem Tisch, versprochen!«

»Einverstanden.« Ziska lachte. »Ich werde den Eindruck nicht los, dass du eigentlich überhaupt kein Coaching brauchst. Aber du wirst kaum hierhergekommen sein, um mich kennenzulernen.« Christina blieb kurz die Luft weg. Glücklicherweise wechselte Ziska das Thema. »Konntest du denn auch Denkanstöße für den Dachbodenausbau deiner Tochter bekommen?«

»Ja, auf jeden Fall, danke schön.«

Christina verabschiedete sich und ging hinaus auf den Hof. Sie sog die frische Luft tief ein und genoss für eine Sekunde das typische Aroma, das vom Meer herüberwehte. Ein Hauch von Salz und Algen. Schon komisch, wie wenig sie sich vor ihrer Abreise ausgemalt hatte, was an diesem Ort ihrer Vergangenheit auf sie zukommen würde. Hatte sie ernsthaft geglaubt, sie könnte hier einfach herumspazieren und feststellen, wie viel sich verändert hatte, was erhalten geblieben war, und dann fröhlich nach Hause fahren? So ein Unfug! Ihr hätte klar sein müssen, wie sehr sie die Konfrontation aufwühlen würde. Andererseits hatte sie unmöglich ahnen können, dass sogar noch Gegenstände auftauchen würden wie altes Spielzeug. Der schielende Stoffhase. Georgs Stiefel! Ihr Atem flatterte, sie blinzelte den Schleier weg, der sich schon wieder über ihren Blick gelegt hatte. Plötzlich hatte sie eine Erkenntnis, die sich ihr so klar zeigte, dass sie beinahe einen überraschten Laut ausgestoßen hätte. Auf einmal wusste sie, warum sie hergekommen war. Gerade jetzt. Ihre älteste Tochter Inge hatte wirklich vor, ihr Reihenhaus auszubauen, in dem sie seit ein paar Jahren mit ihrem Partner lebte. Vor ein paar Wochen hatte sie ihren Eltern den Grund dafür verraten.

»Wir möchten uns um ein Pflegekind bemühen«, hatte sie in ihrer resoluten Art verkündet. »Dass ich keine Kinder bekommen kann, heißt nicht, dass wir nicht Eltern werden können.«

Christina hatte oft beobachtet, wie liebevoll sich Inge um Tjark kümmerte, den Sohn ihrer Schwester Michaela. Die beiden konnten stundenlang auf dem Teppich seines Zimmers hocken und sich beschäftigen. Entweder dachte Inge sich ein Spiel aus oder las ihm vor. Zu gerne bauten sie sich aus dem kleinen Tisch und mehreren Laken eine Höhle. Inge passte zwar kaum unter das niedrige Versteck, ließ sich aber dort trotzdem ausführlich Tjarks Figuren für sein Piratenschiff zeigen.

»Medizinisch nachhelfen ist für uns keine Option«, hatte Inge erklärt. »Es wird einen Grund dafür geben, wenn mein Körper sich wehrt oder wir beide zusammen uns eben nicht fortpflanzen können. Leider gibt es jede Menge Kinder, die nicht das Glück haben, in einem verlässlichen, liebevollen Elternhaus aufwachsen zu dürfen. Wir finden, das passt zusammen, wir können eine Tochter oder einen Sohn haben und gleichzeitig dafür sorgen, dass ein armes Würmchen ein schönes Zuhause bekommt.«

Im ersten Augenblick hatte es Christina die Sprache verschlagen. Später hatten Harry und sie lange darüber geredet. Am nächsten Morgen hatte Christina beschlossen, nach Rügen zu reisen, um mit ihrer Vergangenheit Frieden zu schließen. Selbst mit ihren Töchtern hatte sie nie viel über ihre Kindheit gesprochen. Sie hatte sich immer ein Schlupfloch gesucht, hatte das Thema gewechselt oder erklärt, dass sie keine Lust habe, olle Kamellen aufzuwärmen. Basta. Wenn sie ehrlich zu sich selbst war, hatte sie immer Angst vor dem Schmerz gehabt. Es würde zu sehr wehtun, an den Verletzungen ihrer Kindheit zu rühren und an den Enttäuschungen, die sie als Heranwachsende hatte wegstecken müssen. Doch wenn ihre Große nun ein Pflegekind aufnehmen würde, musste sie mit ihr einfach über alles reden können. Nicht nur mit Inge, sondern mit der gesamten Familie. Es wurde höchste Zeit. Als wäre schon jetzt eine Last von ihren Schultern gefallen, marschierte Christina voller Tatendrang über den Hof.

Die Tür des kleinen Ladens stand weit offen. Tatsächlich war die Luft noch ein bisschen milder geworden. Trotzdem trug Gesa einen dicken bunten Schal um den Hals, der mit dem knallgelben Tuch um ihren Kopf um die Wette leuchtete.

»Moin, Gesa«, rief Christina, als sie eintrat.

»Moin«, kam es etwas krächzend zurück.

»Alles klar bei dir?«

»So weit, so gut.« Gesa räusperte sich. »Der Husten fühlt sich scheinbar wohl bei mir. Will gar nicht wieder weggehen. Deshalb habe ich mal lieber noch das Wintergedöns um meinen Hals gewickelt.« Sie zuckte mit den Schultern und strahlte gleich darauf. »Ansonsten könnte es nicht besser sein!«

»Freut mich. Ich hätte gerne noch eine kleine Tüte von den Schokosanddornkeksen. Die sind aber wirklich sehr lecker.«

»Habe ich es nicht gesagt?« Sie schob ein Beutelchen über den Verkaufstisch. »Biddeschöööön.« Christina musste lachen. Gesa hatte genau den Ton von Hase Cäsar getroffen, den Tjark so liebte.

»Danke. Und dann wollte ich noch wissen, ob ich mich zu eurer Vernissage anmelden muss.«

»Ach was, mit solchem Schnickschnack fangen wir gar nicht erst an. Kannst einfach reinschneien, wir freuen uns, wenn du kommst!« Sie machte eine nachdenkliche Miene. »Es wird bestimmt nicht überfüllt sein. Schön wär's zwar, aber …«

»Wenn alle deine Bilder so beeindruckend sind wie das im Coachingraum, müssten die Leute Schlange stehen.«

»Danke, danke.« Gesa lächelte scheu. So selbstsicher sie auch sonst wirkte, so wenig konnte sie anscheinend mit Komplimenten umgehen. »Eigentlich hängen hier im Laden auch immer welche, aber die habe ich schon alle abgenommen für das große Ereignis.« Sie hustete. »Es geht aber gar nicht um meine Bilder, nicht nur. Es ist die erste gemeinsame Ausstellung mit meiner Freundin Greta.« Sie reckte stolz das Kinn. »Greta kann super malen, aber vor allem ihre Skulpturen hauen dich aus den Socken. Du denkst, die sind alle lebendig und müssten sich im nächsten Moment bewegen. Dabei gibt es solche Wesen gar nicht.« Sie kicherte. »Na, du wirst sie ja sehen. Ich will nicht zu viel verraten.«

»Klingt spannend, ich freue mich schon drauf.« Christina legte das Geld für die Kekse auf den Tisch. »Ich bin heute übrigens auf dem Dachboden der Villa gewesen«, sagte sie und hoffte, dass es einigermaßen beiläufig klang. »Ziska hat mir gezeigt, wo später mal das Lieblingsgästezimmer sein soll. Sie scheint schon genau zu wissen, wie es einmal aussehen wird.«

»Stimmt, allerdings liegt die Betonung auf später. Es wird noch ewig dauern, bis dort jemand wohnen kann.« Sie verdrehte die Augen. »Ich kapiere nicht, warum sich Ziska und Nik so viel Stress antun. Als ob sie nicht sowieso schon mehr als genug um die Ohren hätten. Und dann sind da ja noch die beiden kleinen Monster, die ihre Eltern schließlich auch gut beschäftigen.« Gesas Miene und ihr fröhliches Zwinkern verrieten, wie gern sie Felix und Jockel hatte. »Klar könnte man mehr Zimmer vermieten, aber bisher hat's doch auch gereicht. Ich würde das alles von Handwerkern machen lassen, wenn es überhaupt sein muss. Aber mich fragt ja keiner.«

»Einige Aufgaben lassen sich vermutlich nicht delegieren«, gab Christina zu bedenken. »Zum Beispiel die vielen Kisten und Dinge von den früheren Bewohnern. Die müssen Ziska und Nik schon allein durchsehen, meinst du nicht?«

»Ach was!« Gesa machte eine wegwerfende Handbewegung. »Großen Container bestellen und hinein mit dem ganzen Zeug!«

»Bloß nicht!«, rief Christina. »Das Bild da haben sie schließlich auch dort oben gefunden.« Sie deutete auf die gerahmte Fotografie. »Wäre doch ein Jammer, das einfach wegzuwerfen.« Gesa schien die Vorstellung nicht sonderlich zu erschrecken.

»Ja, das ist ganz hübsch. Ich hätte aber auch nichts dagegen, wenn da stattdessen ein Bild von mir hängen würde. Oder von Greta.« Gesas herzhaftes Lachen ging in einen Hustenanfall über. »Du würdest dich wohl am liebsten da oben einschließen lassen und die alten Kartons gründlich durchforsten, was?«, brachte sie krächzend hervor.

»Langweilen würde ich mich jedenfalls nicht.« Es wäre ein Traum, wenn sie Ziska die Erlaubnis dafür abluchsen könnte. »Sicher würde ich dabei jede Menge über die Geschichte der Villa erfahren. Überleg doch mal, Ziska und Nik könnten eine richtige Chronik erstellen und ihren Gästen als Bettlektüre anbieten. Du und deine Freundin könnten sie vielleicht sogar illustrieren.« Wie sie gehofft hatte, blitzten Gesas Augen. Der Gedanke schien ihr zu gefallen.

»Das soll wohl eine Zeit lang mal ein Kinderheim gewesen sein«, sagte Gesa, während sie kleine Tüten mit Sanddorn-Vanille-Bonbons füllte. Christinas Augenbrauen schnellten in die Höhe, und sie hielt kurz die Luft an. »Das kann ich mir irgendwie nicht vorstellen. Dafür sind es doch viel zu wenige Zimmer. Die werden die Kinder ja nicht hochkant gestapelt haben.« Sie grinste, wurde im nächsten Moment aber ernst. »Obwohl, was man so über Kinderheime in der DDR hört … Hoffentlich war das hier nicht auch so ein Horrorschuppen. Dann würden die Gäste nach der Bettlektüre kein Auge mehr zukriegen.«

»Das waren ja mal mehr Zimmer«, beruhigte Christina sie.

»Woher weißt du das denn?«

»Ziska hat gesagt, dass in der ersten Etage mehr Türen waren, als gebraucht wurden«, antwortete sie wie aus der Pistole geschossen und atmete auf. »Ich gehe davon aus, dass es dann auch mehr Zimmer waren. Kinderheim, tatsächlich? Ich dachte, das Haus war schon immer ein Hotel oder eine Pension.« Sie legte die Fingerspitzen auf den Verkaufstresen und sah Gesa an.

»Mal so, mal so. Ich weiß es nicht genau. Erst war es wohl eine Pension, dann ein Heim oder so. Keine Ahnung. Eins weiß ich aber sicher.« Sie senkte die Stimme. »Die Villa hat ein dunkles

Geheimnis. Wenn nicht sogar ein Fluch darüber liegt«, raunte sie und riss die Augen so weit auf, dass sie jedem Gespenst in einer Geisterbahn Konkurrenz machen könnte.

»Wie kommst du darauf? Was denn für ein Geheimnis?«

»Hier war mal so ein Mann, der dringend Arbeit und einen Unterschlupf brauchte«, erzählte sie in einem Plauderton, der anscheinend ausdrücken sollte, dass der Fluch nur ein Scherz war. »Rudi hieß er. Ich weiß gar nicht, ob der noch lebt, der war schwer krank«, sagte sie versonnen. »Ein armes Schwein, wenn du mich fragst, aber herzensgut. Jedenfalls hat er ein paar Wochen geholfen, als das gerade mal wieder losging mit dem Dachbodenausbau.« Sie lachte auf. »Das zieht sich, musst du wissen. Ziska und Nik machen das in Etappen. Dazwischen können schon mal lange Pausen entstehen, in denen der Bau ruht. Ich sag ja, die haben zu viel um die Ohren. Jedenfalls hat Rudi das ganze Rigips hochgeschleppt, das in einer Ecke auf seinen Einsatz wartete, und noch andere Arbeiten übernommen. Am Anfang, später war er meistens den ganzen Tag …«

»Und was hatte dieser Mann mit der Villa zu tun?«, unterbrach Christina ihre ausschweifenden Erzählungen.

»Nix. Das dachten Ziska und Nik zuerst nur, weil sie, kurz bevor Rudi aufgetaucht ist, einen dieser alten Zettel da oben entdeckt haben, auf dem wohl was von einem Mann stand, der hier mal in genau so einer Situation gestrandet ist. Auch der Typ von früher brauchte ein Dach über dem Kopf und ein Auskommen, weil er was auf dem Kerbholz hatte oder so. Ich kriege das nicht mehr zusammen.« Christina traute sich kaum zu atmen. Schweißperlen traten vor Aufregung auf ihre Stirn. »Jedenfalls hat Rudi hierbleiben dürfen, weil Nik meinte, das sei ein Wink des Schicksals, dass zweimal jemand sozusagen Asyl brauchte. Der Erste, der von dem ollen Zettel, hat sogar eine ganze Weile hier gewohnt, glaube ich. Rudi ist für eine Coachingkundin zur

Schlüsselfigur geworden, um ihre Probleme zu lösen, mit denen sie herkam. Aber das ist eine andere Geschichte.«

Christina hatte Gesa wie hypnotisiert zugehört. Jetzt trat Stille ein.

»Überhaupt kein Blödsinn, Gesa«, sagte sie heiser und räusperte sich. »Ihr habt einen Hinweis auf ein solches Geheimnis entdeckt und könnt davon ausgehen, dass die Antwort auf alle Fragen noch in einer der Kisten steckt. Das findest du nicht spannend?«

»Erstens haben nicht wir irgendwas entdeckt, sondern Ziska und Nik. Mich geht das im Grunde nix an. Zweitens ist es nicht sicher, dass da oben außer einem Haufen modriger Klamotten, vergilbter Rechnungen und vielleicht ein paar Bildern wirklich Antworten unter stinkender, wabbeliger Pappe schlummern. Ganz ehrlich, mir reicht es, wenn ich irgendwann die Zusammenfassung der Geschichte höre.« Sie verschränkte die Arme und grinste. Dann setzte sie hinzu: »Die reicht mir auch, um Illustrationen anzufertigen. Ist echt 'ne gute Idee. Die kannst du ruhig Ziska auf die Nase binden, finde ich.«

»Das mache ich gern. Na dann, einen schönen Tag noch, Gesa. Ich freu mich auf eure Ausstellung.«

Als Christina den Hofladen verlassen wollte, wäre sie fast mit Ziska zusammengeknallt, die zur Tür hereinkam.

»Sind die Zwillinge hier?«, fragte sie.

»Warte, ich guck mal unter dem Tresen nach.« Gesa bückte sich.

»Das ist nicht lustig, Gesa, sie sind verschwunden. Womöglich schon seit mehr als einer Stunde.« Ziskas freundliches Lächeln war fort, ihre Miene verriet, wie genervt sie war. »Die beiden wollten nach dem Frühstück draußen spielen«, erzählte sie, »dagegen hatte ich nichts. Es kommt ja eigentlich kein Fremder aufs Grundstück, und die zwei rennen nicht bis zur Straße. Eigentlich.

Einmal habe ich sie noch am Fenster vorbeiflitzen sehen, als wir gerade mit unserer Stunde angefangen haben«, sagte sie und sah Christina an. »Dann sind wir nach oben und auf den Dachboden gegangen. Bis ich zurück im Haus war, ist über eine Stunde vergangen.« In Ziskas Blick lag jetzt echter Ärger. »Das geht nun schon eine Weile so, dass sie sich hin und wieder in Luft auflösen. Nik und ich können ihnen predigen, wie wir wollen, dass sie das sein lassen sollen, sie tun es wieder.«

Christina bekam sofort ein schlechtes Gewissen, denn schließlich war sie es, die Ziska nicht nur zur Hausbesichtigung überredet und damit aus der Sichtweite der Kinder gelockt, sondern auch noch besonders lange aufgehalten hatte.

»Erst dachte ich, die Jungs sind in ihrem Zimmer«, berichtete Ziska weiter. »Waren sie aber nicht, das habe ich sofort gewusst. Normalerweise höre ich sie schon auf dem Hof, wenn sie drinnen spielen und niemand sonst im Haus ist.« Sie verzog die Lippen zu einem Lächeln. »Na ja, irgendwo müssen sie ja stecken, ich suche mal weiter. Sag mir bitte Bescheid, wenn sie hier auftauchen, Gesa, ja?«

»Ich halte sie an den Ohren fest«, versprach Gesa.

»Kann ich suchen helfen?«, bot Christina an. »Du kannst in die eine Richtung laufen, ich in die andere. Ich könnte mit der Plantage anfangen.«

»Das ist lieb von dir«, sagte Ziska und schüttelte den Kopf. »Zu den Sanddornbüschen gehen sie eigentlich nie freiwillig. Die sind ihnen zu piksig. Außerdem ist John da, er hätte mich längst informiert.«

»Okay, anstatt hier noch lange zu diskutieren, machen wir uns zu dritt auf die Suche«, bestimmte Gesa. »Ziska, du suchst noch mal in der Villa, da gibt es genug Räume, in denen sie sich zu gern herumtreiben. Christina, du läufst das Gelände ab und den Parkplatz, und ich gehe rüber in die Büros und in die Produktionshalle. Treffen hier in …«, sie sah auf die Uhr, »… spätestens zwanzig Minuten. Am liebsten mit Erfolgsmeldung. So, los jetzt, ich schließe den Laden ab. Nicht dass die kleinen Biester sich hier reinschleichen, sobald sie unseren Suchtrupp sehen. Zuzutrauen ist es ihnen«, knurrte sie und schob die beiden Frauen aus der Tür.

Christina wäre lieber mit in die Villa gegangen. Sollte sie verraten, dass sie unzählige Verstecke in dem alten Haus und auf dem Gelände kannte? Die Jungs wirkten nicht ängstlich, die würden auch vor einem Keller oder einer Kammer nicht zurückschrecken. Aber das war ja Unsinn. Erstens hatte sich vieles verändert, zweitens kannte Ziska das Gebäude mindestens ebenso gut. Also folgte Christina brav Gesas Kommando und sah sich gründlich auf dem Gelände um. Sie ließ keinen Zentimeter aus, streifte durch den Garten, ging um die wenigen Autos herum. Ihr Enkel Tjark war auch pfiffig, wenn es darum ging, beim Versteckspiel nicht gefunden zu werden. Nichts, keine Spur von den beiden. Nach einer halben Stunde trottete sie zum Hofladen zurück. Sie sah Ziska schon von Weitem, die mit hängenden Schultern wartete. Gesa war anscheinend noch unterwegs. Christina wagte kaum, Ziska in die Augen zu sehen.

»Tut mir so leid«, begann Christina hilflos.

»Das war nicht deine Schuld. Ich hätte nicht so lange außer Sichtweite sein dürfen«, brachte Ziska hervor. »Es ist jedes Mal ein Spagat, wenn ich eine Stunde mit einem Gast habe und Nik nicht zu Hause ist. Aber den muss ich hinkriegen, nicht du. Bisher hat es auch immer gut geklappt. Keine Ahnung, woher sie diese dämliche neue Angewohnheit haben.« Sie zwang sich zu einem Lächeln, doch ihr war anzusehen, dass sie sich allmählich Sorgen machte.

Plötzlich veränderte sich ihr Gesichtsausdruck komplett, und sie spitzte die Ohren. Christina meinte auch, etwas gehört zu haben. Tatsächlich, da waren zwei piepsige Stimmchen und gleich darauf eine kräftige, die zwar etwas heiser klang, aber deshalb nicht weniger respekteinflößend.

»Ich würde euch die Ohren lang ziehen, wenn ihr meine Kinder wärt«, sagte Gesa gerade und kam mit den Zwillingen um die Ecke. Sie hatte die beiden buchstäblich am Schlafittchen, sodass Jockel und Felix etwas tollpatschig neben ihr herstolperten. »Und demjenigen, der wieder mal den Hintereingang zur Halle aufgelassen hat, ebenfalls«, rief sie laut und verdrehte demonstrativ die Augen. »Entweder war es John oder der liebe Chef höchstpersönlich«, ergänzte sie und stellte die Jungs vor Ziska ab. »Ich dachte, die beiden Minimonster hier könnten mal wieder nach den großen Glasballons geschaut haben, die sie so spannend finden«, verkündete Gesa. »Wäre nicht das erste Mal, dass die Bürschchen herausfinden wollen, ob man die klebrige Masse in dem einen Bottich nicht doch essen kann.« Sie flüsterte Christina zu: »Wenn die wüssten, dass wir daraus Gummibären machen, müssten wir die Halle sichern wie Fort Knox.« Und dann wieder laut: »Ich lag falsch, in der Halle waren sie nicht. Aber als ich gerade wieder rauskam, stiefelten die zwei mir entgegen, als wäre nichts gewesen.«

»Ich fasse es nicht!« Ziska wirkte erleichtert. Trotzdem nahm sie ihre Kinder nicht in den Arm, sondern setzte eine strenge Miene auf. »Wo wart ihr?«

Jockel und Felix kauten auf den Lippen herum und guckten angestrengt auf den Boden.

»Vergiss es, das habe ich auch schon versucht.« Gesa baute sich mit verschränkten Armen vor den Zwillingen auf. »Die halten dicht.«

»Ihr wart nicht in der Halle, wo Papa und Gesa sonst immer arbeiten, oder?« Ziska beugte sich ein Stück zu ihnen hinunter, um ihren Blick aufzufangen. Keine Chance. Die Jungs schüttelten die Köpfe, dass die Haare nur so flogen, und starrten vor sich hin. »In eurem Zimmer wart ihr auch nicht, sonst hättet ihr geantwortet, als ich gerufen habe. Hättet ihr doch?« Ziska wurde ungeduldig. Das half ihr nur nicht, die beiden sahen sich kurz an, ein verschwörerischer Blick, wie Christina fand, dann nickten sie eifrig. »Also wo wart ihr dann?« Keine Antwort. Ziska schnaubte. »Glaubt bloß nicht, dass ihr damit durchkommt. Irgendwann werdet ihr mir schon verraten, wo ihr euch versteckt habt. Das hört auf, habt ihr mich verstanden? Damit ist ein für alle Mal Schluss. Wenn euer Vater nachher zu Hause ist, reden wir noch mal darüber. Ihr habt überhaupt keine Ahnung, was alles passieren kann!«

Christina brach es fast das Herz. Ziskas Geduldsfaden würde wirklich bald reißen, wenn die Zwillinge so weitermachten. Die beiden dagegen guckten schuldbewusst aus der Wäsche.

»Gesa, tust du mir bitte einen Gefallen und malst ein großes Schild, dass die Tür zur Halle immer verschlossen zu sein hat?« Ziska holte tief Luft. »Und jetzt ab mit euch«, sagte sie und schubste die Kinder sanft in Richtung Haus. »Wird Zeit zum Mittagmachen.« Sie ging zwei Schritte und drehte sich noch einmal um. »Danke für eure Hilfe!«

Christina schmunzelte. So grün gefleckt, wie die Hosenböden der beiden ausgesehen hatten, konnte sie sich gut vorstellen, wo die Zwillinge sich herumgetrieben hatten. Sie schlenderte ein Stück über den Hof. Tatsächlich. Das Gras stand kniehoch auf der Obstwiese. Ob es die Erdmiete wohl noch gab? Wie lange hatte sie nicht mehr an den in die Erde gegrabenen Vorratsraum gedacht, den sie nie gemocht hatte. Er musste auch dort hinten irgendwo sein, war vermutlich zugewuchert. Das Grün durfte anscheinend auch heute noch so ungestört wachsen wie früher.

# 9

»Hat's an einem Sommermorgen keinen Tau,
so macht der Bauer auch kein Heu.«
*Bauernweisheit*

## 1978

Der Morgen war noch frisch. In der vergangenen Nacht hatte es leicht geregnet, hier und da glitzerten noch immer kleine Tropfen in den Zweigen und Halmen, doch im Laufe des Tages würde es wieder warm werden, wahrscheinlich sogar heiß. Zwar machte die frische Luft, die von der Ostsee über die Nordspitze Rügens wehte, jeden noch so flirrenden Sommertag erträglich, doch Tine stand trotzdem gern früh auf, um wenigstens einen Teil der körperlichen Arbeit in der Morgenkühle zu erledigen. Mit einem Eimer Kartoffel- und Gemüseschalen für die Schafe und das Schwein ging sie zum Stall. Ihr fiel auf, dass die Erdmiete nicht richtig geschlossen war. Wie oft hatten Alma und Georg den Kindern gepredigt, dass sie darauf achten sollten? Tine seufzte und ließ die hölzerne Pforte in ihr Schloss fallen.

Sie war nicht die Einzige, die zu dieser Stunde schon auf den Beinen war. Hinter dem Haus hinten auf der Wiese entdeckte sie Georg. Wie bei jedem Wetter trug er seine zerschlissene Latzhose, die in seinen schweren Lederstiefeln steckte. Manchmal schnitt er das hohe Gras zwischen den Obstbäumen am Anfang des Sommers, meistens wartete er jedoch bis zum Herbst. Leicht gebückt stand er dort. Sein Oberkörper bewegte sich in gleichmäßigem Schwung immer wieder von einer Seite zur anderen. Ein vertrauter Anblick. Tine bewunderte, wie selbstverständlich er mit der Sense umging. Gewandt schwang Georg sie dicht über den Boden, als hätte das alte Werkzeug keinem Widerstand zu trotzen. Doch was so leicht aussah, erforderte gründliche Vorbereitung und jahrelange Übung. Sicher hatte er das Metallblatt zu Beginn gedengelt, damit es wirklich scharf war. Sonst würde er die Halme nicht schneiden, sondern nur umknicken, hatte er ihr mal erklärt. Sie beobachtete, wie er gerade stehen blieb, die Sense abwischte und mit dem Wetzstein, der in einem Lederetui an seinem Gürtel hing, nachschärfte.

Tine ging auf ihn zu. Sie spürte die Feuchtigkeit, die noch im hohen Gras lag. Dabei fiel ihr ein, dass Sven sich einmal die Sense geschnappt hatte. Er hatte Äpfel pflücken sollen, hatte aber keine Lust auf nasse Füße gehabt. Doch ehe er auch nur einen Versuch hatte wagen können, war Georg zur Stelle gewesen, hatte seinen Arm gepackt und ihm die Sense aus der Hand genommen.

»Lass das! Ehe du dich versiehst, hackst du dir die Zehen ab. Oder die Klinge steckt in deinem Bein«, hatte Georg ihn angefahren.

»Ich pass schon auf«, hatte Sven sich verteidigt. »Du hast dich noch nie verletzt.«

»Weil ich es kann.«

»Ich will es auch können. Wenn ich es nicht probiere, lerne ich es nie!«

»Ich zeige es dir«, hatte Georg ihm versprochen. »Irgendwann.«

»Guten Morgen, Georg. War dir das Gras etwa zu lang? Das stört dich doch sonst nicht.«

»Morgen, Tine«, brummte er. »Wir kriegen nachher Besuch, da soll es nicht aussehen wie bei Hempels.« Ein leichtes Lächeln trat auf seine Lippen, und er deutete ihren fragenden Blick anscheinend richtig. »Lorkes kommen, du weißt schon, das Ehepaar aus Magdeburg.«

»Ich weiß doch, wer die Lorkes sind.« Sie schüttelte den Kopf. »Sie kommen heute? Wie schön! Das wusste ich gar nicht.« Tine stellte den Eimer ab. »Die beiden sind nett und so treue Seelen.«

»Kann man wohl sagen. Sie kamen regelmäßig, als meine Eltern hier noch die kleine Pension betrieben haben, und sind Freunde geworden. Lorkes haben sogar noch meine Großeltern gekannt. Und nun sind sie meine Freunde. Und Almas natürlich.«

»Sie waren lange nicht mehr hier«, meinte Tine.

»Hast recht, vier Jahre ist es her.« Er nickte nachdenklich. »Die wollten eben auch mal woanders Urlaub machen, in einem richtigen Hotel.«

Das war wirklich eine drollige Situation. Früher waren die Magdeburger als Feriengäste gekommen, dann gab es zwar noch Fremdenzimmer, aber eben auch die Horde Kinder, die Georg und Alma betreuten. Urlauber reisten so gut wie gar nicht mehr an. Lorkes kamen als Freunde zu Besuch. Statt eine feste Summe für Kost und Logis zu zahlen, brachten sie bergeweise Lebensmittel mit. Tine erinnerte sich nur zu gut an ihren letzten Besuch. Ihr Wagen war bis unters Dach vollgestopft gewesen: Sie hatten Butter, Mehl, Kaffee und Flaschen mit Saft und Schnaps dabei, sogar einen riesigen geräucherten Schinken hatten sie mitgebracht und gleich drei Salamis! Auf Rügen war das Angebot an Fleischwaren geringer als in Sachsen-Anhalt. In Tine keimte Vorfreude auf. Was sie dieses Mal wohl alles aus ihrem Auto zaubern würden?

»Ich muss mich beeilen, will die beiden gleich vom Bahnhof abholen«, erklärte Georg.

»Sie kommen mit dem Zug?« Würste, Schinken und Süßigkeiten zerplatzten vor ihrem inneren Auge.

»Hättest du einen Führerschein, könntest du sie abholen.« Georg sah sie an. Sie stöhnte, schon wieder dieses Thema. »Bernd würde dich bestimmt begleiten.« Er zwinkerte, und Tine wurde rot.

»Wenn ich für dich fahren würde, müsstest du für mich einen Kuchen backen«, konterte sie und grinste zufrieden. »Das werde ich jetzt nämlich noch schnell machen. Warum hat Alma bloß kein Wort von dem Besuch erwähnt, ich hätte ihr helfen können. Bestimmt ist sie kaum noch aus der Küche herausgekommen und hat schon für die gesamte Woche vorgekocht.«

»Kuchen hat sie sicher auch gebacken.«

»Nee, das hätte ich gerochen.«

»Alma kennt dich in- und auswendig. Hätte sie gesagt, dass Besuch kommt, hätten dich keine zehn Pferde vom Herd ferngehalten. Aber wir haben nun mal ausgemacht, dass du dich in die Buchhaltung einarbeitest.«

»Auf die paar Tage wäre es auch nicht angekommen«, wandte Tine ein. Es fiel ihr nicht leicht, einige Aufgaben im Haushalt abzugeben. Sie war aber auch stolz darauf, dass Georg es über kurz oder lang ihr überlassen wollte, die Ausgaben und überschaubaren Einnahmen zu notieren und zu prüfen und die wirtschaftliche Planung für Anschaffungen in die Hand zu nehmen. Schließlich gehörte der Umgang mit Zahlen und Summen dazu, wenn sie irgendwann mal das Haus führen wollte.

Der Butterkuchen war im Handumdrehen angerührt. Tine holte ihn gerade aus dem Ofen, als das Auto auf den Hof fuhr. Meine Güte, war das ein Hallo! Alma wischte sich die Hände an der Schürze ab, ehe sie erst Anneliese, dann Helmut lange an sich drückte. Sämtliche Kinder standen da, aufgereiht wie die berühmten Orgelpfeifen, und reckten die Hälse. Anneliese ließ es sich nicht nehmen, den Kleinen in die Wange zu zwicken.

»Seid ihr groß geworden«, flötete sie. Guido und Doreen hatten bei ihrem letzten Besuch vor vier Jahren noch nicht hier gelebt. »Und wer seid ihr?«, fragte Anneliese und zwickte auch deren vor Aufregung rote Bäckchen. Maik und Sven machten sich einen Spaß und hielten absichtlich die Wange hin. Tine fiel auf, dass Anneliese sich noch einmal Guido zuwandte. Wahrscheinlich hatte er ihr mit seinem süßen Lausbubengesicht und dem Wuschelkopf auf der Stelle das Herz gestohlen. Sie beobachtete die beiden eine Weile, wurde dann jedoch von Georgs Lachen abgelenkt.

»Wie habt ihr es bloß geschafft, das alles herzuschleppen?«, rief er und hielt eine Salami und einen stattlichen Schinken hoch. »In eurem Zug muss es appetitlich gerochen haben wie beim Metzger.«

»Anneliese hat alles doppelt und dreifach eingewickelt«, erklärte Helmut lachend. »Wir wollten ja nun nicht zu sehr unangenehm auffallen.«

Nach nur einem Tag kam es Tine vor, als würden die Lorkes zur Familie gehören. Anneliese nahm wie selbstverständlich das Geschirrtuch zur Hand, schälte Kartoffeln oder rührte die Soße, ohne dass man sie hätte bitten müssen. Helmut war mit Georg im Stall oder werkelte irgendwo in der Villa herum, wo ein Wasserhahn tropfte oder eine Tür klemmte. Außerdem hatten die beiden Männer ständig angeblich wichtige Dinge zu besprechen und verschwanden in der Sommerküche, die Alma in erster Linie für das Einkochen von Obst oder Konservieren von Fisch nutzte. Dort hatten drei große Glasballons ihren festen Platz, in denen immer eine bräunlich schimmernde Flüssigkeit aufbewahrt wurde. Schon beim letzten Besuch der Magdeburger war die Sommerküche Helmuts Lieblingsplatz gewesen. Erst im vergangenen Jahr war Tine ein Licht aufgegangen, als sie zum ersten Mal den selbst gebrannten Schnaps hatte probieren dürfen, der in den Ballons gelagert wurde. Jetzt wusste sie Bescheid, wenn die beiden Männer in den halb offenen Anbau verschwanden. Einmal schloss sich Bernd ihnen an, Tine hatte ihn aus dem Fenster gesehen. Von wegen, er müsse dringend nach dem alten Kohleofen schauen, er habe den Eindruck, das Abluftrohr könne verstopft sein.

Die Tage vergingen im Flug. Alles fühlte sich leicht an, als hätten nicht nur die schulpflichtigen Kinder Sommerferien. Guido und Doreen durften länger aufbleiben. Nach dem Abendessen wurde immer noch ein Spiel gespielt. An diesem Abend war *Prüfe Dich selbst* an der Reihe, ein neues Brettspiel, das Georg kürzlich mitgebracht hatte. Alle saßen um den großen Esstisch herum. Es gab Saft für die Kinder und Wein für die Erwachsenen. Sogar Schokolade lag auf einem Glastellerchen!

»Ich mache nicht mit«, verkündete Stefan gelangweilt. »Pflanzen anhand von Bildern und Beschreibungen zu erkennen ist doch eierleicht.«

»Dann verrate uns mal, wie diese Blume heißt«, forderte ihn Alma schmunzelnd auf und hielt eine Karte hoch. Er stutzte, seine Stirn bekam Falten, leises Kichern machte sich breit.

»Das ist doch eine Dings … sag schnell, eine Ringelblume«, behauptete er, sah allerdings sehr unsicher aus. Tine warf Bernd einen Blick zu, der unauffällig zwinkerte. Sofort machte sich wieder diese Wärme in ihr breit, die er durch eine winzige Geste oder eine Bemerkung auslösen konnte. Alma stöpselte einen kleinen Stecker in ein Loch am Fragefeld, das andere Ende steckte sie bei der Ringelblume ein. Nichts geschah.

»Ist nämlich gar nicht eierkinderleicht«, rief Guido.

Stefan knurrte etwas, setzte sich nun doch, und dann ging es los. Die Kleinen bekamen die einfachen Fragen, die Großen mussten sich auf kniffelige Aufgaben gefasst machen. Nach jeder Antwort wurde das Verbindungskabel an zwei Seiten eingesteckt. Bei einer richtigen Lösung leuchtete eine Glühlampe auf. Sofort brach lautstarker Jubel aus.

Später, als keine Minderjährigen mehr am Tisch waren, hatte Helmut den Sliwowitz hervorgeholt.

»Nun werden wir euch zeigen, dass auch Leute unterhalb der Wodkalinie trinkfest sind, nicht nur ihr hier im Norden. Mal sehen, wie es mit eurer Kondition aussieht.« Ohne zu fragen hatte er die Schnapsgläser gefüllt. Nur bei Tine hatte er kurz gezögert. Ihr stand die Unsicherheit offenbar ins Gesicht geschrieben. Dass das auch Bernd nicht entgangen war, ärgerte sie. Eine Runde musste sie deshalb wenigstens mittrinken. Sie schüttelte sich und brachte ihr Glas sofort weg, als Alma ihres wegräumte. Nach weiteren Runden zog die lustige Gesellschaft um, damit sie sicher sein konnte, keins der Kinder zu wecken.

»In der Küche ist es einfach am gemütlichsten«, kommentierte Anneliese den neuen Platz. Ihre Wangen waren mit fortschreitender Stunde immer röter geworden. »Haben wir nicht noch Wurstgulasch übrig? Ich kriege langsam Kohldampf!« Sie hatte alle Runden tapfer mitgehalten, und ihr Magen verlangte offenbar nach etwas Handfestem, um die Prozedur zu überstehen. Dass die Geisterstunde nicht mehr weit war, tat dabei nichts zur Sache. »Ist schließlich unser vorwor… worvor… vorvorletzter Abend.« Annelieses Zunge war doch etwas schwer geworden. Alma stellte den großen Topf auf den Herd, und Anneliese machte sich mit erstaunlich sicheren Handgriffen daran, Brot aufzuschneiden.

»Es waren einfach unvergesslich schöne Zeiten mit deinen Eltern damals, Georg«, begann Helmut, als jeder eine dampfende Schale vor sich hatte. »Das kleine Hotel hier war ein Juwel. Was daraus alles hätte werden können! Feine Leute waren das, die hier Urlaub gemacht haben. Und mit fein meine ich wirklich fein. Weißt du noch, Anneliese, die Familie aus Winterthur? Gerade noch vor dem Krieg waren sie hier, genau wie wir. Im Sommer 39. Und als alles vorbei war, also der Krieg, meine ich, kamen sie sogar noch mal her aus der Schweiz. 48 war das. Ihr hattet Glück, dass hier nichts kaputtgegangen war. Nicht so wie in Sassnitz.« Er schüttelte langsam den Kopf. »Meine Güte, der ganze Hafen. Und die schönen Häuser … Viel länger hätten die Schweizer ihre Reise damals nicht rausschieben dürfen. Sie wären nicht mehr rinjekommen, zumindest nicht entspannt. Was hätten sie hier auch noch gewollt? Es gab doch nichts mehr. Erinnerst du dich noch an die, Georg?«

Georg nickte versonnen. Sein Gesicht sah tatsächlich jünger aus, als würde er gerade die alten Zeiten noch einmal erleben. Wenn Tine darüber nachdachte, sah er jetzt vielleicht einfach nur so jung aus, wie er war, Mitte vierzig. Die Last der Verantwortung ließ ihn sonst anscheinend älter wirken. So kam es ihr jedenfalls vor.

»An euren ersten Besuch erinnere ich mich nicht, da konnte ich ja gerade mal laufen.« Georg grinste kurz verschmitzt. »Aber an das zweite Mal. Da muss ich dreizehn gewesen sein. Etwas älter als euer Sohn damals.«

»Stimmt.« Helmut seufzte. »Später haben wir mal unsere Freunde aus Magdeburg mitgebraucht, das Ehepaar Lau. Die kennste ja auch noch. Wir sollten ja ausgiebig Urlaub machen, von wegen Arbeitskraft stärken und so! Na, das brauchte man uns nicht zweimal sagen. Wer woandershin konnte, kam allerdings nicht mehr nach Ostdeutschland. Aber wir sind immer weiter hierhergekommen.« Einen Moment waren alle still. »Mann, was haben wir gefeiert, als wir das erste Jahr hier waren. Wir sind so stolz gewesen, mit dem Zug über den neuen Rügendamm zu fahren!« Seine Augen strahlten. »Und schöne Ausflüge haben wir gemacht. Mit der Fähre von einem Seebad zum anderen. Was gab es für schicke Cafés, Restaurants und Geschäfte! Mit dem, was einem heute zum Teil angeboten wird, hätte sich kein Kurgast zufriedengegeben.« Helmut hörte gar nicht mehr auf zu schwärmen.

»Und die herrlichen Nachmittage am Strand«, fiel Anneliese in sein Loblied ein und blickte verträumt zur Decke. »Wenn wir dann abends nach Hause kamen, hat die Köchin deiner Eltern das feinste Essen aufgetischt, das wir jemals bekommen haben. Von den Zutaten können wir heute nur träumen.« Sie leckte kurz über ihre Lippen, als würden sich daran noch Reste längst vergangener Genüsse befinden. »Lachs gab es, Garnelen, ach, einfach lauter gute Sachen. Deine Mutter hat auch fantastisch gekocht, später, als die Köchin weg war. Sie hat die herrlichsten Gerichte aus dem gezaubert, was sie hatte.« Sie sah Alma an. »So wie du heutzutage. Das Wurstgulasch ist fantastisch!«

Alma lächelte bescheiden und hob kurz die Schultern. Tine musste schmunzeln. Alma war der festen Überzeugung, was sie konnte, konnte auch jeder andere.

»Aber in den Fuffzigern ging's rapide bergab«, ergriff Helmut wieder das Wort. »Aus der Schweiz oder anderen Ländern kamen kaum noch Touristen. Das gab's nicht mehr und dieses nicht.« Er stöhnte bei der Erinnerung. »Gut, dass wir handwerklich so pfiffige Kerlchen waren, was, Georg?«

»Was heißt hier waren?«

»Hast recht.« Helmut lachte. »Dein Vater war auch so ein Kaliber. Der hatte immer eine Lösung parat, wenn was kaputtging.«

»Sonst wäre es hier oft zappenduster gewesen«, stimmte Georg ihm zu.

Alma und Anneliese redeten hin und wieder leise miteinander. Tine dagegen war an diesem Abend mucksmäuschenstill und spitzte die Ohren. So viel hatte sie noch nie über Georgs Eltern und die Geschichte des Hotels erfahren. Beim letzten Besuch der Lorkes hatte sie nach dem Abendessen gleich in ihr Zimmer gehen müssen, so wie die jüngeren Geschwister jetzt. Das war nun anders, sie gehörte zu den Erwachsenen! Trotzdem war sie darum bemüht, möglichst unsichtbar zu sein, damit sie nicht doch noch weggeschickt wurde oder Georg das Thema wechselte. Ihr fiel auf, dass auch Bernd keinen Ton sagte. Auch trank er nicht so viel wie die anderen Männer, sondern legte immer wieder die Hand über sein Schnapsglas, wenn Helmut unermüdlich einschenkte.

»Klug waren deine Eltern. Sie haben die Zeichen der Zeit erkannt«, erklärte Helmut. »Prost!« Anneliese und Georg stießen mit ihm an. »Wie sie spitzgekriegt haben, dass das mit dem Hotel nicht mehr lange gut gegangen wäre, wenigstens nicht so, wie sie das wollten, bleibt ein ewiges Rätsel.«

Bernd drückte das Kreuz durch und wandte sich Helmut zu. Tine hätte beinahe aufgelacht. Er sah aus wie ein Schüler, der im Unterricht eingedöst war und vom Lehrer geweckt wurde.

»Warum hätte der Hotelbetrieb denn nicht weiterlaufen können?«

Das Lachen blieb ihr im Hals stecken. Bernd war nicht nur mit einem Schlag hellwach, sondern auch aufgeregt, wie sie ihn selten gesehen hatte. Bei der Spartakiade vielleicht, aber sonst … Sie beobachtete, wie Helmut Georg einen fragenden Blick zuwarf.

Als der nickte, erzählte Helmut: »Noch nie was von der großartigen Aktion Rose gehört? 53 war das. Klingt schön, war es aber nicht. Die Aktion hätte auch die Villa getroffen, da wäre ich jede Wette eingegangen. Auf Rügen und überall im Land sind Hunderte und Aberhunderte von Hotels den Leuten einfach weggenommen worden, die Grundstücke gleich mit.«

»Wie kann das denn sein?«, entfuhr es Tine leise.

»Natürlich habe ich von der Aktion gehört«, sagte Bernd, ohne dass jemand auf sie achtete. »Mir war aber nicht klar, dass …«

»Ganze Truppen an Vopos marschierten förmlich ein«, fiel Helmut ihm ins Wort. Er war nicht mehr zu stoppen. »Einige Eigentümer … Ich weiß schon gar nicht mehr, was das ist, so ein Eigentümer.« Er sprach es aus, als würde es sich um ein Fremdwort handeln, und alle lachten. Klang aber nicht gerade fröhlich.

»Jedenfalls gingen einige sogar in den Knast, weil sie sich wehrten.«

»Drüben in Lohme, das Meerblick war so ein Fall«, ergänzte Georg finster. »Da schneiten mir nichts, dir nichts bewaffnete Volkspolizisten rein. Im Februar war das und eiskalt draußen.« Tine beobachtete, wie Bernds Kieferknochen mahlten. »Die Besitzer hatten ihr Hotel mit eigenen Händen aufgebaut. Egal. Sie haben es ihnen einfach weggenommen. Mit fadenscheinigen Gründen.«

»Kann ich mir vorstellen«, presste Bernd zwischen den Zähnen hervor.

»Sie hätten Kaffee aus dem Westen gehabt«, fuhr Georg trotzdem fort.

»Oho, ein klarer Hinweis«, rief Helmut und reckte den Zeigefinger in die Höhe. »Wer so was besitzt, muss ja mit den Agentenzentralen des amerikanischen Imperialismus kooperieren.« Er fiel regelrecht in sich zusammen. »Mehr muss ich wohl nicht sagen.« Er prostete Bernd zu und trank, obwohl der sein Glas weiterhin nicht anrührte. »Waren miese Zeiten. Die Menschen wurden mit Fragen regelrecht in die Falle gelockt.«

»Das gibt's heute auch noch zur Genüge«, sagte Bernd mit gedämpfter Stimme.

»Angeblich hätten sie gegen die Gesetze der DDR verstoßen, also hat man die aufsässigen Hoteliers einfach mitgenommen und kurzerhand eingesperrt. Wenn mal alles so schnell ginge wie die Strafverfahren damals.« Helmut starrte vor sich hin. Irgendwo schrie ein Nachtvogel, und Tine hörte das leise Rauschen des Windes. Sie dachte schon, Alma würde die Tafel nun aufheben, und alle würden sich in ihre Betten verziehen. Da seufzte Georg tief.

»Im Fall Meerblick in Lohme durfte die Frau des Eigentümers später großzügigerweise in der Küche arbeiten.« So ironisch kannte Tine ihn gar nicht. »Ein Jammer, ihr muss das Herz geblutet haben. Der Mann kam zwar bald raus aus dem Knast, aber deren Leben war ein für alle Mal ruiniert!« Georg schüttelte den Kopf. »Jetzt ist es Volkseigentum, und die Arbeiterklasse kann da schön Urlaub machen. Urlaub für alle.« Er schnaubte wütend. »Nur zu welchem Preis? Vom Zustand des Hauses wollen wir mal lieber nicht sprechen.«

»An allen Küsten war es besonders schlimm«, meldete sich Alma unvermittelt zu Wort. »Auch auf Usedom.« Sie sah mit einem Schlag todtraurig aus. »Sollte wohl ein abschreckendes Beispiel sein, damit jegliche kapitalistische Gesinnung im Keim erstickt wurde.« Alle sahen sie überrascht an, auf Georgs Stirn erschien eine Falte.

»Da waren deine alten Herrschaften klüger«, sagte Helmut schnell zu Georg, ehe die Stimmung womöglich endgültig kippte. »Bevor die Aktion überhaupt losging, behaupteten sie, ihr Hotelbetrieb lohne sich nicht mehr. Sie seien ja sowieso nur ein kleines Haus. Da hatten sie schon die drei Jungs aus Altenkirchen aufgenommen, deren Eltern gestorben waren. Niemand wusste, was da genau passiert ist. Jedenfalls kam noch ein kleines Mädchen dazu, und plötzlich war keine Rede mehr von einem Hotel, sondern nur noch von Pflegekindern, um die deine Eltern sich kümmerten. Um die Gästezimmer, die es noch gab, hat sich niemand geschert.«

Tine kam aus dem Staunen nicht mehr raus. Sie hatte natürlich schon mal die eine oder andere Andeutung gehört, aber auf Nachfragen nie eine Antwort bekommen. An diesem Abend war es fast ein bisschen viel auf einmal.

Während sie damit beschäftigt war, die Informationen einzuordnen, sagte Bernd: »Wie gesagt, von der Aktion Rose habe ich gehört. Wie konnten deine Eltern rechtzeitig Wind davon bekommen, Georg?« Er sah Georg in die Augen.

»Das habe ich sie mehr als einmal gefragt«, entgegnete er nach ein paar Sekunden und zuckte mit den Schultern. »Die Antwort haben sie mit ins Grab genommen.«

Es blieb lange still. Tine hatte das Gefühl, dass die Wanduhr viel lauter war als sonst.

»Sie waren so sicher, dass die DDR kein Dauerzustand sein würde. Ich hätte ihnen gegönnt, dass sie recht behalten hätten. Würde ich uns allen gönnen.«

»Ich müsste mich schwer täuschen, wenn die ersten Quälgeister morgen nicht kurz nach Sonnenaufgang munter wären. Ich gehe schlafen«, kündigte Alma an, sah in die Runde, blieb aber sitzen.

»Ja, wird Zeit.« Georg nickte, doch auch er machte keine Anstalten, aufzustehen.

»59 waren wir noch mal hier«, sagte Helmut. »Ich kann mich gut erinnern, dass wir damals in der Küche saßen wie jetzt. Wir malten uns aus, dass bald alles wieder wie früher wäre. Ich war eigentlich nicht so optimistisch, habe mich aber von ihrer Überzeugung anstecken lassen. Oder es war doch nur der Alkohol, keine Ahnung. Wir wollten alle so gern glauben, dass die DDR keine Zukunft hat. Keine drei Jahre später waren deine Eltern tot.« Seine Stimme wurde leiser und leiser. »Sie fehlen uns immer noch, Georg, das kannst du uns glauben.« Helmut sah Anneliese an, die zustimmend nickte. Ihre Augen schimmerten verräterisch.

»Ich glaube auch dran«, flüsterte Bernd. Tine bekam eine Gänsehaut. Hatte er das wirklich gerade gesagt? Niemand der anderen schien ihn gehört zu haben.

»Ich habe immer von einem großen Hotel mit interessanten, internationalen Gästen geträumt«, erzählte Georg. »Zuerst hat es mir überhaupt nicht gepasst, dass plötzlich fremde Kinder ins Haus kamen und ich mich als großer Bruder auch noch um sie kümmern sollte. Ich wollte anbauen, mehr Gästezimmer, vielleicht einen Tanzsaal. Höher, größer, schöner.« Er lachte und sah zu Tine herüber. Sie musste ein ziemlich verdattertes Gesicht machen. »Hör am besten mal kurz weg, junge Dame!«, forderte er sie zwinkernd auf.

Von wegen, kein einziges Wort wollte sie verpassen.

»Tja, dann wurde die Mauer gebaut. Ich hab dran gedacht, abzuhauen. Dabei hätte ich das meinen Eltern doch nie antun können. Als sie verunglückten, lebten schon fünf Kinder im Haus. Für die war ich verantwortlich, war ja sonst keiner mehr da. Ist doch klar, dass ich sie nie im Stich gelassen hätte.«

»Wir waren so froh«, wisperte Anneliese. Ihre Stimme klang brüchig. »Und wir haben gebetet, dass du es schaffst. Das war eine ziemliche Herausforderung für einen jungen Mann.«

»Ich hatte Glück.« Georg lächelte Alma an. »Eine freundliche Welle hat mir eine Frau ins Haus gespült, die mich nach Kräften unterstützt hat. Mehr als das.«

Tine betrachtete die beiden. Ihr wurde warm ums Herz.

Alma tätschelte kurz seine Hand.

»Und jetzt spült mich die Welle geradewegs in mein Bett«, verkündete sie.

Nur Georg und Bernd hatten offenbar noch immer keine Lust, den Abend an dieser Stelle zu beenden.

»Gute Nacht«, sagte Georg zu allen und sah auch Tine an. Diese stand auf, dabei hätte sie zu gern noch mehr erfahren. Vielleicht würde auch Bernd über sich erzählen, nachdem alle anderen schlafen gegangen waren. Doch einfach bei den beiden Männern sitzen zu bleiben traute sie sich nicht.

»Gute Nacht.« Tine sammelte drei leere Flaschen ein und verließ die Küche. Sie trat hinaus in die noch milde Luft der Sommernacht und stellte die Flaschen zum restlichen Leergut. Durch das offene Fenster hörte sie, dass die beiden Männer sich weiter unterhielten. Leise, doch sie konnte jedes Wort verstehen. Wieder beschlich sie ein schlechtes Gewissen. Es gehörte sich nicht, zu lauschen!

»Die Kinder hätten meine Eltern sowieso aufgenommen.« Das war Georgs Stimme. »Es war furchtbar. Wie mein Vater die Hartmanns kennengelernt hat, weiß ich nicht. Sie kamen irgendwo aus Pillau, also jetzt Polen. Hier auf der Insel war ja fast jeder entweder geflüchtet oder aus der Heimat vertrieben worden. Sie hatten einiges hinter sich, mussten im Winter ihr Zuhause verlassen. Zuerst wohl mit dem Schiff, und dann, wer weiß, wie weiter. Eins der Kinder war noch ein Säugling, die anderen beiden auch noch klein. Sie müssen froh gewesen sein, auf Rügen endlich zur Ruhe zu kommen und ein Dach über dem Kopf zu haben. Nette Leute, soweit ich mich erinnern kann. Deshalb mochten auch alle Nachbarn die Familie, und man half ihnen so gut es ging. Zu meinen Eltern hatten sie einen besonders guten Kontakt.« Georg seufzte. »›Falls uns mal was passieren sollte, kümmert ihr euch dann um unsere Jungs?‹, hat Hartmann irgendwann gefragt. Mein Vater war komplett überrumpelt und hat spontan das Versprechen gegeben, vermutlich in dem Glauben, den jungen Eltern würde schon nichts passieren.« Wieder entstand eine Pause. »Er war ziemlich clever, der Hartmann. Wusste wohl schon im Krieg, wo man was zu essen herbekam oder die Dinge, die die Familie sonst brauchte. Es gibt Leute, die wissen einfach, wen man fragen muss, und lesen auch zwischen den Zeilen, wie man so sagt. Die wissen vor allen anderen, was als Nächstes passiert. So einer muss der Hartmann gewesen sein. Kann sogar sein, dass meine Eltern das mit der Aktion Rose von ihm wussten. Keine Ahnung, auf jeden Fall waren Mutter und Vater Hartmann plötzlich tot. Hinter vorgehaltener Hand wurde von Selbstmord gesprochen. Die Kinder standen allein da. Da haben meine Eltern sie zu uns geholt.«

»Hast du noch Kontakt zu ihnen?«

»Kaum, eigentlich gar nicht. Sie sind alle nicht auf Rügen geblieben.«

»Und dann habt ihr das hier offiziell als Heim angemeldet?«

»Was heißt offiziell? Du weißt doch, was man so von Heimen hört.«

Tine lief ein Schauer über den Rücken. Nur wenige Tage hatte sie selbst in einem Kinderheim zugebracht, nachdem ihre Eltern gestorben waren. Erst die Mutter, dann der Vater. Glücklicherweise war das Haus bereits überfüllt gewesen, als sie dorthin kam. Das noch größere Glück war, dass Georg ausgerechnet sie zu sich geholt hatte. Einen wirklichen Grund dafür hatte es nicht gegeben, es musste einfach Sympathie gewesen sein. Oder Schicksal. So hatte sie die Zustände dort nicht richtig kennengelernt. Sie erinnerte sich jedoch, dass einmal eine Nachbarin aus Putgarten zu Alma gekommen war, um ihr zwei Gardinen zu bringen, die sie umnähen sollte. Die Frau arbeitete offensichtlich im besagten Heim. Sie machte dort sauber und brachte ein wenig Ordnung in den Haushalt. Tine hatte es den Hals zugeschnürt, als die Frau erzählte, die Kinder würden häufig weinen und wollten zu ihren Eltern zurück. Anstatt Trost bekämen sie schwere Arbeiten aufgebrummt, die sie auf andere Gedanken bringen sollten. Die richtigen, wie die Frau damals in eigenartigem Ton gesagt hatte.

»Spuren sie nicht, müssen sie ohne Abendessen ins Bett gehen. Ob sie Frühstück bekommen, liegt im Ermessen der Aufseher«, hatte sie weiter berichtet. Tine hatte kaum glauben können, was sie hörte. »Na ja, bei fünfzig Kindern muss man vielleicht anders durchgreifen, als ihr hier mit sieben oder acht oder wie viele ihr seid«, hatte sie die Frau noch kleinlaut sagen hören. Aufseher? Tine wäre nie auf die Idee gekommen, Alma oder Georg so zu nennen. Sie waren die Eltern, auch wenn alle wussten, dass sie nicht die leiblichen waren.

»Jedenfalls behandeln wir unsere Kinder wie eigene, das haben meine Eltern genauso gemacht.« Georgs Stimme riss Tine aus ihrer Erinnerung. »Liebevoll und mit Respekt. Sie zu kleinen Zirkusäffchen ohne eigene Meinung zu dressieren käme für uns nicht infrage.«

»Darauf trinken wir. Darf ich?« Tine hörte, wie eine Flüssigkeit in Gläser gegossen wurde. Vermutlich hochprozentig.

»Aber wie schafft ihr es, dass sie euch in Ruhe lassen? Und wie haben es deine Eltern geschafft?« Tine musste lächeln. Bernd konnte offenbar nicht raus aus seiner Journalistenhaut.

»Das Haus ist einigermaßen abgelegen und das Grundstück nicht übertrieben groß. Bei meinen Eltern hat sich das meiste einfach ergeben. Dass sie die drei Jungs aufgenommen haben, war in erster Linie eine menschliche oder, wenn du es so nennen willst, christliche Reaktion. Sie haben erst danach überlegt, dass sie sie als Pflegekinder anmelden mussten. Außerdem wurde das Heimsystem der DDR in den Jahren erst aufgebaut. Es herrschte noch ein schönes Durcheinander.« Tine kam aus dem Staunen nicht mehr heraus. »Als ich die Verantwortung für die Kinder übernommen habe, war es schon ein bisschen anders. Da kamen Fragen. Ich habe öfter mal dem Leiter vom Referat Jugendhilfe ein paar Sachen in Ordnung gebracht. Der war einer von denen, die sich um die Unterbringung sogenannter schwieriger Kinder kümmerten. Mal habe ich ihm was in seinem Bad repariert, dann klemmten die Fenster. Außerdem wollte er eine Garage anbauen. Den richtigen Draht, um seinen Trabi zu bekommen, hatte er ja. Aber handwerklich war er eine Null. Der wusste noch nicht mal, was man für den Bau brauchte.« Georgs tiefes Lachen ertönte. »Kein schlechter Kerl insgesamt. Jedenfalls erzählte er mir eines Abends, da war er ziemlich müde und hat wohl nicht so genau überlegt, was er sagt, dass hier auf Wittow einige Kinder aus ihren Familien genommen werden müssten. Die Eltern würden trinken und kein gutes Beispiel für ihre Sprösslinge abgeben. Es bestünde die Gefahr, dass die Kleinen keine gute Erziehung genießen und sich später nicht in der Gesellschaft zurechtfinden würden.«

»Mir wird schlecht, wenn ich so was höre.« Bernd spuckte die Worte beinahe aus. »Von wegen Alkohol. Gut, vielleicht haben die Eltern manchmal getrunken. Aber aus welchem Grund? Den Mann hätte ich keine Minute ertragen.«

»Er wusste nicht, wohin er sollte mit den Problemkindern. Lohme war schon überbelegt. Sogar Kinder aus Berlin sollen dort untergebracht worden sein. Da habe ich angeboten, dass wir welche aufnehmen könnten.«

Tine wurde unwohl, sie hätte sich längst zurückziehen sollen. Nun hatte sie den Eindruck, ihr Zuhause war eine Art Übergangslösung, eine Möglichkeit, das Haus weiterzuführen, bis irgendwann wieder Hotelgäste einziehen durften. Sie schauderte.

»Die Idee kam gut an. Zwar schickte man uns noch einen Heini vom FDGB vorbei, der für das Ferienheim im Schloss Spyker zuständig war, doch mit dem kamen wir klar. Offiziell wurden wir als etwas Ähnliches wie ein Ferienheim geführt, ein sehr kleines und mit längerer Aufenthaltsdauer.« Wieder lachte Georg, leise dieses Mal. »Der Heini wollte wissen, wie meine Beziehung zu Alma ist. Ich habe erzählt, wir würden bald heiraten, da war er beruhigt. Außerdem wollte er sichergehen, dass wir uns der Verantwortung bewusst sind, junge Menschen zu gehorsamen Mitgliedern des gesellschaftlichen Kollektivs zu erziehen, damit sie das Beste für die Gemeinschaft tun würden. Das haben wir zugesagt und halten uns auch daran. Nach unserer Auffassung.«

»Darum bist du also regelmäßig in Spyker und bringst dieses und jenes in Ordnung.«

»So ist es. Der Kramer vom FDGB fragt mich dann, ob zu Hause alles läuft, ich sage ›Bestens‹, und wir haben wieder unsere Ruhe.«

»Ich könnte mich nicht mit denen abgeben.« Bernd klang aggressiv.

»Überleg doch mal, was wichtiger ist, du Heißsporn. Wir geben den Kindern hier ein gutes Zuhause und erziehen sie zu respektvollen, denkenden Menschen, die ihre eigene Meinung haben dürfen und vorsichtig damit umgehen. Brauchen wir davon nicht mehr?« Von Bernd kam keine Antwort. »Sogar ein paar Zuschüsse kriegen wir, und wir verlieren das Haus nicht. Lohnt es sich nicht, dafür ab und zu den Mund zu halten?«

»Allerdings, kein Widerspruch«, sagte Bernd leise.

»Ziemlich gut, dass ich bei euch und nicht in Bobbin gelandet bin.«

Tine beschloss, dass es nun wirklich an der Zeit war, schlafen zu gehen. Wurde es da hinten tatsächlich schon hell? Sie streckte sich und gähnte. Bevor sie leise durch die immer noch offene Tür ins Haus schlüpfen wollte, hörte sie Bernd fragen: »Hast du zufällig irgendwo eine Antenne rumliegen, die du nicht brauchst?« Möglicherweise hatte sie ihren Lauschposten zu früh aufgegeben …

# 10

»Doch ach! Der Juli bindet Garben, langsam erlischt die Sommerzeit, Blatt fällt auf Blatt; es folgt dem Tage der Tag in die Vergangenheit.«
*Victor Hugo*

## 1978

Tine hat verschlafen, Tine hat verschlafen.« Maik und Sven feixten, als sie am nächsten Morgen an den Tisch kam. Tatsächlich waren sie mit ihrem Frühstück längst fertig und schon auf dem Sprung nach draußen. In den Sommerferien waren sie in der Frühe erstaunlich munter. Alma sah Tine fragend an.

»Ich räume ab und kümmere mich gleich um den Abwasch«, murmelte Tine und traute sich kaum, Alma in die Augen zu schauen. »Tut mir leid, ich habe wohl tatsächlich den Wecker überhört.«

»Kann vorkommen«, gab Alma zurück und lächelte. »War ja auch ein langer Abend. Und ein gehaltvoller!« Sie schnitt eine vielsagende Grimasse.

»Die anderen sind alle draußen?«, wollte Tine wissen.

Alma nickte. »Guido ist mit den Lorkes unterwegs. Sie haben ihn auf einen Ausflug mitgenommen«, ergänzte sie beiläufig, schnappte sich die Teller und ging in die Küche.

»Nur Guido?« Tine folgte ihr. »Sie haben ihn allein mitgenommen? Aber er kennt sie doch kaum.«

»Deshalb. So lernen sie sich besser kennen.« Alma war seltsam einsilbig. Was sie sagte, ergab in Tines Augen keinen Sinn.

»Sie hätten wenigstens auch Doreen mitnehmen können«,

beharrte sie und lief hinter Alma her, die die Küche schon wieder verließ, als wollte sie Tine loswerden. »Wo sind sie überhaupt hin?«

»Sie wollten nach Wiek, glaube ich, zum Angeln. Georg fährt sie und holt sie später auch wieder ab.«

»Angeln?« Tine verzog das Gesicht. »Dafür ist Guido doch viel zu klein. Das Töten wird ihm einen Schreck einjagen. Du weißt doch, wie gern er Tiere mag. Vor allem zwar Hühner, aber er wird trotzdem nicht damit einverstanden sein, dass die Fische umgebracht werden. Oder er wird sich langweilen«, stellte sie fest. Als Alma nicht darauf einging, meinte sie: »Na, da bin ich mal gespannt, was er erzählt, wenn sie wieder hier sind.«

»Helmut kennt sich gut aus mit Fischen. Er wird Guido so viel erklären und zeigen, dass erst keine Langeweile aufkommt«, behauptete Alma. »Außerdem bekommt er bestimmt ein Eis. Damit ist der Ausflug für Guido doch schon ein Erfolg.« Sie lächelte.

Vermutlich hatte Alma recht. Trotzdem fühlte sich Tine irgendwie nicht wohl bei dem Gedanken, dass der Lütte mit Menschen unterwegs war, die ihm nicht vertraut waren und die umgekehrt auch nichts von ihm wussten. Es war irgendwie komisch, dass Georg und Alma den Jüngsten so einfach hatten gehen lassen. Und überhaupt, warum wollten Helmut und Anneliese ausgerechnet ihn näher kennenlernen? Sie holte Luft, um danach zu fragen, da kam Bernd ins Esszimmer geschlurft. Wie es aussah, hatte er noch länger im Bett gelegen als sie.

»Guten Morgen allerseits«, brachte er gequält heraus und stöhnte. »Ich brauche ganz dringend einen Kaffee.« Er setzte eine Leidensmiene auf. »Georg und ich haben letzte Nacht den gesamten Alkoholbestand Rügens vernichtet, fürchte ich.«

»Dann müsst ihr ja noch eine Weile zusammengesessen haben.« Alma sah ihn prüfend an. »Damit ist der Samstag wohl gelaufen, was?« Sie seufzte.

»Auf keinen Fall!« Bernd zuckte kurz zusammen, als täte ihm die eigene Lautstärke weh. Gedämpft fuhr er fort: »Du wirst sehen, nach dem Kaffee bin ich wie neu.« Er sah Tine an. »Was ist mit dir?«

»Was soll sein?«

»Du hast auch ganz gut durchgehalten gestern.«

Ihr wurde mulmig, ihre Wangen wurden warm. Ob er womöglich mitbekommen hatte, wie lange sie draußen auf Lauschposten gewesen war?

»Ich hab ein bisschen länger geschlafen, jetzt ist alles wieder gut«, sagte sie, den Blick auf den Boden geheftet.

»Dann können wir ja etwas unternehmen. Hast du Lust?« Ehe sie antworten konnte, schlug er vor: »Wir könnten an den Strand gehen. Ein bisschen baden, faulenzen … Wozu sind wir schließlich auf einer Insel? Oder hast du keinen Badeanzug?« Er grinste sie an, eine Augenbraue hüpfte in die Höhe. Wie es aussah, war er auch ohne Kaffee schon wieder ziemlich munter. »Also, was ist? Wir können von mir aus auch die Kinder mitnehmen. Dann sind die gleich beschäftigt.«

»Guido ist gar nicht da«, entgegnete Tine. »Er ist mit den Lorkes beim Angeln.« Sie konnte sich noch immer nicht erklären, warum sie nur ihn mitgenommen hatten. Bernd zuckte mit den Schultern.

»Ein Quälgeist weniger«, meinte er lässig und grinste wieder.

Nur eine Stunde später machten sich Tine und Bernd mit Beate, Doreen und Stefan im Schlepptau auf den Weg in Richtung Vitt. Alma war von dem Vorschlag begeistert gewesen.

»Ein bisschen Ruhe im Haus könnte ich gut gebrauchen«, hatte sie gesagt und Tine damit die Rechtfertigung geliefert, um Pause von der Hausarbeit zu machen. Unbeschwerte Stunden mit Bernd, Tine hätte jubeln können, als sie in Richtung Vitt marschierten. Sie sah zu ihm hinüber und musste lächeln. Er war bepackt wie ein Lastentier. Unter seinem linken Arm klemmte eine Luftmatratze, mit der rechten Hand trug er die Tasche mit dem Proviant, den Tine auf die Schnelle vorbereitet hatte. Um seinen Hals lagen die Hinterbeine einer aufgeblasenen Schwimmkröte, die gewissermaßen auf seinen Schultern hockte und bei jedem Schritt lustig auf und ab wippte. Zu allem Überfluss hatte Bernd sich ein Handtuch zu einem Turban geknotet. Er sah wirklich zum Schreien aus. Die Kinder amüsierten sich königlich, und auch Tines Laune hätte nicht besser sein können. Selbst ihre Sorge um Guido war vergessen.

Der Fischerort lag noch still in der Vormittagssonne, die Ostsee glitzerte einladend. Sie stiefelten zu dem kleinen Strand und blieben kurz stehen.

»Lasst uns noch ein Stück weitergehen«, verkündete Bernd. »In Richtung Goor gibt es ein paar Bäume, da haben wir Schatten.« Tatsächlich brannte die Sonne schon jetzt, und es würde noch heißer werden. »Oder wir laufen bis nach Juliusruh«, schlug er lachend vor und setzte sich auch schon in Bewegung. Von seiner Müdigkeit war nichts mehr zu spüren.

»Das ist viel zu weit«, protestierten die Kinder.

»Wir wollen baden«, krähte Doreen. »Wasser ist hier doch auch.«

»Kompromiss: Es muss nicht Juliusruh sein, aber ein Stück laufen wir noch«, tönte es entschieden von der Schwimmkröte.

Tine und die Kinder stapften durch steinigen Sand hinterher, bis sie eine umgestürzte Eiche erreichten. Der Baum musste uralt sein. Dort, wo ein Wäldchen fast bis in die Ostsee reichte, wird er einmal gestanden haben, vermutete Tine. Bestimmt lag er schon viele Jahre da und streckte seine mächtigen Wurzeln auf den Strand. Beeindruckend, aber irgendwie auch düster. Es passte zu Bernd, genau hier das Lager aufschlagen zu wollen.

Während Tine die Decken ausbreitete, die sie getragen hatte, die Handtücher zurechtlegte und den Proviant an einem schattigen Plätzchen verstaute, zerrten die Kinder schon an Bernd, der sofort mit ihnen baden gehen sollte. Sogar die Luftmatratze und die aufgeblasene Gummikröte waren plötzlich vergessen. Zu ihrer Überraschung ließ er sich nicht lange bitten. Stefan und Doreen rannten mit ihm um die Wette. Das Wasser spritzte an ihnen hoch. Beate bremste kurz ab, um sich an die Temperatur zu gewöhnen, sprang aber gleich wieder los hinter den beiden her. Tine hatte es sich auf einer Decke bequem gemacht und beobachtete, wie Bernd mit den Kindern tobte. Zwischendurch schien er ihnen etwas zu erklären. Sie konnte nicht alles verstehen, meinte aber, dass es um Respekt vor dem Wasser und dessen Strömungen ging. Die Lütten hingen an Bernds Lippen.

»Kommst du nicht rein?«

Tine brauchte eine Sekunde, ehe sie begriff, dass sie gemeint war. Bernd stand bis zum Bauchnabel im Wasser, und die Sonne ließ die Tropfen auf seiner Haut funkeln. Sie hatte sich zu Hause schon ihren Badeanzug untergezogen und musste nur aus ihrem Kleid schlüpfen. Dummerweise schwirrten tausend Gedanken durch ihren Kopf, warum das total peinlich sein könnte.

»Was ist denn jetzt?« Er stemmte die Fäuste in die Hüften. »Wenn du nicht freiwillig kommst, hole ich dich.«

Die Kinder johlten.

»Dann wird Tine endlich wach«, krakeelte Stefan. »Sie hat nämlich verschlafen.« Ganz toll! Falls Bernd noch nicht mitgekriegt hatte, dass sie erst kurz vor ihm im Esszimmer erschienen war, dann wusste er es jetzt. Tine hätte Stefan würgen können. Bernd machte Anstalten, aus dem Wasser zu kommen.

»Bin schon auf dem Weg!«, rief sie schnell.

Tine schnappte sich Kröte und Matratze, damit die Schlepperei nicht umsonst gewesen war. Sofort stürzten sich alle drei Kinder auf das wehrlose Schwimmtier, obwohl das schon für zwei zu klein war. Tine tauchte einmal ganz unter und schwamm, die Matratze vor sich herschubsend, zu Bernd, der inzwischen im tieferen Wasser war. Kaum war sie bei ihm angekommen, enterte er die Matratze. Allerdings nur kurz, denn nachdem er mit einem Satz bäuchlings auf der glatten Oberfläche gelandet war, rutschte er im nächsten Moment auch wieder herunter. Eine Welle verschluckte ihn, gab ihn wieder frei, und er prustete wie ein Walross. Die Kinder lachten sich kringelig, und auch Tine musste kichern. Blitzschnell eroberte sie die Matratze, vorsichtiger allerdings, sodass sie sich darauf halten konnte.

»Na wunderbar, ich habe alles getragen und kriege nichts ab«, beschwerte sich Bernd.

»Du darfst dich ruhig dranhängen«, erlaubte Tine ihm großzügig. »Aber nicht ziehen, ich warne dich!«

Er warf ihr einen frechen Blick zu, die Hände schon an ihrer schwimmenden Insel. Im nächsten Moment veränderte sich sein Gesichtsausdruck. Entspannt lächelnd sah er zu den Kleinen hinüber, die sich offensichtlich ein Spiel ausgedacht hatten, in dessen Mittelpunkt die arme Gummikröte stand. Eine ganze Weile hörte Tine dem fröhlichen Kreischen zu und dem Gluckern des Wassers unter ihrer Luftmatratze. Die Sonne trocknete ihre Haut, ab und zu schwappte ein kleiner Schwall Wasser zu ihr und sorgte für Abkühlung.

»Was willst du eigentlich mal werden, Tine?« Bernd sah sie neugierig an. »Willst du eine Lehre machen oder auf eine weiterführende Schule gehen?«

Seine Frage traf sie wie eine kalte Dusche. Reichte es nicht, dass Alma in letzter Zeit ständig auf diesem Thema herumreiten musste? Jetzt fing Bernd auch noch an. Sie ließ ihren Blick über die glitzernde Wasseroberfläche gleiten und atmete durch.

»Warum meint bloß jeder, dass ich von hier weggehen oder etwas anderes tun muss, um glücklich zu sein?«

»Ich habe nichts von Weggehen gesagt«, verteidigte er sich.

»Aber es gibt weder eine Lehrstelle noch eine Schule hier oben«, gab sie patziger zurück, als sie beabsichtigt hatte. »Ist es etwa nicht genug, Kindern ein Zuhause zu geben, die keine eigenen Eltern mehr haben? Das machen Georg und Alma, und ich unterstütze sie dabei. Ich finde, es gibt nichts Sinnvolleres.« Er setzte zu einer Antwort an, doch sie sagte: »Die beiden werden älter und können irgendwann nicht mehr alles allein schaffen. Sie brauchen jemanden, der ihr Werk weiterführt.« Tine sah ihm in die Augen. Ihr Herz klopfte, aber das war die Gelegenheit, ihm begreiflich zu machen, wie sie sich ihre Zukunft vorstellte. Ihre gemeinsame Zukunft. Sie schnappte nach Luft, so aufgeregt war sie plötzlich.

»Und deshalb willst du dein ganzes Leben in einem Haus bleiben, das fernab von allem am äußersten Zipfel einer Insel liegt? Unser Land schränkt unsere Möglichkeiten zwar ein, aber trotzdem gibt es Dinge, die wir tun können. Es gibt Städte, die dir viel mehr eröffnen, als du hier je finden wirst. Dresden, Berlin, selbst Stralsund!«

»In Stralsund war ich schon mal!«, erklärte sie wenig begeistert und pustete sich eine Strähne aus dem Gesicht.

»Was ist mit Berlin?« Er ließ einfach nicht locker. »Du bist eine clevere Frau. Du solltest wenigstens etwas ausprobieren, etwas anderes kennenlernen. Zurückkommen kannst du doch immer noch.«

»Ich weiß nicht.« Sie sah zu den Kindern hinüber, die noch immer herumtollten. Bernd umkreiste mit einem Finger die wenigen Wassertropfen, die auf Tines rechtem Bein glitzerten. Dann hangelte er sich an der Matratze weiter, sodass seine Hände neben ihrer Schulter landeten. Er legte den Kopf darauf und sah sie ernst an.

»Denk wenigstens darüber nach!«

»Mal sehen.«

»Nichts da. Du versprichst mir das jetzt. Los, sieh mich an und gib mir dein Ehrenwort«, forderte er sie auf.

Seine Stimme war sanft, und sie spürte mit einem Schlag seine Nähe so deutlich, dass ihr Inneres zu flattern begann. Sie wollte sich ihm zuwenden und drehte sich vorsichtig auf die Seite. Nicht vorsichtig genug, denn ihre altersschwache Unterlage geriet ins Wanken. Sie erschrak und warf sich schnell auf den Rücken. Das gab der Matratze den Rest, sie kenterte. Tine landete im Wasser, direkt in Bernds Arm. Er umfasste ihre Taille und sah ihr tief in die Augen.

»Ist dir eigentlich bewusst, dass du nicht nur ein kluges Köpfchen hast, sondern auch noch ein hübsches?« Sie wusste nicht, was sie sagen sollte. Ein warmes Gefühl strömte durch ihren Körper, und sie wünschte sich, der Moment würde ewig dauern. »Nicht nur das, du bist ziemlich attraktiv.« Sein Griff wurde fester. In Tines Ohren rauschte es, die Welt um sie schien stillzustehen.

»Tine, ich hab Hunger!« Es war vorbei mit dem Stillstand, Doreens Stimme holte Tine ins Hier und Jetzt zurück. Bernds Augenbraue zuckte, er lächelte und gab sie frei.

Wenig später ließen sich alle auf den Decken nieder. Doreen wickelte sich zitternd in ein Handtuch.

»Wird wirklich höchste Zeit für ein Picknick«, sagte Tine. »Ihr seid ganz ausgekühlt und habt bestimmt schon schrumpelige Finger.« Sie schnitt eine Grimasse und brachte die Lütten zum Lachen.

Bernds Blick wich sie aus, sie wusste einfach nicht, wie sie sich verhalten sollte. Noch nie war ihr ein Mann so nah gewesen. Außer Georg natürlich, aber das war schließlich etwas anderes.

Sie verteilte den Proviant und stellte fest, dass sie selbst auch Appetit hatte. Wie gut einfache Butterbrote doch schmecken konnten, wenn man sie am Strand in der Sonne genießen durfte.

»So, Fütterung der Raubtiere beendet«, erklärte sie, nachdem fast alle Vorräte vertilgt waren. »Zeit für ein Mittagsschläfchen.«

»Au ja!« Auf Kommando ließen die Mädchen sich nach hinten fallen, seufzten einmal zufrieden und schlossen die Augen.

»Was ist denn jetzt los? Sonst gibt es jedes Mal Theater.« Tine grinste.

Stefan war mit den letzten Kirschen aufgestanden und spuckte Kerne ins Wasser. Anschließend machte er es sich auf der fast luftleeren Matratze gemütlich.

»Das gibt's ja nicht, die schlafen«, flüsterte Tine nach einer Weile. Sie teilte sich mit Bernd ein großes Handtuch, das sie neben den Decken aufgeschlagen hatten. Er nickte und sah dann wieder auf die Ostsee, die jetzt ruhig dalag, als bräuchte sie auch eine Mittagspause.

»Wie lange bist du schon bei Alma und Georg?«, fragte er leise.

»Ich war zwölf, als ich zu ihnen kam.«

»Ist also noch gar nicht lange her.« Sie wollte protestieren, musste aber sofort lächeln, als sie seine Miene sah. Die wurde wieder ernst. »Was war mit deinen Eltern los, warum konntest du nicht bei ihnen aufwachsen?«

Sie atmete tief ein. »Es klingt vielleicht komisch, aber so genau weiß ich es nicht. Als mein Vater gestorben ist, war klar, dass ich irgendwohin musste. Erst kurz nach Lohme, dann nach Putgarten. Meine Mutter war schon ein paar Jahre vorher nicht mehr bei uns. Ich war sieben oder so, als sie plötzlich weg war. Sie sei gestorben, hat man mir erzählt, aber nicht, woran.«

»Willst du das denn nicht wissen? Ist vermutlich nicht ganz einfach, es herauszufinden, aber sicher nicht unmöglich. Ich kann dir helfen«, bot er eifrig an.

»Nein, bitte nicht.« Sie schlang die Arme um ihre angezogenen Knie. »Alma und Georg sind meine Eltern, und dabei bleibt's.«

Wieder trat kurz Schweigen ein. Tine rückte ein Stück nach vorn, griff in den Sand und ließ kleine Steine durch ihre Finger rieseln. Bernd rückte hinterher, wobei er ihr näher kam.

»Tut mir leid, bitte entschuldige.« Er legte eine Hand auf ihren Arm und sah ihr in die Augen. »Alma und Georg sind großartig. Mit Georg hatte ich gestern ein sehr langes Gespräch«, erklärte er nachdenklich. »Wir haben nicht nur gebechert.« Er lachte und schnitt eine Grimasse. »Er ist ein guter Mann.«

»Das weißt du erst jetzt?« Tine sah ihn erstaunt an.

»Ich spreche nicht davon, dass er für euch ein guter Vater ist, daran habe ich nie gezweifelt. Mir ging es um andere Dinge, Tine. Ich war nicht sicher, ob ich ihm hundertprozentig vertrauen kann, in jeder Hinsicht.«

»Aber jetzt bist du sicher?«

Er nickte. »Ja. Und ich denke, das beruht auf Gegenseitigkeit.«

Tine hätte zu gern gewusst, von welchen Dingen er sprach, nur hatte sie keine Ahnung, wie sie nachhaken könnte. Sie suchte nach den richtigen Worten, den Blick aufs Meer gerichtet.

»Da! Was war das?«, rief sie und versicherte sich rasch, dass die Rasselbande noch schlief.

»Was denn?« Bernds Körper spannte sich an.

Tine zeigte auf einige große Steinbrocken, die nicht weit vom Strand von den Wellen umspült wurden.

»Werden wir etwa von U-Booten angegriffen?« Bernd grinste und hielt sich die Hand zum Schutz vor der Sonne über die Augen.

»Quatsch! Aber irgendwas war da im Wasser, etwas Glänzendes. Und es war sehr schnell.«

»Dann kann ich mir vorstellen, was es war. Komm!« Bernd nahm ihre Hand, zog sie vom Handtuch hoch und ein paar

Schritte in Richtung der Bäume. »Wir müssen ganz leise sein. Das könnte ein Fischotter gewesen sein. Sie sind zwar lieber im Süßwasser, sind hier aber auch anzutreffen.« Wie die Indianer bei Karl May pirschten sie sich an den Bäumen entlang. »Hock dich hin«, flüsterte Bernd und zwang sie auch schon sanft in die Knie. »Falls es wirklich einer war, kommt er bestimmt gleich raus. Eigentlich können die sich perfekt verstecken, aber hier müsste er ein winziges Stück ohne Deckung überbrücken. Nicht bewegen und keinen Mucks!«

Tine traute sich kaum zu atmen. Es kam ihr wie eine Ewigkeit vor. Gerade wollte sie Bernd auslachen, weil es doch ziemlich unwahrscheinlich war, am helllichten Tag einen Fischotter beobachten zu können, da glitt tatsächlich ein braunschwarz glänzendes Tier hinter einem Stein hervor. Seine Knopfaugen schienen Bernd und Tine für den Bruchteil einer Sekunde zu taxieren, ehe der Otter wieselflink in den Wald verschwand. Nur ganz kurz hatte er sich den beiden gezeigt, aber trotzdem war es für Tine ein atemberaubendes Erlebnis. Sie rührte sich noch immer nicht, obwohl sie wusste, dass das Tier sich nicht mehr blicken lassen würde. Sie hatte Angst, sie könnte mit einer falschen Bewegung, mit einem Wort Bernd dazu bringen, dass er sie losließ. Das wollte sie auf keinen Fall, denn er hatte beide Arme um sie gelegt, seine Brust an ihrem Rücken. Lange hielt sie es nicht aus. Sie drehte langsam den Kopf.

»Da hatten wir aber Glück, was?«, wisperte sie.

»Ja«, kam es leise zurück. »Und weißt du was?«, flüsterte er an ihrem Ohr. »Einen Otter zu sehen bringt auch Glück.« Er drehte sie leicht zu sich und küsste Tine sanft auf die Lippen.

Den Rest des Tages schwebte sie auf Wolken. Auch als sie längst wieder zu Hause waren, hingen ihre Gedanken noch am Strand fest. Noch immer hatte sie das Gefühl von Bernds Lippen auf ihren, noch immer meinte sie, seine Wärme zu spüren, seinen Geruch in der Nase zu haben. Ihr erster Kuss! In der Schule hatte es mal eine Schwärmerei gegeben, ein Küsschen auf die Wange war da schon der Gipfel gewesen. Jetzt war es etwas völlig anderes. Es fühlte sich erwachsen und richtig an. Mit Bernd war es sehr viel mehr als nur Schwärmerei.

»Die Fische, ach nee, diese kleinen Fliegen oder so, die Helmut ins Wasser gehängt hat, waren gar keine echten Fliegen«, plapperte Guido. Er war aufgeregt, um nicht zu sagen überdreht. Sah ganz so aus, als hätte er auch einen besonders schönen Tag erlebt. »Die haben im Wasser geglitzert. Und die Fische dachten, das wären echte, und wollten die fressen, aber … Jedenfalls haben wir fünf Fische mitgebracht, die gibt es heute zum Abendbrot«, verkündete er stolz. »Ich habe ein Zofteis gekriegt, weil ich so toll still gewesen bin. Schokolade in einer Muschel!«, rief er, und seine Augen leuchteten.

Guido saß zwischen Helmut und Anneliese. Tine fiel auf, wie liebevoll die beiden ihn ansahen, vor allem Anneliese. Es hätten Großeltern mit ihrem Enkel sein können, wie sie da so einträchtig beieinanderhockten. Tine musste lächeln. Guido konnte auch im riesigen Garten der Villa nach Herzenslust toben, aber ein Ausflug mit zwei Menschen, die sich ausschließlich um ihn kümmerten, musste etwas ganz Besonderes für ihn gewesen sein. Sein munteres Geplapper ebbte schnell zu einem müden Gemurmel ab. Er war vollkommen erledigt von all seinen Eindrücken und Erlebnissen, und ihm fielen fast die Augen zu.

»Vielleicht kommt uns Guido mal besuchen«, sagte Helmut fröhlich. »Dann könnte er auch unseren Sohn und seine Familie kennenlernen.«

»Ja, das wäre wirklich schön«, stimmte Anneliese eifrig zu. »Sie wären zu gerne mit uns nach Rügen gekommen, aber leider hat es dann doch nicht gepasst.« Sie zuckte entschuldigend mit den

Schultern. Tine sah fragend zu Alma hinüber, doch die hatte sich abgewandt und faltete konzentriert Stoffservietten.

»Komm, Helmut, wir bereiten draußen die Fische vor.« Georg erhob sich. »Ich kenne da den geeigneten Ort.« Er zwinkerte, und Helmut verstand.

»Hast recht, wir sollten den Fang gleich verarbeiten, frischer wird er nicht. Und: Fische wollen schwimmen, stimmt's, Georg?« Helmut lachte kehlig.

»Ich will mit, die Fische schwimmen lassen«, kam es schläfrig von Guido. Anneliese strich ihm über den Kopf. Im nächsten Moment war der Knirps eingeschlafen.

Tine ging in die Küche. Sie hatte Bernd nicht mehr gesehen, seit sie wieder zu Hause waren. Einerseits war sie froh, weil sie keine Ahnung hatte, wie sie nun miteinander umgehen würden. Andererseits konnte sie es nicht abwarten, ihn zu sehen, seine Stimme zu hören. In der Küche putzte Alma Gemüse. Tine sah eine große Schüssel Kartoffeln bereitstehen. Wortlos nahm sie ein Messer aus der Schublade und machte sich daran, die Knollen zu schälen. Eine Weile sagte keine von beiden ein Wort.

Dann war es Alma, die das Schweigen brach: »Hattet ihr es schön am Strand?«

»Ja, war nett.« Tine konnte ihr nicht sagen, wie schön es gewesen war. »Hätte dir auch gefallen. Nächstes Mal kommst du einfach mit.«

Alma lächelte. »Bernd hat sich wirklich gut eingelebt«, sagte sie unvermittelt. »Ich war erst skeptisch, ob ihm ein Haushalt mit so vielen Kindern nicht zu anstrengend ist, aber er hat sich daran gewöhnt, oder?«

Tine spürte Almas Blick. Sofort brannten ihre Wangen.

»Ja, glaube schon«, antwortete sie hastig. »Er kann sogar ziemlich gut mit ihnen umgehen.«

»Eigentlich ein netter Kerl, auf seine Art. Auch wenn er nicht kochen kann.« Alma lachte. »Dafür ist er handwerklich geschickt. Ich glaube, Georg wüsste schon gar nicht mehr, was er ohne ihn machen sollte.« Noch immer ruhte ihr Blick auf Tine, die sie kurz ansah, sich aber sofort wieder auf das Schälen konzentrierte. Auch Alma wandte sich erneut ihrem Gemüse zu, wie Tine aus dem Augenwinkel wahrnahm.

»Die Lorkes scheinen Guido sehr zu mögen«, begann Tine ein anderes Thema.

»Ja, es sieht so aus.«

»Wollt ihr ihn wirklich nach Magdeburg fahren lassen?« Der Gedanke behagte Tine nicht.

»Nicht heute oder morgen, aber vielleicht irgendwann. Es kann doch nicht schaden, wenn er mal etwas anderes kennenlernt. Außerdem ist es wichtig, für die Kinder ein paar Möglichkeiten im Auge zu haben«, erklärte sie vage.

Tine war auf der Hut. »Und welche Möglichkeiten habt ihr so für die Älteren im Auge?«

»Ach, Tine!« Alma seufzte. »Mach doch keine große Sache daraus. Es hat sich eben so ergeben. Anneliese und Helmut sind alte Freunde von Georgs Familie, das weißt du doch. Sie wollten Guido einfach eine Freude machen.«

»Das ist ihnen gelungen«, gab Tine zu. »Warum nur ihm? Das verstehe ich noch immer nicht.«

»Das musst du sie selbst fragen«, entgegnete Alma ungewohnt barsch. Nach tiefem Ausatmen setzte sie versöhnlich hinzu: »Die Umstände hier bei uns können sich jederzeit ändern, das müssen wir immer im Kopf behalten. Im Moment haben wir keine Probleme, weder mit dem Haus noch mit der Familie, aber wer weiß? Es ist immer gut, sich rechtzeitig Gedanken zu machen, nicht erst wenn etwas passiert.«

Tine wurde mulmig. »Was könnte denn passieren?«, fragte sie.

»Alma, ich bin alt genug, ihr müsst mir keine Märchen mehr erzählen.«

»Wir sind kein Kinderheim wie die anderen«, begann Alma zögernd. »Wir haben natürlich auch Auflagen und Verpflichtungen, aber Georg hat es irgendwie hinbekommen, dass man uns in Ruhe lässt. Zum Glück. Aber die Unsicherheit ist immer da. Es muss bloß mal ein Neuer das Referat Jugendhilfe übernehmen, was dann?«

Tine erinnerte sich an das, was sie in der vergangenen Nacht gehört hatte. Es war alles nicht so einfach, wie sie immer gedacht hatte. Wie es aussah, machte Alma sich wirklich Sorgen.

»Jetzt ist es aber genug mit diesem Thema«, erklärte Alma. »Heute ist der vorletzte Abend für Anneliese und Helmut. An ihrem letzten Abend gehen sie immer früh schlafen, weißt du doch. Darum wollen wir ihnen heute einen richtig schönen Abschluss bereiten. Hilfst du mir, den Tisch zu decken?«

Tine nickte. Ihre Gedanken waren noch längst nicht fertig mit dem Thema. Alma und Georg dachten doch wohl nicht darüber nach, die Kinder wegzugeben?

# 11

»Wer im Frühling nicht sät, wird im Herbst nicht ernten.«
*Deutsches Sprichwort*

Der Tapeziertisch im Partyzelt auf der Rasenfläche vor dem alten Schulgebäude von Middelhagen bog sich förmlich unter seiner köstlichen Last. Christina konnte es sich nicht verkneifen, im Vorbeigehen schon mal einen kurzen Blick darauf zu werfen. Offensichtlich warteten dort nicht nur kulinarische Genüsse, sondern auch künstlerisch-dekorative.

Der Veranstaltungsort war ein kleines weiß getünchtes Reetdachhaus mit einer fröhlich rot-grünen Tür und rot gestrichenen Fensterrahmen. Die ehemalige Dorfschule war heute ein Museum. Vom oberen Rand der Tür aus war ein mindestens fünf Meter langer weißer Baldachin gespannt.

Christina freute sich schon jetzt, dass sie den Weg zur Halbinsel Mönchgut auf sich genommen hatte. Tatsächlich kannte sie diese Ecke Rügens überhaupt nicht. Sie hatte sich für die Fahrt viel Zeit gelassen, hatte die gesamte Halbinsel Jasmund umkreist. Bei Sassnitz hatten sich mal wieder Erinnerungen in ihren Kopf geschlichen, doch sie hatte sich davon nicht von ihrem Ziel abbringen lassen, sondern war unbeirrt weitergefahren. Selbst der eindrucksvolle Koloss von Prora und später das mondäne Binz mit seinem schönen Kurhaus schafften es nicht, sie von ihrem Plan abzulenken, hierherzukommen. Ein paar Tage blieben ihr schließlich noch. Zwischen Sellin und Baabe hatte sie die Ostsee zur Linken und den Greifswalder Bodden ganz in ihrer Nähe zur Rechten gehabt. Sie konnte einfach nicht genug kriegen vom Anblick und vom Geruch des Meeres und des Binnengewässers. Dazu die wunderschönen alten Bäume der Allee, die hinter Baabe nach Middelhagen führte! Sie hatte sich nicht sattsehen können. Auch Middelhagen selbst mit seinen hübschen reetgedeckten Häuschen war eine Entdeckung. Vielleicht war das sogar ein guter Urlaubsort, wenn sie einmal mit Harry herkommen wollte. Bestimmt konnte man es hier selbst zur Hauptsaison gut aushalten, weil die meisten Touristen vermutlich lieber in Binz oder Göhren wohnten. In Middelhagen dagegen schien die Zeit stillzustehen, es sei denn, es fand gerade eine Ausstellung statt.

»Christina, wie schön, dass du wirklich gekommen bist!« Gesa war aus dem alten Gebäude getreten und blickte sich ein wenig hektisch um. »Es geht auch gleich los«, sagte sie, und ihre leuchtenden Wangen verrieten ihre Aufregung. »Du wirst es nicht glauben, Ziska und Nik haben versprochen, auch zu kommen. Falls du nachher also über einen laufenden Meter stolpern solltest, könnte das einer der Zwillinge sein.« Gesa lachte. Sie trug zur Feier des Tages ein samtig glänzendes pflaumenblaues Tuch um ihren Kopf. »Übrigens kannst du dir nachher noch die St.-Katharinen-Kirche und das alte rohrgedeckte Bauernhaus angucken.« Sie deutete auf das imposante Ziegelgemäuer und einen Hallenbau, die nur wenige Schritte entfernt standen. »Dann hätte sich die Anfahrt für dich doppelt gelohnt.« Sie strahlte, dann erschien plötzlich eine Falte über ihrer Nasenwurzel. »Ach nee, die haben sicher schon geschlossen, wenn hier Feierabend ist.« Sofort war ihr fröhliches Grinsen zurück. »Musst du eben noch mal wiederkommen. Abreißen werden sie sie so schnell nicht.« Gesa lachte und sah sich noch einmal um, wie sie es vorhin schon getan hatte. »Ziska und Nik kommen wieder mal zu spät, wie es aussieht.« Sie seufzte theatralisch. »Sonst sind anscheinend keine Besucher mehr im Anmarsch. Dann mal hinein in die gute Stube. Vielleicht kann ich dir noch Greta vorstellen, ehe es losgeht.«

Christina folgte ihr über den Kopfsteinweg. Nun verstand sie, warum der Baldachin gespannt worden war: Er war schon Teil der Ausstellung. Auf der Treppe und auf den beiden Mauern rechts und links davon saßen kleine Figuren, die vor Wind und Wetter geschützt werden sollten. Das waren also die lebensechten Wesen, von denen Gesa ihr im Hofladen vorgeschwärmt hatte. Da stand zum Beispiel ein Bügeleisen auf allen vieren und beäugte unter langen Wimpern skeptisch die ankommenden Besucher. Eine Stufe höher entdeckte Christina eine Vase, aus deren Mitte sich mit aller Kraft ein Frosch herauszuzwängen schien. Sie musste lächeln. Er hatte Schweißperlen auf der Stirn, und man konnte meinen, ihn ächzen zu hören, so lebendig sah er aus. Hatten Frösche überhaupt eine Stirn, und konnten sie schwitzen? Darüber hatte sie noch nie nachgedacht. Und auch jetzt konnte sie sich nicht länger mit der Frage beschäftigen, denn eine ausgesprochen elegante große Frau mit kurz geschnittenem silbergrauem Haar trat ihr entgegen. Das fast bodenlange nachtblaue Kleid mit besticktem V-Ausschnitt, die Ohrringe mit funkelnden pinkfarbenen und blauen Steinen und der knallige Lippenstift ließen keinen Zweifel zu, dass es sich um die Künstlerin höchstpersönlich handelte.

»Das ist Greta!« Gesa hatte ihren Namen fast andächtig ausgesprochen. »Greta, das ist Christina! Sie macht Urlaub in der Villa Sanddorn und gehört eindeutig in die Kategorie der besonders netten Gäste.«

»Herzlich willkommen und vielen Dank, dass du hergekommen bist.« Greta streckte ihr eine schmale Hand entgegen. Ihre Stimme passte zu ihrem Äußeren, ging Christina durch den Kopf. Sie war tief, eher leise und so samtig wie das Tuch, das heute Gesas Haar bändigte.

»Ich werde es bestimmt nicht bereuen«, entgegnete Christina. »Schon die Herrschaften, die ich bis jetzt gesehen habe, gefallen mir ausgesprochen gut.«

Greta lächelte. »Fangen wir an«, sagte sie und ging mit Gesa hinein.

Das Stimmengewirr, das aus dem Inneren gekommen war, hatte Christina vermuten lassen, dass die Ausstellungsräume und auch die Zahl der Gäste größer waren. Irrtum, die Veranstaltung würde eher überschaubar bleiben. Ihr war es gerade recht. Lieber klein, fein und gemütlich als riesig und überkandidelt. Amüsiert stellte sie fest, dass die Möbel für die Ausstellung nicht weggeräumt worden waren. Die Exponate wurden in einem vollständig eingerichteten Klassenzimmer präsentiert. So musste es irgendwann im 19. Jahrhundert in jeder Schule ausgesehen haben. An schlichten Holztischen standen Bänke und Stühle auf dem gut erhaltenen Dielenboden. Ein kleines Pult befand sich separat an einer Seite des Raumes. Vielleicht für den Lehrer oder für rebellische Schüler, die hin und wieder unter besondere Beaufsichtigung gestellt werden sollten. An einer Wand hingen Zahlentafeln, an der anderen dienten ausgestopfte Vögel als Anschauungsmaterial. In diese Szenerie hatte Greta ihre Werke eingefügt, als würden sie hierhergehören. Sie bevölkerten die Bänke und Stühle mit einer kessen Selbstverständlichkeit und bildeten mit ihrer poppigen Erscheinung einen reizvollen Kontrast zu den Zeugen des vergangenen Jahrhunderts. Einige der Kunstwesen hatten die Größe von Kleinkindern. Gesa hatte nicht zu viel versprochen, sie sahen dermaßen lebendig aus, dass Christina hätte schwören können, sie würden sich bewegen. Das war natürlich nicht möglich, oder doch? Sie heftete ihren Blick auf ein birnenförmiges Etwas, das die Füße, an denen Schwimmhäute zu erkennen waren, auf den Tisch gelegt hatte. »Das hätte früher aber einen Tadel gegeben«, murmelte sie. Körper und Kopf, wenn man es so nennen wollte, gingen ineinander über, am oberen Ende befanden sich mittig zwei Ohren, deren Läppchen sich berührten. Alleine die Haltung übte eine ungeheure Präsenz aus. Der Sitznachbar war ein

Rasenrechen. Mitten im Gesicht trug er eine Knollnase, die einer Avocado glich. An jedem der Zinken, die im Halbkreis nach oben standen, saß ein Auge. Die bewegten sich tatsächlich! Christina musste über sich selbst schmunzeln. Natürlich, die Schwingungen des Holzbodens sorgten dafür. Aber wie konnte es sein, dass man sich von den Augen angeguckt fühlte, egal in welchem Winkel man sich zu dem Rechen stellte? Christina blinzelte und sah nach vorn. Dort bauten sich gerade Gesa und Greta auf und brachten ihre Gäste mit einem Handzeichen zum Schweigen.

»Seit ich zum ersten Mal mit Gesa hier auf Mönchgut war, habe ich mir gewünscht, meine Figuren an diesem besonderen Ort präsentieren zu dürfen«, begann Greta. »Gesa hat es möglich gemacht, dass wir heute in der zauberhaften alten Schule sind. Und auch dass die Ausstellung danach nach Binz geht. Wie ihr seht, haben wir nicht sehr viel Platz. Ich empfehle euch darum, euch ein wenig auf das Klassenzimmer und das Zelt zu verteilen. Jeder soll die Chance haben, sich alles ganz genau und in Ruhe anzusehen, auch die kleinen Gesellen, von denen es jede Menge zu entdecken gibt. Ihr werdet überrascht sein.«

Christina hatte schon bemerkt, dass auf manchen Tischen oder auch neben einer ausgestopften Möwe kleinformatige Skulpturen aufgebaut waren. Sie würde sich die Zeit nehmen, jede einzelne zu betrachten.

»Wir laden euch deshalb schon jetzt ein, das Büfett nebenan im Zelt zu stürmen. Unsere vielen emsigen Helfer, denen ich an dieser Stelle danken möchte, haben die tollsten Dinge gezaubert, die euren Gaumen verwöhnen werden. Es wäre geradezu unmenschlich, euch dort nur unsere Kunst ansehen, aber noch nichts probieren zu lassen.« Leises Gelächter. »Wie ihr schon hier sehen könnt, ist Gesa eine begnadete Malerin!« Sie warf Gesa einen Blick zu, der voller Wärme war. »Ihr dürft euch auf weitere

Werke von ihr freuen, die wir im Zelt aufgehängt haben«, versprach sie. »Nehmt euch Zeit dafür! Ihr werdet hingerissen sein.«

Auch wenn Gesas Gesicht für Christina teilweise von einem lockigen Hinterkopf verdeckt wurde, konnte sie doch den Gesichtsausdruck wiedererkennen, den Gesa gehabt hatte, als sie zum ersten Mal von Greta gesprochen hatte.

»Ich danke meiner Gesa, meiner Freundin, für diese großartigen Bilder. Ich danke ihr dafür, dass wir heute hier stehen. Und nicht zuletzt danke ich ihr dafür, dass sie mich erträgt, so wie ich bin.« Es wurde so still, dass man die berühmte Stecknadel hätte fallen hören können.

»Ich glaube, ich heule gleich«, hörte Christina Gesas Stimme. Die war zwar leise gewesen, trotzdem konnte jeder jedes Wort verstehen.

»Bitte nicht!«, sagte Greta lachend. »Die Ausstellung ist eröffnet!«

Christina freute sich mit den beiden, denn der April meinte es wirklich gut mit ihnen. Es hätte auch anders sein können, dann wäre es schnell ungemütlich im Zelt geworden. So aber bummelten die Besucher entspannt herum und widmeten Gesas Bildern die Aufmerksamkeit, die sie verdienten.

»Fantastisch«, sagte eine Frau gerade, »als stünde man auf einer Aussichtsplattform und könnte über die gesamte Insel gucken!«

Das hatte sie gut auf den Punkt gebracht. Alle sechs Werke zeigten Ansichten von Rügen im Frühling, weite Blicke oder malerische Details. Alles Motive mit Sehnsuchtsgarantie, dachte Christina. Hier die typischen Alleen, dort die leuchtend gelben Rapsfelder vor grünblauer Ostsee oder die schwedische rote Kapelle von Ralswiek mit bunter Wiese davor. Sie seufzte. Welch ein wunderbarer Ort diese Insel doch war. Wie hatte sie nur so lange auf sie verzichten können?

»Gesa hat einen Faulbär gebastelt!« Eine vertraute Stimme riss sie aus ihren Gedanken. Felix stand auf einmal neben ihr und zupfte an ihrer Handtasche herum. Als er zu ihr aufsah, blickte sie geradewegs in ein strahlendes Lausbubengesicht mit orangefarbenen Vampirzähnen. Er hatte sich offenbar gleich zwei geschälte Möhrchen vom Büfett genommen und mümmelte sie synchron.

»Hallo, Felix. Einen Faulbär habe ich noch gar nicht gesehen. Zeigst du ihn mir?«

»Mhmh«, machte er schmatzend, sauste aber gleich wieder los, ohne auf sie zu warten. Christina reckte den Hals. Sie entdeckte Ziska und Nik in einiger Entfernung. Neben ihnen standen nicht nur Zwilling Nummer zwei, sondern auch ein älteres Paar sowie eine weitere ältere Dame. Christina wollte nicht stören und beschloss, endlich etwas vom Büfett zu probieren.

Das kulinarische Angebot war eine Wucht. Der erste Eindruck hatte nicht zu viel versprochen. Das galt auch für die Dekoration. In der Mitte thronte ein üppiger Strauß leuchtend gelber Narzissen, an jedem Ende der langen Tafel hatte es sich eins von Gretas Wesen auf einem rot-weiß karierten Kissen gemütlich gemacht. Bei näherem Hinsehen begriff Christina, dass es sich um Stempel handelte, die ihren Kopf, im wirklichen Leben der Griff, auf aus Pinseln bestehende Ärmchen stützten und die Hungrigen aus Stielaugen beobachteten. Sie wandte sich den fantasievoll belegten Häppchen zu. Die einen zierten Andenbeeren, die anderen dunkelblaue Weintrauben, wieder andere fein geschnittene Birnenfächer oder filigrane Sträußchen aus Dill. Christina konnte sich kaum entscheiden. Zwischen den Tellern und Platten entdeckte sie ein großes Glas Sanddorn-Chutney von *Rügorange*. Das war mal geschicktes Marketing.

»Na, kannst du auch nicht widerstehen?« Ziska war unbemerkt zu ihr getreten und zwinkerte ihr zu.

»Wie sollte ich bei dieser verführerischen Auswahl?« Sie lachte. »Wie schön, dass ihr es trotz eurer vielen Arbeit geschafft habt. Ich glaube, Gesa freut sich sehr, dass ihr gekommen seid.«

»Wir hätten es uns nie verziehen, das hier zu verpassen«, wisperte Ziska verschwörerisch und deutete auf die noch gut gefüllte Tafel. »Im Ernst, wir haben Gretas Figuren bisher auch noch nicht gesehen und wollten die Chance unbedingt nutzen.«

»Hat Felix euch denn schon den Faulbären gezeigt?«

Ziska lachte auf. »Keine Ahnung, woher er den hat, aber er ist noch immer sein ungeschlagenes Lieblingstier, zusammen mit dem Stinktier natürlich. Wenn du Lust hast, komm rüber zu uns. Wir haben Thekla und Heinrich im Schlepptau, die musst du unbedingt kennenlernen.«

»Gern!« Christina sah zu der Gruppe hinüber. Niklas nickte ihr freundlich zu. »Ich muss mich vorher nur noch entscheiden, welche Häppchen auf meinem Teller landen«, erklärte sie.

»Am besten, du greifst einfach spontan zu«, entgegnete Ziska, und ihre Augenbraue hüpfte.

»Ich dachte, ich habe heute keine Coachingstunde«, beschwerte sich Christina lächelnd. Ziska zuckte mit den Schultern und ging. Christina folgte ihrem Rat und spießte entschlossen einen der appetitlichen Happen auf. Das war wohl etwas zu schwungvoll gewesen, denn der lange Tapeziertisch wackelte bedenklich. Ihr Blick fiel auf eins der metallenen Beine. Das Gelenk war nicht richtig eingerastet. Wie gut, dass sie das entdeckt hatte. Sie stellte ihren Teller ab, packte vorsichtig die Verstrebung und zog. Dann rüttelte sie noch einmal an der Tischplatte. Fest.

»Hast du gerade unser Büfett vor dem Einsturz gerettet?« Gesa war neben sie getreten.

»Ach, das war nur ein Handgriff.«

»Aber ein wichtiger. Danke, bist eine patente Frau!«

»Und du bist eine tolle Künstlerin.«

Gesa strahlte wie das sprichwörtliche Honigkuchenpferd.

»Die Skulpturen sind großartig, aber deine Bilder auch. Du brauchst dich nicht zu verstecken!«

»Danke!«

»Greta ist eine eindrucksvolle Persönlichkeit.«

»Das ist gar nicht ihr echter Name, aber psst.« Klang ein wenig, als hätte Gesa einen leichten Schwips. »Sie konnte ihren nicht ausstehen. Passte auch nicht zu ihr. Jedenfalls hat sie sich schon Greta genannt, als wir uns noch nicht kannten. Greta, Gesa, wenn das kein gutes Zeichen ist.« Sie machte Kulleraugen, als hätte sie gerade in eine Glaskugel geguckt.

»Woher kommt sie, wenn ich fragen darf?«

»Klar darfst du. Aus Balin, also, ick meene, aus unserer Hauptstadt. Vor ein paar Jahren ist sie das erste Mal nach Rügen gekommen und seitdem immer wieder.« Gesa schmunzelte vielsagend.

»Sie wohnt gar nicht hier auf der Insel?«

»Nun aber mal langsam mit den jungen Pferden«, sagte Gesa. »Wir kennen uns noch nicht so lange. Also ein paar Jahre sind es schon, aber man sollte nichts überstürzen.«

»Danke noch mal für die Einladung. Es ist eine wirklich schöne und unvergessliche Ausstellung.«

»Kannst du dir übernächste Woche noch mal in Binz angucken«, erinnerte Gesa sie. »Dann gibt es sogar ein paar mehr Exponate.«

»Übernächste Woche werde ich nicht mehr hier sein. Leider.« Während Christina es aussprach, wurde ihr flau im Magen. Sie durfte noch nicht daran denken, die Insel bald zu verlassen. Sie brauchte einen Moment, um sich zu sammeln. »Ich gehe mal zu Ziska und Nik rüber, sie wollen mir jemanden vorstellen«, murmelte sie.

Noch immer tummelten sich viele Gäste in dem Zelt, zum Teil am Büfett, zum Teil aber auch in der Betrachtung von Gesas

Rügen-Impressionen versunken. Die Veranstaltung war ein voller Erfolg, wie es aussah. Christina ging zögernd auf das Grüppchen zu, das sich um ihre Vermieter scharte.

»Christina!« Ziska strahlte sie an und trat einen Schritt zur Seite, sodass der kleine Kreis sich Christina öffnete. »Ich möchte dir unsere Freunde Thekla und Heinrich vorstellen. Sie wohnen unten in Vitt. Bei ihnen bekommst du den besten Fisch der Insel.« Sie sah Nik erwartungsvoll an.

»Kein Einspruch, Euer Ehren.«

»Und das ist meine Freundin Irene«, erklärte Thekla, eine imposante Erscheinung in einem orange leuchtenden wallenden Leinenkleid, an deren Ohren riesige Reifen aus dunkelbraunem Holz baumelten. »Sie kommt aus Potsdam und ist zu Besuch.«

»Ich bin auch nur zu Gast auf der Insel«, erklärte Christina mit einem Blick zu Irene, die ein wenig schüchtern wirkte. »Christina«, stellte sie sich vor, »ich komme aus Magdeburg.«

»Gefällt's dir bei uns auf Rügen?«, wollte die runde, leuchtende Thekla wissen. Heinrich, der allem Anschein nach einige Jahre jünger war als sie, räusperte sich vernehmlich. »Ja, ja, ich weiß, er ist hier der Einheimische und hat das Vorrecht auf diese Frage.« Sie tätschelte seinen Arm. »Ich bin nur zugezogen.«

»Heinrich ist Fischer in x-ter Generation«, ergänzte Nik. »In seinem Imbiss bekommst du nicht nur den besten Fisch, du kannst außerdem mit ihm vor Sonnenaufgang mit dem Boot rausfahren. Wenn du Glück hast und er eine Tour anbietet«, ergänzte er.

»Ist bestimmt schön. Für einige«, sagte Christina zaghaft. »Ich gehöre eher nicht zu den ganz Mutigen. Wenn es schaukelt, kriege ich es schnell mit der Angst zu tun. Ist vielleicht eine Frage des Alters, früher war ich nicht so.« Sie lächelte verschämt.

»Verstehe ich gut, mich kriegen auch keine zehn Pferde mehr auf den Kahn.« Thekla winkte ab.

»Aber den Fisch probiere ich gern. Ein Ausflug nach Vitt lohnt sich sowieso immer, es ist so ein schöner Ort.«

»Du warst schon mal da?«, brummte Heinrich.

»Ja, das ist allerdings sehr lange her.« Christina spürte Ziskas fragende Blicke. Glücklicherweise sprach Heinrich weiter.

»Dann wird's ja mal wieder Zeit. So, wenn ihr mich jetzt entschuldigen würdet.« Er lächelte verschmitzt. »Ich will doch mal sehen, ob es auf dem Büfett auch etwas Anständiges gibt und nicht nur Kaninchenfutter.«

Thekla verdrehte theatralisch die Augen und hakte sich bei Irene ein, die dicht neben ihr stand. Christina betrachtete die beiden verstohlen. Zwei Frauen könnten nicht unterschiedlicher sein. Während Thekla offensichtlich kräftige Farben liebte, wirkte alles an Irene blass. Außer ihrer auffallend rosigen und beneidenswert glatten Haut. Dazu diese strahlenden hellblauen Augen! Sie wirkte beinahe wie ein junges Mädchen. Theklas Teint hingegen war zerfurcht wie ein afrikanisches Flussdelta. Es schien etwas dran zu sein, dass Gegensätze sich anzogen.

»Irene und ich sind Jugendfreundinnen«, erzählte Thekla, als hätte sie Christinas Gedanken erraten. »Wir haben uns jahrzehntelang nicht gesehen und hätten uns fast völlig aus den Augen verloren. Kannst du dir das vorstellen?« Die Frauen guckten sich voller Zuneigung an, doch in Irenes Blick meinte Christina einen Schatten zu erkennen. »Glücklicherweise findet man heute jeden wieder, wenn man möchte«, plapperte Thekla munter weiter. »Zumindest die jungen Leute, die sich mit dem Internet auskennen. Ich habe meiner Enkeltochter Ronja erzählt, wie sehr ich Irene vermisse. Sie hat das sofort in die Hand genommen, und schwupp hatte ich Irenes Telefonnummer. Ist ein patentes Mädchen, meine Ronja«, sagte sie voller Großmutterstolz. »Sie schwirrt hier übrigens auch irgendwo herum.«

Ziska und Nik flüsterten sich hin und wieder etwas zu und

waren gut damit beschäftigt, ihre Zwillinge nicht aus den Augen zu verlieren. Irene nippte an einem Glas Sekt. Thekla störte sich nicht daran, als Alleinunterhalterin zu fungieren.

»Jedenfalls habe ich sie sofort angerufen«, erzählte sie. »Wann war das, Irene, im Herbst letzten Jahres, oder?«

»Ja, kurz nach meinem Geburtstag im Oktober.« Christina dachte schon, mehr würde sie dazu nicht sagen, doch das war ein Irrtum. »Ich konnte es nicht glauben, dass sie am Telefon war. Immerhin hatte es damals Gründe gegeben, warum wir keinen Kontakt mehr hatten.« Ihre Wangen bekamen noch mehr Farbe, und ihre Augen schimmerten ein wenig.

»Die haben Thekla nicht davon abgehalten, nach Ihnen zu suchen«, warf Ziska ein. »Außerdem sieht man nach so vielen Jahren sowieso vieles anders, kann ich mir vorstellen.«

»War sowieso eine dumme Geschichte.« Irene blickte etwas betreten zu Thekla. »Natürlich hatte es mit einem Mann zu tun.«

»Schnee von gestern!« Thekla winkte ab. »Jedenfalls konnte ich sie überzeugen, uns auf Rügen zu besuchen. Der liebe Heinrich war sofort einverstanden. Meine Güte, wir haben uns bald fünfzig Jahre nicht gesehen. Dabei hatte ich immer das Gefühl, dass mir etwas oder jemand fehlt in meinem Leben. Ich weiß nicht, ob ihr euch das vorstellen könnt.«

»Absolut!« Christina erschrak, weil sie es laut ausgesprochen hatte. »Ich meine, eine echte Freundin ist ein Schatz«, erklärte sie eilig. »Die kann niemand ersetzen.« Wieder sah sie Ziskas durchdringenden Blick.

»Da sagst du etwas«, stellte Thekla fest. »Nicht mal Heinrich hat das geschafft«, erklärte sie laut, sodass er, vom Büfett zurück, irritiert in die Runde schaute.

»Worum geht's?«

»Ausnahmsweise nicht um dich.« Thekla drückte ihm einen Kuss auf die Wange. Dann war sie sofort wieder beim Thema.

»Ich habe mir manchmal vorgestellt, dass wir uns womöglich nie wiedergesehen hätten. Nicht auszudenken, wenn Ronja Irene zwar ausfindig gemacht hätte, Irene aber nicht mehr am Leben gewesen wäre. O Gott, nee, das möchte ich mir nicht ausmalen.«

»Damit hätten wir in unserem Alter aber durchaus rechnen müssen«, meinte Irene. »Umso besser, dass du rechtzeitig die Initiative ergriffen hast!«

Schon strahlte Thekla wieder und drückte Irenes Hand. Die Geschichte der beiden berührte Christina zutiefst. Sie musste schlucken. Auch sie hatte schon viel zu lange keinen Kontakt mehr zu einem wichtigen Menschen. Ebenfalls wegen einer dummen Sache, aber das konnte sie auch erst jetzt mit vielen Jahren Abstand erkennen. Mit den Möglichkeiten heutzutage konnte man jeden finden, wenn man wollte. Wollte sie denn? Plötzlich fiel ihr noch jemand ein, den sie ewig nicht gesehen hatte. Dieter. Was wohl aus ihm geworden war? Damals hatte er hier auf Rügen gelebt, in Bobbin. Natürlich, als sie das Dorf kürzlich besucht hatte, war da zwar der Gedanke gewesen, dass sie einmal irgendeine Verbindung dorthin gehabt hatte, doch sie war nicht mehr darauf gekommen, welche das gewesen war. Nun wusste sie es! Dieter hatte in ihrem Leben vielleicht nicht die größte Rolle gespielt, aber eine unglaublich wichtige. Sie sah es mit einem Schlag alles wieder vor sich. Im entscheidenden Moment war er da gewesen … Womöglich lebte er noch immer hier und war auch jetzt ganz in der Nähe! Christina beschloss, noch einmal nach Bobbin zu fahren, um sich nach ihm zu erkundigen.

»Die Figuren sind mega.« Ein drahtiges junges Mädchen quetschte sich zwischen Thekla und Heinrich.

»Das ist meine Enkelin Ronja, die das Wunder vollbracht hat«, erklärte Thekla stolz. »Ronja, das ist Christina, zurzeit Gast in der Villa Sanddorn. Sie kommt uns demnächst mal in Vitt besuchen, um Heinrichs leckeren Fisch zu probieren.«

»Boot fahren will sie leider nicht.« Heinrich zuckte mit den Schultern.

»Das ist auch besser so. Du solltest das sowieso langsam mal lassen oder dir einen Skipper engagieren. Davon redest du schon seit Jahren.« Wie abgesprochen sahen Ronja und Heinrich Nik an. Der setzte eine schuldbewusste Miene auf und schien es plötzlich eilig zu haben.

»Ziska, ich glaube, wir müssen langsam los. Wo sind unsere kleinen Stinktiere?«

»Nik will schon seit Ewigkeiten beruflich kürzertreten und die Fahrten mit den Gästen übernehmen«, raunte Thekla verschwörerisch, »aber immer kommt etwas dazwischen.«

Waren die Kinder eben nur ein Vorwand, sah Nik sich jetzt ernsthaft nach ihnen um. Gerade hatten sie nämlich noch einen Meter entfernt gespielt, jetzt schlichen sie um das Büfett herum. Christina beobachtete amüsiert ein Schauspiel, das die beiden lieferten. Nicht die Zwillinge allein, sondern zusammen mit einem Mädchen, dessen Eltern in ein Gespräch vertieft waren. Die Kleine mochte vielleicht vier Jahre alt sein, schätzte Christina. Und sie war recht proper, um nicht zu sagen deutlich zu dick für ihr Alter. Sie hielt eine angebissene Reiswaffel in der Hand. Gerade reichte die Mutter ihrer Tochter eine weitere Reiswaffel, ohne hinzusehen. Die Unterhaltung war anscheinend so interessant, dass die Eltern ihr Kind komplett aus den Augen ließen. Ein böser Fehler. Pummelchen hatte nämlich erkannt, dass die Zwillinge sich mal dieses und mal jenes vom Büfett holten. Die gesunden Reiswaffeln landeten in ihrer Karre. Ihr Blick heftete sich auf Jockel, der sich gerade so lang machte, wie er nur konnte, und ein Stück Kuchen vom Tisch angelte. Das dicke Mädchen ließ ihn nicht aus den Augen und fixierte ihn wie ein Raubvogel. Jockel fixierte seinerseits Pummelchen und biss herzhaft in seine Beute. Das ließ sich der kleine runde Raubvogel nicht gefallen! Zwar viel schwerer als die Jungs, aber überraschend flink, schnappte sich das Mädchen den Kuchen aus Jockels Hand, ließ sich in die Karre fallen und verschlang das Stück mit zwei Bissen.

»Ich schmeiß mich weg!«, rief Ronja, die die Szene ebenfalls beobachtet hatte. Pummelchens entsetzte Eltern redeten auf ihre Tochter ein, Ziska und Nik schnappten sich eilig die Zwillinge. Als sie, Jockel und Felix im Schlepptau, zurückkamen, konnten sie sich das Lachen kaum verkneifen.

»Nichts gegen gesunde Ernährung«, flüsterte Nik, »aber ich kann die Kleine verstehen. Ich meutere auch oder mach mir eine Tüte Chips auf, wenn es zu Hause Buchweizen mit Wirsing gibt.« Er verzog angewidert das Gesicht.

»Das mit den Chips wusste ich gar nicht.« Ziska riss erstaunt die Augen auf und schüttelte den Kopf. »Aber gute Idee«, flötete sie, »Wirsing mit Buchweizen hatten wir lange nicht. Könnte ich mal wieder machen.« Sie grinste bösartig.

Nachdem sie sich von Greta und Gesa verabschiedet hatten, gingen alle gemeinsam zu den Autos. Es war noch immer erstaunlich mild, die Luft roch herrlich nach Ostsee und nach Frühlingsnacht. Christina war regelrecht beseelt nach den wunderbaren Stunden in netter Gesellschaft.

»Ziska hat dir von den Tagebüchern erzählt, die wir auf dem Dachboden gefunden haben«, sagte Nik unvermittelt. Er ließ es sich nicht nehmen, sie durch die Dunkelheit zu ihrem Wagen zu begleiten, der ein wenig abseits stand. »Wir können die kaum noch aus den Händen legen«, fuhr er fort, ohne eine Antwort zu erwarten. »Wir wussten nicht, dass die Villa mal eine Art Kinderheim war.« Christina bekam eine Gänsehaut, plötzlich war ihr kalt. »Dass es mal ein Hotel war, das wussten wir, aber ein Heim … Irgendwie keine schöne Vorstellung. Man hört ja so einiges von Spezial- oder Sonderheimen in der DDR. Das war es wohl nicht, trotzdem war uns richtig mulmig. Was dort alles passiert ist, weiß man wohl bis heute noch nicht im Detail.«

»Es wird aber auch viel geredet. Im Nachhinein«, entgegnete sie vage.

»Ich habe mal von einer Frau gelesen, die Furchtbares erlebt haben muss. Die war noch als Erwachsene ein gebrochener Mensch. Aber das steckte bestimmt auch hinter den Absichten dieser Einrichtungen«, schimpfte er, »wehrlose kleine Wesen zu brechen, ehe sie aufmüpfig wurden. Die Villa scheint jedenfalls ein Normalheim gewesen zu sein.«

»Noch nicht mal das.« Christina spürte seinen Seitenblick. »Nehme ich an«, sagte sie schnell. Sie waren längst an ihrem Auto angekommen, doch er machte keine Anstalten, sich zu verabschieden. »Das Haus ist ja klein. Es wird gewissermaßen unter dem Radar gelaufen sein. Solange man sich still verhielt, ist man in Ruhe gelassen worden, kann ich mir vorstellen. Gab ja ganz andere Objekte, größere, den Baltischen Hof in Lohme zum Beispiel. Solche Häuser waren interessanter, auf die hatte man ganz bestimmt ein Auge. Das Heim dort gab es schon in den Zwanzigern. Wie es ab den Fünfzigern dort weiterging, kann ich nicht sagen.«

»Du kennst dich ja richtig gut aus. Man könnte denken, du wärst dabei gewesen.«

»Na ja, ich habe schon das eine oder andere mitgekriegt.« Sie sah an ihm vorbei in die Dunkelheit. »Ich glaube, Ziska wird ungeduldig.«

Er drehte sich kurz um und nickte.

»Wie gesagt, wir sind total fasziniert von den Tagebüchern. Falls du Lust hast, mal zu uns rüberzukommen und einen Blick hineinzuwerfen, würden wir uns freuen. Bestimmt kannst du uns einiges dazu sagen.«

»Jederzeit! Das würde ich wirklich sehr gern tun.«

»Schön!« Er lächelte. »Dann mal gute Heimfahrt und bis später.«

# 12

»Die Bäume fahren im Frühling aus der Haut.«
*Wilhelm Busch*

Beim Aufwachen dachte Christina sofort an den vergangenen Abend und lächelte. Sie hatte nicht nur die Ausstellung genossen, sondern sich auch zwischen den eigentlich fremden Menschen pudelwohl gefühlt. Mit einem Schlag wurde ihr bewusst, dass ihre Zeit auf Rügen mit riesigen Schritten auf das Ende zuging. Das Lächeln verflog. Ach was, Trübsal blasen verlängerte ihren Aufenthalt nicht, sondern vermieste ihn höchstens. Heute hatte sie keine Coachingstunde, also würde sie spontan sein und nach Vitt spazieren! Vielleicht hatte sie Glück und konnte mit Thekla plaudern.

Der Sonntag machte seinem Namen keine Ehre. Es war bewölkt, grau und beinahe stürmisch. Nicht gerade gemütlich, aber auch das gehörte zu einem Urlaub hier oben im nördlichen Teil der Insel, der sich Windland nannte. Ihr fiel eine Postkarte ein, die sie einmal in Hamburg gesehen hatte. »Regen ist Konfetti vom Himmel« hatte darauf gestanden. Sollten also ein paar Tropfen fallen, würde sie sich einfach vorstellen, dass die Welt gerade etwas bunter wurde. Sie trat an das bodentiefe Fenster und blickte über den Hof, der heute ruhig dalag. Wenn es gleich in Strömen schüttete, wäre es ihr schnell zu bunt, ging ihr durch den Kopf, dann würde ihr ein Postkartenspruch auch nicht helfen. Aber noch war es schließlich trocken.

Nach einem ausgedehnten Frühstück machte sie sich auf den Weg. Sie war noch nicht lange gelaufen, als sie eine kleine Bimmelbahn entdeckte, die stündlich Touristen in das Fischerdorf fuhr. So etwas hatte es zu ihrer Zeit noch nicht gegeben.

Christina wollte aber, dass sich ihr Ausflug ein kleines bisschen wie damals anfühlte. Also überließ sie den Bummelzug ein paar Unerschrockenen, die sich wie sie trotz bedeckten Himmels und ordentlicher Böen nicht von ihrer Unternehmung abhalten ließen, und ging zu Fuß. Nach wenigen Schritten konnte sie schon einen Blick auf die Ostsee erhaschen, die heute ihr glitzerndes Blau gegen ein dunkles Grau eingetauscht hatte.

Als sie die runde Kapelle von Vitt passierte, war sie zunächst erstaunt. Zwar war sie ihr vertraut, und sie gehörte nach Vitt wie die Ostsee zu Rügen, doch hatte sie sie schneeweiß in Erinnerung! Jetzt war das kleine Gebäude in einem hellen Sandton gestrichen. Sie war ein wenig enttäuscht. Hätte man nicht die ursprüngliche Farbe auffrischen können? Plötzlich fiel ihr ein, dass sie darüber gelesen hatte. Die jetzige Farbe entspräche dem Originalanstrich vermutlich eher als das Weiß, hatte in dem Artikel gestanden. Sie verzichtete auf einen Besuch der winzigen Kirche, deren Inneres sie noch gut im Gedächtnis hatte. Womöglich hatte man dort in der Zwischenzeit auch etwas verändert. Vielleicht besser, wenn sie sich ihre Erinnerung so bewahrte, wie sie war.

Leichter Nieselregen setzte ein. Himmelskonfetti hin oder her, sie musste entweder zurück in ihre Unterkunft flüchten oder irgendwo einkehren, wenn sie nicht bis auf die Knochen nass werden wollte. Für den besten Fisch der Insel war es eigentlich noch ein bisschen früh. Aber es musste ja nicht eine komplette Spezialitätenplatte sein.

»Fischbrötchen geht immer«, sagte sie sich und stapfte los.

Der Imbiss war nicht schwer zu finden, schon von Weitem sah sie die Hütte mit der Terrasse davor. Ein ausgedientes Boot stand unweit des Tresens. Bei dem Gedanken an Bismarckhering oder Sherrymatjes lief ihr das Wasser im Mund zusammen. Außerdem freute sie sich darauf, Thekla wiederzusehen. Ob sie auch im

Alltag so auffällig bunt gekleidet war? Und ob ihre reizende Freundin Irene da sein würde?

Besonders einladend sah das Ganze aus der Nähe nicht aus. Kein Wunder, eine Holzklappe war heruntergelassen, der Imbiss war geschlossen! »Sind bald wieder da« stand auf einem Schild an der Tür. Christina seufzte. Was sollte sie mit dieser Information anfangen? Es konnte bedeuten, dass sie in zehn Minuten öffnen würden oder auch in drei Tagen. Schade. Mehr als das. Sie spürte, wie sich schlechte Laune in ihr breitmachte. Sie musste umplanen. Obendrein wurde der Regen stärker. Sie musste also schnell eine Alternative finden, wenn sie nicht komplett aufweichen wollte. Selbst die Haltestelle der kleinen Bahn war ein ganzes Stück entfernt. War ihr nicht gerade unterwegs ein kleines Lokal aufgefallen, das sehr freundlich gewirkt hatte? Es war das einzige Haus ohne Rohrdach und passte sich mit seinen maritimen Accessoires doch perfekt in die malerische Kulisse des Dorfes ein.

Während sie die paar Schritte zurückging, erinnerte sie sich dunkel daran, dass es hier schon immer ein Gasthaus gegeben hatte. Allerdings hatten Restaurant- oder Cafébesuche während ihrer Kindheit nicht zum Programm der Familie gehört. Vor dem Goldenen Anker stand eine Klapptafel im Regen, auf der das Tagesgericht angepriesen wurde. Das ließ hoffen. Tatsächlich, die Tür war offen. Christina atmete auf. In der nächsten Sekunde sank ihre Laune weiter. Das kleine Lokal schien ein Besuchermagnet zu sein, es war voller, als sie erwartet hatte. Kein Wunder, die rustikale Inneneinrichtung mit den dunkelbraunen Holzbalken, die vermutlich noch im Originalzustand waren, strahlte Wärme und Gemütlichkeit aus. Eine mit alten Fliesen und vielen gerahmten Gemälden verzierte Wand, Fischernetze und passende Lampen an der Decke verliehen dem Lokal einen einzigartigen Charme und erzählten von der Tradition und dem Ursprung des Dorfes.

»Sind Sie allein?«

Christina verstand nicht gleich. Als sie in das fragende Gesicht einer Kellnerin blickte, fiel der Groschen.

»Ja.«

»Da haben Sie Glück, dann kann ich Ihnen einen Tisch anbieten.« Sie führte Christina zu einem Platz in einer Nische.

Glück? Was sollte glücklich daran sein, allein zu essen? Christina hatte sich vorgestellt, ihren Fisch in Gesellschaft zu genießen. Daraus wurde nichts. Dann eben nicht, würde sie sich eben spontan an etwas anderem erfreuen, redete sie sich selbst zu. Sie wollte sich einfach nicht die Stimmung vermiesen lassen, nur weil ihr Plan nicht aufging. Sie streifte die tropfende Jacke von den Schultern und hängte sie über den Stuhl, dann setzte sie sich und rieb ihre Brillengläser trocken, ehe sie einen Blick auf die Speisekarte warf. Die Auswahl klang verlockend. Eigentlich hatte sie noch keinen großen Hunger, doch sie entdeckte Labskaus unter den Hauptgerichten. Sie hatte noch nie widerstehen können, wenn das Seefahrergericht in einem Restaurant angeboten wurde.

»Haben Sie was Schönes gefunden?« Die Kellnerin stand mit gezücktem Notizblock vor ihr.

»Ja, ich hätte gern das Labskaus und einen heißen Sanddornsaft.«

»Sehr gute Wahl.« Die Brünette lächelte freundlich.

Wieder allein, nutzte Christina die Gelegenheit, die historischen Fotografien zu betrachten, die an sämtlichen Wänden ihrer Nische hingen: frühes Strandleben auf Rügen, der Rasende Roland am Bahnhof von Binz, Ansichten von Vitt.

»Wohl bekomm's!« Ein junges Mädchen servierte den dampfenden Saft und war sofort wieder weg.

Christina sah sich weiter um. Plötzlich entdeckte sie ein Foto, das ihr einen Schauer über den Rücken jagte. Da war ein Mann mit zwei Jungen zu sehen. Ein Vater mit seinen beiden Söhnen, das wusste sie genau, denn sie hatte die drei gekannt! Sie hatten irgendwo in der Nachbarschaft gewohnt. Das Foto stammte von einer Spartakiade. Christina zwang sich zu ein paar ruhigen Atemzügen. Da waren auf einen Schlag so viele Erinnerungen. Ein Ausflug zur Spartakiade, eine Begegnung in Bobbin, viele aufregende Minuten oder gar Stunden im Auto mit Bernd. Sie holte noch einmal tief Luft und wandte sich wieder dem schon leicht vergilbten Bild zu. Der ältere der beiden Jungen mochte auf der Fotografie etwa dreizehn Jahre alt sein. Er war in Altenkirchen zur Schule gegangen, fiel ihr ein. Ein sportlicher, aufgeweckter Junge, der sicher den einen oder anderen Preis bei den Wettkämpfen gewonnen hatte. Der Kleine war mehrere Jahre jünger und hatte vermutlich noch gar nicht oder vielleicht gerade zum ersten Mal teilgenommen. Der Vater hatte jedem seiner Söhne stolz eine Hand auf die Schulter gelegt und lächelte in die Kamera. Erst jetzt bemerkte sie die vielen Menschen im Hintergrund. Sie stand auf und beugte sich weit vor. Die Gesichter waren zu unscharf. Selbst wenn jemand dabei war, den sie kannte, würde sie ihn nicht erkennen. Moment, da stand noch ein Mann recht nahe bei dem Trio. Er hielt einen Fotoapparat in der Hand, bestimmt ein Reporter. Wieder lief ihr ein Schauer über den Körper. Könnte es Dieter sein? Nein, das wäre ein zu großer Zufall. Sie lächelte. Wie hießen die Jungen noch? Sie kam nicht drauf. Und was sie heute wohl machten? Sie waren längst erwachsen, hatten vielleicht Familien gegründet. Ob sie noch auf Rügen lebten? Der ältere hatte Leistungssportler werden wollen, das wusste sie. Christina schluckte. Daraus war nichts geworden. Sein Leben dürfte sich in weniger als einem Jahr, nachdem dieses Foto aufgenommen wurde, gründlich geändert haben, wenn sie es zeitlich richtig einordnete. Klaus hieß er, natürlich, wie aus dem Nichts war der Name wieder da. Wie lange hatte sie nicht an ihn gedacht. Und an seinen unglaublichen Mut, der ihn am Ende seine sportliche Karriere gekostet hatte.

»So, einmal das Labskaus!« Die freundliche Brünette stellte einen dampfenden Teller auf den Tisch. Christina hätte beinahe aufgeschrien vor Schreck. »Alles in Ordnung? Sie sehen aus, als wäre Ihnen ein Geist über den Weg gelaufen.«

Christina musste sich räuspern, ehe sie ein Wort herausbringen konnte.

»Mir geht's gut, danke. Sagen Sie, wissen Sie, woher dieses Foto kommt? Sieht aus, als würde es aus Privatbesitz stammen. Gehören der Mann und seine Söhne zu Ihrer Familie? Oder wissen Sie, wer der Reporter ist?«

»Das sind aber viele Fragen auf einmal.« Sie lachte. »Nein, tut mir leid. Ich arbeite nur hier und komme nicht mal von Rügen. Ich glaube, der Chef hat die Bilder auf Flohmärkten oder bei Haushaltsauflösungen ergattert.«

»Danke schön, ich dachte nur …«

»Tut mir wirklich leid. Guten Appetit!«

Eigentlich hatte sich Christina einen heiteren Sonntag gewünscht, mit Thekla, Irene und Heinrich. Nun saß sie alleine im Restaurant und war in Gedanken plötzlich in eine der schwersten Zeiten ihres Lebens geschleudert worden. Diesen Teil ihrer Vergangenheit hatte sie besonders erfolgreich verdrängt. Es gefiel ihr überhaupt nicht, dass er nun in ihr Bewusstsein geholt wurde. Andererseits … Sie musste wirklich dankbar sein, diese schlimmen Tage ohne Verletzung überstanden zu haben. Im Gegensatz zu Klaus. Ihn hatte es böse erwischt. Wenn sie sich recht erinnerte, war sein Bein nach dem Unfall nie mehr vollständig gesund geworden.

Das Essen war hervorragend gewesen. Nachdem sie bezahlt hatte, überlegte sie, noch einmal bei dem Imbiss vorbeizuschauen. So ein Unfug! Was wollte sie denn dort? Hunger hatte sie keinen mehr. Und so nett Heinrich und Thekla auch waren, sie legten sicher keinen großen Wert auf den Besuch einer Fremden, die nichts bestellen wollte.

Sie schlüpfte in ihre noch feuchte Jacke. Dann hatte sie einen Einfall, der ihre Laune mit einem Schlag hob: Sie würde heute nach Bobbin fahren, um sich auf die Suche nach Dieter zu machen. Die Geschichte der alten Freundschaft von Thekla und Irene hatte sie auf die Idee gebracht, ihre Zeit auf Rügen zu nutzen, um nicht nur in Erinnerungen zu schwelgen, sondern ebenfalls einen Menschen aus ihrer Vergangenheit aufzuspüren. Dummerweise konnte sie nicht einfach im Telefonbuch nachschlagen oder im Internet forschen, wie Ronja es getan hatte. Dafür hatte sie nicht genug Anhaltspunkte, sie kannte nicht einmal seinen Nachnamen. Ihr blieb nichts anderes übrig, als auf einen Zufall zu hoffen. Das Schicksal würde entscheiden, ob sie Dieter wiedersehen durfte oder nicht.

Als Christina das Lokal verließ, blitzte zwischen den dunklen Wolken ein klein wenig die Sonne hervor. Wie es aussah, stand allerdings noch eine Portion Regen-Nachschub bereit. Sie wanderte strammen Schrittes zurück zur Villa Sanddorn, schnappte sich ihren Schlüssel und saß wenige Minuten später im Auto.

Dieses Mal musste sie vor Bobbin nicht im Stau stehen. Sie fuhr geradewegs auf den Parkplatz des kleinen Ortes. Auch hier war alles ruhig. Sonntag eben. Die Chance, dass ihr viele Passanten begegneten, die sie einfach ansprechen konnte, war gering. Was hätte sie auch sagen sollen? Überhaupt, wie sollte sie ihre Suche anfangen? Sie konnte von Tür zu Tür gehen und auf die Klingelschilder schauen. Bloß würde ihr das herzlich wenig nützen, denn den Namen Dieter würde sie kaum finden. Und wenn doch, wusste sie noch lange nicht, ob es sich um den Richtigen handelte. Was gäbe sie jetzt für eine pfiffige Enkelin mit einer guten Idee!

Christina schlenderte zur St.-Pauli-Kirche und setzte sich wieder auf die Bank, die nur auf sie zu warten schien. Also schön, was wusste sie über Dieter? Er war Journalist. Aus ihrem Unterbewusstsein tauchte der Name *Ostsee-Zeitung* auf. Das war's! Irgendjemand musste jemanden kennen, der dort jemanden kannte! Sie lachte auf und sah sich kurz um, doch da war niemand, der Notiz von ihr hätte nehmen können. Sie zog ihre Jacke fester um sich, denn die Frühlingsluft war nach dem morgendlichen Regen recht kühl. Trotzdem blieb sie noch einen Augenblick sitzen.

Täuschte sie sich, oder drang aus der Kirche leiser Gesang nach draußen? Sie sah auf die Uhr. Die Messe musste längst vorbei sein. Vielleicht probte ein Chor. Tatsächlich, im Inneren des Gotteshauses wurden die Stimmen von etwa acht bis zehn Sängerinnen und Sängern lauter. Christina freute sich über das unerwartete Geschenk. Sie würde eine Weile zuhören, womöglich käme ihr dabei eine Eingebung für ihre Suche. Nach etwa einer Viertelstunde verstummten die Lieder. Kurz darauf öffnete sich die schwere Holztür, und zwei Handvoll Menschen kamen heraus. Sie mochten zwischen dreißig und vierzig Jahre alt sein. Eine Frau sah Christina überrascht an. Vermutlich saß zu dieser Jahreszeit nicht oft jemand auf der Bank. Es war wohl der direkte Blickkontakt, der Christina ermutigte, aufzustehen und auf die Frau zuzugehen.

»Entschuldigung, dass ich Sie einfach so anspreche. Sie haben sehr schön gesungen.« Einige Chormitglieder beobachteten sie neugierig. »Sie alle, meine ich«, ergänzte Christina schnell und lächelte.

»Danke schön.« Die Frau war stehen geblieben. Eine weitere Sängerin gesellte sich zu ihr.

»Halten Sie mich bitte nicht für verrückt«, begann Christina zögernd, »aber ich suche hier in Bobbin jemanden. Leider weiß ich nicht recht, wie ich es anfangen soll. Sie sind die Erste, die mir über den Weg läuft, also dachte ich mir …« Sie lachte und hob kurz die Schultern. »Ich weiß noch nicht einmal seinen Nachnamen, wahrscheinlich ist es eine Schnapsidee.« Die Frau sah sie mitleidig an.

»Klingt tatsächlich nicht nach einem einfachen Unterfangen.« Hörte sich so an, als wollte die Frau ihr freundlich, aber bestimmt einen Korb geben. »Können Sie den Namen nicht irgendwie herausfinden?«

»Nein, leider …« Es gab nur einen Menschen, den sie hätte fragen können, doch den zu finden war wahrscheinlich noch schwieriger.

»Stammt er denn von hier?«

»Dieter, so heißt der Mann, hat in den Siebzigerjahren hier gewohnt. Mit viel Glück tut er es noch. Ursprünglich stammt er aber aus Brandenburg.«

»In den Siebzigern?« Die Frau zog eine Augenbraue hoch und wirkte mit einem Mal irgendwie überheblich. Christina verlor die Lust, sich weiter mit ihr zu unterhalten. »Da war ich noch nicht einmal geboren.« Jetzt lächelte die Sängerin. »Sagt dir ein Dieter aus Brandenburg etwas?«, fragte sie ihre Chorfreundin. Die zuckte hilflos mit den Schultern und schüttelte den Kopf. »Ich könnte meine Eltern fragen oder noch besser meinen Großvater«, schlug die Frau vor. »Der ist ein echtes Urgestein und kennt eigentlich jeden hier. So groß ist das Kaff ja nicht. Aus Brandenburg kam der Mann, sagten Sie?«

»Ja, und er hat bei der *Ostsee-Zeitung* gearbeitet, glaube ich.«

»Ist nicht viel, aber immerhin etwas.« Offenbar war ihr detektivischer Nerv geweckt.

»Es wäre wirklich nett von Ihnen, wenn Sie Ihren Großvater für mich fragen würden. Und gern auch Ihre Eltern.« Christina öffnete ihre Tasche und holte Zettel und Stift hervor. »Darf ich

Ihnen meine Mobilnummer aufschreiben? Vielleicht weiß tatsächlich jemand aus Ihrer Familie etwas, das wäre wunderbar.« Sie schrieb ihre Nummer auf, ehe die Frau es sich am Ende anders überlegte. Die nahm das Stück Papier entgegen und verabschiedete sich recht sparsam. Ihre Freundin sagte noch immer kein Wort, sondern nickte nur mit verschlossener Miene. Vielleicht hielten die beiden sie doch für verrückt. Und wenn schon! Sie hatte nichts zu verlieren. Im Gegenteil, sie war dankbar, dass sie durch Thekla und Irene überhaupt den Entschluss gefasst hatte, Dieter ausfindig zu machen.

Die Sonne verdrängte die Wolken immer mehr. Christina spazierte noch eine Runde um die Kirche. Ihre Gedanken wanderten zurück zum Goldenen Anker und die Fotos, die sie dort mit einem Schlag in die Vergangenheit katapultiert hatten. Sie sah Klaus vor sich, den tapferen Jungen, der sein gesundes Bein geopfert hatte, um andere zu retten. Ohne zu zögern, als wäre es das Selbstverständlichste auf der Welt. Natürlich hatte er nicht wissen können, welchen Preis er für seinen Einsatz bezahlen würde. Andererseits wäre der um ein Haar noch deutlich höher ausgefallen, Klaus hätte genauso gut sein Leben verlieren können. Schon damals war sie tief beeindruckt gewesen, dass er dieses Risiko eingegangen war. Sie atmete tief ein. Nun reichte es aber mit den düsteren Erinnerungen. Die bösen Zeiten waren überstanden. In Bobbin gab es vorerst nichts mehr für sie zu tun, also ging sie zurück zu ihrem Wagen.

Als Christina auf den Hof der Villa Sanddorn fuhr, staunte sie nicht schlecht. Offenbar war es vorbei mit der verschlafenen Sonntagsruhe. Die Tür des Hofladens stand offen, sogar eine der Produktionshallen. Was war hier denn los? Sie stieg aus dem Auto und sah Gesa hinterher, die gerade aus der Halle kam und in Richtung Laden eilte. Ihr strubbeliges Haar wurde von einem lila-gelb gepunkteten Tuch gebändigt. Und da war auch Greta. Sie trug eine weite Jeanslatzhose, dazu ein ausgewaschenes graues T-Shirt. Hätte Christina sie nicht am Vorabend in der eleganten Aufmachung kennengelernt, sie hätte sie glatt übersehen, so unscheinbar wirkte sie in diesem Aufzug.

»Moin, Christina, kommst gerade richtig«, schmetterte Gesa ihr entgegen. Ehe Christina hätte antworten können, war Gesa in dem kleinen Geschäft verschwunden. Eine Sekunde später kam Nik mit langen Schritten über den Hof.

»Hallo, Christina, das passt ja gut!«, rief er ihr zu. Sie verstand kein Wort. »Geh schon mal rein«, forderte er sie auf und deutete auf die Produktionshalle, aus der er anscheinend gerade gekommen war. »Heute ist Ballonflugtag!« Als wäre damit alles klar, ließ er sie stehen. Dabei war nichts klar. Christina hatte keine Idee, wovon die Rede war. Was mochte es mit diesem mysteriösen Ballondings auf sich haben? Hatte sie dabei überhaupt etwas zu suchen? Wenn nicht, hätten Gesa und Nik sie nicht auffordern brauchen, sich anzuschließen, fand sie. Es interessierte sie, wie der Sanddorn verarbeitet wurde, und die versprochene Besichtigungstour hatte nie stattgefunden. Warum also sollte sie der charmanten Einladung nicht folgen?

»Bonjour!«, begrüßte John sie, als sie vorsichtig den Kopf durch die Tür streckte.

Er arbeitete am Sonntag? Oder war das hier keine dienstliche Angelegenheit? Kurz überlegte sie, ob sie sich bei ihm entschuldigen sollte, weil sie ihm bei ihrer ersten Begegnung die Vorfahrt genommen hatte, doch er schien die Sache längst vergessen zu haben.

»Du ast den perfekten Zeitpunkt erwischt«, verkündete er und strahlte sie an. »Der Countdown läuft, gleisch eben wir ab!« Seine Augen blitzten.

»Ballonfahrt!«, tönte in dem Moment Gesas Stimme über den

Hof. Keine zwei Sekunden später betrat sie die Halle, neben ihr Greta. »Ehe es hier gleich vor alten Hasen wimmelt, erkläre ich mal kurz unseren beiden Neulingen Christina und Greta, was der Ballonflugtag ist. Vorwort: Alles Gute geht einmal zu Ende. In diesem Jahr übrigens extrem früh!« Sie setzte einen theatralischen Blick auf. »Die Rede ist von den diversen erstklassigen und hochprozentigen Sanddornlikören …« Ziska betrat die Halle, nickte in die Runde und gesellte sich zu ihnen. »… die wir vor neugierigen Feinschmeckern, raffinierten Werkspionen …«, fuhr sie fort und warf Ziska einen vielsagenden Blick zu, »… und vorwitzigen Zwillingen schützen.« Gesa stutzte. »Apropos, wo sind die eigentlich schon wieder? Nicht die Spione, die Zwillinge, meine ich.« Sie kicherte. »Wo war ich? Ach so, wie gesagt, wir bewahren die Kostbarkeiten in riesigen Ballons auf, deren Anblick mal früher, mal später im Jahr einem Trauerspiel gleicht, weil sie irgendwann leer sind. Oder es ist nur noch 'ne Pfütze drin. Das büschen reicht nicht, um noch Flaschen für den Verkauf zu füllen. Aber für das eine oder andere direkt vor Ort genossene Glas ist noch mehr als genug da.« Sie grinste über das ganze Gesicht. »Das muss weg. Schließlich brauchen wir Platz für die frische Produktion. Und wieso fällt uns das ausgerechnet an einem Sonntagnachmittag auf?« Sie blickte in die Runde. »Weil wir alle freihaben und es nicht schlimm ist, einen kleinen Dusel abzukriegen«, gab sie sich selbst die Antwort. »Früh ins Bett, und am Montag ist alles wieder schick!«

»Und warum entdeckt immer zufällig Gesa, dass die Liköre und Schnäpse zur Neige gehen?«, fragte jetzt Nik grinsend und imitierte ihren Ton.

»Na ja, ich wollte ein kleines Sortiment für Greta zusammenstellen, zum Probieren. Gegen Kasse natürlich, Chef, das versteht sich ja von selbst. Greta fährt doch morgen für ein paar Tage nach Berlin, ehe es mit der Ausstellung in Binz weitergeht. Ich dachte, mit so einem kleinen Reiseproviant denkt sie vielleicht an mich.« Gesa sah Greta verliebt in die Augen, woraufhin Greta Gesa an sich zog.

»Nicht dass du ein falsches Bild bekommst, Christina«, meldete sich Nik wieder zu Wort. »Wir sind hier keine Alkoholiker. Aber tatsächlich ist das Restetrinken in den letzten Jahren so was wie ein Ritual geworden. Wenn der Bestand zur Neige geht, füllen wir so viel wie möglich für den Laden ab. Wobei nicht genau definiert ist, wie viel so viel wie möglich ist.« Nik sah Gesa an, die mit demonstrativer Unschuldsmiene vor sich hin zu flöten begann. »Zufällig ist es immer an einem Sonntag so weit. Alle, die Zeit und Lust haben, finden sich in der Halle ein und helfen tatkräftig beim Leeren der Ballons.«

Gesa schien die Frage erraten zu können, die Christina durch den Kopf ging.

»Komischerweise spricht es sich jedes Mal wie ein Lauffeuer herum, dass der Tag gekommen ist.«

Greta hatte Gesa wieder freigegeben. Sofort machte diese sich mit John daran, kleine Gläser zu verteilen. Christina wollte eins nehmen, als sie das Schnurren des Handys in ihrer Tasche hörte.

»Entschuldigung, bin gleich wieder da«, sagte sie und ging ein paar Schritte, ehe sie ihr Mobiltelefon hervorholte. Eine SMS von einer unbekannten Nummer. Christinas Puls pochte einen Takt schneller. Konnte das schon eine Nachricht der Chordame sein? Sie las:

*Heißt der geheimnisvolle Gesuchte Dieter Heine und ist groß und schlaksig? War er in der Redaktion zuständig für Jubiläen, Ehrentage etc.? Dann wohnt er in der Heidbergstraße 90, Telefonnummer kann ich rauskriegen.*
*LG, Nadine*

Bingo! Das musste der Mann sein. Christina stellte fest, dass ihr mit einem Schlag heiß geworden war und sie vor sich hin grinste wie das berühmte Honigkuchenpferd. Glücklicherweise achtete niemand auf sie, denn in diesem Moment kamen Thekla, ganz in leuchtendes Blau gekleidet, Heinrich und Irene zur Tür herein. Nur einen Atemzug später betrat ein Paar die Halle, das etwa in ihrem Alter sein dürfte, schätzte Christina.

»Was sage ich?« Nik lachte sie an. »Jeder weiß Bescheid, niemand möchte den Brauch mehr missen.« Er ging auf das Paar zu. »Darf ich vorstellen? Das ist Christina, Gast in der Villa, das sind meine Mutter und ihr Lebensgefährte Pit.« Die Neuankömmlinge begrüßten Christina so überschwänglich, als würden sie sich seit Jahren kennen.

Während Christina mit Irene ein paar Worte wechselte, hörte sie Nik zu seiner Mutter sagen: »Hätte ich mir denken können, dass ihr wie aus dem Nichts auftaucht, wenn's an die Ballons geht. Habt ihr meinen Bruder nicht mitgebracht?«

»Nein. Und wir gehen auch gleich wieder. Wir wollten uns nur verabschieden.«

»Sag nicht, ihr verreist schon wieder.«

»Doch, mein Sohn. Wir wandern durchs Elbsandsteingebirge, wie ich dir schon mindestens zweimal gesagt habe. So etwas nennt sich Urlaub.«

»Dafür haben wir keine Zeit.«

»Darum erledigen wir das ja für euch. Also …« Sie küsste ihn flüchtig auf die Wange. »Wir sind dann auch schon wieder weg.« Pit hob die Hand und ging mit ihr davon, ohne dass er auch nur ein Wort gesprochen hatte. Allerdings meinte Christina Bedauern in seinen Augen gelesen zu haben. Vermutlich wäre er gern mit auf Ballonfahrt gegangen. Sie selbst hätte sich am liebsten auf der Stelle zurückgezogen. Sie wollte keine Zeit verlieren und der Sängerin Nadine antworten. Natürlich wäre es großartig, wenn sie ihr auch noch die Telefonnummer schicken könnte.

Doch Thekla hakte sich bei ihr unter und fragte Greta: »Wo steckt denn Gesa?« An Christina gewandt erklärte sie: »Sie ist immer die Erste bei der Ballonfahrt und sorgt dafür, dass kein Glas lange leer und kein Auge trocken bleibt.«

»Keine Ahnung, welcher Hafer sie gerade gestochen hat«, gab Greta leicht irritiert zurück. »Sie ist eben ziemlich eilig in die Richtung gelaufen.« Greta zeigte auf einen entfernten Bereich der Produktionshalle, der im Dunklen lag. Wie auf ein geheimes Stichwort ertönte von dort auch schon Gesas Stimme.

»Nichts als Unfug im Kopf, diese Schlawiner.« Sie hatte die Zwillinge jeweils an einem Arm und zog sie mit sich. Jockel und Felix hatten Mühe, mit ihren langen Schritten mitzukommen, und stolperten unbeholfen voran. »Die zwei hatten nichts Besseres zu tun, als um den großen Entsafter und den Bottich mit der Gummibär… Gummimasse rumzuturnen.«

»Habe ich euch nicht hundertmal erklärt, dass ihr in der Halle allein nichts zu suchen habt?« Ziska verschränkte die Arme und sah die Jungen streng an. »Was wolltet ihr da hinten?«

Die Kinder schienen von einem Moment auf den anderen zu versteinern. Allerdings nicht lange, denn plötzlich platzte Felix geradezu vor Lachen und konnte sich nicht beruhigen, ganz gleich wie böse Ziska ihn auch anfunkelte. Jockel konnte sich ungefähr eine Sekunde länger beherrschen, ehe es auch um ihn geschehen war. Die beiden kicherten und quietschten so ansteckend, dass Christina wegguckte, um nicht in das Gelächter einzustimmen. Wie gelang es Ziska nur, keine Miene zu verziehen? Keine Miene? Von wegen, ihre Lippen zuckten verräterisch.

»Jockel hatte einen ganz breiten Fischmund«, brachte Felix prustend hervor.

»Und Felix hat so 'ne breite platte Nase«, rief Jockel und untermalte seine Beschreibung mit großen Gesten. »Wie ein Faulbär!« Die Kinder brüllten wieder los, und die Erwachsenen sahen sich fragend an.

Felix johlte: »Bei der einen Kugel hatte Jockel einen grünen Froschfischmund, das war am lustigsten.«

»Alles klar«, meinte Nik, »die haben ihre eigene Ballonfahrt gestartet und ihre Nasen an den Saftbehältern platt gedrückt. Die sind hellgrün und momentan leer«, erklärte er Christina. »Darum kann man prima durchgucken.«

»Ihr seid echt Spezialisten.« Gesa schüttelte den Kopf.

»Wenn ihr noch mal an das Allerheiligste rangeht, dann ist Schluss mit Fisch- oder Froschmund«, mahnte Ziska.

»Genau«, sprang Gesa ihr bei, »dann zeige ich euch höchstens, wo der Frosch die Locken hat.«

Volltreffer! Hatten die Knirpse sich eben noch bemüht, sich zusammenzureißen, waren sie jetzt außer Rand und Band.

»Lockenfrosch, Lockenfrosch!« Sie hüpften lachend um die Gäste herum. Ziska trat zu Christina und seufzte.

»Haben deine Mädchen dich auch so auf Trab gehalten?« Ohne eine Antwort abzuwarten, erzählte sie: »Mein Frauenarzt hatte mir damals ein Zwillingspärchen angekündigt. Einer der beiden Jungs muss sein Geschlecht vor den neugierigen Blicken versteckt haben.« Sie kicherte. »Manchmal denke ich, mit einem Jungen und einem Mädchen wäre es weniger anstrengend, was meinst du?«

»Ich weiß nicht.« Christina lächelte. »Was ich weiß, ist, dass zwei Mädchen dir auch den letzten Nerv rauben können. Es sind eben Kinder. Ich finde das wunderbar. Unser kleiner Tjark ist auch so ein lebendiges Kerlchen.«

»Ist immerhin ein kleiner Trost, dass wir kein Einzelschicksal erleiden.« Ziska lachte. John hatte einen Likör in eine Karaffe gefüllt, der appetitlich orange leuchtete. Er ging von einem zum anderen und füllte die Gläser. »Übrigens hast du uns total angesteckt mit deiner Begeisterung für die Kartons auf dem Dachboden«, sagte sie plötzlich und sah Christina mit ihrem durchdringenden Blick an, als könnte sie bis in ihr Inneres schauen. »Als die Jungs gestern im Bett waren, haben wir uns ein Glas Wein genehmigt und weiter in der Chronik geblättert. Unglaublich, was wir alles über die Vergangenheit des Hauses und des Grundstücks erfuhren.«

»Ach ja? Was denn zum Beispiel?« Christina hatte das Gefühl, in eine Falle getappt zu sein. Sie hatte nicht damit gerechnet, dass Ziska das Thema anschneiden könnte. All ihre zur Schau gestellte Gelassenheit war dahin. Ziska grinste, als hätte sie es auf genau diese Reaktion abgesehen gehabt.

Ohne ihre Frage zu beantworten, sagte sie: »Wir fragen uns, wer das alles aufgeschrieben hat. Es muss jemand gewesen sein, der eine ganze Weile hier gelebt hat.«

»Habe ich doch gesagt, dass es spannend ist, in den alten Sachen zu stöbern«, erklärte Christina und bemerkte, wie ihr der Schweiß ausbrach. Sollte sie Ziska reinen Wein einschenken? Vielleicht durfte sie dann selbst die Chronik lesen.

»Übrigens frage ich mich noch etwas.« Ziska machte eine Pause und sah ihr in die Augen. »Warum bist du wirklich hier?«

»Das weißt du doch, ich nutze meinen Urlaub, um mich auf meine Rentenzeit vorzubereiten und spontaner zu werden«, sprudelte Christina los, als würde sie einen auswendig gelernten Text aufsagen.

»Das hast du jedenfalls behauptet.« Ziska verschränkte die Arme vor der Brust. »Nur beschäftigt beides dich nicht ansatzweise. Ganz im Gegensatz zu unserem Haus und den Dachbodenfunden. Du brennst geradezu dafür.«

»Denk bitte nicht, ich hätte dich angelogen. Aber ein bisschen ist schon dran an deiner Beobachtung.« Christina blickte auf ihre Füße.

»Darauf trinken wir. Ich hatte schon an meiner Menschenkenntnis gezweifelt.« Ziska hob ihr Glas und lächelte sie freundlich an. Christina fiel ein Stein vom Herzen. Sie wollte ihr nicht das Gefühl vermitteln, getäuscht worden zu sein. Eine Weile standen sie schweigend nebeneinander und beobachteten das lauter werdende Treiben. Christina legte sich gerade ein paar Sätze zurecht, da sagte Ziska: »Wer auch immer die Chronik geschrieben hat, muss Schlimmes durchgemacht haben.« Christina starrte sie an. »Es gibt einen Eintrag, der uns wirklich den Atem verschlagen hat. Da stand: ›Am 28. Dezember 1978 begann es zu schneien, und es sollte 72 Stunden lang nicht aufhören.‹«

# 13

»Des Armen Pelz im Winter ist
Schnellergehen oder Laufen.«
*Emanuel Wertheimer*

## 28. Dezember 1978

Das Wetter weiß auch nicht, was es will.« Alma sah nur kurz von ihrer Arbeit auf. Geduldig stopfte sie den Wollrock, den sich Beate beim Toben am ersten Weihnachtstag zerrissen hatte. »Erst friert es – in der Zeitung stand, der Hafen von Sassnitz war komplett zugefroren –, und gestern hat es getaut, als wäre schon Frühling. Zehn Grad im Dezember!« Sie schüttelte den Kopf, dann duckte sie sich ein wenig, um besser hinaussehen zu können. »Guckt euch das an, jetzt regnet es Bindfäden. Gestern Frühling, heute Herbst! Ist doch verrückt. Und dabei soll man Silvester feiern.« Sie konzentrierte sich wieder auf ihre Näharbeiten und murmelte: »Der Himmel sieht seltsam aus. Wer weiß, was da noch auf uns zukommt.«

»Doof, doof, doof!« Guido drückte sich die Nase an der Fensterscheibe platt. »Wir können gar nicht raus.«

Tine stellte sich hinter ihn und fasste sanft seine schmalen Schultern.

»Du kannst schon, nur wirst du ziemlich nass. Pitschepatschenass«, sagte sie mit verstellter Stimme, schlang die Arme um ihn und schüttelte ihn durch. Er lachte. »Wieso bist du eigentlich schon auf?«

»Ich will unbedingt was mit meinen Werkzeugen bauen, die ich zu Weihnachten bekommen habe«, erklärte er wichtig. Im nächsten Moment schien ihn sämtlicher Elan zu verlassen. »Aber drinnen ist das doof.«

»Dafür war Weihnachten aber nicht doof, oder?« Tine konnte es nicht ertragen, wenn er ein so trauriges Gesicht machte. »Wir hatten es ziemlich gemütlich, finde ich. Außerdem hast du zweimal beim Flohspiel gewonnen.«

»Spielen wir das zu Silvester auch?« Seine Augen blitzten.

»Kann gut sein, aber vielleicht fällt uns auch was anderes ein.« Sie hatte eine Idee. »Hast du schon den Fisch in der Badewanne gesehen, den Georg für das Silvesteressen mitgebracht hat?«

»Nein!« Guido begann vor ihr auf und ab zu hüpfen. »Darf ich ihn sehen? Als Erster?« Alma zwinkerte Tine zu.

»Na, dann los!« Guido flitzte um die Ecke. Tine beeilte sich, hinter ihm herzukommen. Als die beiden gerade an der Badezimmertür waren, kamen Sven, Beate und Doreen in Schlafanzügen die Treppe herunter.

»Was gibt es denn zu gucken?«, wollte Sven wissen. Aus Guidos Exklusivvorführung wurde nichts.

»Kommt mit, dann wisst ihr, warum ihr euch in den nächsten Tagen in der Waschküche die Zähne putzen müsst.«

Tine sah in Guidos Blick einen Anflug von Enttäuschung. Sie wusste, die würde nicht lange anhalten. Er konnte ausgesprochen gut teilen und abgeben. Ein Charakterzug, der nicht bei jedem Kind so ausgeprägt war. Und einer der vielen Gründe, warum sie ihn so gernhatte.

»Der Karpfen ist ja viel kleiner als der vom letzten Jahr.« Beate tauchte vorsichtig einen Finger in das Wasser.

»Das ist eine kleinere Art, eine Brasse«, erklärte Tine ihr. »Keine Ahnung, woher Georg letztes Jahr den fetten Burschen bekommen hat. Die hier ist mit ihren knappen vier Kilo für ihre Art schon ein ganz schön dickes Viech.«

Guido musste lachen. »Zu Silvester essen wir ein dickes Viech!«

»Ich mag sowieso keinen Fisch.« Beate kehrte der Badewanne als Erste den Rücken. Auch die anderen wirkten plötzlich ein wenig bedrückt. Wahrscheinlich gefiel ihnen die Vorstellung nicht, den munteren Badewannenbewohner bald auf ihrem Teller zu haben.

»Der ist hübsch«, sagte Guido auch schon. »Kann er nicht bei uns wohnen bleiben?«

»Und wo willst du baden?« Tine sah ihn an.

»Wieso? So ein dickes Viech ist er auch wieder nicht. Da passe ich noch daneben.« Er machte Anstalten, es ihr zu demonstrieren.

»Ich glaube, das würde ihm gar nicht gefallen.«

Sie beobachteten den Fisch noch ein paar Minuten – seine silbrigen Schuppen schillerten wirklich hübsch –, dann gingen sie zurück ins Esszimmer. Jeder beschäftigte sich mit seinen Geschenken. Tine lächelte. Die Kinder in Schlafanzügen beim Spielen waren ein vertrauter Anblick, den es nur in den Weihnachtsferien gab.

Sie setzte sich zu Alma und sagte leise: »Wo ist eigentlich Bernd? Ich habe ihn in den letzten Tagen kaum gesehen.«

Maik gesellte sich zu ihnen, als Einziger vollständig bekleidet, als wollte er sofort rausgehen. Dummerweise hatte er gehört, was Tine gesagt hatte.

»Oh, wo ist denn der schöne Bernd?«, flötete er. »Ich vermisse ihn doch so!« Er legte seine beiden Hände auf seine Wangen und neigte den Kopf. Blödmann!

»Du kommst gerade richtig«, erklärte Tine und schnappte sich Guidos Stoffhasen, der an den Feiertagen ein Auge eingebüßt hatte. Der Knopf war abgerissen und spurlos verschwunden. Sie würde einen anderen annähen müssen. »Kannst schon mal in die Küche gehen und das Mittagessen vorbereiten, ich habe hier noch zu tun.« Er sah Hilfe suchend zu Alma. »Alma hat auch noch anderes zu erledigen, siehst du ja.« Er verdrehte die Augen, trollte sich aber dennoch. Tine wusste, dass er eigentlich gern in der Küche half. Er konnte es nur nicht leiden, sich mit seinen sechzehn Jahren noch etwas von ihr sagen zu lassen.

Auch am Nachmittag war der Himmel noch trübe. Es blieb ungemütlich nass.

»Komm, Sven, wir sind doch nicht aus Zucker. Lass uns rausgehen.« Maik hatte offensichtlich keine Lust, länger drinnen zu hocken. Alle Kinder verbrachten am liebsten jede freie Minute im Garten oder auf den nahe gelegenen Feldern und Wiesen.

»Ich komm mit.« Guido sprang auf, für jedes Abenteuer bereit, selbst für ein nasskaltes.

»Das ist nichts für abgebrochene Riesen«, erklärte ihm Maik überheblich. »Bleib du mal lieber drinnen, bei den anderen Kleinen.«

Guido ließ die Schultern hängen und schnaufte enttäuscht. Tine brachte ihm den reparierten Hasen.

»Tut mir leid, Lütter, dein Langohr schielt jetzt ein bisschen. Ich hatte leider keinen Knopf, der besser gepasst hätte.«

»Macht nichts, Hauptsache, er kann wieder richtig gucken. Danke, Tine, du bist der beste Hasenarzt der Welt!« Er presste sich kurz an sie, dann schnappte er sich die Kneifzange aus seinem neuen Werkzeugkasten und verzog sich damit auf den Teppich. Sein Stofftier setzte er neben sich und erzählte ihm von den tausend Dingen, die er bauen oder reparieren wollte.

Maik und Sven zogen sich Jacken und Schuhe an. Tine hörte, wie die Haustür hinter ihnen ins Schloss fiel. Georg saß still in dem schweren braunen Sessel und las. Ein Anblick, den es nur an den Weihnachtstagen und zwischen den Jahren gab. Alma hatte sich nach dem Essen hingelegt, ebenfalls ein Luxus, den sie sich lediglich an den Feiertagen gönnte, wenn überhaupt. Tine mochte diese besondere Stimmung. Es war jedes Mal, als würde das alte Jahr es sich gemütlich machen und jegliche Hektik verbannen, ehe das junge mit all seiner Energie und seinem Tempo zum Zug kam. Sie blickte auf den Weihnachtsschmuck in der Stube und freute sich über die Ruhe. Doch die hielt nicht lange an. Kaum zehn Minuten, nachdem Sven und Maik nach draußen gestürmt waren, hörte sie erneut die Haustür. Die beiden waren wieder da. Tine trat in den Flur. Sven zog ein gequältes Gesicht und rieb sich die Seite.

»Was ist denn mit euch los?« Sie sah von einem zum anderen.

»Bei dem Wetter will nicht mal ein Hund raus«, brachte Maik grimmig hervor, und seine Zähne schlugen aufeinander. »Apropos, wo ist eigentlich Socke?«

»Der hat anscheinend vor euch kapiert, dass es drinnen gemütlicher ist.« Tine lächelte. Sie hatte Socke zuletzt unter dem großen Esstisch gesehen, wo er sich eingerollt hatte, die Nase unter den eigenen Schwanz geschoben.

»Gut so, es ist nämlich saukalt geworden und friert«, erklärte Maik, während sie alle zusammen in die herrlich warme Stube gingen.

»Ich bin ausgerutscht und auf die Seite geknallt«, fügte Sven mit brüchiger Stimme hinzu. »Man kann keinen Schritt gehen, so glatt ist es.«

Alma gesellte sich zu ihnen. Vermutlich hatte der Tumult sie geweckt. Georg und sie wechselten besorgte Blicke. Georg stand auf und trat ans Fenster. Auch Tine schaute hinaus. Wollten die Jungen sie auf den Arm nehmen? Sah alles nach einem normalen nassen norddeutschen Wintertag aus.

»Ihr wollt uns doch verschaukeln«, brummte Georg auch schon. »Das Quecksilber hätte in den letzten beiden Stunden in den Keller gerutscht sein müssen, und es müsste wie verrückt gefroren haben.«

Sven und Maik hielten die Hände zum Schwur hoch und

beteuerten, jedes Wort sei wahr, und sie würden nicht übertreiben. Georg war trotzdem nicht überzeugt. Er machte Anstalten, sich selbst ein Bild zu machen, doch da klingelte das Telefon. Alle verstummten auf einen Schlag. Kam nicht oft vor, dass jemand anrief, schon gar nicht an den Feiertagen. Guido, der die beiden Großen mit Missachtung gestraft hatte, weil sie ihn vorhin nicht dabeihaben wollten, sprang auf. Ein Handzeichen von Georg machte ihm jedoch klar, dass dieser an den Apparat ging und sonst niemand. Der Lütte zog einen Flunsch und verkrümelte sich wieder in seine Ecke.

»Das war der Chef vom Dünenhaus«, erklärte Georg, als er kurz darauf wieder ins Zimmer kam. »Im Hotel sind gleich zwei Abflüsse verstopft, und ein Fenster ist scheinbar aus den Angeln geraten. Es lässt sich nicht mehr schließen, eine Katastrophe, wenn es jetzt so kalt wird. Und wen ruft man an, wenn weder Klempner noch Tischler zu erreichen ist?« Er seufzte tief. »Hätte ihm auch früher einfallen können. Hat irgendwas davon gefaselt, sie hätten jetzt erst die Zimmer überprüft, die sie für die Silvestergäste brauchen.« Er schnaufte noch einmal. »Ich muss hin.«

»Wenn es so glatt ist, wie die Jungs sagen, ist das gefährlich. Das kann niemand von dir verlangen.« Alma sah ihn ernst an.

»Macht auch keiner. Aber du weißt doch, wie das ist, eine Hand wäscht die andere.« Sie sahen sich einen Moment schweigend in die Augen, bis Alma schließlich nickte. »Ich sage Bernd Bescheid, dass ich weg bin. Er soll das Wetter mal lieber im Blick behalten. Wer weiß, wie sich das noch entwickelt.« Damit ging er in den Flur, nahm seine Jacke und war weg.

Die besinnliche Ruhe, die Tine eben noch genossen hatte, verwandelte sich im Laufe weniger Minuten in angespannte Langeweile. Stefan und Doreen fingen an zu streiten, Beate mischte sich ein. Den Kindern fiel eindeutig die Decke auf den Kopf.

Dummerweise machte die plötzlich aufgetretene Kälte es unmöglich, draußen zu toben.

»Ich mache uns jetzt allen mal einen heißen Fliederbeersaft mit Honig, und dann gibt es eine Runde Flohspiel, was haltet ihr davon?« Tine blickte betont fröhlich in die Runde. Irgendjemand musste die Bande aufmuntern, die sich ihre Ferien anders vorgestellt hatte. Wenn es wenigstens schneien würde! Alma lächelte erleichtert, Guido hüpfte wie ein Gummiball vom Boden hoch und auf den ersten Stuhl, den er erreichte. Die Großen murrten kurz, saßen aber trotzdem im nächsten Augenblick am Tisch.

»Ich will Blau.«

»Ich nehme Rot.«

»Rot wollte ich! Na gut, dann nehme ich eben Gelb.«

Beate rückte den Pilz in die Mitte des Tisches, in den bunte Plastikplättchen durch Schnipsen mit einem Plättchen auf das andere springen sollten. Wie Flöhe eben. Es konnte losgehen. Auf einmal erfüllte ein lautes Knacken das Zimmer. Alma fuhr zusammen, alle blickten zum Fenster. Von dort war das beunruhigende Geräusch gekommen.

»Wie es scheint, wird's jetzt auch noch windig«, meinte Alma leise. Auch wenn sie äußerlich gelassen schien, wusste Tine, dass sie sich Sorgen machte.

Die erste Runde begann.

»Es fängt an zu schneien«, rief Sven, der offensichtlich nicht sehr konzentriert bei der Sache gewesen war. Wieder starrten alle zum Fenster. Maik und Doreen sprangen auf, Sven folgte ihnen langsam. Sein Gesicht verriet, dass jeder Schritt ihm noch Schmerzen bereitete.

»Guckt euch das an! Wenn es so weitergeht, können wir bald eine Schneeballschlacht machen!« Maik strahlte.

»Es hört bestimmt gleich wieder auf.« Sven machte eine wegwerfende Handbewegung. Tine vermutete, dass er den anderen liebend gern eine Abreibung mit der weißen Pracht verpassen würde, nur tat ihm die Seite noch zu sehr weh. Er konnte also auf keinen Fall mitmischen. Guido warf den anderen einen Blick zu, kniff kurz den Mund zusammen, blieb aber am Tisch sitzen, Flöhe und Pilz fest im Visier. Alma, die bis eben noch mit ihm am Tisch gesessen hatte, trat nun auch ans Fenster.

»Wenn ihr mich fragt, sieht es eher so aus, als würde es sich gerade erst einschneien«, sagte sie mehr zu sich selbst. Nun hielt auch Guido nichts mehr beim Flohspiel. Er drängelte sich nach vorn und drückte die Nase an die Scheibe.

»Wir schneien ein?«, rief er aufgeregt. »Klasse!«

»Das wollen wir nicht hoffen, aber der Schnee bleibt liegen«, stellte Alma fest. Tatsächlich trugen Sträucher und Mauern schon nach wenigen Minuten weiße Hauben. In null Komma nichts war es Winter geworden. Sie ging ein paar Schritte in Richtung Tisch, überlegte es sich anders und kehrte zum Fenster zurück. Offenbar wurde sie immer nervöser. Kein Wunder, die Glätte allein hätte das Fahren schon zu einer riskanten Angelegenheit gemacht, der Schnee tat ein Übriges. »Hätte das Telefon nicht mal wieder ausfallen können?«, murrte sie. »Dann wäre Georg bei uns, statt sich da draußen durch dieses unberechenbare Wetter zu kämpfen.«

Tine musste grinsen, Alma hatte völlig recht. Wenn man telefonieren wollte, bekam man häufig keinen Anschluss. Ein Pfeifen und gleich darauf ein Scheppern riss Tine aus ihren Gedanken.

»Was war das?«, fragte Doreen ängstlich.

»Der Wind wird immer schlimmer«, meinte Alma und seufzte.

»Bestimmt ist etwas umgefallen«, erklärte Tine und zog sich eine Jacke über. »Ich sehe mal nach, ob auf der Veranda etwas herumfliegt. Muss ja nicht sein, dass etwas kaputtgeht.«

»Ich helfe dir!« Guido sprang vom Stuhl.

»Kommt nicht infrage«, entgegneten Alma und Tine gleichzeitig. Allmählich machte es dem Knirps wirklich zu schaffen, dass er ständig ausgebremst wurde.

»Dich Fliegengewicht pustet der Sturm mühelos über die Insel«, sagte Alma und begann, ihn zu kitzeln. Er quiekte in den höchsten Tönen.

»Stimmt, womöglich bleibst du am Ende an einem Kirchturm hängen«, wandte Tine todernst ein. »Wie sollen wir dich wieder runterbekommen?«

Guido lachte sich kringelig. Doreen stürzte sich auf ihn und löste Alma ab. Der Lütte würde eine Weile abgelenkt sein. Tine nutzte die Gunst der Stunde und ging schnell zur Tür. Sie öffnete und konnte eine Sekunde kaum atmen, so eisig war der Wind, der ihr entgegenschlug. Sie musste husten, und auf der Stelle traten ihr Tränen in die Augen. Sie stemmte sich gegen den Sturm, den Kopf gesenkt, um ihr Gesicht vor den biestigen Böen zu schützen. Ein Besen lag auf der rechten Seite der Veranda. Vermutlich hatte er das laute Geräusch verursacht, als er umgefallen war. Sie legte ihn dicht an die Hauswand und kontrollierte die linke Seite. Der Schreck fuhr ihr so unvorbereitet in die Knochen, dass sie aufschrie. Da saß jemand bei diesem lausigen Wetter auf einem Stuhl. Bernd! Er war viel zu dünn angezogen und starrte in die wirbelnden Flocken, als hätte er noch keine Notiz von ihr genommen.

»Das geht nicht gut«, murmelte er.

»Bernd, was machst du hier draußen?« Keine Antwort, er zuckte nur kaum sichtbar mit den Schultern. »Das hält doch kein Mensch aus«, sagte Tine und schlang die Arme um ihren Oberkörper. Trotz Winterjacke fror sie schon jetzt erbärmlich.

»Man kann vieles aushalten, wenn man will.«

»Aber warum sollte man, wenn man es drinnen gemütlicher haben kann? Selbst die Jungs waren in kürzester Zeit wieder drinnen.«

»Ist irgendwie auch schön, wie die Flocken segeln«, sagte er leise. »Die Natur wird in Watte gepackt, alles ist still.«

»Hoffen wir mal, dass die Wattepackung nicht zu dick wird.« Tines Zähne begannen aufeinanderzuschlagen. Sie wollte nur noch zurück ins Warme, aber sie wollte auf keinen Fall ohne Bernd gehen. Wenn er noch lange hier hockte, holte er sich den Tod. Drinnen im Flur bellte Socke. Ganz automatisch wanderte Tines Hand zum Türknauf.

»Halt, lass ihn nicht raus!«, rief Bernd und sprang auf. Doch es war zu spät, Tine hatte bereits geöffnet, und Socke schoss auf die Veranda. Bernd bekam ihn gerade noch am Halsband zu fassen. »Wenn der Schnee an seinen warmen Pfoten taut und dann wieder friert, sobald er auf dem eisigen Boden stehen bleibt, frieren die Füßchen schneller ein, als du gucken kannst!«, erklärte er. Socke versuchte, sich loszumachen, hatte jedoch keine Chance. Sonderlich entschlossen war sein Befreiungskampf allerdings auch nicht. Wahrscheinlich hatte er nicht mit diesen Bedingungen gerechnet, und seine Lust auf eine Runde über den Hof war ihm vergangen. Ohne Jaulen oder Gebell ließ er sich von Bernd ins Haus zurückschieben.

»Aber er muss doch wenigstens sein Geschäft erledigen«, meinte Tine ratlos.

»Ich überlege mir was. Vielleicht können wir ihm so was wie ein Katzenklo aufstellen.« Tine nickte. Wieder schüttelte ein Frösteln ihren Körper. »Wir gehen auch besser rein, ehe wir noch festfrieren«, brüllte er gegen das Pfeifen des Windes, legte ihr einen Arm um die Schultern und führte sie hinein.

# 14

»Liebe und handle aus Liebe, dann gibt es für dich keinen Winter des Gemüts.«

*Otto von Leixner*

## 29. Dezember 1978

Noch vor Sonnenaufgang wurde Tine wach. Immer noch rüttelte der Sturm am Haus, heulte und ließ die alten Balken ächzen und knacken. Er schien sogar noch zugelegt zu haben. Doreen wälzte sich unruhig in ihrem Bett hin und her. Beate schien tief und fest zu schlafen. Tine stand auf und schlich durch das dunkle, kalte Zimmer zum Fenster. Sie hob vorsichtig die Gardine hoch und traute ihren Augen nicht. Alles weiß! Hof und Garten hatten sich in eine Schneelandschaft verwandelt, die im milchig-schwachen ersten Licht des Tages geradezu leuchtete. Gestern hatte es erst noch geregnet. Sie war sicher gewesen, dass nicht mehr als eine leichte Puderzuckerschicht liegen bleiben würde. Von wegen, die Welt da draußen lag unter einer dicken weißen Decke. Und noch immer fielen große Flocken aus den Winterwolken und wurden kräftig durcheinandergewirbelt, ehe sie am Boden landeten. Die beschnittenen Himbeersträucher und auch die kleine Mauer, die einen Teil des Gartens einfasste, waren nicht mehr zu sehen. Sie waren nur noch als sanfte Erhebungen inmitten der eintönigen Fläche auszumachen. Und auch das nicht mehr lang, wenn es so weiterging. Dann würden nur noch die großen Obstbäume und die hohe alte Hecke zu erkennen sein. Auf der Innenseite des Fensters hatten sich Eisblumen gebildet. Hübsch anzusehen, doch die Kälte, die von der einfachen Scheibe spürbar ins Zimmer waberte, verdarb ihr die Freude. Tine verließ leise das Zimmer.

Alma war natürlich wieder die Erste in der Küche, obwohl sie todmüde sein musste. Dunkle Augenringe ließen ihr sonst so fröhliches Gesicht elend aussehen.

»Guten Morgen, Alma. War eine kurze Nacht, was?«

»Ich habe kein Auge zugekriegt, bis Georg gegen halb vier zu Hause war. Gott sei Dank hat er es geschafft, und sogar das Auto ist heil geblieben.« Ein Lächeln huschte über ihr Gesicht. »Es war bestimmt kein Vergnügen. Aber Hauptsache, er ist wieder da.«

Wie aufs Stichwort kam er in die Küche. Seine Bewegungen waren langsamer als sonst, seine Wangen wirkten fahl.

»Morgen«, brummte er matt. »Mann, das war vielleicht eine Fahrerei gestern«, begann er sofort. Alma goss ihm eine Tasse Kaffee ein. Er nickte dankbar und setzte sich an den Tisch. »Ihr könnt euch das nicht vorstellen. Die Wege waren kaum noch zu erkennen, Felder, Gräben, Straßen – alles eine weiße Fläche. Und das bei der Dunkelheit! War reine Glücksache, dass ich nicht von der Strecke abgekommen und irgendwo stecken geblieben bin.« Er sah zum Fenster. »Es schneit und schneit. Das kann noch was werden. Nach Breege kommst du bestimmt jetzt schon nicht mehr durch.« Alma und Tine wechselten besorgte Blicke. »Gut, dass wir so einen robusten Wagen haben. Ich werde mit Bernd nachher gleich die Schneeketten anlegen. Hoffentlich sind die noch in Ordnung.«

»Sind noch viele Gäste im Hotel?« Tine konnte sich nicht vorstellen, dass Menschen zwischen den Jahren reisten. Sie selbst wollte Weihnachten oder den Jahreswechsel auf keinen Fall irgendwo anders verbringen als zu Hause.

»Jo, ist fast ausgebucht, schätze ich.« Georg hüstelte trocken. »Ein erlauchter Kreis von Leuten, die sich das leisten können, lässt sich's da gut gehen.«

»Die sich das leisten können und jemanden kennen, der jemanden kennt«, warf Alma ein und zog vielsagend eine Augenbraue hoch.

»Sei es ihnen gegönnt, ich möchte nicht tauschen.« Georg sah Alma an, sie lächelte zurück. »Einige wollten zum Jahreswechsel zu Hause sein«, erzählte er. »Das können sie vergessen, wenn's nicht so plötzlich taut, wie es zu schneien und zu frieren begonnen hat.« Er schmunzelte. »Na ja, Zimmer sind ja da, weil keine Anreisen mehr stattfinden können.« Er wurde ernst. »Drücken wir die Daumen, dass es nicht zum Äußersten kommt. Viele Gäste sind schon 'n büschen betagter, zwei davon Diabetiker, hat mir der Küchenchef gesagt. Hoffentlich haben sie ein paar Medikamente in Reserve dabei.«

»Meinst du wirklich, dass niemand für sie zur Apotheke fahren kann?« Tine konnte sich das nicht vorstellen. Die Straßen mussten doch geräumt werden.

»Wenn's dumm läuft, kommt keiner mehr weg. Dann ist möglicherweise sogar Diät angesagt, weil die Vorräte zur Neige gehen. Der Direktor und der Chefkoch sind verständlicherweise davon ausgegangen, jederzeit frischen Nachschub beschaffen zu können.« Er atmete tief ein. »Wie gut, dass ich unsere Brasse schon geholt habe. Ich freue mich auf unser Silvesteressen!« Sein Strahlen konnte nicht über seine Besorgnis hinwegtäuschen. Tine wurde mulmig.

»Die Kleinen sind nicht so begeistert vom Fisch«, erklärte Alma. »Ich werde sicherheitshalber zusätzlich ein Wurstgulasch vorbereiten. Das mögen alle.«

»Sofern wir Bernd nicht in die Nähe des Topfs lassen«, meinte Tine und grinste. In dem Moment kam Bernd zur Tür herein.

»Raus!«, riefen Alma, Georg und Tine wie aus einem Mund. Sie stutzten und brachen in der nächsten Sekunde in lautes Gelächter aus. Bernd sah verblüfft von einem zum anderen.

»Habe ich was verpasst?«

»Wir sprachen gerade über Wurstgulasch.« Alma zwinkerte ihm vergnügt zu.

»Das werdet ihr mir wohl in tausend Jahren noch aufs Butterbrot schmieren«, beschwerte er sich, grinste aber auch.

»Und jetzt schmeiße ich dich wirklich raus.« Alma deutete auf seine Füße. »Du tropfst nämlich. Guck dir das an. Wenn der Teich noch größer wird, können wir in der Küche Enten halten.«

»Wäre doch praktisch«, erwiderte er, war aber schon auf dem Weg nach draußen. Tatsächlich waren seine Mütze, die Jacke und die Schuhe voller Schnee.

»Was hast du eigentlich so früh draußen gemacht?«, wollte Georg wissen.

»Ich habe Pappe, alte Decken und was ich sonst noch so im Schuppen finden konnte gesammelt«, rief er aus dem Flur. »Eure Fenster sind noch einfach verglast. Wenn die Temperaturen weiter sinken, können wir gar nicht so viel heizen, dass es im Haus warm bleibt.« Die Haustür klappte.

»Gute Idee, der Junge ist wirklich zu gebrauchen.« Georg nickte zufrieden.

Erneut das Geräusch der Haustür, und gleich darauf war Bernd wieder da und rieb sich die roten Hände.

»Und wir sollten uns um den Stall kümmern«, sagte Georg. »Die Schafe haben zwar dickes Fell, aber in Guidos Unterstand sind sie nicht geschützt. Das Dach ist nicht dicht. Wir sollten sie in den ehemaligen Schweinestall bringen, ehe sie einschneien.«

»Ach was, die halten durch«, widersprach Bernd.

»Kaffee?« Tine reichte ihm eine dampfende Tasse.

»Danke, sehr aufmerksam, junge Dame.« Er zwinkerte ihr zu, ihr Herz hüpfte. »Ich könnte den Unterstand mit einer Folie oder alten Decke an der offenen Seite schließen. Das sollte reichen.«

»In Ordnung.« Georg trat ans Fenster und blickte zum Himmel. »Meine Güte, wo kommt das bloß alles her? Wird das denn nie alle?« Er wandte sich Alma zu. »Wir sollten ein bisschen auf unsere Vorräte achten. Wer weiß, wann wir Nachschub bekommen.«

Bernd hatte seinen Kaffee getrunken, die Männer machten sich an die Arbeit. Draußen wurde es gerade erst hell.

Nach dem Frühstück waren die Kinder nicht mehr zu bremsen. Am liebsten wären sie beim Anblick der Winterlandschaft sofort nach draußen gestürmt, doch Alma hatte darauf bestanden, dass sie zuerst etwas in den Bauch bekamen. Nun hatten sie gerade noch ihre Teller und Becher weggeräumt, dann ging es los. Alma und Tine beobachteten, wie sie in ihren dicken Jacken und Schuhen im Garten auftauchten. Sven und Maik formten faustgroße Schneebälle und bewarfen sich unter lautem Johlen. Guido stand einen Moment still da. Den Kopf in den Nacken gelegt, die Augen geschlossen, sperrte er den Mund auf und ließ die kalten Flocken auf seine Zunge rieseln. Gleich darauf suchte er sich eine unberührte weiße Fläche, ließ sich rücklings hineinfallen und schlug seine Arme im Halbkreis in den Schnee. Vorsichtig stand er wieder auf und betrachtete stolz sein Werk.

»Ein kleiner Engel«, sagte Alma, und ihre Augen glänzten.

»So wie es weht, wird der Abdruck schon in ein paar Minuten nicht mehr zu sehen sein.« Tine sah zu Doreen und Beate hinüber, die einen Schneemann gebaut hatten und ihn gerade auf einen der Findlinge setzten. Schließlich bekam er noch Augen, Mund und Nase aus Steinen, die sie mühevoll ausbuddelten. Fertig war das nächste eisige Kunstwerk. Die beiden Mädchen schienen sehr zufrieden damit zu sein. Und sie schienen zu frieren. Immer wieder stapften sie von einem Fuß auf den anderen und schlangen ihre Arme fest um ihre Körper. Stefan war als Einziger ohne Mütze aus dem Haus gegangen. Er sah aus, als wäre er innerhalb kurzer Zeit ergraut. Seine Wangen dagegen leuchteten knallrot.

»Sieht aus, als würde ihnen der Spaß schon vergehen«, stellte Alma fest.

Tatsächlich, die Kinder mussten sich ständig schütteln, weil die dicken Flocken sie vollständig einzupacken drohten. Gleichzeitig biss der eisige Sturm ihnen dermaßen in die Gesichter, dass sie irgendwann alle nur noch mit gesenkten Köpfen dastanden. So ließ sich die weiße Pracht nicht genießen.

»Ich wette, es dauert keine Minute mehr, ehe sie reinkommen«, meinte Tine. Sie hatte es gerade ausgesprochen, als Maik den anderen ein Zeichen machte, alle aus Tines Blickfeld verschwanden und im nächsten Moment ein Poltern auf der Veranda zu hören war. Alma zuckte lächelnd mit den Schultern, Tine holte ein paar Handtücher aus dem Schrank und verteilte sie an die Bande, die nun hereindrängte.

»Richtig schön, aber viel zu kalt«, hörte sie Maik mit klappernden Zähnen sagen, als sie sich die ersten Jacken schnappte, um sie in der Waschküche zum Trocknen aufzuhängen.

»Wir schneien ein, wir schneien ein.« Guido schien die Vorstellung sehr zu gefallen. Jedenfalls solange er im Warmen war. »Wenn ich wieder rausgehe, baue ich ein Iglu!«

»Dafür musst du erst mal auftauen!« Tine drückte ihn einmal kräftig an sich, ehe sie in die Küche ging. »Glaubst du, wir müssen uns Sorgen machen?«, fragte sie Alma, die dabei war, eine Hühnersuppe zu kochen. »Was ist, wenn der Wagen nicht mehr anspringt oder wir kein Benzin mehr haben? Meinst du, unser Vorrat könnte tatsächlich knapp werden?«

»Georg hat noch immer für alles eine Lösung gefunden«, erwiderte Alma ruhig. »Und schließlich ist Bernd auch noch da.« Sie zwinkerte Tine zu, konzentrierte sich aber sofort wieder auf das

Suppengrün. »Wir haben schon einige strenge Winter erlebt. Nein, Tine, das ist kein Grund, sich Sorgen zu machen.« Tine atmete auf. Solange Alma ihre schützende Hand über sie hielt, konnte ihr nichts Böses geschehen. Das war schon immer so gewesen. Alma und Georg hatten den Kindern Zuflucht und Geborgenheit gegeben. Sie waren ihre Eltern, wenn auch nicht von Geburt an. Tine fragte sich, ob Alma wohl für Georg empfand, was sie für Bernd fühlte. Wie ein Paar benahmen die beiden sich nicht, andererseits zeigte sich in jeder Geste und in jedem Blick zwischen ihnen eine unverwüstliche Verbundenheit. So wollte sie auch einmal leben, mit einem Mann, der zu ihr passte, und einem Haufen Kinder.

Poltern auf der Veranda, dann Georgs Stimme: »Das glaubt doch kein Mensch.« Tine ging in den Flur. Sie konnte hören, wie die beiden Männer immer wieder aufstampften, vermutlich um die nassen, eisigen Klumpen loszuwerden, die sich auf ihren Schuhen gebildet haben dürften. »Der Wind hat wohl schon Böen um die zehn, schätze ich«, rief Georg wieder gegen das Jaulen und Fauchen an, das draußen tobte. »Der Kriegswinter 1940/41 hatte es auch in sich. Da gab es auch solche Schneemassen. Doch dieser Sturm, das ist noch mal was anderes.« Er öffnete die Verandatür. »Bloß schnell rein und zumachen, damit es wenigstens drinnen angenehm bleibt!« Die beiden beeilten sich wirklich, aber trotzdem drang sofort ein Schwall Kälte herein.

»In der Küche gibt es frischen Tee«, sagte Tine.

»Können wir gut gebrauchen, danke.« Bernd lächelte sie an. Mehr war nicht nötig, damit sie sich wohlig warm fühlte. Georg streifte die schwarzen Lederstiefel ab. Am linken hatte der große Zeh eine deutliche Beule hinterlassen. Wurde höchste Zeit, dass er ein neues Paar bekam.

»Die müssten nun mal langsam was in den Nachrichten bringen«, meinte Georg. »Über die Wetteraussichten und die Lage.«

Bernd lachte verächtlich. Alma und Tine brachten Tee und Becher ins Wohnzimmer. Zu viert ließen sie sich rund um den Couchtisch nieder.

»Mann, so ein Glück, dass ihr einen Fernseher habt.« Bernd sah Georg aufmerksam an. »Den Luxus hat längst nicht jeder.«

»Nee, jeder nicht, aber der FDGB schon.« Georg zog kurz eine Augenbraue hoch. »Die haben ihren Sitz drüben im Schloss Spyker. Weißt ja inzwischen, dass ich da immer mal aushelfe und was repariere. Kramer, mit dem ich da meistens zu tun habe, ist in Ordnung. Habe ich dir erzählt, weißt du noch?« Bernd nickte. »Als er den Farbfernseher angeschafft hat, war das alte Schwarz-Weiß-Gerät übrig.« Er zuckte mit den Schultern und schaltete ein.

»Den ganzen Tag und bis in die Nacht muss mit starken Niederschlägen gerechnet werden, die überall als Schnee fallen. Die Temperaturen sinken auf Werte bis –20 °C«, meldete die Dame vom Deutschen Fernsehfunk, ohne eine Miene zu verziehen.

»Das ist doch wohl ein Witz.« Bernds Oberkörper schnellte vor, als wollte er die Wetterkarte aus der Nähe sehen. »Und, weiter?« Er wartete. Doch anscheinend kam nichts mehr. »Wie wäre es mit ein paar Worten zur Lage im Land?«, fragte er, als könnte er wirklich eine Antwort bekommen. »Wie sieht's mit der Stromversorgung aus? Das sind doch keine Nachrichten«, rief er aufgebracht und blickte in die Runde. »Garantiert herrschen schon überall chaotische Zustände, aber kein Wort davon. Wir Bürger sollen uns sicher fühlen.« Tine schluckte. »Wir haben schließlich ein Recht auf geräumte Straßen. Nehmt den Winter auf die Schippe! Haha, sehr witzig.« Er schüttelte den Kopf.

Tine hatte keine Ahnung, was in ihm vorging. Hatte Alma nicht gerade noch gesagt, es gebe keinen Grund zur Sorge? Mit einem Schlag sah Tine das anders.

Die Stunden zogen sich für die Kinder in die Länge. Ihre Laune rutschte talwärts wie die Temperaturen. Einerseits lockte sie der Schnee, und sie wollten toben, andererseits war es einfach zu ungemütlich. Also tigerten sie im Haus herum wie eingesperrte Raubtiere.

»Wer zuerst in der Küche ist, darf Kalten Hund mit mir machen«, verkündete Tine. »Inklusive Naschen natürlich«, setzte sie hinzu, weil die erwarteten Begeisterungsstürme ausblieben. Offenbar hatte es zu Weihnachten genug Süßes gegeben, denn noch immer meldete sich niemand freiwillig.

»Ich kann dir helfen.« Guido sah auch nicht so aus, als hätte er große Lust. Er wollte ihr bestimmt nur einen Gefallen tun. Sie hätte ihn vor Rührung schon wieder knuddeln können. Er war wirklich ein Schatz. Warum seine leiblichen Eltern ihn wohl nicht bei sich behalten hatten? Ob sie überhaupt noch lebten? Tine wusste, dass sie es wahrscheinlich nie erfahren würde, und Guido schon gar nicht. Früher hatte sie sich nicht dafür interessiert, doch in letzter Zeit dachte sie immer öfter über das Schicksal nach, das die Kinder zu Alma und Georg geführt hatte. Guido war erst vier gewesen, als er hierherkam, das wusste sie. »Soll ich?« Tine war in Gedanken versunken gewesen. Erst jetzt nahm sie den Kleinsten wieder wahr, der sie fragend ansah.

»Klar, gern. Auf die Plätze, fertig, los!« Sie sauste in Richtung Küche, Guido rannte lachend hinterher.

»Na, ihr zwei, was habt ihr denn vor?« Auch Alma werkelte noch mit Töpfen und Pfannen herum. Hätte Tine sich denken können.

»Wir machen Kalten Hund«, rief Guido.

»Soso, na ja, kalte Katze haben wir auch gleich.« Alma deutete auf Pauline. Die saß vor der Tür, die hinaus in den Garten führte, und maunzte kläglich. »Ich habe ihr eine Kiste mit etwas Sand aus der Kartoffelmiete vorbereitet. So hat Bernd es für Socke gemacht, und der ist damit auch zufrieden. Aber unsere feine Dame hier rümpft nur ihre Nase und will lieber raus.« Alma schien noch kurz zu überlegen. »Bevor sie mir einen See in der Küche hinterlässt, soll sie ihren Willen kriegen.« Sie öffnete die Tür. Mit einem Satz war Pauline draußen und komplett in einer Schneewehe verschwunden. Ein lautes Miauen, und die Katze sprang mit allen vier Pfoten gleichzeitig hoch, drehte sich in der Luft und war auch schon wieder im Haus. Erhobenen Hauptes lief sie schnurstracks in Richtung Keller, wo die Kisten mit dem Sand für die Haustiere aufgestellt waren.

Zu Keks-Schoko-Kuchen und Kaffee und heißer Milch mit Honig fanden sich alle wieder im Wohnzimmer ein.

»Hat ganz schön gedauert, bis wir den fertig hatten. Und wuppdischwupp ist alles aufgefuttert«, beschwerte sich Guido.

»Das ist das Los der Hausfrau«, sagte Alma lächelnd.

»Ich glaube, dann werde ich nicht Hausfrau«, beschloss er.

»Bist du doof, das geht doch auch gar nicht«, meinte Sven. Er neigte dazu, ruppig zu werden, wenn er nicht ausgelastet war.

»Bin nicht doof«, verteidigte sich Guido.

»Nein, bist du nicht«, unterstützte Tine ihn sofort. »Du bist sogar schlau, denn wer bei der Zubereitung geholfen hat, bekommt das letzte Stück.« Guidos Gesicht leuchtete, doch gleich darauf legte sich seine Stirn in Falten.

»Aber du hast doch auch geholfen.«

Ehe Tine antworten konnte, schaltete Georg das Radio ein.

»Fernsehen ist erst mal nicht mehr«, sagte er, »der Schnee hat die Antenne umgeknickt.«

»Schöner Mist!«, knurrte Bernd. »Psst!«, machte er dann.

»Der Rügendamm ist nicht mehr passierbar«, hörten sie die Stimme des Nachrichtensprechers.

»Endlich sagen sie, was los ist.« Bernd hielt es nicht mehr auf dem Sessel. Er lief zum Fenster, das beinah bis zur Hälfte weiß war. Eine Schneeschicht hatte sich an die Scheibe gepresst. »Dass wir damit von der Außenwelt abgeschlossen sind, erwähnen sie natürlich lieber nicht. Wenn wir Pech haben, sitzen wir bald im Kalten und im Dunkeln. Was dann?«

Tine erschrak. »Glaubst du das wirklich?«, fragte sie ihn.

»Erinnerst du dich, Tine, was ich über Braunkohle gesagt habe? Es ist ein großer Fehler dieses Staates, sich davon derartig abhängig zu machen.« Tine sah, dass Georg ihm einen warnenden Blick zuwarf, doch Bernd redete sich in Rage: »Jetzt bekommen wir zu spüren, was passieren kann. Braunkohle besteht zu sechzig Prozent aus Wasser. Und was macht Wasser bei Minusgraden?« Er erwartete keine Antwort. »Richtig! Es gefriert, mit der Kohle ist nichts mehr anzufangen. Ich sage euch, das ist erst der Anfang, es wird noch viel schlimmer.«

»Lass gut sein«, sagte Georg scharf. Tatsächlich starrten die Lütten Bernd an, selbst Maik und Sven sahen ziemlich verunsichert aus. Und auch Tine war mulmig. Was wäre, wenn sie Hilfe brauchten, aber niemand zu ihnen durchkam?

Es klopfte an der Haustür. Tine fuhr zusammen, Doreen und Beate kreischten erschrocken.

»Wer ist denn bei dem Wetter unterwegs?« Georg stand auf und ging nachsehen.

»Andreas, was ist los?« Georgs Stimme war gut zu verstehen, denn im Wohnzimmer war es mucksmäuschenstill geworden. »Komm erst mal rein, Junge!«

Wenig später schob Georg Andreas Schröder ins Zimmer.

»Was machst du denn hier?« Maik sah seinen Schulkumpel fröhlich an. Wahrscheinlich freute er sich über die unerwartete Ablenkung. »Ist was passiert?«

»Bei uns ist die Heizung ausgefallen.« Andreas konnte kaum

sprechen, so keuchte er. Kein Wunder, es waren bestimmt drei bis vier Kilometer von dem kleinen, schon recht verfallenen Haus der Schröders am Rande von Fernlüttkevitz bis hierher. Georg half der Familie hin und wieder, wenn etwas zu reparieren war. Sie dankten es ihm mit Schätzen aus ihrem großen Obst- und Gemüsegarten. Tine stellte fest, dass Andreas der Schweiß auf der Stirn stand, er aber gleichzeitig zitterte. Seine Hosenbeine waren bis über die Knie mit nassen, gefrorenen Klumpen bedeckt. »Außerdem geht es meinem Vater nicht gut«, fuhr er japsend fort. »Er hustet, Mama meint, er hat sogar Fieber.«

Maik hatte seinen Logenplatz auf dem Fensterbrett aufgegeben und kam zu ihm.

»Wollte deine älteste Schwester nicht zu Silvester kommen?«, fragte er.

»Doch, aber das wird wohl nichts. Von Garz bis hierher schafft sie das nie im Leben.« Er schlotterte immer mehr.

»Komm, wir suchen dir erst mal trockene Sachen heraus, und dann gibt es eine heiße Milch mit Honig.« Alma war in ihrem Element. Sie zwinkerte ihm zu und sah Maik auffordernd an. Der verstand sofort und ging. »Du hast Glück, ein letztes Stück Kalter Hund ist auch noch übrig.«

Kurz sah es so aus, als wollte Guido protestieren, doch als er das Strahlen in Andreas' Augen sah, sagte er stolz: »Der ist lecker, ich habe geholfen, ihn zu machen.«

»Ist euer Haus denn schon ausgekühlt?«, wollte Bernd wissen.

»Na ja, es war schon ziemlich ungemütlich. Papa hat noch einen Ölofen, nur kriegt er den nicht zum Laufen.« Er hob hilflos die Schultern. »Meine Mama kann ihm nicht helfen, die kennt sich damit nicht aus. Ich leider auch nicht«, fügte er traurig hinzu. In dem Moment war Maik zurück.

»Das müsste dir passen«, erklärte er und hielt ihm eine Hose, einen Pullover und dicke Socken hin. »Ich bin aber auch ein

Hirni.« Maik lachte. »Du musst dich natürlich nicht hier umziehen. Komm!«

»Danke!«

»Ist doch klar, Kumpel«, sagte Maik, während die beiden verschwanden.

»Ich sehe mir das mal an«, verkündete Bernd. »Soll ich ihnen auch noch etwas zu essen mitnehmen?«

»Nicht nötig, denke ich. Wenn es ihnen an etwas nicht fehlt, sind es Lebensmittel. Ihre Vorratshaltung ist einsame Spitze.« Georg erklärte Bernd den Weg. »Ist ein bisschen außerhalb und liegt ganz allein. Wird nicht einfach sein, hinzukommen. Soll ich dich nicht lieber begleiten?«

»Nein, ist besser, du hältst hier die Stellung. Wenn ich darf, nehme ich die alten Skier von deinem Vater, Georg.«

»Gute Idee, weißt ja, wo sie sind.«

Gelbgraues Zwielicht kündigte weitere Niederschläge an, und es wurde dunkel.

»Willst du etwa allein los?« Tine gefiel der Gedanke nicht.

»Georg war die letzte Nacht im Einsatz. Schätze, jetzt bin ich an der Reihe.« Er grinste.

Maik und Andreas waren zurück.

»Wollen Sie schon los?« Andreas sah ihn enttäuscht an. Bernd nickte. »Ja, ist wahrscheinlich das Beste.« Andreas seufzte tief. »Dann wird wohl nichts aus dem Kuchen.« Bernd klopfte ihm auf die Schulter.

»Du bleibst hier! Hast doch gehört, der Kalte Hund ist lecker. Das kann ich bestätigen.«

»Aber ich …«

»Nichts da, ist schon eine tolle Leistung, dass du hergekommen bist, um Hilfe zu holen. Du hast dir eine Pause verdient. Ich bringe den Ofen schon in Schwung.«

»Kann Andreas bei mir im Zimmer schlafen?« Maiks Stimme

überschlug sich. »Bei uns im Zimmer, meine ich«, ergänzte er schnell und warf Sven einen flehenden Blick zu, dem niemand widerstehen konnte.

»Von mir aus gern.« Alma lächelte.

»Meinetwegen«, knurrte Sven und musste grinsen. Tine schmunzelte. Das konnte was werden. Die drei würden vermutlich die ganze Nacht Quatsch machen.

Gleich nachdem Bernd aufgebrochen war, wurde es so dunkel, dass Beate das Licht einschaltete. Ehe sie zurück am Tisch war, erlosch die Lampe wieder. Doreen schrie auf, auch Guido gab einen erstickten Laut von sich. Georg stand sofort auf und ging, um nach den Sicherungen zu sehen.

»Nichts, hier ist alles in Ordnung«, rief er. »Hoffentlich ist keine Leitung unter der Schneelast zusammengebrochen«, sagte er, als er zurück war. »Ein langer Stromausfall hat uns gerade noch gefehlt. Tine, haben wir noch ein paar Kerzen im Haus?«

»Bestimmt.« Sie holte einige dicke Stumpen hervor und zündete sie an.

»Wie romantisch! Schade, dass Bernd nicht da ist«, flötete Sven.

»Idiot«, rutschte Tine raus.

»Wir hatten über Weihnachten oft Lichter an«, stellte Alma nachdenklich fest. »Unser Vorrat dürfte nicht mehr sonderlich groß sein. Wir sollten sparsam damit umgehen. Mit anderen Worten: Es geht nicht allzu spät ins Bett!« Sven und Maik und sogar Beate und Doreen protestierten. »Keine Widerworte. Aber erst mal mache ich euch Abendbrot.«

Im Handumdrehen war es draußen stockfinster, auch in der Stube war es schummrig. Trotzdem saßen Tine, Sven, Maik und Andreas doch noch eine ganze Weile mit Alma und Georg beieinander und warteten auf Bernds Rückkehr.

Tine stellte sich vor, wie Bernd sich einen Weg zwischen Bäumen und eisigen Hügeln hindurch suchen musste. Und es war nie sicher, ob eine Schneewehe hielt oder darunter womöglich ein Graben war, in den er stürzen konnte. Sie wusste nicht einmal, wie sicher er auf Skiern war. Wenn sie doch nur etwas tun könnte. Irgendwann hielt sie es nicht mehr aus. Sie zog sich ihre wärmste Jacke und die Stiefel an, setzte sich eine Mütze auf und ging hinaus auf die Veranda. Dicke Flocken wirbelten ihr entgegen, die Kälte raubte ihr den Atem. Daran würde sie sich nicht gewöhnen können. Und es wollte und wollte nicht aufhören zu schneien. Sie schnappte sich den Besen, den jemand hinter die Bank geklemmt hatte, damit er nicht wegflog, und fegte notdürftig die Treppe frei. Die Eisstückchen bekam sie mit den Borsten natürlich nicht weg, aber immerhin. Es tat gut, beschäftigt zu sein. Außerdem wurde ihr bei der Arbeit warm. Sie ging die Stufen hinunter und sank sofort bis zum oberen Ende des Stiefelschafts ein. Hätten Bernd oder Georg am Vortag nicht geräumt, würde sie jetzt vermutlich bis weit übers Knie in dem nassen Zeug stecken. »Nehmt den Winter auf die Schippe«, hörte sie Bernds Stimme plötzlich in ihrem Kopf. Er hatte recht, das war ein Witz, allerdings ein schlechter. Der Wind pfiff ihr um die Ohren, ansonsten war es völlig still. Es war, als würde die dicke weiße Winterdecke jedes Geräusch verschlucken, kein Rascheln in den Sträuchern, kein Wispern im hohen Gras. Doch, da war etwas! Sie spitzte die Ohren, die Härchen auf ihren Armen stellten sich auf. Da war ein Kratzen und Knarzen. Was war das? Jetzt auch noch ein Keuchen! Am liebsten hätte sie sich schleunigst ins Haus verkrochen, aber sie war wie versteinert. Aus der Dunkelheit schälte sich eine Gestalt. Bernd! Sie atmete auf. Er hatte es geschafft! Sie war so erleichtert, dass sie den Besen fallen ließ, so schnell sie konnte, auf ihn zustapfte und ihm um den Hals fiel.

»Hoppla!« Bernd ruderte mit den Armen. »Bitte nicht umschmeißen«, rief er lachend, »ich bin ein paarmal gefallen. Immer auf die gleiche Stelle.« Er verzog das Gesicht. Dann drückte er sie an sich. Tine spürte, wie sich sein Brustkorb schnell hob und senkte. Sie hätte ewig so stehen können, egal wie kalt es war.

»Alles in Ordnung bei den Schröders«, sagte er und schob sie sanft von sich. »Ist Andreas noch wach?«

»Was denkst du denn? Er wartet sehnsüchtig auf deine Nachrichten.«

»Und?« Tatsächlich sprang Andreas sofort auf, als die beiden ins Wohnzimmer kamen.

»Alles bestens, der Ofen läuft.« Bernd rieb sich die Hände. »Allerdings werden die beiden sparsam mit ihrem Öl umgehen müssen«, sagte er und warf Georg einen schnellen Blick zu, ehe er sich wieder an den Jungen wandte. »Deinem Vater scheint es übrigens schon besser zu gehen. Er hatte den Weg zum Haus freigeschippt. Na ja, er wusste eben, dass er sich auf dich verlassen kann und du jemanden schickst.« Er klopfte Andreas auf die Schulter. Der Junge strahlte. »Ich fahre morgen oder übermorgen noch mal hin. Auf den Skiern ist das kein Problem. Sie sagen, wenn du willst, kannst du ruhig ein paar Tage bei uns bleiben.«

»Jaaa!« Maik war außer sich. »Du bleibst doch, oder? Bitte, er darf doch?«

»Einverstanden.« Alma nickte. »Und jetzt ab mit euch ins Bett. Da ist es wenigstens warm.« Die Jungen trollten sich, ihr aufgeregtes Plappern war noch eine Weile zu hören. »Für mich wird es auch Zeit. Wer weiß, was uns morgen alles erwartet.« Alma erhob sich.

»Ich sehe noch mal nach den Tieren.« Auch Georg stand auf.

»Gute Nacht, ihr beiden.« Alma sah Tine und Bernd mit einem seltsamen Ausdruck an und zögerte kurz, ehe sie sich umdrehte und ging.

Eine einzige Kerze flackerte noch und ließ unheimliche Schatten über die Wände huschen. Tines Herz begann heftig zu pochen. Sie war allein mit Bernd, es war dunkel, und sie hörte seinen Atem, der sich wieder beruhigt hatte. Natürlich musste sie daran denken, wie er sie eben draußen im Arm gehalten hatte.

»Das hier ist erst der Anfang, Tine«, sagte er plötzlich. Ihre Knie wurden weich. Sie konnte es nicht fassen. Sollte er wirklich etwas für sie empfinden, würde er es ihr jetzt sagen? »Ganz Nordeuropa steckt unter einer dicken Schneedecke, Polen ist völlig vereist.« Sie brauchte eine Minute, ehe sie begriff, wovon er sprach.

»Woher weißt du das?«, fragte sie leise und hoffte, dass er ihre Enttäuschung nicht bemerkte.

»Ich habe West-Nachrichten gehört, der Klassenfeind ist bestens informiert!« Tine wusste, dass es möglich war, andere Sender im Radio und sogar im Fernsehen zu empfangen. Aber das war natürlich verboten, und sie hatte sich nie ernsthaft damit beschäftigt. »Kein Mensch kümmert sich um Rügen.« Bernd schnaubte böse. »Weder die Bezirksleitung in Rostock noch irgendeiner im Zentralkomitee in Berlin. Die haben überhaupt keine Ahnung, was hier los ist. Stattdessen reden sie noch immer davon, wie märchenhaft die Ostseeküste im Winterkleid ist.« Er schüttelte den Kopf.

Tines Enttäuschung schmolz dahin. Es war schön, dass er sie ins Vertrauen zog, dass er sie nicht behandelte wie ein unerfahrenes junges Mädchen. Das war viel besser als romantisches Gesäusel! Sie horchte in sich rein. Na ja, etwas Romantik und vor allem Leichtigkeit hätten ihr schon gefallen.

»Überall wird die Bevölkerung informiert und kann sich auf die schwierige Situation einstellen. Und bei uns? Wir werden blöd gehalten, damit nur niemand einen Fehler eingestehen muss.« Er starrte vor sich hin. Im flackernden Schein hatte sein Gesicht etwas Bedrohliches. Sie fröstelte.

»Es wird langsam kalt, wir sollten auch schlafen gehen.« Tine rieb ihre Arme.

»Hier liegt eine Decke«, sagte er schnell. »Komm, wir wärmen uns ein bisschen gegenseitig.« Er zwinkerte und sah von einer Sekunde auf die andere völlig anders aus, viel weicher. »Das spart Heizöl und Briketts.« Er setzte sich auf das Sofa, breitete die Decke aus, zog die Beine auf die Sitzfläche und klopfte auf den freien Platz neben sich. Tine zögerte nicht lange, schmiegte sich an ihn und ließ es nur zu gern geschehen, dass er sie beide in die Decke einwickelte. »Auf das Kerzenlicht können wir auch verzichten«, sagte er dann und sah ihr tief in die Augen, ehe er die Flamme auspustete.

# 15

»Ein Wort, das von Herzen kommt,
macht dich drei Winter warm.«
*Aus China*

## 30. Dezember 1978

Tine streckte sich unter ihrer warmen Decke. Sofort fiel ihr der gestrige Abend ein, Bernds Körper an ihrem, seine Küsse, die süchtig machten. Ein Lächeln stahl sich auf ihre Lippen. Gott, es war der schönste Abend in ihrem Leben gewesen! Irgendwann war Bernd neben ihr eingeschlafen. Die Wärme nach der Anstrengung seines Skiausflugs hatte ihre Wirkung getan. Tine hatte sich kaum getraut, sich zu bewegen, weil sie ihn nicht wecken wollte. Eine Weile hatte sie die Umrisse seines Gesichts betrachtet, das ihrem so nah gewesen war. Bei der Erinnerung machte sich ein warmes Gefühl in ihr breit. Sie hatte ihm sanft über das Haar gestreichelt und ihn schließlich doch geweckt. Was hatte Alma gesagt? Man könne nicht wissen, was sie in den nächsten Tagen noch alles zu bewältigen hätten. Jeder würde seine ganze Kraft brauchen, wenn der Winter Rügen weiter im Griff behalte. Der Gedanke brachte sie zurück in die Realität.

Das Radio im Wohnzimmer war ihr einziger Draht zur Außenwelt. Tine hatte Georg und Bernd darüber reden hören, dass sie keine Batterien verschwenden durften, sonst wären sie vollkommen isoliert. Darum verzichtete Bernd jetzt überwiegend darauf, den kleinen Apparat in seinem Zimmer zu nutzen. Er hatte schon recht, viel erfuhr die Bevölkerung nicht. Das Gute daran war, dass die Lütten nicht unnötig in Angst versetzt wurden.

Als Tine an diesem Morgen herunterkam, standen Bernd und Georg schon mit einer Tasse Tee vor dem Empfänger. Es war nicht gerade warm, doch ein Blick und ein Lächeln von Bernd reichten ihr, um sich sofort rundum wohlzufühlen.

»Guten Morgen«, flüsterte sie und räusperte sich. Sie hörte das Klappern von Tellern und Besteck aus der Küche. Alma konnte sicher Hilfe gebrauchen, doch Tine wollte noch ein wenig in seiner Nähe bleiben. »Gibt es etwas Neues?«, fragte sie.

»Unser Generalsekretär des ZK der SED und Vorsitzender des Staatsrates der DDR, der famose Erich Honecker, lobt die Errungenschaften der Deutschen Demokratischen Republik im vergangenen Jahr und freut sich mit allen Genossen und Genossinnen auf die Feierlichkeiten zum dreißigjährigen Bestehen des Landes im kommenden Jahr«, platzte Bernd heraus. »Schon im Februar wird er zu einem Freundschaftsbesuch in die verbündeten afrikanischen Staaten reisen, um weitere Abkommen zum Wohle des Volkes der DDR abzuschließen.« Er schüttelte zornig den Kopf. »Das wird vermutlich wieder so ein Kaffeeabkommen sein, von dem nur die werten Herren da oben etwas haben. Wie können die jetzt eine Reise durch die halbe Welt in die Hitze planen, während hier das Volk erfriert?«

Georg nickte zustimmend. Mit einem schnellen Blick zu Tine raunte er Bernd zu: »Nun lass mal gut sein!«

Der dachte gar nicht daran. »Ist doch wahr. Die wissen nicht einmal, was hier los ist. Ein Bekannter bei der *Aktuellen Kamera* hat mir verraten, dass längst die höchste Einsatzstufe zur Bewältigung der Schneekatastrophe hätte ausgerufen werden müssen.« Georg und Tine mussten ihn so verständnislos ansehen, dass er erklärte: »Morgens um vier klappen Telefonverbindungen ausgezeichnet.« Er grinste, schimpfte im nächsten Moment allerdings schon wieder wie der berühmte Rohrspatz: »Es ist noch nicht mal ein Krisenstab gebildet worden. Wenigstens kapieren die Menschen allmählich, was hier passiert. Es halten längst nicht mehr alle ihren Mund, und das ist gut«, fauchte er.

Das Telefon klingelte. Georg ging in den Flur. Tine suchte Bernds Blick, doch er schaltete das Radio aus, in dem jetzt Musik gespielt wurde, lief zum Fenster und betrachtete die Flocken, die nach wie vor in Mengen vom Himmel kamen. Tine seufzte und ging in die Küche.

»Guten Morgen, Tine.« Alma lächelte sie an. »Hoffentlich will nicht schon wieder jemand Georg überreden, bei irgendetwas zu helfen. Ich möchte nicht, dass er sich schon wieder für irgendwelchen Farlefinz auf den Weg macht.« Tine musste lachen. »Ist doch wahr!«

»Ich fürchte, auch bei Firlefanz würde er nicht Nein sagen«, stellte Tine fest und half Alma dabei, das Frühstück vorzubereiten. Das Telefonat dauerte nicht lange. Eine Sekunde nachdem er aufgelegt hatte, steckte Georg den Kopf zur Tür herein.

»Ich muss los.«

Alma seufzte. »Ach Georg, muss das denn wirklich sein?« Er kam in die Küche.

»Das war Herr Rabenhorst. Bei seiner Frau haben die Wehen eingesetzt.« Alma ließ die Schultern hängen.

»Ausgerechnet jetzt! Die arme Frau.« Sie sah ihn an. »Ist denn keine Hebamme in der Nähe?«

»Die hat schon zwei Schwangere zu betreuen. Eine davon erwartet Zwillinge, das ist wohl etwas komplizierter.« Georg zuckte mit den Schultern. Sah aus, als wäre selbst er mit seinem Latein am Ende. »Der Arzt ist auf dem Weg zu einem Patienten, der dringend Medikamente braucht. Der fällt also auch aus.« Er kratzte sich am Kinn. »Wir müssen ihr helfen. Mit dem Wagen komme ich schon irgendwie durch zu den Rabenhorsts, es ist ja nicht weit.«

»Und dann?« Alma verschränkte die Arme vor der Brust. »Bis

nach Bergen ins Krankenhaus wirst du es nicht schaffen, jedenfalls vermutlich nicht rechtzeitig.«

»Hast recht. Und wer weiß, wie es dort aussieht? Womöglich ist da auch der Strom weg. Aber irgendetwas müssen wir doch tun.« Georg schlug mit der flachen Hand auf eine Stuhllehne.

Bernd kam in die Küche.

»Gibt's Probleme?«, fragte er.

»Ich habe eine Idee«, rief Tine. »Wir bringen Frau Rabenhorst zu Edda Thomsen. Du weißt schon, Alma, die Hebamme in Glowe.«

»Das ist es!« Alma atmete auf. »Sie ist zwar schon im Ruhestand, aber hilft noch ab und an bei Hausgeburten. Ein wirklich guter Einfall.«

»Perfekt!« Georg strahlte, doch seine Miene wurde gleich wieder finster. »Hoffentlich kommen wir überhaupt bis nach Glowe.«

»Geburt im Anmarsch?«, fragte Bernd. »Ich kann fahren. Mit den Schneeketten schaffe ich das schon. Dann müsste sich allerdings einer von euch die Ski unterschnallen und noch mal nach Schröders sehen.«

»Das könnte ich machen«, begann Georg zögernd, »aber eigentlich würde ich dich lieber begleiten. Ist nicht gut, bei den Bedingungen allein mit dem Wagen unterwegs zu sein.«

»Ich könnte mitfahren«, schlug Tine vor. Schnell setzte sie hinzu: »Ich könnte mich während der Fahrt um Frau Rabenhorst kümmern. Ihr Mann kann dann bei den anderen beiden Kindern bleiben.«

»Keine schlechte Idee.« Georg nickte. »Allein lassen kann er die nicht. Kommst du ohne Tine aus, Alma?«

»Für morgen ist fast alles vorbereitet. Den Rest schaffe ich schon. Und spätestens heute Abend seid ihr ja wieder hier.« Sie sah Tine an, dann wandte sie sich an Bernd: »Pass gut auf sie auf, hörst du?« Almas Blick durchbohrte ihn geradezu.

»Großes Indianer-Ehrenwort!« Bernd grinste.

»Alma hat schon recht, mit dem Wetter ist nicht zu spaßen«, meinte Georg.

»Wir passen auf, versprochen!«

Der Weg zum Haus der Familie Rabenhorst dauerte normalerweise keine zehn Minuten mit dem Auto. An diesem Tag war er eine Herausforderung. Trotz der Schneeketten rutschte der Wagen. Waren vielleicht schon zu stark abgenutzt, vermutete Tine. Bernd saß verkrampft hinter dem Steuer, gewöhnte sich jedoch nach und nach an die Wetterverhältnisse und kam immer besser zurecht. Schneller ging es trotzdem nicht. Dicke Flocken wirbelten gegen die Scheibe, die Sicht war schlecht. Irgendwann mussten die Wolken doch leer sein! Die Stimmung war unheimlich. Nur das Grollen des Motors, das Knarzen der Reifen auf dem Schnee und das Quietschen der Wischer, sonst war es still. Kein anderes Fahrzeug weit und breit. Bloß hier und da Menschen, junge und alte, die versuchten, die Straßen irgendwie freizubekommen. Es war ein Kampf gegen Windmühlen.

»Da vorne, das ist das Haus.« Tine streckte die Hand aus, die in einem Fäustling steckte. Der Atem stand vor ihren Lippen.

»Ist das da die Einfahrt?« Bernd sah sie kurz an. Tine nickte. »Na großartig, der Weg ist nicht geräumt.«

»Herr Rabenhorst muss sich um seine Frau und die Kinder kümmern.« Sie zuckte mit den Schultern.

»Dann mal los!« Bernd sprang aus dem Auto. Sie schnappten sich die Schneeschieber und schaufelten los. Innerhalb kürzester Zeit lief Tine der Schweiß den Rücken runter. Egal, es musste schnell gehen, sie durfte nicht nachlassen. »Das sollte reichen«, meinte Bernd nach einer gefühlten Ewigkeit. Sie stiegen wieder ein und fuhren bis vor das Haus. Herr Rabenhorst öffnete ihnen. Tine sah sofort die kleine Tasche, die schon parat stand.

»Sie können sich nicht vorstellen, wie dankbar wir sind. Ich hätte nicht gewusst, wen ich außer Georg hätte anrufen können. Gott sei Dank haben unsere Nachbarn ein Telefon.« Vor lauter Aufregung redete Herr Rabenhorst ohne Punkt und Komma. »Leider haben sie kein Auto.«

»Jetzt sind wir ja da«, sagte Bernd und zwang sich zu einem Lächeln. Er hatte geschaufelt wie ein Irrer und wollte sofort aufbrechen, das konnte Tine ihm ansehen.

»Wo ist denn Ihre Frau?«, fragte sie.

»In der Stube. Kommen Sie!«

Frau Rabenhorst saß auf der Couch. Sie grüßte knapp und erhob sich schwerfällig. Ihr Gesicht verriet, dass sie starke Schmerzen haben musste. Ihr Mann führte sie zur Haustür. Die beiden Kinder kamen die Treppe herunter und stürzten auf ihre Mutter zu.

»Macht eurem Vater keinen Kummer«, sagte Frau Rabenhorst und drückte die beiden kurz an sich. Bernd nahm ihre Tasche, Tine begleitete die Schwangere zum Wagen.

Schon auf dem Weg nach Juliusruh mussten sie dreimal anhalten. Bernd stieg aus und schaufelte Schnee weg, der sich vor dem Wagen auftürmte. Tine kratzte in der Zeit Eis von den Scheiben, das sich immer wieder neu bildete. Außerdem beruhigte sie Frau Rabenhorst, die hin und wieder zusammenzuckte oder leise aufschrie. Tines Magen knurrte. Kein Wunder, sie waren ohne Frühstück aufgebrochen. Bernd hatte vermutlich auch schon Bärenhunger. Doch bis sie etwas bekamen, würde es noch dauern. Hauptsache, sie erreichten wohlbehalten und rechtzeitig das Ziel. Wieder stöhnte Frau Rabenhorst auf.

»Das müsste der Ortseingang von Glowe sein«, rief Tine erleichtert. »Endlich! Wir haben es gleich geschafft«, sagte sie fröhlich an Frau Rabenhorst gewandt.

»Was ist da vorne los?« Bernd sprach leise, als würde er hoffen, dass seine Passagierin ihn nicht hörte. Tine blickte raus. Ein blinkendes Licht tauchte die weiß glitzernde Schneelandschaft in schnellem Rhythmus in warmes Gelb. Im nächsten Moment gab es einen Ruck, der Barkas steckte in einer Schneewehe.

»Mist, verdammter. Da bist du eine Sekunde abgelenkt«, fluchte Bernd. Frau Rabenhorst gab einen gequälten Laut von sich. »Ist es noch weit bis zum Haus der Hebamme, Tine?« Ehe sie antworten konnte, kündigte er an: »Wir setzen Frau Rabenhorst auf den Schlitten. Bloß gut, dass wir ihn mitgenommen haben.«

»Ich kenne den genauen Weg nicht«, gestand Tine kleinlaut. »Aber ich kann die Leute da vorne fragen.« Sie deutete auf das Blinklicht, in dessen Schein mehrere Menschen zu sehen waren, die eilig hin und her liefen. »Vielleicht kann uns auch einer von ihnen helfen, unseren Wagen zu befreien.« Bernd kniff die Augen zusammen und starrte hinaus.

»Sieht nach einem Räumfahrzeug aus. Die buddeln uns wirklich in null Komma nix aus. Allerdings … Irgendwas stimmt da nicht.« Ein weiteres Stöhnen von Frau Rabenhorst, lauter dieses Mal. Bernd und Tine sahen sich an. Es war kein Wort nötig, um zu wissen, was zu tun war. Tine stieg aus und lief los. Sie zog die Mütze weiter über die Ohren und schlug den Kragen ihrer Jacke hoch. Je näher sie kam, desto mulmiger wurde ihr. Bernd hatte recht, etwas war seltsam. Das gewaltige Fahrzeug stand still, statt den Schneemassen zu Leibe zu rücken. Fünf Männer standen im Halbkreis davor. Vielleicht ein Motorschaden. Sie kam noch näher. Einer schien sie gehört zu haben, denn er drehte sich zu ihr um. Tine blieb stehen, als wäre sie gegen eine Wand geprallt. Zwischen den Ketten des Schneeräumers waren Beine zu erkennen. Kein Zweifel, da lag jemand!

»O Gott, ist er tot?« Ihre Stimme war heiser. Der Mann vor ihr schüttelte den Kopf.

»Aber es sieht nicht gut aus. Er ist wohl ausgerutscht, direkt vor der Maschine. Bis die zum Stehen kam …«

»Warum ist denn kein Arzt bei ihm?« Tine konnte es nicht fassen, man musste ihm doch helfen!

»Sie sind drollig. Das Fahrzeug ist genau auf einem Hügel zum Stehen gekommen. Jemand müsste zu dem Verletzten krabbeln, aber das ist eine gefährliche Angelegenheit.« Er machte eine Geste, als wollte er sagen: Kann man nichts machen!

»Sie können ihn doch nicht einfach sterben lassen«, schrie sie ihn an. Tränen liefen ihr über die Wangen. Sie hatte noch nie einen schweren Unfall mit ansehen müssen und wollte nur weg.

»Der Kreiskatastrophendienst ist für die Organisation des Schneeräumens zuständig. Die müssen sich auch darum kümmern.« Sie funkelte ihn an und schnappte nach Luft. »Was haben Sie hier überhaupt zu suchen?«, wollte er da von ihr wissen. »Meinen Sie, ihm hilft es, wenn noch jemand ihn angafft?«

»Wir müssen eine Hochschwangere zur Hebamme bringen. Die Adresse lautet *Am Kliff 1*.« Tine konzentrierte sich jetzt nur noch auf ihre Aufgabe, was ihr ein Stückchen Sicherheit zurückgab. »Wie kommen wir am schnellsten dorthin? Zu Fuß«, ergänzte sie eilig. »Unser Wagen ist in eine Schneewehe gefahren.« Sie zeigte zu der Stelle, die nur schemenhaft zu erkennen war.

»Zum Kliff ist es ewig weit zu Fuß. Ihr müsst bis ans andere Ende der Hauptstraße und dann links. Das ist keine gute Idee mit einer Frau, die kurz vor der Entbindung steht«, sagte er freundlicher. Tine wurde das Herz schwer. Sie hätte schon wieder heulen oder abhauen oder am liebsten beides gleichzeitig tun können. Da sah sie Bernd mit großen Schritten auf sich zukommen.

»Gibt's Probleme?«, fragte er, dann fiel sein Blick auf die Beine, die unnatürlich verdreht unter dem Räumfahrzeug hervorlugten. »Um Himmels willen!«

»Der Fahrer hatte keine Chance«, erklärte der Fremde. »Zwei Jungs haben schon versucht, den armen Kerl da rauszuziehen. Bisher ohne Erfolg.«

Bernd streckte ihm eine Hand entgegen und stellte sich vor.

»Heiner«, entgegnete der Mann.

»Pass auf, Heiner, wir brauchen Hilfe. Frau Rabenhorst ist hochschwanger und kann nicht aufstehen. Ich habe sie in alle Decken gewickelt, die wir dabeihaben, aber uns läuft die Zeit weg. Vorschlag: Du hilfst uns, fix unseren Wagen auszugraben, wir bringen die Frau an ihr Ziel, sind sofort zurück und helfen euch.« Heiner nickte.

»Alles klar, bin dabei. Hier kann ich sowieso nichts tun, und der Kerl von der Zeitung kann warten.«

Tine stutzte und sah sich um. Erst jetzt entdeckte sie einen großen, schlanken Mann, der um das Räumfahrzeug herumlief und Fotos machte. Musste das wirklich sein? In dem Augenblick bahnte er sich seinen Weg zu ihnen.

»Bernd? Das ist ein Ding.« Erst jetzt, da er direkt vor ihnen stand, erkannte Tine Bernds ehemaligen Freund, den sie in Bobbin auf dem Markt getroffen hatten.

»Der rasende Reporter, immer zur richtigen Zeit am richtigen Ort!« Bernds Sarkasmus war nicht zu überhören, doch Dieter ignorierte die unpassende Spitze.

»Es ist furchtbar. Ich sollte über die ersten Räummanöver berichten, und dann das. Das Fahrzeug ist wohl ins Schlingern geraten und der Mann ausgerutscht. Eine Verkettung unglücklicher Umstände.« Er atmete hörbar aus, ein Wölkchen stieg von seinen Lippen auf. »Die kriegen ihn nicht raus. Falls er nicht an seinen Verletzungen stirbt, wird er erfrieren.« Tine schluckte und kämpfte gegen die Tränen an, die erneut in ihr aufstiegen.

»Wirklich furchtbar«, pflichtete Bernd ihm bei. Von seinem Sarkasmus keine Spur mehr. »Wir haben obendrein noch ein Problem.« Mit wenigen Worten erklärte er Dieter die Situation.

»Vergesst die Hebamme.« Dieter sah in die Richtung, in der der Barkas stand. Heiner und ein weiterer Mann schaufelten bereits, dass die weißen Massen nur so flogen. »Wenn die Frau Beschwerden hat oder es zu Komplikationen kommt, ist sie in einem Krankenhaus besser aufgehoben.«

»Tolle Idee, warum bin ich nicht selbst darauf gekommen?« Bernd funkelte ihn zornig an. »Ist ja nicht weit, da fahre ich doch schnell mal eben hin!« Er war immer lauter geworden.

»Nun hör mir doch mal zu!«, fuhr Dieter ihn an. »Fahrt nach Lohme! Mit eurem Wagen sollte das zu schaffen sein. Beim Sender von Rügen Radio gibt es einen Landeplatz für große Militärhubschrauber. Die sind da momentan ständig im Einsatz und laden Diesel für Notstromaggregate ab. Damit versorgen sie unter anderem Rügen Radio, damit die per Kurzwelle mit den Schiffen draußen in Kontakt bleiben können. Einer der Hubschrauber kann die Frau sicher nach Stralsund fliegen.«

Tine hatte Dieter schon in Bobbin sympathisch gefunden, jetzt wäre sie ihm vor lauter Dankbarkeit am liebsten um den Hals gefallen.

»Meinst du? Dauert das nicht viel zu lange?« Bernd war skeptisch.

»Ich glaube, das ist eine richtig gute Idee«, sagte Tine.

Die Männer wechselten noch kurz einen Blick, dann liefen sie wie auf ein geheimes Stichwort plötzlich zum Auto. Tine stolperte hinter ihnen her. Heiner und sein Kumpel hatten ganze Arbeit geleistet, der Wagen war fast frei. Tine sah sofort nach Frau Rabenhorst. Sie zitterte erbärmlich, war aber sehr tapfer.

»Schaffen Sie das noch?«, fragte Tine, nachdem sie ihr den Plan erklärt hatte.

»Muss ich wohl.« Sie brachte sogar ein schwaches Lächeln zustande. »Alles besser, als das Kind irgendwo in dieser eisigen Kälte auf die Welt zu bringen.«

Tine strich ihr tröstend über den Arm.

Sie hörte, wie Dieter auf Bernd einredete: »Hast du mich verstanden? Nicht nur, dass sie euch vermutlich helfen können, die haben da außerdem die Möglichkeit, Kontakt zur ganzen Welt herzustellen. Auch in den Westen«, zischte er. »Im Moment wird niemand kontrollieren, was in der Station an wen gesendet wird.« Was sollte das denn bedeuten? Es ging hier um Frau Rabenhorst und um nichts anderes.

»Du meinst …?« Das war Bernds Stimme.

»Na endlich! Meine Güte, du warst doch früher nicht so schwer von Begriff, wenn es um diese Dinge ging.« Dieter lachte.

»Hatte irgendwie nicht damit gerechnet, dass du …« Wieder brach Bernd ab. Allmählich wurde Tine ungeduldig. Gleichzeitig erwachte ihre Neugier. Bernd hatte etwas vor, etwas Verbotenes. Und sie würde dabei sein!

»Versuch mal, ob du schon freikommst«, rief Heiner Bernd zu und schnaufte. Er und sein Kumpel hatten geschaufelt, als ginge es um ihr Leben. Um ein Leben ging es ja wirklich, auch wenn das noch nicht einmal richtig begonnen hatte. Bernd startete den Wagen und gab Gas, Schnee spritzte von den Hinterreifen auf, der Motor heulte, doch das Auto kam noch nicht vom Fleck.

»Es fehlt nicht viel«, schrie Bernd. Tine redete beruhigend auf Frau Rabenhorst ein.

Die flüsterte plötzlich: »Riechst du das auch, Tine? Ich könnte schwören … Da läuft einem ja das Wasser im Mund zusammen.« Wahrhaftig, Tine konnte es nicht glauben, doch das war eindeutig der Duft von frisch gebackenem Brot, der in ihre Nase zog. Kurz dachte sie, der Hunger gaukelte ihr etwas vor, aber wenn Frau Rabenhorst es auch roch …

»Bin gleich wieder da!« Sie stieg aus und sah, dass ein russisches Militärfahrzeug unweit der Unfallstelle stand. Kein Zweifel, von dort waberte das herrliche Aroma zu ihnen herüber. Einer der Soldaten in ihren dicken Winteruniformen hockte bei dem

Verunglückten. Offenbar scheute er sich nicht, unter das schwere Kettenfahrzeug zu kriechen. Tine hätte beinahe laut gelacht vor Freude. Endlich war Hilfe da! Und nicht nur das. Seine Kameraden holten doch tatsächlich ein frisches Brot nach dem anderen aus ihrem Transporter und verteilten es an die Menschen. Tine winkte, und sofort kam einer der Männer mit zwei Laiben zu ihr. »Die sind ja noch warm!«, flüsterte sie und schluchzte.

Der Soldat lächelte und nickte. Dann blickte er an ihr vorbei und erkannte, dass es fünf Personen zu versorgen galt. Er machte ihr ein Zeichen, stapfte zurück und kam mit drei weiteren kleinen Broten wieder her.

»Spasiba«, sagte Heiner. Der Russe lächelte und ging ohne ein Wort. »Das haben sie gestern schon gemacht«, erklärte er. »Die Rote Armee sitzt im Schloss Ranzow in Lohme. Das sind Leute von der sowjetischen Marine. Sie backen Brot und verteilen es. Einfach so. Ist das nicht großartig?«

Tine brachte vor Rührung nichts heraus und kletterte ins Auto.

»Unglaublich.« Bernd biss anscheinend sofort ab, denn Tine konnte die Kruste knacken hören. »Gott, ist das gut! Ich glaube, ich habe noch nie so leckeres Brot gegessen.«

»Sauerteig.« Heiner grinste. »Sagt meine Frau. Die Russen backen nicht mit Hefe wie wir. Übrigens bringen die auch immer Brote ins Meerblick in Lohme. Da ist eine Unterkunft für Helfer eingerichtet. Wenn's mal einer nicht nach Hause schafft, hat er da gleich ein Bett. Die Köche versorgen alle, so gut sie können. Mit der Hilfe der Russen.« Heiner blickte zum Militärfahrzeug und nickte anerkennend.

»Hätte nie gedacht, dass es so einen Zusammenhalt gibt«, meinte Bernd.

»Ist doch selbstverständlich, anderen zu helfen. Macht ihr ja auch. Jedenfalls wenn ihr nicht gerade Klönschnack haltet.« Heiner lachte. »Los, los, ab hinters Steuer!«

Bernd folgte der Aufforderung. Plötzlich tauchte Dieter auf und klopfte ans Fenster. Bernd kurbelte es ein Stückchen herunter.

»Was denn noch?«, rief er.

»Du hattest recht mit deiner Kritik an der Energiepolitik«, antwortete Dieter und sah sich ängstlich um. »Du musst die Wahrheit verbreiten, Bernd! Jetzt oder nie.« Bernd fehlten anscheinend ausnahmsweise die Worte. »In mehreren Städten muss demnächst der Strom abgeschaltet werden. Frag gar nicht erst, woher ich das weiß. Es lässt sich nicht mehr verhindern, weil sonst das gesamte Stromnetz zusammenbricht. Die Betroffenen werden ohne Heizung auskommen müssen, wenn sie nicht noch Brennholz oder Öl auf Vorrat haben. Es ist eine Schande.« Er klopfte aufs Autodach. »Gute Fahrt und viel Erfolg!« Er machte Anstalten zu gehen.

»Danke!« Bernd schob die Hand durch den schmalen Spalt und sah Dieter in die Augen. »Ich danke dir.«

Während der Fahrt hielt Tine Frau Rabenhorst im Arm, um sie zu beruhigen und zu wärmen. Glücklicherweise hatten sich die Abstände zwischen den Wehen noch nicht verringert. Trotzdem kam es Tine vor, als wären sie ewig unterwegs. Mal rutschte der Barkas seitlich weg, dann wieder lenkte Bernd ihn behutsam über einen Schneehaufen.

»Wir haben's geschafft!«, rief er plötzlich. Tine sah die Stahlgitter-Sendemasten von Rügen Radio. Wie Leuchttürme standen sie vor den flachen Gebäuden, auf denen weitere Antennen saßen.

»Wirklich, wir sind da?« Frau Rabenhorst rollte eine Träne aus dem Augenwinkel.

Tine drückte ihre Hand und schluckte. Fast hätte sie auch angefangen zu weinen vor Erleichterung, die sie beim Anblick der großen freigeräumten Fläche erfasste. Ein dickes weißes Kreuz und ein brennendes Feuer markierten den Hubschrauberlandeplatz. Doch das gute Gefühl war von kurzer Dauer, denn da war nur ein schmaler Pfad, der zum Gebäude führte. Wie es aussah, hatte sich der Schnee Teile davon bereits zurückgeholt.

»Meinen Sie, Sie können aufstehen, Frau Rabenhorst?« Bernd sah sie an, und sie nickte schwach. »Gut! Wenn die Mitarbeiter gleich sehen, in welch schwieriger Lage Sie sind, helfen sie uns bestimmt.«

Sie machten sich auf den Weg. Frau Rabenhorst in ihrer Mitte, gingen sie Meter für Meter im Gänsemarsch, bis sie schließlich eine graue Metalltür erreichten, die Bernd, der vorneweg gestapft war, öffnete. Ein nur mäßig beleuchteter winziger Vorraum erwartete sie. Und eine steinerne Treppe. Ohne ein weiteres Wort legte Bernd der Schwangeren einen Arm um den Hals und packte sie vorsichtig um die Taille.

»Sie kriegen das hin«, redete er ihr zu und begann, Stufe für Stufe nach oben zu steigen.

»Das war doch die Eingangstür«, hörte Tine eine Männerstimme von oben. »Erwartest du noch Besuch?«

»Vielleicht ist der Weihnachtsmann im Schnee stecken geblieben und lädt die Päckchen bei uns ab, die er übrig hat.« Zwei Männer lachten.

Bernd und Frau Rabenhorst waren schon fast oben, als einer der Mitarbeiter im Flur auftauchte.

»Nach dem Weihnachtsmann schaut das nicht aus.« Tine sah, wie er die Stirn runzelte. »Wo kommen Sie bei dem Höllenwetter her, um Himmels willen? Und was haben Sie hier zu suchen?«

»Ich bin Journalist«, erwiderte Bernd sofort. »Ein Kollege sagt, dass der Militärhubschrauber hier regelmäßig landet. Das ist Frau Rabenhorst. Sie braucht dringend Hilfe, wie Sie sehen. Ihre

Hebamme war nicht zu erreichen, das Kind kann jederzeit kommen. Sie muss sofort ins Krankenhaus gebracht werden!«

Der Mann, der das Trio eben noch misstrauisch beäugt hatte, führte sie nun in einen fensterlosen Raum mit einem Schreibtisch und jeder Menge technischen Einrichtungen. Die Funkzentrale. Sein Kollege, der offenbar nebenan seinen Arbeitsplatz hatte, kam zu ihnen.

»Ein Notfall!«, erklärte der Erste und räumte eilig ein paar Sachen von einer Pritsche, während der Zweite schon die Meldung absetzte. »So, hier haben Sie es bequem, bis der Hubschrauber kommt. Wenn in der Nachtschicht nicht viel zu tun ist, ruhen wir uns hier aus.« Er lächelte unsicher.

Er war noch jung, vielleicht zwei oder drei Jahre älter als sie, schätzte Tine. Jede Wette, eine Schwangerschaft war für ihn so fremd und geheimnisvoll wie all die Gerätschaften, aus denen es rauschte und piepte, für sie. Sein Name war Jurek, wie ein Schild an seiner Uniformjacke verriet. Er holte zwei Wolldecken aus einem zerkratzten Holzschrank und reichte sie Tine.

»Kann schon noch eine Stunde dauern«, sagte er und zog entschuldigend die Schultern hoch. »Nicht dass die werdende Mutter uns noch erfriert.«

»Danke!« Tine hätte sich liebend gern mit Bernd unter eine der Decken gekuschelt, denn sie fror erbärmlich. Hier drinnen war es nicht gerade gut geheizt. Trotzdem legte sie beide Decken über Frau Rabenhorst.

»Wie lange sitzt ihr schon hier?«, fragte Bernd die Männer.

Eben hatte er noch erschöpft ausgesehen, jetzt wirkte er plötzlich wach und munter. Tine fiel auf, wie er neugierig sämtliche Apparate betrachtete, als hätte er etwas Spezielles im Sinn. Hatte er ja auch. Sie musste an seinen Streit mit Dieter in Bobbin denken. Hatte sich damals so angehört, als wäre Bernd in einer bestimmten Situation zu waghalsig gewesen. Und hatte er ihr bei der Spartakiade nicht selbst erzählt, er habe es mit seinen kritischen Äußerungen übertrieben? Wenn er sich nur nicht in Gefahr brachte!

»Seit gut und gern vierzig Stunden«, antwortete der Ältere. Er hieß Rolf und sah eindeutig übernächtigt aus. »Als es zu schneien anfing, sind wir erst mal geblieben. Wir dachten uns schon, dass da ordentlich was runterkommen würde. Gab auch gleich ein paar Meldungen, von wegen, es würde sich nicht nur um einen gewöhnlichen Wintereinbruch handeln.« Er gähnte.

»Die Ablösung kommt anscheinend nicht durch.« Jurek seufzte. »Schöner Mist. Ich bin ausnahmsweise mit dem Wagen meiner Schwiegereltern hier. Normalerweise gehe ich zu Fuß. Ist aber ein ganzes Stück, und ich war spät dran. Jetzt schaffe ich es wahrscheinlich weder per pedes noch mit dem Auto zur Silvesterfeier morgen.« Wieder seufzte er. »Wahrscheinlich finde ich es nicht mal.« Seine Augen blitzten. »Ist ausgerechnet ein weißer Lada.« Er musste lachen.

»Ein weißer Wagen? Nein, habe keinen gesehen«, meinte Bernd und lachte ebenfalls. Und auch Tine konnte sich das Lachen nicht verkneifen. Galgenhumor!

Plötzlich wurde Bernd ernst. »Ruhe!«

Ein knatterndes Brummen wurde immer lauter. Der Hubschrauber!

»Das ging mal fix!«, stellte Jurek fröhlich fest.

Im nächsten Moment tönte eine Stimme knisternd aus einem Lautsprecher. Der Pilot, der seine Landung ankündigte. Rolf erteilte ihm die Erlaubnis.

»So, Frau Rabenhorst, jetzt haben Sie es wirklich bald geschafft.« Tine lächelte sie an und strich ihr über die Stirn. Kalter Schweiß. Hoffentlich überstanden Mutter und Kind diese Tortur unbeschadet. Bernd trat zu ihnen, gemeinsam halfen sie Frau Rabenhorst auf die Beine und führten sie wieder nach unten. Sie kamen gerade noch rechtzeitig an, um zu sehen, wie die Kufen auf dem Boden aufsetzten. Der Motor machte Höllenlärm, Schnee wurde ihnen eisig entgegengewirbelt. Bernd stellte sich schützend vor Frau Rabenhorst, die sich schwer auf Tines Arm stützte. Endlich ebbte das Getöse ab, die Rotorblätter kamen zum Stehen, die Seitentür öffnete sich, und fünf Männer sprangen heraus.

»Gleich 'ne Handvoll Soldaten. Das hat mir gerade noch gefehlt«, flüsterte Bernd.

Drei von ihnen liefen zu einem Tieflader, der unweit des Landeplatzes stand, und befreiten ihn vom Schnee. Ein vierter kam direkt auf sie zu.

»Wir haben gehört, hier will ein Winzling ausgerechnet bei diesem Wetter zur Welt kommen«, sagte er zur Begrüßung. Er lächelte, sah Frau Rabenhorst aber besorgt an. »Wie geht's Ihnen? Meinen Sie, Sie sind noch in der Lage für einen kleinen Rundflug?« Frau Rabenhorst nickte tapfer. Der Mann schaute jetzt Tine an. »Ich bin Rettungssanitäter, als Geburtshelfer habe ich keine Erfahrungen. Sind Sie eine Angehörige, wollen Sie mitfliegen?«

»Nein!« Tine hatte nicht nachgedacht. »Oder brauchen Sie mich?«, wandte sie sich an die werdende Mutter. »Also wenn nicht, dann würde ich lieber bei Bernd bleiben. Ist besser, zu zweit unterwegs zu sein, als allein.«

»Ganz bestimmt ist es das.« Sie war kaum zu verstehen, so dünn war ihre Stimme. »Ich kann euch nicht genug danken. Kommt bloß heil wieder nach Hause.« Jetzt brach ihre Stimme, Tränen rollten ihr über die Wangen.

»Machen Sie sich keine Sorgen, das sind junge, kräftige Leute, die kommen zurecht«, sagte der Rettungssanitäter. »Und Sie sind bei uns jetzt in den besten Händen. Also, Stralsund wartet mit einem schönen warmen Kreißsaal auf Sie.«

Nun war auch sein Kollege zur Stelle. Die beiden nahmen Frau Rabenhorst in die Mitte und brachten sie fort. Tine sah, dass die anderen drei Soldaten große Kisten auf den Tieflader schoben. Einer von ihnen rannte zum Hubschrauber, der Motor startete, und die Schiebetür schloss sich hinter den drei Männern und Frau Rabenhorst. Tine und Bernd drückten sich in den Eingang des Gebäudes, als die Rotorblätter die Luft erneut aufwirbelten. Flocken schleuderten mit voller Wucht in ihre Gesichter. Sie wandten sich einander zu und hielten sich fest, bis das Brummen sich entfernte. Tine wollte schnell die Tür öffnen und hineingehen, doch Bernd rührte sich nicht vom Fleck. Finster sah er zu den beiden Soldaten, die nicht mitgeflogen waren.

»Die sind bestimmt für die Verteilung der Lebensmittel zuständig«, sagte er leise. »Wir müssen sie im Blick behalten.« Tine verstand nicht. Aber sie wollte auch nicht länger darüber nachdenken, sie wollte nur noch hinein und sich unter den Decken verkriechen.

Zurück in der Funkzentrale, ließen sich Tine und Bernd auf der Pritsche nieder und wickelten sich jeder in eine Decke.

»Großartig, dass der Hubschrauber die werdende Mutter ins Krankenhaus bringt. Wir benachrichtigen den Vater, so schnell wir können.« Bernd sah die beiden Männer nacheinander an. »Danke für die prompte Hilfe.«

»Das wird euch Frau Rabenhorst nie vergessen«, sagte Tine. »Wenn's ein Junge wird, nennt sie ihn bestimmt Rolf Jurek oder Jurek Rolf.« Sie lächelte.

»War doch selbstverständlich«, antworteten sie gleichzeitig.

»Kannst sagen, was du willst, die Nachrichtentechnik hat die Nationale Volksarmee gut im Griff«, meinte Jurek plötzlich. »Wissen ja längst nicht alle, dass wir mit unserer Anlage hier Rettung rufen können. Inzwischen können von vielen Punkten

Verbindungen zu Fahrzeugen und Einsatzgruppen hergestellt werden. Die haben ein beinahe flächendeckendes Netz sozusagen über Nacht aufgebaut. Muss man sich mal vorstellen. Bestimmt sind viele Menschen wie ihr unterwegs, für die ist der Funkverkehr unverzichtbar.« Jurek wirkte stolz, gleichzeitig aber auch ein wenig erstaunt, dass etwas tatsächlich so gut funktionierte.

»Und ihr mit eurer Station hier seid gleich doppelt wichtig«, hakte Bernd ein. »Über euch läuft auch die Verteilung von Diesel für Notstromaggregate und von Lebensmitteln, stimmt's?« Die beiden nickten. »Ganz ehrlich, Männer wie ihr sind die Stützen unseres Landes«, sagte er. Tine hätte fast gekichert, so pathetisch klang das, aber Bernds Blick ließ sie schweigen. »Ihr schiebt seit Tagen Dienst und helft umsichtig einer Frau in Not.« Rolf öffnete den Mund, doch Bernd ließ ihn nicht zu Wort kommen. »Ich weiß, was du sagen willst. Jetzt sage ich euch mal was: Es ist selbstverständlich, dass wir uns revanchieren und jetzt mal was für euch tun. Falls ihr eine längere Pause machen und nach Hause gehen wollt, können wir hier die Stellung halten.« Die beiden sahen sich überrascht an. »Ich kenne mich mit Funkgeräten aus, also jedenfalls kann ich sie bedienen.« Rolf musterte ihn misstrauisch.

»Ach ja, und wieso, was hast du damit zu tun?«

»Ich habe mal für eine Zeitung gearbeitet. Ist zwar lange her, aber ich erinnere mich noch gut an den Besuch eines Radiosenders. Die Kollegen haben uns die Technik erklärt, damit wir darüber schreiben können. Ich bin natürlich längst nicht so routiniert wie ihr, aber ich habe damals eine Weile an den Geräten gesessen und sie bedient.«

»Würdest du das wirklich tun?« Jurek strahlte, und auch Rolfs Miene hellte sich auf. Die Aussicht auf eine kurze Entspannung zu Hause zerstreute anscheinend jede Skepsis.

»Ich habe es nicht weit«, erklärte Rolf hastig. »Ich könnte auf dem Weg gleich klären, ob mit Ablösung zu rechnen ist. Zu Fuß kommt man doch voran, oder?«

»Mit den Stiefeln bestimmt.« Bernd deutete auf Rolfs Füße.

»Kann mir nicht vorstellen, dass unsere Kollegen uns ablösen«, wandte Jurek ein. »Die wohnen alle 'n Stück weg. Über Funk hieß es, dass sich jeder, der seine Arbeitsstelle nicht erreichen kann, in seiner Umgebung zum Räumdienst melden muss.«

»Ich würde sagen, dann sind wir eure einzige Chance, hier rauszukommen. Falls ihr Angst habt, dass wir was mitgehen lassen und abhauen, könnt ihr uns ja einschließen.« Bernd grinste.

Was sagte er da? Tine hätte ihm am liebsten den Kopf gewaschen. Sie wollte nach Hause, und zwar schnell. In dieser Sekunde wurde ihr klar, dass daraus so bald nichts wurde. Rolf und Jurek sahen sich an, und schließlich nickten sie einander zu.

»Ich bin so schnell wie möglich wieder hier«, versicherte Jurek. Bernd stand auf und trat an dessen Arbeitsplatz.

»Da waren noch zwei Soldaten draußen«, begann er beiläufig. »Müssen wir etwas wissen, brauchen die Informationen von uns?«

»Die kommen allein zurecht, sind vermutlich schon mit dem Lkw unterwegs und verteilen ihre Ladung. Falls sie doch mal Kontakt zu jemandem brauchen sollten, sagen sie dir Bescheid.« Rolf zögerte. »Und du weißt wirklich, wie das geht mit den Geräten?«

»Ja, klar, kriege ich hin.«

»Lass mal sehen …«, setzte Rolf an.

Jurek unterbrach ihn: »Wie oft ist es vorgekommen, dass einer der Helfer uns hier oben behelligt hat?« Er wartete keine Antwort ab. »Siehste. Ein Hubschrauber wird auf jeden Fall noch mal kommen. Die Meldung entgegennehmen kann sogar ein Kind.«

»Das Gerät hier hat manchmal Aussetzer. Dann musst du

einfach den Knopf einmal nach links drehen und dann wieder auf vollen Betrieb nach rechts«, erklärte Rolf. »Danke, Kollege!«

»Dann sehen wir mal, ob wir es nach Hause schaffen.« Jurek klopfte Bernd auf die Schulter und nickte Tine zu. »Danke, ist schwer in Ordnung von euch!«

»Passt draußen auf, da liegt nicht nur viel Schnee, es ist auch höllisch glatt.« Bernd setzte sich an die Geräte, als hätte er nie etwas anderes gemacht. Die Funker waren schon fast draußen, da drehte Rolf sich um.

»Ich beeile mich auch. Frische Sachen anziehen, Proviant zusammenpacken, einmal nach dem Rechten sehen, dann bin ich wieder hier. Wenn ihr doch vorher losmüsst, zieht die Tür einfach hinter euch zu.«

Schritte auf der Treppe, dann ein dumpfer Schlag von unten. Tine und Bernd waren allein.

»Das gibt es doch gar nicht!« Bernd lachte auf. »Ich habe nicht dran geglaubt, dass ich damit durchkomme, aber es hat geklappt.« Er sprang auf und drückte Tine an sich. Im nächsten Moment saß er schon wieder am Schreibtisch. Sie wusste nicht, wie ihr geschah. »Du musst aufpassen, dass keiner kommt, ja? Falls doch jemand auftauchen sollte, lenkst du ihn ab. Und zwar bitte so laut, dass ich es auf jeden Fall mitkriege.« Er wandte sich den Funkanlagen zu. Tine wurde mulmig.

»Ich dachte, wir fahren nach Hause. Es wird bald dunkel und schneit ununterbrochen. Wir werden ziemlich lange unterwegs sein.«

»Tine, das ist die Gelegenheit! Die werde ich sicher nicht ungenutzt verstreichen lassen.«

»Was hast du überhaupt vor?«

»Das erkläre ich dir hinterher. Je eher ich mich an die Arbeit mache, desto schneller kommen wir hier weg.«

Sie wollte ihm ja gern helfen, aber der Gedanke, allein in dem kalten Treppenhaus zu hocken, um den Eingang im Blick zu behalten, gefiel ihr überhaupt nicht.

»Wie stellst du dir das denn vor? Wenn jemand reinwill, kommt er rein, ob ich da stehe oder nicht«, sagte sie leise. Sie ahnte, dass nichts und niemand ihn aufhalten konnte, schon gar nicht ein so schwaches Argument. Er hörte ihr nicht einmal mehr zu, sondern stülpte sich Kopfhörer auf und machte sich an Knöpfen und Hebeln zu schaffen. »Na gut, ich kriege das schon hin«, murmelte sie mehr zu sich selbst, schnappte sich eine der Decken, die sie sich umlegte, und schlich davon. Sie warf einen Blick nach draußen. Da war niemand mehr weit und breit. Es war still. Der Barkas lag schon wieder unter einer dicken weißen Hülle. Sie schloss die Tür und bezog ihren Posten im Treppenhaus. Schnell verlor sie jedes Zeitgefühl. Es kam ihr vor, als würde sie schon ewig hier stehen. Ihre Füße waren eisig, die Kälte kroch ihre Beine hoch. Sie marschierte auf der Stelle. Immer wieder zitterte ihr Körper unkontrolliert. Sie hörte Bernds Stimme, konnte aber kein Wort verstehen. Mit wem redete er bloß? Sie wurde immer wütender. Was war denn das für eine Art, ihr einfach eine Aufgabe aufs Auge zu drücken, ohne sie wenigstens in seine Pläne einzuweihen? Dachte er etwa, sie sei ein dummes kleines Mädchen, das sich alles gefallen ließ? Den Zahn würde sie ihm ziehen. Entschlossen ging sie wieder nach oben.

»Ja, Ameise 2, jetzt höre ich dich klar und deutlich. Großartig, dass ich dich erreicht habe«, sagte Bernd gerade, als sie vorsichtig eintrat. »Es tut nichts zur Sache, wo ich genau bin, Rügen reicht.« Er sah sich kurz um und zögerte. Tine befürchtete schon, dass er sie rausschmeißen würde, doch das tat er nicht. »Ich habe nicht viel Zeit, aber ich werde dir jetzt ein paar interessante Informationen geben. Du musst dir alles notieren und dann an die Öffentlichkeit bringen, ja?« Tine konnte nur ein Knacken und

Knistern hören, die Stimme dazwischen war mehr zu erahnen. »Wir sind von der Außenwelt abgeschnitten«, begann Bernd. »Inzwischen ist das kein Geheimnis mehr, die Bevölkerung weiß Bescheid. Immerhin. Der Rügendamm ist durch die Schneemassen nicht mehr benutzbar. Transporte auf der Insel sind so gut wie unmöglich, nur Hubschrauber können die eingeschneiten abgelegenen Orte versorgen.« Tine setzte sich leise auf einen Hocker, der neben dem Schreibtisch stand. Das hier war aufregend und gefährlich, sie wollte Bernd so nah sein, wie es nur ging. »Kein Mensch hat sich wirklich um die Insel gekümmert, es wurde kein Krisenstab gebildet«, fuhr er konzentriert fort. »Wahrscheinlich wisst ihr darüber schon mehr als wir.« Er duzte den Mann am anderen Ende der Leitung und sprach offen über Dinge, die man lieber nicht laut sagen sollte. Wahrscheinlich kannten die beiden sich schon lange. Plötzlich drückte Bernd einen Knopf und zog den Stecker des Kopfhörers aus der Buchse. »Was ihr aber vielleicht noch nicht wisst: Die Technik hier hat krachend versagt. Ohne den Klassenfeind wären wir geliefert. Es sind Notstromaggregate und Bohrhämmer von drüben im Einsatz.«

Ameise 2 antwortete mit einem kehligen Lachen.

»Dein Thema, Eisbär 5«, kam dann knisternd durch den Lautsprecher. Ein Kribbeln machte sich in Tines Bauch breit. Bernd ließ sie mithören! »Ein sehr passender Deckname übrigens. Wie gesagt, dein Thema. Wie lange predigst du schon, dass die Abhängigkeit von der Kohle keine gute Lösung für die Energieversorgung des Landes ist?«

»Liest du unsere Zeitungen nicht?« Da war wieder Bernds zynisches Lächeln. »Die Kohlewerke sind alle bestens auf den Winter vorbereitet, das ist nicht das Problem. Das haben wir DDR-Bürger schwarz auf weiß.«

»Tja, wir hier im Westen kennen eure vier Probleme: Frühling,

Sommer, Herbst und Winter.« Erneut erklang das scheppernde Lachen von der anderen Seite.

»Wir werden zur Sparsamkeit aufgerufen, weil der Generalsekretär und seine SED-Freunde keine andere Antwort auf die Krise haben«, fuhr Bernd fort. »Eine Straßenlaterne braucht pro Nacht zwei Briketts, also lassen sie ihr Volk eben im Dunkeln hocken. Wusstest du, dass du mit dem Strom, den ein Bügeleisen braucht, sieben Räume beleuchten kannst? Wie groß oder hell die Räume sind, steht auf einem anderen Blatt. Solche Lektionen erteilt unsere großartige freie Presse uns gerade.« Er schnaubte wütend. »Viel schlimmer ist, dass Menschen und Tiere in größter Not im Stich gelassen werden. Einige hantieren mit alten Gasgeräten und riskieren einen Brand oder eine Vergiftung, das Vieh kann nicht gemolken und die Milch nicht abtransportiert werden. Davon, dass das Futter knapp wird, brauchen wir gar nicht erst reden. Doch egal welcher Notruf in Rügen abgesetzt wird, die Rostocker Bezirksleitung und das Zentralkomitee in Berlin stellen sich tot.« Bernd wurde immer lauter. »Honecker fährt zu einem überflüssigen Staatsbesuch nach Afrika, und seine Kumpane freuen sich auf ihr Silvesterwochenende.«

»Hier in Berlin ist es ungewöhnlich mild. Die denken sich, dass es nicht so schlimm sein kann«, warf Ameise 2 ein.

»Die sollen nicht denken, die sollen uns glauben!«

»Apropos, hast du Beweise?« Das Knistern erschien Tine plötzlich gefährlich laut, die Pause, die entstand, elend lang. Dann war die Stimme wieder da: »Hast du Namen für mich? Wer ist in der Bezirksleitung verantwortlich, und wer hat wann wie oft versucht, ihn zu erreichen? Verstehst du, ich brauche handfeste Fakten und am besten auch Zeugen.«

»Das kriege ich raus!« Bernds Stimme war belegt. »Ich weiß auch schon, wie.«

»Sehr gut! Halt mich auf dem Laufenden, Eisbär 5. Und keine

Sorge, es werden alle die Wahrheit hinter den blumigen Berichten erfahren, die offiziell über die Grenze dringen. Da heißt es, ihr hättet alles im Griff, die Soldaten der NVA leisteten Heldenhaftes.«

»Tun sie wahrscheinlich auch. Der Schnee ist zum Teil mit Flugsand vermischt, das Zeug ist hart wie Beton. Jeder, der auch nur einen Meter Straße freischaufelt, ist wirklich ein Held. Reicht nur leider nicht.«

»Pass auf dich auf, Eisbär! Übrigens könnten wir einen wie dich gut bei uns im Verlag brauchen. Falls dir also mal nach Tapetenwechsel ist …«

»Kann passieren. Mach's gut, Ameise 2. Und danke!«

Eine Weile war es still in dem fensterlosen Raum.

»Wo ist der Mann, mit dem du gesprochen hast?«, fragte Tine schließlich.

»In Westberlin.« Sie schluckte. »Ist ein richtig guter Journalist, der nimmt kein Blatt vor den Mund. Muss er drüben natürlich auch nicht. Er arbeitet für ein renommiertes Magazin.«

»Hörte sich so an, als würde er dir eine Stelle anbieten.« Sie hielt die Luft an. Als er nichts sagte, stand sie auf und rieb ihre Handflächen aneinander. »Willst du noch mehr Insekten informieren, oder können wir jetzt nach Hause fahren?« Er lachte, erhob sich ebenfalls und fasste ihre Schultern.

»Das war ein richtig guter Tag.« Er sah ihr in die Augen. »Wir zwei sind ein unschlagbares Gespann.« Ihr wurde ein paar Grad wärmer ums Herz. »Keine weiteren Insekten mehr. Auf geht's nach Hause.«

# 16

»Der Winter, ein schlimmer Gast, sitzt bei mir zu Hause; blau sind meine Hände von seiner Freundschaft Händedruck.«

*Friedrich Nietzsche*

## 31. Dezember 1978

Der letzte Tag des Jahres. Tine hatte nach dem aufregenden Tag geschlafen wie das berühmte Murmeltier. Bernd und sie hatten sich von der Funkstation irgendwie durchgekämpft und sogar noch telefonisch den Nachbarn von Herrn Rabenhorst informiert. Dann hatte es etwas Warmes zu trinken und natürlich Abendbrot gegeben. Danach hatten sie sich beide schnell zurückgezogen. Jetzt fühlte sie sich frisch und voller Energie. Trotzdem blieb sie noch einen Moment liegen. Welch ein Jahr! Bernd hatte ihr Leben ziemlich auf den Kopf gestellt. Sie dachte an seine Worte. Sie waren ein unschlagbares Gespann! Auf einmal schien alles vollkommen klar zu sein. Gemeinsam würden sie in Almas und Georgs Fußstapfen treten. Sie waren genau am richtigen Ort und hatten eine Aufgabe, die sie beide für immer ausfüllen würde. Mehr konnte sie sich nicht wünschen! Tine lächelte. Zwar hatte Bernd auf der Rückfahrt gefragt, ob sie nie darüber nachgedacht habe, Rügen zu verlassen, wenigstens für eine Weile. Nachdem sie das vehement verneint hatte, war eine lange Pause eingetreten.

Schließlich hatte er jedoch langsam genickt und gesagt: »Ist wahrscheinlich richtig so.« Das konnte nur eins bedeuten.

»Guten Morgen, Alma.« Tine betrat die Küche. »Ich vermisse unseren Badewannenbewohner. Hat die Brasse schon das Zeitliche gesegnet?«

»Ja, Georg hat den Fisch heute Morgen ins Jenseits befördert. Siehst aus, als hättest du dich von den Strapazen erholt.«

»Allerdings.« Tine band sich eine Schürze um und schnappte sich einen Holzlöffel, als wollte sie ein Orchester dirigieren. »Womit kann ich anfangen? Es gibt bestimmt noch einiges zu tun.«

»Du kannst schon mal Kartoffeln schälen.«

Ehe sich Tine Messer und Schüssel nehmen konnte, stürmte Guido herein.

»Darf ich das Wohnzimmer dekorieren? Wir essen doch im Wohnzimmer, wie immer zu Silvester, oder?« Alma nickte. »Darf ich? Bitte, bitte, bitte!«

Tine und Alma sahen sich an und lächelten.

»Na klar darfst du.«

»Juppiduh!« Weg war er.

Tine wollte sich an die Arbeit machen und wurde schon wieder abgelenkt. Was war das für ein merkwürdiges Quieken? Alma hatte es anscheinend auch gehört. Sie trat ans Fenster und versuchte, durch den schmalen Streifen zu gucken, den der Schnee noch nicht mit dickem Weiß verschlossen hatte.

»Das kann doch wohl nicht …«, sagte sie leise und lief im nächsten Moment in den Flur. Tine kam neugierig hinterher. Sie traute ihren Augen nicht. Georg und Bernd erschienen in der Haustür, klopften ihre Stiefel ab und traten ein. Jeder hatte ein Ferkel auf dem Arm, eingewickelt in alte Lumpen.

»Was soll das denn werden?« Alma stemmte die Fäuste in die Hüften.

»Ich dachte, es gibt Fisch.« Tine lachte und trat einen Schritt auf die beiden Männer zu. »Sind die niedlich.«

Aus dem Quieken war ein leises Grunzen geworden. Die beiden rosigen Winzlinge fühlten sich sichtlich wohl.

»Gibt es auch«, erklärte Georg ernst. »Bei den Böttchers im Stall sind die Wärmelampen ausgefallen. Und nicht nur die, auch die Pumpe für das Trinkwasser läuft nicht mehr. Die Tiere müssen dringend untergebracht werden. Wir haben bei ihnen geschippt, da haben sie uns gefragt, ob wir wenigstens die zwei hier mit zu uns nehmen können. Einige Jungtiere sind schon gestorben.«

»Für die Kühe wird die Situation auch immer schlimmer.« Bernd sah Tine in die Augen. Sofort erinnerte sie sich wieder an das, was er seinem Kollegen in Berlin erzählt hatte. »Der Strom ist in vielen Dörfern weg, die Melkmaschinen funktionieren also nicht mehr.«

»Gut, dass wir das Notstromaggregat haben.« Georg seufzte. »Alles können wir damit aber auch nicht ausgleichen. Wenn noch mehr Stromleitungen unter den Schneemassen zusammenbrechen …«

»Und wo sollen die Ferkel hin?«, unterbrach Alma ihn. »In dein Schlafzimmer?«

»Wenn Guido sie sieht, haben sie sofort einen Schlafplatz.« Tine grinste. Alma dagegen war offenbar nicht mehr zum Scherzen zumute.

»Die Tiere gehören in den Stall!«

»Sehe ich genauso, nur habe ich seit dem Stromausfall gestern Bedenken. Unsere älteren Tiere, die Hühner und Schafe halten die Kälte eine Weile aus, aber so lütte schaffen das noch nicht. Sobald ich die Temperatur in dem Verschlag mit Notstrom dauerhaft hochkriege, werden die Ferkel dort einquartiert. Es ist das erste Mal, dass ich froh darüber bin, dass wir die Kuh verkaufen und unsere beiden Schweine schlachten mussten. Wenn wir die auch noch alle durchbringen müssten …« Wieder ließ er den Satz in der Luft hängen.

Hüpfen auf der Treppe, im nächsten Moment sprang Doreen von einer Stufe und landete mitten im Flur.

»Wie süß!« Sie tätschelte die drolligen Nasen. »Behalten wir die?«

»Damit wäre wohl geklärt, wo die Schweinchen wohnen.« Tine zwinkerte Bernd zu.

»Wir bringen sie erst mal in die kleine Kellerabseite«, sagte Georg. »Mit etwas Stroh sollten sie es da gut haben.«

»Dann mal los.« Bernd schnaufte demonstrativ. »Das Kerlchen ist ganz schön schwer.«

»Ist ein Mädchen«, stellte Georg nüchtern fest.

Dem Ferkel war es egal, wofür es gehalten wurde, es war auf Bernds Arm eingeschlummert.

Als Tine und Alma später den Tisch im Wohnzimmer decken wollten, staunten sie nicht schlecht. Guidos Dekoration war umwerfend! An der Lampe über dem Tisch hing ein buntes Tiermobile. Schafe, Hunde und Kühe drehten sich langsam hin und her. Der Knirps hatte Platzdeckchen verteilt und auf jedes eine selbst gebastelte Figur gesetzt. Hier eine Blume, dort ein Baum, mal natürlich auch ein Schaf, weil die wolligen Vierbeiner eben doch seine Lieblingstiere waren. Einen Schneemann gab es ebenfalls.

»Unglaublich, wie filigran die kleinen Kunstwerke sind«, flüsterte Tine. »Erstaunlich, dass er in seinem Alter schon so gut mit Holz, Pappe und sogar Blech umgehen kann.«

»Das Werkzeug, das er zu Weihnachten bekommen hat, war ein echter Volltreffer, würde ich sagen.« Alma lächelte zufrieden.

Am Abend saßen sie alle beisammen. Um Öl und Briketts zu sparen, trugen sie jeder mindestens zwei Paar Socken, lange Unterwäsche und dicke Pullover. Der guten Stimmung tat das keinen Abbruch. Sie wurde nur einmal getrübt, als die Nachrichten aus dem Radio tönten.

»Die derzeitigen Witterungsunbilden sind meteorologisch ausgesprochen ungewöhnlich«, erklärte der Sprecher und klang dabei unpassend fröhlich. »Luftmassen schieben sich übereinander, und feuchtwarme Atlantikluft aus dem Süden stößt auf eisige, trockene Polarluft aus dem Norden. Dieses Phänomen wird auch weiterhin für ergiebigen Schneefall sorgen und führt auch in absehbarer Zeit zu den erwähnten Witterungsunbilden«, schloss er.

»Scheint das neue Lieblingswort der Radio-Heinis zu sein«, meinte Georg.

»Klingt ja auch schön harmlos«, entgegnete Bernd sofort. »Zu Konsequenzen oder Perspektiven kein Wort!«

»Stimmt, das ist echt blöd!« Sven rieb sich die kalten Finger. »Wenn es bis zum Schulanfang weiterschneit, müssen wir bestimmt nicht hin.« Andreas und er klatschten die Handflächen aneinander.

»Die verlängern unsere Ferien?« Beate machte große Augen.

»Davon hat niemand etwas gesagt«, dämpfte Alma die Begeisterung.

»Kommt vielleicht noch.« So schnell gab Sven die Hoffnung nicht auf. Doch er wurde enttäuscht.

»Freuen Sie sich auf ein buntes Silvesterprogramm!«, hieß es. Georg stand auf und schaltete den Apparat aus.

»Ist vermutlich sowieso das Gleiche wie im letzten Jahr. Außerdem müssen wir die Batterien schonen.« Er setzte sich wieder. »Lieber Gott, wir danken dir, dass wir alle zusammen sind und zu essen haben. Guten Appetit!«

Der Fisch war köstlich, das Wurstgulasch schmeckte den Kindern sowieso immer. Tine fand, dass das viele Kerzenlicht für eine besonders wohlige Atmosphäre sorgte. Nach dem Essen stand Bleigießen auf dem Programm.

»Was soll das denn sein?«

»Ein Herz!«

»Quatsch, das ist ein Spiegelei.« Allgemeines Gelächter.

»Nein, ich hab's, es ist eine Qualle.«

Tine trank zur Feier des Tages ein Glas Wein. Sie ließ sich von den Kleinen anstecken, die immer alberner wurden. Dass Bernd wieder mal verschlossen vor sich hin brütete und kaum ein Wort sagte, schob sie so weit es ging von sich. Fast hätten sie Mitternacht verpasst, denn es war ungewöhnlich still draußen. Keine Knallerei, die sich bis zum Jahreswechsel steigerte. Gerade noch rechtzeitig schenkte Georg den Rotkäppchen-Sekt ein, für die Kinder nur ein Schlückchen, Alma verteilte die Gläser, dann waren von draußen auch schon zwei, drei Böller zu hören, ehe es wieder leise wurde.

»Das waren bestimmt Überbleibsel vom letzten Jahr«, sagte Georg. »Also, inzwischen vom vorletzten Jahr«, korrigierte er sich. »Frohes neues Jahr allerseits!«

»Frohes neues Jahr!«, tönte es mehrstimmig. Die guten Wünsche gingen beinahe in dem Gebrabbel und Gekicher unter. Guido bekam von alldem nichts mit, er hatte sich auf dem Sofa unter einer Decke zusammengerollt und war eingeschlafen.

»Sag mal, Alma«, begann Georg plötzlich, »hatten wir nicht auch noch … Mir ist so, als wäre letztes Jahr auch bei uns etwas übrig geblieben.« Er stand auf und ging hinaus. Alma hob die Augenbrauen und zuckte mit den Schultern. Sie hörten ihn in den Keller gehen, es rumorte und rumpelte, und gleich darauf war er zurück und präsentierte strahlend Tischfeuerwerk. »Wusste ich's doch!« Er lachte. »Ist nicht viel, aber besser als gar nichts.«

Glückspilz und Schornsteinfeger wurden feierlich auf eine Untertasse gestellt und unter gespannten Blicken gezündet. Es knallte, Luftschlangen, Konfetti und ein Glücksschwein aus Plastik flogen über die Tafel. Guido murmelte etwas, schlief aber sofort weiter.

»Danke für ein weiteres Jahr eurer Gastfreundschaft.« Bernd erhob sich. Wollte er etwa eine Rede halten?

Georg hielt ihm sein Glas entgegen. »Auf viele weitere Jahre!« Er sah Alma an. »Von mir aus jedenfalls«, ergänzte er leicht verunsichert.

Alma lachte. »Ich habe sicher nichts dagegen.«

»Keiner von uns«, sagte Tine und strahlte Bernd an.

»Danke.« Er sah in die Runde. »Ist ein großes Glück, dass ich hier gelandet bin.« Er seufzte leise. »Und jetzt verabschiede ich mich, waren anstrengende Tage.«

Alle wünschten ihm eine gute Nacht. Tine trank enttäuscht ihr Glas leer. Einem plötzlichen Impuls folgend, stand sie auf, kurz nachdem er das Wohnzimmer verlassen hatte.

»Hier sieht's vielleicht aus«, schimpfte sie lachend. »Ich räume mal ein bisschen auf.« Alma schmunzelte. Sie hatte sie durchschaut, aber das war Tine egal. Eilig packte sie ein paar leere Teller und verließ ebenfalls den Raum. Bernd war in der Küche. Als hätte er auf sie gewartet.

»Ich muss alles aufschreiben, Tine, alles, was passiert ist.«

»Klar«, sagte sie, obwohl sie nicht recht verstand, warum es ausgerechnet jetzt sein musste.

»Nicht nur all die Fehlentscheidungen und Versäumnisse der Politik, die dieser Winter ans Licht gebracht hat, sondern auch die Geschichte dieses Hauses. Georg hat mir so viel darüber erzählt, über den Optimismus, mit dem seine Eltern an ihr Hotel geglaubt haben, über die Aktion Rose, die seine Träume hat platzen lassen. All das ist ein Spiegel dieses Landes, verstehst du? Es ist eine Chronik unserer Zeit, die festgehalten werden muss.« Tine wusste nicht, was sie sagen sollte. »Sie wird noch hier sein, wenn wir es längst nicht mehr sind.« Er küsste sie sanft auf die Wange und ging. Tine lächelte.

Wir werden immer hier sein, dachte sie.

# 17

»Der Winter geht nicht, ohne einen
Blick zurückzuwerfen.«
*Finnisches Sprichwort*

## 1. Januar 1979

Etwas war anders an diesem Neujahrsmorgen. Es war still. Das ständige Heulen, das ewige Knacken der gefrorenen Scheiben war verstummt. Tine sprang aus dem Bett und lief zum Fenster. Der Himmel war grau, doch es fiel kaum noch eine Flocke. Und der Wind hatte wahrhaftig aufgehört! Wie erstarrt lagen Bäume und Hecken unter ihrer Schneelast. Sie fröstelte. An der Kälte im Haus hatte sich nichts geändert. Einen Moment blieb sie trotzdem stehen und genoss die Ruhe.

»Bin ich gar nicht!« Das war eindeutig Guidos hohes, kräftiges Stimmchen. Sie zog sich einen Bademantel über und trat in den Flur. Im selben Augenblick stürmte der Kleinste mit roten Wangen aus seinem Zimmer. Fast hätte er sie in seinem Schwung umgerannt. »Die sagen, ich hätte Silvester verschlafen, und darum bin ich noch im alten Jahr und muss da auch bleiben.« Er umklammerte ihre Beine.

»Das stimmt nicht. Ich verrate dir etwas«, flüsterte Tine. »Du bist auch im neuen Jahr angekommen. Du bist nur durch die Traumwelt angereist. Weißt du noch, als wir die Tischfeuerwerke gezündet haben, bist du kurz aufgewacht. Da warst du schon mit uns allen im neuen Jahr gelandet.« Guido sah zu ihr auf. »Deine gebastelten Figuren waren toll.« Sie lächelte ihn an. »Alle haben das gesagt.« Jetzt strahlte er, umarmte sie noch einmal fest und sauste zurück ins Jungenzimmer, aus dem nun Geräusche kamen, die sie sehr an eine Kissenschlacht denken ließen.

Im Wohnzimmer herrschte noch gähnende Leere. Vermutlich schliefen alle aus. Andererseits … aus der Küche hörte Tine Stimmen. Sie erkannte Georg und Bernd.

»Die Situation ist, wie sie ist. Wir müssen eben Strom sparen und Briketts sowieso.« Tine trat ein, Georg stand mit verschränkten Armen an den Herd gelehnt.

»Guten Morgen«, sagte sie.

»Morgen«, kam es knapp im Duett zurück.

»Natürlich müssen wir das!« Bernd sah schon wieder aus, als würde er im nächsten Moment explodieren. »Die Arbeiter im Energiesektor schuften sich kaputt, und trotzdem müssen wir uns alle einschränken. Es hätte nicht so weit kommen müssen, wenn die Energieversorgung nicht so einseitig aufgebaut worden wäre. In den Fabriken können keine Briketts mehr hergestellt werden, alles ist gefroren. Der Strom muss großflächig abgeschaltet werden, sonst bricht alles zusammen. Aber statt Notstromaggregate an jede Gemeinde zu verteilen, gewährleisten die den Betrieb der Grenzzäune. Falls jemand die Gunst der Stunde nutzen und abhauen sollte, bringt Strom ihn um, der überall so dringend gebraucht wird.«

Nach einem fröhlichen Jahresbeginn hörte sich das nicht an.

»Lass gut sein.« Georg winkte ab. »Statt zu lamentieren, kümmere ich mich mal um die Viecher.«

»Es hat aufgehört zu schneien«, sagte Tine, weil sie das entstandene Schweigen nicht ertragen konnte. Bernd atmete hörbar aus.

»Georg hat vollkommen recht, mein Gemecker nützt nichts. Ich muss etwas tun.« Sie sah ihn fragend an. »Du hast gehört, worüber ich gestern mit Ameise 2 gesprochen habe.« Sie nickte. »Er braucht Beweise für meine Berichte. Die kriegt er. Ich muss nach Bobbin fahren. Jetzt.«

»Am Feiertag? Wie willst du dorthin kommen?«

»Wir haben es nach Lohme geschafft, dann ist Bobbin ein Kinderspiel.«

»Du sagst wir«, begann sie zögernd, »dann komme ich mit?«

»Nein, Tine, so habe ich das nicht gemeint.« Ihr Herz wurde schwer. »Ich möchte nicht, dass du dich meinetwegen in Gefahr bringst. Das musst du wirklich nicht.«

»Ich muss nicht, aber ich will.« Sie ging einen Schritt auf ihn zu. Bernd nahm ihre Hand.

»Bleib lieber hier, ist besser so.«

»Das sehe ich anders. Sagtest du gestern nicht, wir seien ein gutes Gespann? Zu zweit buddeln wir uns schneller durch die Schneeberge. Oder ich kratze schon mal die Scheiben frei, während du schaufelst. Außerdem kann ich wieder Schmiere stehen, wenn es nötig ist.« Sie sah ihm in die Augen. »Ich habe alles mit angehört, ich weiß, was du tust«, erklärte sie, ohne auch nur zu blinzeln.

»Du willst mich aber nicht erpressen, oder?« Sein Blick war amüsiert und fasziniert, sein Gesicht näherte sich ihrem.

»So würde ich es nicht nennen«, hauchte sie. Noch eine Sekunde, dann würde sie seine Lippen auf ihren spüren. Ein Poltern im Hausflur, Stefan und Guido stürmten herein.

»Tine, wir brauchen neue Handschuhe«, krähte Guido, »die hier sind klitschklatschnass.«

Bernd war rasch einen Schritt zur Seite getreten. Tine seufzte. Die prickelnde Spannung zwischen ihnen war dahin.

»Dann wollen wir doch mal sehen, ob wir noch trockene haben.«

Als Tine das Handschuhproblem gelöst hatte, wollte sie nach den Ferkeln schauen und dann mit Alma besprechen, was zu tun sei. Bernd kam ihr an der Kellertreppe entgegen.

»Die Schweinchen fühlen sich sehr wohl da unten. Die werden

wir nicht mehr los.« Er schloss die Kellertür und kam näher. Sie glaubte schon, er würde nachholen, was Guido und Stefan eben verhindert hatten. Irrtum. »Du hast gewonnen, ich nehme dich mit.« Er lächelte. »Ich habe da nämlich noch eine Idee.«

Zwischen Schneewänden, die bestimmt gut und gern drei Meter hoch waren, fuhren sie im Schneckentempo in Richtung Süden. Überall waren Menschen und Fahrzeuge unermüdlich im Einsatz. Wenn es jetzt trocken bliebe, hätten sie das Schlimmste überstanden. Tine betrachtete Bernd von der Seite. Sah nicht so aus, als würde ihn die Tatsache beruhigen.

»Was willst du in Bobbin?«

»Informationen zusammentragen. Wenn alles gut läuft, fahren wir weiter nach Sagard, genauer gesagt nach Hoch Seelow. Rolf hat gestern eine Sendestation erwähnt, die auf einem Hügel liegt. Die haben dort leistungsstarke Kurzwellensender, die Reichweite dürfte enorm sein. Vielleicht sogar bis nach Amerika!« Seine Augen funkelten.

Als sie Bobbin endlich erreichten, war Tine schon wieder durchgefroren. Bernd warf einen Blick auf die Tanknadel, ehe er den Barkas parkte.

»Wir brauchen Diesel. Dieter kennt sich mit den Transportwegen aus, vielleicht hat er sich sogar welchen abgezweigt. Er ist mir noch etwas schuldig, finde ich«, fügte er leise hinzu.

Dieter war mehr als überrascht von dem Besuch.

»Kein Mensch verlässt im Moment freiwillig das Haus«, stotterte er. »Was treibt ihr hier?« Er sah an ihnen vorbei und entdeckte den Wagen. »Warum habt ihr das … Kommt doch erst mal rein.« Er trat beiseite. Bernd sparte sich jede Höflichkeitsfloskel und kam sofort zur Sache.

»Ich brauche Auskünfte von dir. Außerdem brauchen wir Diesel, bis nach Sagard und zurück kommen wir vermutlich nicht mehr. Die Tankstelle in Glowe hat geschlossen. Kannst du uns aushelfen?«

»Was wollt ihr denn bei dem Wetter in Sagard?« Dieter warf einen kurzen Blick auf Tine. »Und um welche Auskünfte geht es?« Bernd zögerte eine Sekunde. Dieter dagegen hatte die Überraschung anscheinend verkraftet. »Ich habe gehört, dass gestern eine schwangere Frau von Lohme nach Stralsund geflogen wurde. Ich gehe also davon aus, dass ihr es bis dorthin geschafft habt.« Er sah Bernd durchdringend an. »Konntest du an der Funkstation noch etwas erreichen?« Wieder ein schneller Blick zu Tine.

»Ich weiß Bescheid, Bernd und ich haben keine Geheimnisse voreinander«, sagte sie und war fast selbst ein wenig erschrocken darüber. War ein bisschen dick aufgetragen. Ihre Wangen brannten. Glücklicherweise nickte Bernd zustimmend.

»Na schön, dann lasst uns offen reden.« Dieter öffnete eine Tür. »Meine Frau schläft. Ihr geht's nicht gut. Hier sind wir ungestört.«

Der kleine Raum war allem Anschein nach sein Arbeitszimmer. Auf dem Schreibtisch stapelten sich beschriebene Seiten, Notizblöcke, dazwischen ein paar Bücher. Auch die Regale ringsherum an den Wänden waren vollgestopft. Dieter räumte eilig einen Stuhl frei, bot Bernd seinen Platz an und zog sich einen Holzschemel heran.

»Ich konnte gestern tatsächlich einen Bekannten in Westberlin erreichen, einen Journalisten«, begann Bernd. »Er braucht mehr Informationen. Das ist die Chance, Dieter! Im Moment überwachen sie uns weniger streng, die haben andere Probleme. Der Kollege wird meine Informationen drucken und an Funk und Fernsehen weitergeben«, sagte er atemlos. »Aber dafür braucht er mehr von mir.«

Eine Weile blieb es still. Tine fürchtete schon, Dieter würde sie gleich wieder vor die Tür setzen. Ihr war klar, dass sie Bernds einstigen Kumpel in Gefahr brachten.

»Du hast dich nicht verändert«, sagte er plötzlich und nickte langsam. »Bist immer noch der Alte.« Bernd schnappte nach Luft. »Hast vollkommen recht. Selbst bei uns in der Redaktion wurde nichts geprüft oder zensiert. Es ist wirklich die Gelegenheit. Für dich! Wir fest angestellten Redakteure werden im Nachhinein für jedes Wort zur Rechenschaft gezogen.« Er schmunzelte. »Übrigens schlägt sogar das Funkhaus Rostock inzwischen andere Töne an. Ich habe nicht schlecht gestaunt, wie kritisch sie gestern über die Situation im Land berichtet haben. Bin gespannt, welche Folgen das noch hat.« Er schüttelte den Kopf. »Bei der *Aktuellen Kamera* ist alles schön beim Alten. Die übertragen lieber die Verleihung von Orden für die Verdienste im Winterkampf, als auch nur einmal nach der Qualität der Krisenbewältigung zu fragen.«

»Genau das meine ich, Dieter.«

Bernd ließ ihn wissen, welche Informationen er unbedingt brauchte. In der nächsten Sekunde waren die beiden in eine hitzige Diskussion verwickelt und hatten Tine anscheinend vergessen. Sie versuchte, ihnen zu folgen, doch die Namen, von denen die Rede war, kannte sie nicht. Irgendwann schwirrte ihr der Kopf.

»Ihr braucht nicht bis nach Sagard zu fahren«, hörte sie Dieter sagen. »Alles, was du brauchst, ist hier in diesem Raum.« Er erhob sich von seinem Hocker und hievte eine Metallkiste, die in der Ecke gestanden hatte, darauf. »Vorgestern Abend habe ich von der NVA dieses Spielzeug bekommen.« Er öffnete den Deckel. Bernd kippte die Kinnlade herunter. »Das ist ursprünglich für die Koordination von Einsätzen gedacht. Als Journalist, der Hilfsaktionen begleiten und darüber berichten soll, muss ich natürlich auch an den Funkverkehr angeschlossen sein. Wie gesagt, die vertrauen mir, weil sie wissen, dass ich meinen Kopf für alles hinhalten muss, wenn die Krise vorüber ist. Funktioniert tadellos. Schade, dass ich die mobile Anlage nicht schon hatte, als der Unfall passiert ist.« Falten gruben sich in seine Stirn. »Dann hätte ich Hilfe rufen können.«

»Wie geht es dem Unglücksraben?« Tines Körper spannte sich bei der Erinnerung an den Menschen an, der in völlig unnatürlicher Stellung unter dem gewaltigen Fahrzeug gelegen hatte.

»Er hat es nicht überlebt. Leider.« Tine schluckte. Dieter holte tief Luft. »Ich sehe mal nach meiner Frau. Wie gesagt, es geht ihr nicht besonders, kann eine Weile dauern.«

»Lass dir Zeit, Dieter, uns wird nicht langweilig.« Bernd grinste. Wenig später hatte er das mobile Funkgerät in Betrieb genommen. Es rauschte und knisterte. »Bis nach Amerika komme ich damit nicht, aber es erspart uns viel Fahrerei«, flüsterte er.

Ameise 2 schien nur auf Bernd gewartet zu haben.

»Gutes Neues! Na, wie sieht es aus?«

»Die Fehleinschätzung, man könnte auch sagen, das Ignorieren der Wetterlage durch unsere Staatsführung hat uns in ein komplettes Chaos gestürzt. Der Krisenstab wurde zu spät gebildet, Hilfe kam erst in letzter Minute. Und die Probleme sind noch lange nicht gelöst.« Er berichtete atemlos von gefrorenen Böden im Tagebau, von vereisten Förderbändern und Kohle, die nicht mehr darauf transportiert werden konnte. Und er erzählte in druckreifen Sätzen von Tausenden von Ferkeln, Kälbern und Küken, die in den Ställen der VEBs erfroren seien, weil Heizungen und Wärmelampen ausgefallen waren. »Die Kühe brüllen vor Schmerz, weil die elektrischen Melkanlagen durch die Stromausfälle unbrauchbar sind. Würden die Landwirte nicht mit ein paar Helfern per Hand melken, wäre alles noch schlimmer, und wir hätten nicht einmal die kostbare Milch.« Tine staunte, dass er nichts aufgeschrieben hatte. Alles war in Bernds Kopf. Auch die Namen der Verantwortlichen, die er Ameise 2 zum Schluss diktierte. Als die beiden Männer sich verabschiedeten, horchte Tine auf.

»Übrigens war es mir ernst, als ich sagte, wir könnten dich hier gut brauchen. Ein Wort von dir genügt, und ich setze alle Hebel in Bewegung, um dich nach Westberlin zu kriegen.«

»Lass uns ein anderes Mal darüber sprechen«, erwiderte Bernd leise.

Panik keimte in Tine auf. Er dachte doch nicht etwa ernsthaft über Flucht nach. Das war lebensgefährlich! Sie wollte Rügen nicht verlassen. Noch weniger wollte sie ihn verlieren.

»Danke, Dieter.« Bernd streckte ihm die Hand hin.

»Wofür?« Dieter zwinkerte. »Ich muss mich entschuldigen, dass ich euch so lange allein gelassen habe. Kein feiner Zug von einem Gastgeber.«

»Du hattest es noch nie mit guten Manieren«, sagte Bernd grinsend. »Ich auch nicht, darum bin ich so unverschämt, dich auch noch um etwas Diesel zu bitten. Auch wenn wir uns nun die Kilometer nach Sagard sparen können, wäre es sicherer. Außerdem will ich Georg den Wagen nicht mit leerem Tank hinstellen.« Bernd wurde ernst. »Ich bezahle das natürlich.«

»Geht klar. Ich habe ein bisschen was zugeteilt gekriegt, damit ich mobil bleibe. Vollmachen kann ich deinen Wagen allerdings nicht.«

»Ist doch logisch. Danke, Dieter!«

Bernd fuhr den Barkas hinters Haus, Dieter füllte den Treibstoff ein.

»Alles Gute«, sagte er und reichte Bernd die Hand. Der nahm sie, sie sahen sich in die Augen, und nur einen Atemzug später zog Bernd ihn an sich und drückte ihn wortlos.

»Ich fand ihn gleich sympathisch«, stellte Tine grinsend fest, als sie sich auf den Weg machten.

»Ich will nichts hören«, knurrte Bernd und musste auch schmunzeln. »Komm, wir machen einen Abstecher zum Hafen!« Er wirkte mit einem Mal aufgekratzt.

»Du bist verrückt!«

»Das weißt du erst jetzt?« Er lachte. »Wir haben wieder Sprit im Tank, ich möchte wissen, wie es dort aussieht.«

In Glowe steuerte er den Wagen in Richtung Königshörn. Offensichtlich war hier schon ein Räumfahrzeug durchgekommen, der Schnee türmte sich an den Straßenrändern zu weißen Mauern auf. Als es mit dem Auto nicht mehr weiterging, machte Bernd den Motor aus. Tine war überwältigt. Der Blick auf die Ostsee im bläulich violetten Licht des Nachmittags war magisch. Dicke Eisschollen, von krustigem Schnee überzogen, trieben durch die seichten Wellen und schoben sich an Land kreuz und quer übereinander. Die Buhnen glichen Fantasietieren, die im nächsten Moment zum Leben zu erwachen schienen, Sturm und Eis hatten bizarre Skulpturen geschaffen. Auch die Laternen hatten sich in raffinierte Kunstwerke verwandelt.

»Es ist wunderschön«, flüsterte Tine. Sie spürte, dass er sie ansah, und wandte ihm das Gesicht zu.

»Das ist es«, entgegnete er, ohne die traumhafte Kulisse da draußen auch nur eines Blickes zu würdigen.

Langsam beugte er sich zu ihr herüber und küsste sie. Seine Lippen fühlten sich weich und warm an. Ihr kam Westberlin in den Sinn. Sie klammerte sich an ihn, sie würde ihn nie wieder loslassen. Irgendwann schob er sie sanft von sich.

»Frohes neues Jahr, Tine!«

Als sie auf den Hof rollten, schwebte Tine noch immer im siebten Himmel. Allerdings nicht lange. Georg und Alma waren beide draußen und rannten hin und her.

»Was ist denn hier los?« Bernd parkte den Wagen. Auch die Jungen liefen mit ernsten Gesichtern durch die Gegend. Tine wurde flau im Magen.

»Wo wart ihr denn«, blaffte Georg, als sie ausgestiegen waren. Er wartete die Antwort nicht ab, sondern verschwand in Richtung Schuppen. Almas Lippen sahen ungesund blau aus, ihre Haut war blass.

»Der Hund von Böttchers ist weggelaufen«, erklärte sie und kam vorsichtig auf die beiden zu, die Arme zur Seite gestreckt, um die Balance auf dem spiegelglatten Boden halten zu können.

»So eine Aufregung wegen eines Köters?« Bernd hob erstaunt die Augenbrauen und kassierte einen strafenden Blick von Tine. »Ist doch wahr«, meinte er.

»Die kleine Lise ist unbemerkt aus dem Haus geschlüpft. Wahrscheinlich, um ihn zu suchen. Es ist furchtbar!« Almas Lippen zitterten. »Wenn wir sie nicht bald finden, erfrieren alle beide.« Selten hatte Tine sie so verzweifelt und hilflos erlebt. »Oder alle drei. Klaus ist los, um sie zu finden. Du weißt schon, die kleine Sportskanone aus einem der Häuser drüben.« Alma deutete vage in Richtung Putgarten.

»Macht, dass ihr reinkommt!«, kommandierte Bernd. »Und zwar ihr alle. Ihr seid ja selbst schon fast erfroren. Wir kümmern uns jetzt um die Suche.« Zu Tines Verwunderung ließ sich Alma das nicht zweimal sagen.

»Ablösung ist da«, rief sie erleichtert. »Alle Mann rein zum Aufwärmen! Ihr sagt sofort Bescheid, wenn ihr sie gefunden habt.« Damit verschwand sie ins Haus. Tine hätte sie am liebsten begleitet. Der strenge Frost biss ihr in die Wangen und sorgte dafür, dass Hände und Füße schon ganz taub waren. Aber sie würde Bernd auf keinen Fall im Stich lassen.

»Da ist Lise!« Guido war Almas Aufforderung als Einziger nicht gefolgt. Er streckte den Finger, der in einem Fäustling steckte, aus. Seine Wangen waren dunkelrot vor Kälte.

»Tatsächlich, das ist sie.« Tine freute sich schon, doch die Kleine weinte bitterlich.

»Freddi soll wiederkommen«, schluchzte sie. »Ich habe überall gesucht, aber ich kann ihn nicht finden.«

»Und der Junge, der dich und deinen Hund suchen soll, was ist mit dem?« Bernd hockte sich vor dem Mädchen hin. Er sah sehr besorgt aus.

»Klaus? Der hat mich hergeschickt und mir versprochen, Freddi auch herzubringen.«

»Dann macht er das auch. Ganz bestimmt.« Bernd strich Lise tröstend über die Wange und warf Tine einen schnellen Blick zu. »Wir müssen den Jungen finden«, raunte er ihr zu. »Weit kann er ja noch nicht sein.«

Der Wind hatte wieder aufgefrischt, die Sonne war hinter einer dicken Nebelschicht verschwunden und würde ohnehin bald untergehen. Georg brachte ihnen eine Taschenlampe.

»Ich würde mit euch gehen, aber die Heizung im Zimmer der Jungs ist ausgefallen. Keine Ahnung, was da los ist, ich kriege sie einfach nicht in Schwung. Ich muss mich darum kümmern. Nicht dass noch die gesamte Anlage ausfällt.«

»Mach dir keine Sorgen, Georg!« Bernd nickte ihm zu.

»Als ob sich hier irgendjemand keine machen würde«, brummte Georg. »Pass bloß auf Tine auf. Und achtet auf eure Schritte. Ist sauglatt. Dazu noch diese miese Sicht, verdammt noch mal.«

»Wir sind vorsichtig«, versprach Bernd. Er nahm Tines Hand, und los ging es. Behutsam setzten sie einen Fuß vor den anderen. Wind und die eisigen Temperaturen trieben Tine die Tränen in die Augen. Einmal rutschte sie aus und ruderte erschrocken mit den Armen. Bernd fing sie auf.

»Klaus? Freddi?« Ihre Stimmen verloren sich in der weißen Weite.

»Vielleicht hat sich der Vierbeiner hinter die Sanddornsträucher verzogen«, sagte Bernd. »Sieht aus, als könnte man sich dort eine Höhle bauen.« Sie stapften in die Richtung, doch da war niemand. Kein Hund, kein Kind.

»Hoffentlich ist er nicht nach Vitt gelaufen. Da geht's teilweise steil runter.« Tine schlotterte. »Wenn eine Schneewehe …« Sie mochte es nicht aussprechen.

Immer wieder riefen sie nach den Vermissten und tasteten sich Meter für Meter vor. Die Batterien der Taschenlampe würden nicht mehr lange durchhalten, nur ein schwacher Schein ließ sie den Weg einigermaßen erkennen. Plötzlich blieb Tine stehen.

»Hast du das gehört?« Sie lauschte, aber da waren nur der Wind und das Keuchen ihres eigenen Atems. »Nee, war wohl doch nichts.«

»Wir finden sie!« Bernd drückte ihre Hand. Wieder meinte sie, etwas gehört zu haben, ein leises Jammern oder Winseln.

»War das ein Hund?«

»Klaus, bist du hier?« Bernd schrie gegen den Sturm an, der immer stärker toste. »Klaus!« Kein Zweifel, da war ein Schluchzen.

»Das ist der Junge!«, rief Tine erleichtert. Dann ein Jaulen. »Und Freddi!« Sie lachte.

»Die Richtung!«, bestimmte Bernd und zog sie auch schon mit sich. Sie stolperte hinter ihm her durch die Dunkelheit. Das Winseln und Weinen wurde lauter. Sie waren auf dem richtigen Weg. Plötzlich hielt Bernd so abrupt an, dass Tine gegen ihn prallte. Er strauchelte und fand nur knapp sein Gleichgewicht wieder. Der blasse Strahl der Taschenlampe erhellte einen Abgrund. Um ein Haar lägen sie beide dort unten. Bei dem Jungen, der gerade noch zu erkennen war. Neben ihm kauerte ein Hund.

»Wir sind da, Klaus, es ist alles in Ordnung«, rief Tine.

»Kannst du aufstehen?« Bernd sah sich bereits nach einer Möglichkeit um, wie er zu ihm gelangen könnte. Klaus kämpfte gegen die Tränen, das war nicht zu überhören.

»Nein. Ich hab's schon versucht. Mein Bein …« Bernd leuchtete über den Körper des Jungen. Tine sog die Luft scharf ein.

»Verdammter Mist, der arme Kerl«, flüsterte Bernd. Klaus' Bein war unnatürlich verdreht. Tine musste an den Mann unter dem Räumfahrzeug denken. Er hatte es nicht geschafft.

»Da ist alles voller Blut«, wisperte sie.

»Der Frost hat ihn gerettet«, murmelte Bernd. Tine sah ihn erstaunt an. »Hätte er das austretende Blut nicht sofort gefrieren und eine Kruste entstehen lassen, wäre Klaus verblutet. Er hatte einen Schutzengel.«

»Mein Arm tut auch weh«, wimmerte der Junge.

»Das wird die Eiskante hier gewesen sein, die ist messerscharf.« Bernd drückte Tine die Lampe in die Hand. »Du richtest den Lichtstrahl ruhig auf den Kleinen. Ich schätze, es sind drei Meter bis da unten. Da am Rand ist die Schneewand nicht glatt, da finde ich genug, wo ich mich festhalten kann.«

»Sei bitte vorsichtig!«

»Ich komme jetzt zu dir runter, Klaus. Du brauchst keine Angst mehr haben.«

»Ist gut«, kam es schwach zurück.

Über den Stufen, die nach Vitt hinunterführten, musste sich eine mächtige Schneewehe gebildet haben, vermischt mit Sand vermutlich. So hart ein solches Gebilde sein konnte, so instabil war es leider auch manchmal. Tine erinnerte sich, dass sie diese Erfahrung als Kind beim Toben gemacht hatte. Damals war sie auf einen Schneehaufen geklettert, eingebrochen und unsanft auf dem Hintern gelandet. Mehr war glücklicherweise nicht passiert. Der arme Klaus hatte Pech gehabt, der feste Untergrund musste an einer Stelle unter ihm nachgegeben haben, an der es einige Meter abwärtsging.

»Halte dich an mir fest, so gut du kannst«, hörte sie Bernds Stimme.

Gleich darauf die von Klaus: »Wir müssen Freddi mitnehmen, seine Pfötchen sind bestimmt erfroren, und er atmet ganz komisch.«

»Erst du, den Hund hole ich anschließend.«

»Nein!« Der Junge klang panisch. »Freddi hat mich gewärmt. Ohne ihn hätte ich … Wir bleiben zusammen.«

»Kannst du ihn denn halten?« Seine Antwort war wohl nur ein Nicken. »Na, dann los!«

Tine starrte in das Licht, das kaum noch als solches zu bezeichnen war. Bernd ächzte unter der Last von Kind und Hund, doch er brachte die beiden sicher nach oben. Sobald sie konnte, packte sich Tine den Vierbeiner und drückte ihn an sich.

»Jetzt bringen wir dich nach Hause, du Ausreißer«, flüsterte sie ihm ins flauschige Ohr.

»Hilf mir, Tine, ich muss Klaus irgendwie auf meinen Rücken kriegen, sonst schaffe ich nie die gesamte Strecke mit ihm.«

Eilig legte sie den Hund ab und half, so gut sie konnte. Es war nicht einfach, doch endlich hing das verletzte Kind schlapp auf Bernds Rücken, die Arme um seinen Hals gelegt. Bernds Hände hielten behutsam die dünnen Oberschenkel. Tine nahm Freddi wieder auf den Arm, und so machten sie sich auf den Weg. Mehrmals waren sie gezwungen, anzuhalten, weil Klaus immer weiter abrutschte und Bernd ihn zurück in eine stabile Position bringen musste. Auch Tine musste wieder und wieder umgreifen. Der Hund schien schwerer und schwerer zu werden, ihre Arme länger und länger.

»Geht es, Tine?«, fragte Bernd zwischendurch und keuchte. »Wir sind gleich da«, ermutigte er sie und wahrscheinlich auch sich selbst. Der Sturm trieb ihr Schnee in die Augen, ihr Gesicht war schon taub. »Da vorne, das Licht«, rief er plötzlich, »siehst du es?«

Georg kam ihnen mit einer Taschenlampe entgegen. Der helle Schein war das Schönste, was Tine seit Langem gesehen hatte. Sie fing vor Erleichterung an zu lachen, Tränen liefen über ihre Wangen.

# 18

»Es gibt keinen reinen Frühling. Man wandelt immer auf dem welken Lauf vergangenen Daseins.«
*Berthold Auerbach*

Die Sonne strahlte von einem wolkenlosen Himmel. Christina trat auf ihre Terrasse und lächelte. Die Temperaturen waren spürbar nach oben geklettert, es fühlte sich fast schon ein wenig nach Frühsommer an. Herrlich, der perfekte Abschluss für ihre Zeit auf Rügen. Und sie wusste auch schon genau, was sie damit anfangen würde. Ans Meer wollte sie auf jeden Fall noch mal, die würzige Luft genießen, den Möwen zuhören. Aber vor allem hatte sie eine Verabredung. Der Gedanke daran kribbelte gehörig. Eine Begegnung mit der Vergangenheit.

»So eine Klientin hatte ich noch nie«, hatte Ziska am Ende der letzten Stunde lachend erklärt. »Wenn jemand kein Coaching braucht, dann bist du es. Ich habe in meiner beruflichen Laufbahn selten so bodenständige, ausgeglichene und aktive Menschen kennengelernt wie dich. Du weißt genau, was du mit deinem Ruhestand anfangen wirst, und es wird wunderbar werden. Selbst in Sachen Spontanität bist du gar nicht schlecht.« Ihre Miene hatte sich verändert. »Inzwischen weiß ich natürlich, warum du wirklich hier bist. Ungefähr jedenfalls. Du kennst Rügen besser als ich. Und irgendetwas sagt mir, dass du über die Villa Sanddorn noch mehr weißt, als du zugibst.« Sie hatte sie freundlich, aber auch durchdringend angesehen. Und dann hatte Ziska sie zum Essen eingeladen. Morgen Abend! Ihr Herz schlug einen Takt schneller. Ob sie vielleicht doch noch die Chance bekam, einen Blick in die Chronik zu werfen? Sie ging hinein, schloss die Terrassentür und sah auf die Uhr. Es war Zeit, sich auf den Weg zu machen.

Dieter war der einzige Mensch aus Bernds Umfeld, den sie jemals kennengelernt hatte. Er lebte nach wie vor auf der Insel. Wie lange hatte sie sich vor dem Anruf bei ihm gedrückt, nachdem sie die SMS mit seiner Telefonnummer bekommen hatte. Schließlich war sie über ihren Schatten gesprungen. Die Vorstellung, mit jemandem über Bernd sprechen zu können, war einfach zu verlockend gewesen. Mehr noch, Dieter war damals dabei gewesen, im Schneewinter. Mit jemandem zu reden, der es auch erlebt hatte, war etwas völlig anderes, als nur davon zu erzählen.

Sie wollten sich im Hotel Dünenhaus in Juliusruh treffen. Ausgerechnet. Christina war weit vor der verabredeten Zeit da. Sie schlenderte an dem Gebäude entlang, das für sie immer mit dem Beginn des Ausnahmezustands damals in Verbindung stehen würde. Von dort war der erste Notruf gekommen, der Georg aus dem Haus gelockt hatte. Hier hatten Gäste festgesessen, ohne ausreichend Medikamente, ohne genug zu essen für all die Tage … Sie ging langsam über den runden Platz, der heute von einer hübschen niedrigen Mauer eingefasst war, vorbei an einer steinernen Säule zum Strand. Sie hatte Zeit, also lief sie ein paar Schritte durch den Sand, blickte auf die seichten Wellen, hörte ihrem Gemurmel zu und dem Schreien der Möwen. Entspannen konnte sie sich nicht. Immer wieder blickte sie auf die Uhr. Dieter hatte am Telefon nicht gerade begeistert geklungen. Oder hatte sie sich das nur eingebildet?

»Wer ist da?«, hatte er misstrauisch gefragt. Erst als sie Bernds Namen erwähnt hatte, war ihm ein Licht aufgegangen. Hoffentlich würde er nicht so abweisend und kurz angebunden bleiben. Sie atmete tief durch. Warum sollte er? Wenn es ihm gegen den Strich gegangen wäre, hätte er sich schließlich nicht mit ihr verabreden müssen.

Christina hatte Glück, sie bekam einen Tisch am Fenster des Restaurants. Noch lieber hätte sie draußen gesessen, aber die Terrasse war noch nicht in Betrieb. Sie blickte hinaus übers Meer bis zum Horizont, während ihre Hände die Speisekarte von links nach rechts und wieder zurück schoben. Es war nicht viel los um diese Zeit. Als ein großer, schlaksiger Mann das Restaurant betrat, wusste sie sofort, dass er es war. Sie stand auf und streckte ihm die Hand entgegen.

»Schön, dass Sie Zeit haben.«

»Waren wir am Telefon nicht beim Du?« Er verzog keine Miene.

»Stimmt. Immerhin kennen wir uns quasi über vierzig Jahre, wenn wir auch keinen Kontakt mehr …« Sie setzte sich wieder, er nahm ihr gegenüber Platz.

»Du machst also Urlaub hier?«

»Ja, so kann man es nennen.« Er nickte. Stille. Vielleicht hätte sie ihn doch nicht anrufen sollen. »Und du? Was machst du so?« Das war auch nicht gerade ein brillanter Einstieg in ein lockeres Gespräch.

»Was soll ich schon machen? Ich bessere seit ein paar Jahren meine nicht gerade üppige Rente mit dem einen oder anderen kleinen Bericht auf.« Er faltete die Hände verkrampft und schwieg wieder. Christina überlegte, was sie sagen sollte, da sprach er doch weiter: »Bin aber froh, nicht mehr voll arbeiten zu müssen. In unserem Alter ist Zeit ja ähnlich knapp wie Geld.« Er lachte freudlos. »Immerhin haben meine Frau und ich schon ein paar Reisen gemacht und wollen auch noch das eine oder andere Land sehen. Wir können uns nicht beklagen.« Sein Gesicht hatte das Jungenhafte verloren, das Christina damals so sympathisch gewesen war. Gut, er musste inzwischen um die siebzig sein. Trotzdem, wäre er zufrieden mit seinem Leben, würde seine Miene das auch widerspiegeln, dachte sie. Plötzlich fiel ihr etwas ein.

»Hast du die Kiste mit dem Funkgerät eigentlich behalten dürfen?« Er runzelte die Stirn, doch dann schien ihn die Erinnerung seine Einsilbigkeit vergessen zu lassen.

»Wenn wir die damals nicht gehabt hätten!« Er schüttelte den Kopf. »Mann, das waren harte Tage, aber irgendwie möchte ich sie nicht missen. Alle zogen plötzlich an einem Strang und hielten zusammen. Es gab wirklich etwas zu berichten, nicht nur Jubiläen, Geburtstage und so was, sondern etwas wirklich Bedeutendes. Ich war teilweise als Erster vor Ort!« Er sah ihr in die Augen. »Man kann sagen, was man will, aber die Soldaten und auch die russischen Matrosen haben einen unglaublichen Einsatz gezeigt. Ohne sie und die Versorgungsflüge mit den Helikoptern hätten wir alt ausgesehen.« Er ließ die Luft hörbar aus seinen Lungen strömen. »Schon klar, dass es trotzdem auch viel zu kritisieren gab. Da war Bernd in seinem Element.« Er lächelte.

»Bernd hat uns damals sehr unterstützt«, hakte Christina sofort ein.

»Das glaube ich. Er konnte anpacken.« Er blickte hinaus in die Ferne, fast ein wenig wehmütig, fand sie. »Letztendlich hat er die richtigen Entscheidungen getroffen.«

»Hast du noch Kontakt zu ihm?« Sie hielt die Luft an.

»Nicht regelmäßig, dafür ist Bernd zu viel unterwegs, aber immer mal wieder.«

»Vor ein paar Jahren, als sich die Schneekatastrophe zum vierzigsten Mal jährte, habe ich einen großen Artikel in der Zeitung entdeckt. Meine Güte, der hat Erinnerungen hochgeholt.« Sie lächelte.

»Kann ich mir denken.«

»Ich war ziemlich aufgewühlt. Und überrascht. Mir war nie klar gewesen, wie viele Menschen mit den ungeheuerlichen Folgen dieses tückischen Wetterphänomens zu kämpfen hatten. Auch im Norden der BRD, in Polen und Teilen Skandinaviens muss Chaos geherrscht haben. Ich hatte damals ein Gefühl der Isolation, als wären nur wir auf Rügen so schlimm betroffen. In dem Artikel war auch die Rede von einem mutigen Journalisten, der entgegen allen Verboten des SED-Zentralkomitees und des Presseamts beim Ministerrat offen, ehrlich und vor allem kritisch über die Zustände berichtet und heftig die Energiepolitik angeprangert hat.«

»Bernd Dols«, antwortete Dieter und hatte plötzlich ein Funkeln im Blick, das sie an den jungenhaften Kumpel von einst erinnerte.

»Wer sonst? Ich habe kurz darüber nachgedacht, bei der Zeitung nach einem Kontakt zu ihm zu fragen.«

»Warum hast du es nicht getan?«

»Ich weiß es selbst nicht genau. Vielleicht aus Angst vor meinen Gefühlen. Keine Ahnung, was passiert, wenn er in meiner kleinen heilen Welt auftauchen würde.« Sie zuckte mit den Schultern. »Was ist mit eurer Freundschaft?«

»Freundschaft ist ein großes Wort«, sagte er und seufzte. »So wie früher ist es zwischen uns nie wieder geworden.«

»Warum nicht? Letztendlich warst du es, der ihn mit Informationen versorgt hat, mit Namen sogar, wenn mich mein Gedächtnis nicht trügt. Und du hast ihn das Funkgerät nutzen lassen. Wenn das herausgekommen wäre …« Sie ließ den Satz in der Luft hängen.

»Wir gehörten einmal zu einem Kreis von Leuten, die sich untereinander austauschten, die die Missstände im Land nicht still ertragen wollten. Wir glaubten, etwas verändern zu können. Früher. So viel zu den Gemeinsamkeiten. Aber Bernd wollte immer zu viel, er war unvorsichtig.«

»Inwiefern?«

»Während seiner Lehre im Braunkohlewerk hat er gemerkt, wie sehr ihm das Schreiben liegt. Er hat angefangen, für die Betriebszeitung Berichte zu verfassen.«

»Deshalb wusste er so genau über die Energieversorgung Bescheid«, sagte sie mehr zu sich selbst. Das von der Betriebszeitung hatte Bernd ihr damals erzählt, nicht aber, in welcher Branche er seine Lehre absolviert hatte.

»Ja, das hat ihn wirklich interessiert. Nach der Ausbildung hat er ein Volontariat beim *Neuen Deutschland* gemacht«, erzählte Dieter weiter. »Er brannte dafür, Dingen auf den Grund zu gehen. Aber er hat schnell begriffen, dass das nicht gewollt war. Also probierte er es bei einer Kirchenzeitung. Er glaubte wohl, dort hätte er mehr Freiheiten. Aber auch das war ein Trugschluss. Zuerst kam er ganz gut zurecht, doch dann ging alles schief. Schließlich bekam er sogar Berufsverbot.«

»Was?« Sie ließ ihren Blick über die Ostsee schweifen, um in Ruhe zu sortieren, was sie in den letzten Minuten erfahren hatte.

»Ich hatte während des Studiums meine Frau kennengelernt. Sie kommt von Rügen und hat in Leipzig in einem Hotel gearbeitet. Es war klar, dass sie zurück auf ihre Insel will, und so bin ich hier gelandet, obwohl ich in der Stadt beruflich bessere Chancen gehabt hätte.«

Er hatte seine Liebe über seine Karriere gestellt. Christina schluckte. Das war für Bernd nicht infrage gekommen. Sie musste lächeln. Es hätte auch nicht zu ihm gepasst.

»Kann ich Ihnen jetzt etwas bringen?« Ein junger Kellner war zum zweiten Mal an ihren Tisch getreten. Sie bestellten beide Kaffee.

»Wir hatten schon abgemacht, dass Bernd nach Rügen kommt, als er seinen Ausreiseantrag gestellt hat«, ließ Dieter sie wissen, als sie wieder allein waren. »Wie viele Menschen kennst du, die das getan haben?« Er sah sie erwartungsvoll an. Sie hob kurz die Schultern und schüttelte den Kopf. »Ich kenne außer Bernd noch einen, doch der hat nach sieben Jahren aufgegeben. Sieben Jahre, in denen man ihn quasi kaltgestellt hat. Er hat seinen Job verloren, und seine Schwester ist ihren ebenfalls losgeworden. Sippenhaft. Ich konnte nicht brauchen, dass mir das auch passiert, wenn ich ihn bei mir aufnehme. Ich war gerade dabei, mir mit meiner Frau eine Existenz aufzubauen. Dummerweise hat er sich auf mich verlassen. Er konnte mir wohl nie verzeihen, dass ich ihn im Stich gelassen habe, egal was ich dann im Schneewinter auch für ihn getan habe.«

Der Kaffee kam. Christina war froh, kurz ihren Gedanken nachhängen zu können. Bernd war also schon auf dem Absprung gewesen, bevor sie sich begegnet waren.

»Hatte dieser Antrag denn irgendwann Erfolg?« Sie musterte Dieter aufmerksam.

»Sie haben ihn monate- oder fast jahrelang hingehalten. Das hat er sich, wie du dir vorstellen kannst, nicht gefallen lassen. Er ist dem Ministerium des Inneren und sogar der Staatssicherheit mit seinen Nachfragen und Einlassungen dermaßen auf die Nerven gegangen, dass sie ihn einluden. Sie wollten wohl sehen, wer der wütende Querulant war, mit dem sie es zu tun hatten.« Christina musste lachen, Dieter stimmte ein. »Im Nachhinein witzig, nur damals war sein Verhalten nicht ungefährlich. Das hätte ins Auge gehen können.«

Sie wurde wieder ernst. Nach all den Jahren wusste sie endlich, was Bernd alles durchgemacht hatte. Jetzt verstand sie auch, warum er den Schritt gegangen war, den sie ihm damals nicht hatte verzeihen können. Was hatte Dieter vorhin gesagt? Bernd hatte die richtigen Entscheidungen getroffen. Ja, das hatte er. In dieser Sekunde fühlte es sich auch für sie so an.

»Bernd hat es übrigens geschafft.« Dieter grinste. »Ich wüsste zu gerne, wie viel die Bundesregierung damals gezahlt hat, um ihn rauszukriegen. Aber darüber haben wir nie gesprochen.« Er nippte an seinem Kaffee. »Heute ist er ein angesehener Journalist, der die heikelsten Themen und heißesten Eisen anpackt. Nicht nur in Deutschland, sondern auf der ganzen Welt. Er könnte längst in Rente sein wie ich. Bei dem Geld, das er verdient haben dürfte, müsste er nicht jeden Pfennig umdrehen.« Da war sie wieder, diese Bitterkeit. »Aber er denkt nicht ans Aufhören. Seine Arbeit ist seine Passion.«

»Keine Familie?«

»Er hat einen Sohn. Aber Mutter, Vater, Kind ist nichts für Bernd. Er sieht die beiden nicht allzu häufig. Soweit ich weiß, fotografiert sein Sohn ganz anständig und hat ihn schon das eine oder andere Mal begleitet.«

Christina dachte, dass Familienleben sehr wohl zu Bernd gepasst hätte, es hätte sein Ruhepol sein können, doch das spielte keine Rolle mehr. Es war anders gekommen.

»Wie gesagt, wir haben eher sporadisch Kontakt«, begann Dieter auf einmal munter. »Aber wenn wir auf die alten Zeiten zu sprechen kommen, erwähnt er jedes Mal, dass er gern wüsste, wie es dir geht und was du machst.«

Christina rutschte das Herz in die Hose, und ihr fehlten die Worte.

»Ich kann dir seine Telefonnummer geben.« Dieter nestelte an seinem Mobiltelefon herum. »Er freut sich bestimmt, wenn du ihn anrufst.«

»Ach, lass lieber. Er wüsste sicher nicht, worüber er mit mir reden sollte. Bestimmt fände er mein Leben in Magdeburg entsetzlich langweilig mit einem Mann und drei Töchtern. Nein, die alten Zeiten sind vorbei. Sag ihm einfach liebe Grüße von mir, wenn ihr das nächste Mal sprecht.« Eilig trank sie ihren Kaffee aus. Warum hatte sie das getan? Warum hatte sie sich die Nummer nicht geben lassen? Sie hätte sich später überlegen können, ob sie ihn wirklich anrief.

»Ich dachte, du wärst wegen der alten Zeiten hier und hast dich genau deshalb bei mir gemeldet. Ich kriege mordsmäßig

Ärger mit Bernd, wenn er erfährt, dass wir uns gesehen haben und ich dir nicht seine Nummer verraten habe.« Er lachte schelmisch.

Nachdem Dieter sich verabschiedet hatte, blieb Christina noch eine Weile sitzen. Sie genoss die ruhige, angenehme Atmosphäre des Dünenhauses, die im krassen Gegensatz zu ihrem Inneren stand. Irgendwann wollte sie sich aber doch auf den Weg machen.

»Genießen Sie den Tag!« Der Mann hinter dem Tresen war deutlich älter als der Kellner von vorhin. Jünger als sie, aber …

»Danke, das werde ich. Entschuldigen Sie, dass ich so offen frage: Leben Sie hier? Ich meine, hier in dem Haus?«

»So ist es.« Er lächelte freundlich. »Solange ich denken kann.« Sie nickte langsam. Vielleicht hatte er Georg kennengelernt, damals in der ersten Schneenacht ein paar Worte mit ihm gewechselt. Vielleicht hatte er miterlebt, wie die Gäste hier gestrandet waren.

»Dann waren Sie auch 1978/79 hier?«

»Während der Schneekatastrophe?« Seine Augen leuchteten. »Ich weiß natürlich, wie schlimm es einige getroffen hat. Aber als Kind war das für mich ein einziges großes Abenteuer.«

# 19

»Wenn Winter naht – kann fern der Frühling sein?«
*Percy Bysshe Shelley*

## 1979

Es war schon drollig, im Sommer konnte Tine sich nie vorstellen, dass es draußen richtig kalt werden würde, jetzt konnte sie nicht glauben, dass der Winter sie je aus seinen eisigen Krallen ließ. Tatsächlich blieb es in den ersten Tagen des Jahres empfindlich kalt, doch mit dem Schnee war es anscheinend vorbei. Ein paar Zentimeter kamen hier und da noch herunter, doch das war im Vergleich zum Jahreswechsel so gut wie nichts. Obwohl sie das Vogelhäuschen vor der Veranda regelmäßig von seiner weißen Last befreit und Futter nachgefüllt hatte, ließen sich kaum Spatzen oder Meisen blicken. Hoffentlich waren nicht allzu viele dem massiven Wintereinbruch zum Opfer gefallen.

Von ein paar zusätzlichen Ferientagen abgesehen normalisierte sich die Lage allmählich. Die Kinder spielten auf den eisigen Bergen, die höher waren als sie selbst, kraxelten und rutschten auf dem Hosenboden herunter. Alma und Tine konnten sich wieder um den Haushalt kümmern, statt die Rasselbande zu beschäftigen. Seit dem Neujahrstag gab es eine regelmäßige Lebensmittelversorgung aus der Luft. In Fernlüttkevitz war extra ein provisorischer Hubschrauberlandeplatz eingerichtet worden. Der Bestand in den Läden wurde nach und nach aufgefüllt, aus Rostock wurden Fleisch, Wurst und sogar ganze Rinderhälften eingeflogen. Es gab wieder Hefe, Brot und Milch, Batterien und auch Kerzen.

Bernd hatte sich seit der Rettungsaktion von Klaus und Hund Freddi wieder einmal verkrochen. Manchmal erschien er nicht mal zum Essen. Tine vermisste ihn schrecklich. Sie waren sich so nah gewesen! Und jetzt? Mehr als einmal war sie kurz davor, einfach an seine Tür zu klopfen. Doch sie traute sich nicht und machte jedes Mal einen Rückzieher. Warum eigentlich? Womöglich hoffte er sogar, dass sie den ersten Schritt machte. Sie nahm allen Mut zusammen und ging die Treppe zum Dachboden hoch. Da klopfte es kräftig an der Haustür. Tine fuhr zusammen.

»Herr Rabenhorst, das ist ja eine Überraschung!«, hörte sie Almas Stimme. »Kommen Sie doch herein. Möchten Sie einen Tee?« Tine drehte augenblicklich um und lief wieder runter.

»Gern, der Frost ist noch immer ganz schön biestig. Hallo, Tine!«

»Wie geht es Ihrer Frau und dem Nachwuchs?«, wollte sie sofort wissen.

»Darum bin ich hier.« Er lächelte glücklich. »Ich möchte mich endlich bei Ihnen bedanken.«

»Ich sage Bernd Bescheid«, schlug Tine vor.

»Besser nicht.« Alma warf ihr einen seltsamen Blick zu. »Du kennst ihn doch. Wenn er seine Ruhe haben will, sollten wir das respektieren.« Sie führte den frischgebackenen Vater ins Wohnzimmer.

»Unser Sohn ist gesund zur Welt gekommen, und meiner Frau geht es auch gut«, erzählte er.

»Das ist eine wunderbare Nachricht. Herzlichen Glückwunsch!« Alma schüttelte ihm gleich noch mal die Hand. »Setzen Sie sich, ich hole uns den Tee.« Sie brauchte nur eine Minute, schon war sie zurück und verteilte die Becher.

»Danke.« Herr Rabenhorst bekam das Lächeln offenbar gar nicht mehr aus dem Gesicht. »Ich habe es geschafft, bis nach Stralsund zu kommen. Fragen Sie mich lieber nicht, wie ich das angestellt habe.«

»Das ist unmöglich!«, rief Tine. Sie hatte mit eigenen Augen gesehen, was auf der Insel los war. Unvorstellbar, dass er sich bis aufs Festland durchgeschlagen haben sollte.

»Ich habe es einfach nicht ausgehalten, nicht zu wissen, wie es meiner Frau und unserem Dritten geht. Also habe ich Nummer eins und zwei bei den Nachbarn untergebracht und mich zu Fuß auf den Weg gemacht. Ich hatte Glück, es hat mich immer mal jemand ein kleines Stück mitgenommen. Einmal sogar ein Panzer.« Er lachte.

»Ja, die Hilfsbereitschaft war gewaltig«, stimmte Tine zu und erzählte die Geschichte von den russischen Matrosen, die frisch gebackenes Brot verteilt hatten.

»Aber der Verkehr auf dem Rügendamm war doch eingestellt.« Alma sah ihn gespannt an. Sie konnte nicht erwarten, wie die Geschichte weiterging.

»Zu Fuß konnte man rüber.« Er schüttelte sich. »Das möchte ich allerdings kein zweites Mal machen. Die letzten Meter in Stralsund habe ich auf einem Kohlenwagen gehockt, der mich am Krankenhaus abgesetzt hat.«

»Sie müssen überglücklich gewesen sein!« Alma drehte ihren dampfenden Becher zwischen den Handflächen.

»Das war ich, nur hielt die Freude leider nicht an.«

»Warum?« Tine beobachtete ihn besorgt.

»Ich war zu lange unterwegs gewesen, die Besuchszeit war vorbei.« Er hob die Schultern und ließ sie gleich wieder sinken.

»Na, das hat ja wohl keine Rolle gespielt«, meinte Alma im Brustton der Überzeugung. »Überall haben die Menschen in dieser Ausnahmesituation fünfe gerade sein lassen und machen jetzt noch Dinge möglich, die unter normalen Umständen undenkbar sind.«

»Dort nicht. Ob Sie es glauben oder nicht, ich musste mir eine Bleibe für die Nacht suchen und konnte erst am nächsten Morgen zu meiner Frau!« Tine und Alma waren fassungslos. Sie überboten sich darin, Schimpfwörter für die verantwortlichen Mitarbeiterinnen zu finden. »Ich habe es überstanden«, erklärte er fröhlich. »So, jetzt will ich auch wieder los.« Er stellte eine Flasche Rotkäppchen auf den Tisch, die er die ganze Zeit unter dem Arm gehalten hatte. »Bei uns ist Silvester ja mehr oder weniger ausgefallen. Ich dachte, als kleines Dankeschön …« Herr Rabenhorst stand auf. »Ich habe gehört, dass Sie auch bei der Suche nach Lise und ihrem Hund zur Stelle waren.« Er sah Tine an. »Sie scheinen ja ein richtiger Schutzengel zu sein.«

»Ach was, wir haben getan, was eben zu tun war. Haben Sie auch etwas von Klaus gehört?«

»Den armen Kerl hat es böse erwischt.« Er blickte betreten zu Boden. »Sein Bein war wohl so kompliziert gebrochen, dass er nie wieder richtig wird gehen können. Wenn er sofort operiert worden wäre, hätte man vielleicht noch etwas retten können, aber so? Seine Sportlerkarriere kann er sich aus dem Kopf schlagen mit einem steifen Bein.« Tine sah den mutigen Jungen vor sich, der immer so stolz auf seine Erfolge bei den Spartakiaden gewesen war. Ihr brach es das Herz. »Das ist bitter, aber immerhin ist er am Leben. Das hat er Ihnen zu verdanken.«

Der letzte Ferientag. Die Kinder sollten sich besonders warm anziehen, hieß es vonseiten der Schule. Noch immer wurde der Strom zeitweise abgestellt. Genau wie Bernd es prophezeit hatte.

»Ich bringe sie selbst hin«, kündigte Georg an. »Wenn wir uns sehr rechtzeitig auf den Weg machen, sollten wir es pünktlich zur ersten Stunde schaffen. Ich bin heilfroh, wenn die Bande endlich wieder einen geregelten Alltag hat«, setzte er hinzu und verdrehte die Augen.

Tine musste lachen. Er hatte schon recht, es war so manches Mal anstrengend gewesen. Doch sie war einfach nur glücklich, dass die Lütten nichts Schlimmes mitbekommen hatten. Für sie würden diese außergewöhnlichen Wintertage in guter Erinnerung bleiben. Ein großes Abenteuer mit Übernachtungsbesuch, langen Spielenachmittagen, Schneeballschlachten und Schlittenfahrten. So genossen sie nun auch ihren letzten schulfreien Tag. Gleich nach dem Frühstück hatten sie sich alle in den noch immer tief verschneiten Garten gestürzt. Guido hatte sein Werkzeug mitgenommen, die anderen die beiden Schlitten, Maik probierte sich auf den Skiern aus. Von Bernd war wieder nichts zu sehen. Er musste in aller Frühe den Weg vor dem Haus freigeschaufelt und sich dann einen Kaffee gemacht haben. Der Duft hatte noch in der Küche gehangen, als Tine das Frühstück vorbereitet hatte. Ihr Herz wurde ihr schwer. Bevor Georg ihn vor eineinhalb Jahren aufgelesen und kurzerhand in sein Haus aufgenommen hatte, war Tine die Familie genug gewesen. Das war nun anders. Es fühlte sich an, als würde ihr ein Körperteil fehlen, wenn er nicht in der Nähe war. In einem Moment schien er sich wohlzufühlen. In solchen Momenten war sie sicher, dass er einmal ein genauso verantwortungsvoller Heimvater sein würde wie Georg. Gemeinsam würden sie Kindern ein schützendes Zuhause bieten, schließlich waren sie ein gutes Gespann, das hatte er selbst gesagt! Doch wenn er sich zurückzog, so wie in den letzten Tagen, kamen die Zweifel. Tine schob sie beiseite. Sie sollte das Essen vorbereiten, statt sich das Hirn zu zermartern.

Das Mittagessen war noch nicht einmal beendet, als die Kinder schon wieder nach draußen wollten. Guido vorneweg.

»Ich muss los!«, verkündete er, dabei hatte er noch nicht einmal aufgegessen.

»Sobald der Teller leer ist«, sagte Alma gelassen.

»Ich habe aber viel zu tun«, krähte er.

»So? Und was ist das so Dringendes?« Tine lächelte. Der

Knirps kniff konzentriert die Augen zusammen und legte die Stirn in Falten.

»Ich baue was«, erklärte er vage.

»Noch einen Stall?«

»Nö.« Er zerdrückte die letzte Kartoffel in der Soße, stopfte sie in den Mund und sprang auf. »Fertig!«, brüllte er, den Schnabel noch voller Kartoffelmus.

»Du möchtest keinen Vanillepudding?« Alma sah ihn herausfordernd an. Guido liebte Vanillepudding. Er schluckte und biss sich auf die Lippe. Überraschenderweise schüttelte er ablehnend den Kopf, drehte sich zur Tür, zögerte und saß im Nu doch wieder am Tisch, den Löffel in der Hand.

»Wenn ihr euch schon die Mühe gemacht habt«, meinte er großmütig. Georg platzte beinahe vor Lachen.

»Sehr lieb von dir.« Tine strich ihm über das Haar.

»Mach dir keine Gedanken«, warf Maik ein, »ich übernehme deine Portion freiwillig.«

»Ich auch!«

»Nein, ich!«

Nur wenig später war es wieder ruhig im Haus. Tine hatte sich lange nicht um die Haushaltsbücher gekümmert. Jetzt war eine gute Gelegenheit. Sie nahm sich die Unterlagen vor und versank gedanklich in Zahlen. Als sie die Stimmen von Sven und Beate und das vertraute Poltern von zahlreichen Kinderfüßen auf der Veranda hörte, wurde es draußen gerade dunkel. Sie hatte gar nicht bemerkt, wie die Zeit vergangen war, so vertieft war sie gewesen. Sie stand auf und ging zur Haustür.

»Halt, stopp! Die nassen Schuhe werden ordentlich zum Trocknen aufgestellt«, kommandierte sie. »Wo ist Guido?«

»Keine Ahnung.« Maik schlüpfte an ihr vorbei ins Warme.

»Stimmt, wo ist der eigentlich?« Stefan senkte betreten den Blick. Die Geschwister hatten eigentlich gelernt, aufeinander aufzupassen. Das war offensichtlich in Vergessenheit geraten. »Er hat irgendwas gebaut, ein Iglu oder so.«

»Was soll das heißen, ›oder so‹?«, fuhr Tine ihn an. Ihr Herz klopfte viel zu schnell, ihr Atem ging stoßweise. »Habt ihr ihn etwa allein gelassen? Wie konntet ihr?« Sie rannte in ihren Hausschuhen die Stufen hinunter, rutschte sofort aus, ruderte mit den Armen und fing sich in letzter Sekunde. »Guido? Guido!« Sie horchte und machte ein paar unsichere Schritte. »Georg!« Verdammt, ihr fiel ein, dass Alma und Georg kurz im Arbeitszimmer erschienen waren und gesagt hatten, sie würden noch einmal wegfahren. Nicht weit, aber sie hatte nicht richtig zugehört. Das Bild von Klaus schlich sich in ihren Kopf, das Blut um ihn herum. Nein, sie durfte sich nicht verrückt machen. Logisch denken, vernünftig handeln, predigte sie sich selbst. Es war still, kein Mensch war mehr unterwegs. Warum hatte sie die Kinder auch so lange ohne Aufsicht gelassen? Sie lief ins Haus, rannte die Stufen hoch zu Bernds Zimmer und hämmerte gegen die Tür.

»Was ist denn mit dir los?« Er sah sie überrascht an.

»Guido ist weg. Alle anderen sind nach dem Spielen reingekommen, aber niemand hat auf den Jüngsten geachtet.« Ihr kamen die Tränen. Bernd legte kurz eine Hand auf ihre Schulter.

»Ich komme.« Er schloss die Tür hinter sich, schon waren sie auf der Treppe. »Der Zwerg wird nicht weit sein, außerdem kommt er gut allein zurecht.« Er wollte sie beruhigen, das war offensichtlich. Im Flur standen sämtliche Geschwister.

»Wo habt ihr den Kurzen zuletzt gesehen?« Bernd sah von Maik zu Stefan.

»Ich hab ihn den ganzen Nachmittag nicht gesehen. Er war wo ganz anders zugange als ich.« Maik rieb sich die Nase, eine typische Geste, wenn er in der Klemme steckte.

»Er wollte sich ein Iglu bauen oder eine Höhle oder so«, sagte

Stefan leise. Auch er wusste genau, dass sie Mist gebaut hatten. »Er ist nach hinten zu den Sträuchern gelaufen, wo der Schnee besonders hoch aufgetürmt ist. Da habe ich ihn zuletzt gesehen.« Tine musste schlucken und begann zu zittern. Wenn er weiter gelaufen war, konnte er genau dort gelandet sein, wo Klaus verunglückt war.

»Wann war das?«, fragte Bernd streng.

»Weiß nicht, vor 'ner Stunde. Können auch zwei sein.«

»Zwei Stunden?« Tines Stimme brach.

»War das da hinten, wo das Kettenfahrzeug den Schnee weggeräumt hat?« Maik sah von einem zum anderen. »Hoffentlich haben sie ihm nicht seine Höhle platt gefahren.« Das sollte wohl lässig wirken, doch Tine kannte ihn besser. Auch er war jetzt wirklich besorgt. Sie atmete viel zu schnell, ihre Fingerspitzen begannen zu kribbeln.

»So einen kleinen Wicht sieht man nicht, wenn man in so einer Maschine hockt«, begann sie. »Was ist, wenn sie ihn …?« Beate schluchzte auf, Doreen nahm sie in den Arm.

»Wir suchen ihn.« Bernd schnappte sich seine Jacke. »Ihr haltet die Stellung, falls er auftaucht.« Er war mit einem Satz an der Tür, drehte sich aber noch mal um. »Ihr bleibt alle hier drin, kapiert? Wir brauchen nicht noch jemanden, der irgendwo in einen Graben fällt.« Er sprang in die Stiefel und griff sich die Taschenlampe. Tine schlüpfte auch in Mantel und Winterschuhe und hastete mit ihm ins Freie. Nachdem sie die ersten Meter gestapft waren, fiel ihr auf, dass sie in der Aufregung Schal, Mütze und Handschuhe vergessen hatte. Es kümmerte sie nicht, Hauptsache, sie würden Guido so schnell wie möglich finden. Lebend. Gesund. Sie musste sich zusammenreißen. Schweigend marschierte sie hinter Bernd her. Warum Guido? Das Räumfahrzeug war längst weg, natürlich. Der Fahrer hätte es gemerkt, wenn da ein Kind im Schnee gewesen wäre. Oder?

»Beruhige dich, wir finden ihn.« Tine war verwirrt. Bernd war stehen geblieben und wischte ihr die Tränen von der Wange. Seine Hand war eiskalt.

»Du hast auch deine Handschuhe vergessen«, brachte sie leise hervor und konnte sich nicht mehr beherrschen. »Ich hätte ein Auge auf ihn haben müssen. Wenn ihm etwas passiert ist, habe ich die Schuld.« Sie schluchzte.

»Das ist Unsinn, und das weißt du. Reiß dich zusammen, das ist das Beste, was du jetzt für ihn tun kannst.« Sie nickte. »Wir finden ihn«, wiederholte er, »Klaus haben wir auch gefunden.« Sie gingen den langen Schneewall entlang. Bei jedem Schritt knirschte es unter ihren Sohlen. Bernd leuchtete jeden Winkel ab, immer wieder riefen sie nach dem Knirps. Nichts. Es sah nicht danach aus, als ob hier irgendjemand wäre. Plötzlich ein Rauschen. Tine nahm aus dem Augenwinkel eine Bewegung wahr. Sie blieben stehen und starrten angestrengt in die Richtung. Doch es war nur ein kleiner Haufen Schnee, der sich von dem zum Teil gefrorenen Wall gelöst hatte und auf das Feld gerutscht war. Danach war es wieder still. Unheimlich still.

»Er wird erfrieren«, sagte Tine verzweifelt. »Hoffentlich hat er wenigstens seine Mütze auf, die mit den kuscheligen Ohrenschützern, seine Lieblingsmütze.« Es war um ihre Fassung geschehen, Tine weinte hemmungslos. Bernd drückte sie an sich.

»Wir bringen ihn nach Hause, hörst du?« Seine Stimme klang dünn, auch er war den Tränen nah. Kein Wunder, niemand konnte es bei den Minusgraden allzu lange hier draußen aushalten. Schon gar kein Dreikäsehoch. O Gott, Guido musste schreckliche Angst haben!

»Was ist das?« Bernd streckte den Arm mit der Taschenlampe aus.

»Was denn?«

»Das da vorne?« Er lief auch schon los. »Sieht aus wie ein

Griff.« Sie rannte hinter ihm her. Wirklich, da guckte Plastik aus dem Schneewall. Der Griff des Zimmermannshammers, den Guido zu Weihnachten bekommen hatte!

»Und das ist sein Zollstock!«, schrie sie und deutete auf etwas Gelbes, das ein Stück weiter lag. Sie ließ sich auf die Knie fallen. Wie eine Wahnsinnige grub sie die beiden Werkzeuge aus. Bernd hockte neben ihr, und auch er buddelte mit bloßen Händen.

»Wenn er hier ein Iglu bauen wollte, ist er vielleicht noch da drinnen! Hier, halt du sie!« Er reichte ihr die Taschenlampe. Wie bei der Rettungsaktion von Klaus, sie waren ein eingespieltes Team. Plötzlich sackte Bernd neben ihr weg. Sein rechter Arm war bis zur Schulter im Schnee verschwunden. Ein Loch! Tine hatte die beiden Kinderwerkzeuge festgehalten, als wären sie das Kostbarste der Welt. Jetzt benutzte sie sie, um den Eingang größer zu machen, den Bernd gegraben hatte.

»Guido, bist du da unten?«, rief sie. »Guido?«

»Ja«, kam es so leise zurück, dass sie es erst nicht glauben konnte. Doch dann verstand sie ihn deutlich. »Ich kann nichts dafür«, piepste er unglücklich. »Mein Iglu hätte gehalten, wenn nicht das doofe Räumauto gekommen wäre.«

»Du hast ihn gefunden!« Bernd verschwamm vor Tines Augen.

»Jetzt heult sie schon wieder«, sagte er und grinste. Im nächsten Moment zog er seinen Arm zurück, schnappte sich die Lampe und leuchtete in das Loch. »Sieht ganz so aus, als wäre da unten ein Hohlraum entstanden. Ich kann mir nicht vorstellen, dass der Zwerg den selbst gebuddelt hat. Sieht relativ groß aus. Wahrscheinlich sind die unteren Schneemassen getaut«, überlegte er laut. »Du musst noch ein bisschen Geduld haben, Guido«, rief er. »Der Schacht ist noch zu schmal. Oder ich bin zu dick.« Er lachte. »Kannst du dich bewegen?«

»Ja!«

»Das ist prima. Siehst du auch das Licht von hier oben?« Er schwenkte die Lampe hin und her.

»Ja, das sehe ich!« Guido klang mächtig erleichtert.

»Sehr gut! Versuch mal, in unsere Richtung zu krabbeln. Ich buddel hier weiter, dann bist du im Handumdrehen frei.«

»Soll ich hier graben?« Tine schluckte tapfer. Sie wollte keine Heulsuse sein, die nur im Weg hockte, sie wollte auch helfen.

»Nein, du bist für die Beleuchtung zuständig.« Er reichte ihr wieder die Lampe, ehe er kraftvoll Schnee und Eisstücke zur Seite schaufelte.

»Ich kann dich schon sehen«, rief das zitternde Stimmchen von unten. Bernd hielt kurz inne.

»Ja, ich sehe dich auch«, rief er. »Nur noch ein kleines Stück!« Mit einem Mal ertönte ein seltsamer Laut, als ob etwas gerissen wäre, dann ein Krachen. Bernd stürzte in einem weißen Nebel in die Tiefe. Tine schrie auf.

»Au!«, hörte sie von unten. Das war Guido gewesen.

»O mein Gott, was ist denn bloß passiert?« Sie richtete den Lichtstrahl auf die Stelle. Langsam legten sich die aufgewirbelten Flocken. Der Knirps war tatsächlich in einer Höhle eingesperrt gewesen, die nun zur Hälfte in sich zusammengebrochen war. Sie konnte Bernd erkennen, der sich den Ellenbogen rieb.

»Er ist mir auf den Fuß gefallen«, sagte Guido leise. »Macht aber nichts. Ist trotzdem schön, dass du da bist.« Er strahlte Bernd an.

Die beiden rappelten sich auf und schüttelten sich den Schnee von den Kleidern, ehe sie über den glatten Rand zu ihr nach oben kletterten. Guido bibberte. Mit der linken Hand hielt er sich an Bernd fest, mit der rechten umklammerte er die Kneifzange aus seinem neuen Werkzeugkasten. Ein paar Tropfen an seinem roten Näschen waren gefroren, mit Sicherheit hatte er geweint. Auf dem Kopf trug er die grüne Wollmütze mit den Ohrenklappen, die Alma ihm gestrickt hatte. Seine Lieblingsmütze. Er sah aus wie ein Wicht aus einer Weihnachtsgeschichte. Tine hockte sich hin und umarmte ihn so fest, wie sie nur konnte.

»Ich habe ihn nicht vor dem Erfrieren gerettet, damit du ihn jetzt erwürgst«, sagte Bernd sanft. Sie gab den Knirps frei.

»Mein Guido! Wie hast du das nur wieder hingekriegt?«

»Es war nicht meine Schuld«, verteidigte er sich erneut. Seine Zähne schlugen aufeinander. Eigentlich war er ihr zu schwer geworden mit seinen sechs Jahren, aber trotzdem hob sie ihn hoch und drückte ihn wieder an sich.

»Bestimmt nicht«, gab Bernd ihm recht. »Du hast ein erstklassiges Iglu gebaut. Jetzt aber ab nach Hause. Ich nehme ihn.« Er setzte sich den Jungen auf die Schultern. »Werde ich eigentlich auch mal umarmt?« Bernd sah Tine an, eine Augenbraue schnellte in die Höhe.

»Danke, Bernd, das vergesse ich dir nie. Nie in meinem ganzen Leben.«

Als sie zu Hause ankamen, waren Alma und Georg auch schon da. Die Geschwister hatten offenbar gebeichtet, dass sie den Lüttsten aus den Augen gelassen hatten, denn es herrschte dicke Luft. Doch nicht lange, da die Erleichterung größer war als der Ärger.

»Ich mache jetzt erst mal heißen Kakao. Für alle. Auch wenn einige hier das nicht verdient haben.« Alma ging in die Küche, ohne die Kinder auch nur eines weiteren Blickes zu würdigen. Guido saß in zwei Decken gewickelt auf dem Sofa und durfte die ganze Geschichte erzählen.

»Ich wollte ein Iglu bauen, aus richtigen Schneeziegelsteinen. Das war aber gar nicht so leicht, weil die nicht aufeinandergepasst haben. Darum habe ich mir lieber eine Höhle gegraben. Das war aber auch schwer, weil der große Schneehaufen ziemlich doll hart war. Aber es ging. Ein Fenster brauchte ich auch. Das wollte ich mit meiner Feile einbauen.«

»Wie im Knast!« Maik grinste.

»Plötzlich hat es laut gepoltert, und jemand hat Schnee in meine Höhlentür geschaufelt«, erzählte Guido weiter. »Ich habe gerufen, die sollen aufhören, aber immer mehr Schnee flog in meinen Eingang. Es wurde ganz dunkel.« Guido riss die Augen auf. Er musste Todesangst ausgestanden haben, die ihm noch in den Knochen steckte.

»Sie konnten dich nicht hören«, sagte Tine sanft. »Das waren Leute in einem Räumfahrzeug.«

»Weiß ich doch.« Er warf ihr einen Blick zu, als hielte sie ihn für dämlich, und nahm einen großen Schluck Kakao. »Ein bisschen Licht ist trotzdem noch reingekommen«, berichtete er sofort weiter.

»Er hatte Glück«, raunte Bernd. »Es muss ein Spalt oder ein Loch im Schnee geblieben sein, sonst wäre die Luft schnell knapp geworden.«

»Ich habe mich die ganze Zeit bewegt, weil mir so kalt war.« Der Ärmste musste sich offenbar alles von der Seele reden.

»Das hast du gut gemacht, sonst wärst du nämlich erfroren.« Georg sah ihn ernst an. »Du bist ein kluger Junge, Guido, aber du bist noch ein Kind und kannst einige Gefahren nicht einschätzen. Du sagst uns oder deinen Geschwistern Bescheid, wenn du das nächste Abenteuer planst, abgemacht?«

»Abgemacht.« Guidos Stimme war jetzt dünn, seine Unterlippe zitterte.

»Nun husch ins Bett, alle Mann! Morgen ist wieder Schule.« Alma klatschte in die Hände, die Ferien waren endgültig beendet. Nur Bernd und Tine blieben noch sitzen. Er stand auf, kam zu ihr und zog sie sanft vom Sofa in seine Arme. Sofort schmiegte sie sich an ihn. Seine Nähe tat gut, augenblicklich wurde sie ruhig.

»Du hängst an dem kleinen Mann, als wäre er dein Sohn«, flüsterte Bernd.

»Kann schon sein.«

»Du wirst bestimmt mal eine gute Mutter sein.« Ihre Ruhe war dahin, ihr Herz klopfte schneller und schneller. Bernd löste das Band, das ihre langen Haare zusammengehalten hatte. »Hübsch.« Er küsste sie sanft und sah ihr anschließend lange in die Augen. »Kommst du mit mir?«, fragte er. Sie wollte nicht weg von Rügen, aber sie wollte ihn auch nicht verlieren.

»Ja.«

Er legte den Arm um sie, löschte das Licht und führte sie hinauf in sein Zimmer.

# 20

»Nun muss sich alles, alles wenden.«
*Ludwig Uhland*

## 1979

Noch immer fürchtete Tine beim morgendlichen Blick aus dem Fenster manchmal, die Welt würde wieder in einer eisigen Winterlandschaft versinken. Doch der Frühling war da! Narzissen und Krokusse setzten gelbe, blaue und weiße Tupfen in den Garten, die Vögel zwitscherten, als hätten sie einiges nachzuholen. Im Februar hatte es noch einmal so sehr geschneit, dass der nächste Ausnahmezustand bereits unvermeidbar schien. Glücklicherweise hatte es die Insel dann aber doch nicht so schlimm getroffen, nur einige Straßen waren zeitweise dicht gewesen, und die Schule war wiederum ausgefallen.

Nun stand Ostern vor der Tür, mit Mitte April spät in diesem Jahr. Die Jahreszeit hatte immer etwas von Neuanfang, fand Tine, dieses Jahr besonders. Sie war glücklich! Stets hatte sie ein Lächeln im Gesicht, oft summte sie bei der Arbeit fröhlich vor sich hin. Nicht einmal die Tatsache, dass Bernd sich häufig zurückzog, konnte ihre Laune trüben. Schließlich hatte er ihr erklärt, dass er jede freie Minute zum Schreiben nutzte. Wann immer Georg ihn brauchte, war er zur Stelle, das war die Hauptsache. Und die Kinder liebten ihn, selbst Maik, der langsam erwachsen wurde und sich manchmal selbst nicht leiden konnte. Tine hatte ihn mehr als einmal in einem Männergespräch mit Bernd beobachtet. Wie lange Maik wohl noch bei ihnen bleiben würde? Ein seltsamer Gedanke, ihn gehen zu lassen und ein anderes Kind aufzunehmen. Was das betraf, hatte Alma recht, alles veränderte sich. Alma! Sie wurde immer schlimmer mit ihrem Drängen darauf, Tine müsse noch etwas anderes lernen, andere Orte kennenlernen.

»Es ist nicht gut, sich auf eine einzige Sache zu verlassen, Tine«, predigte sie ihr seit Wochen mit schöner Regelmäßigkeit. »Es gibt im Leben keine Garantien. Alles kann sich verändern. Menschen ändern sich, Umstände, Bedingungen. Das Leben ist voller Überraschungen, manche sind gut, andere weniger.«

»Das weiß ich, Alma. Aber ich bin hier glücklich. Und ich werde hier auch glücklich sein, wenn etwas anders ist«, hatte sie erwidert. »Außerdem: Bernd ist hier. Niemand eignet sich besser für Georgs Nachfolge.« Ehe Alma wieder mit irgendwelchen Bedenken hatte kommen können, hatte sie gesagt: »Georg ist schon jetzt manchmal müde. Früher oder später wird ihm die Arbeit zu viel, dann braucht er jemanden, der alles übernimmt.« Und lächelnd hatte sie hinzugefügt: »Wer weiß, vielleicht gründen wir sogar eine eigene Familie.«

»Hast du Bernd mal gefragt, ob er das möchte?«

Bei der Erinnerung an Almas Einwand schluckte Tine. Nein, sie hatte noch nie mit ihm darüber gesprochen, weder über das eine noch über das andere. Einige Dinge brauchten eben keine Worte, weil sie das Selbstverständlichste der Welt waren!

»Am Ostersonntag veranstalten wir eine Schatzsuche!« Bernd und Guido hatten sich in der Tür zum Arbeitszimmer aufgebaut, in dem Tine gerade über der Buchhaltung brütete. Beide hatten das rechte Bein über ihr linkes gekreuzt und den rechten Arm in die Hüfte gestemmt. Tine musste lachen. Sie sahen aus wie ein Artistenduo in der Manege.

»Oho, ob der Osterhase dann auch golden gefärbte Eier mit Edelsteinen versteckt?« Sie sah lächelnd von einem zum anderen.

»Meinst du?« Guidos Stimme überschlug sich. Er glaubte also doch noch an den Osterhasen.

»Im Garten kann jeder Eier suchen. Wir haben uns etwas Besonderes ausgedacht, stimmt's?« Bernd sah seinen Komplizen an.

»Jawohl! Ich glaube, ich werde trotzdem auch im Garten nachgucken, Bernd.« Guidos Stirn lag in Falten. »Falls der Osterhase kommt und doch wieder da etwas versteckt.« Seine Wangen leuchteten. »Wo der Schatz ist, weiß ich ja sowieso, den verstecken wir nämlich«, erklärte er Tine und strahlte Bernd an.

Wenige Tage später war es so weit. Die Sonne spielte perfekt mit, es war frühsommerlich mild. Alma hatte bereits am Vortag hart gekochte Eier gefärbt, Georg hatte sie anschließend unter Büschen, zwischen hohem Gras und in Astgabeln verteilt. Es hatte eine Weile gedauert, ehe alle gefunden waren. Tine vermutete, dass Hund Socke in den nächsten Tagen noch das eine oder andere aufspüren würde. Nun ging es endlich los zur groß angekündigten Schatzsuche. Es war ein bisschen eng im guten alten Barkas, aber das störte niemanden. Sie fuhren in Richtung Sagard. Tine musste sofort wieder an ihre Fahrten mit Bernd durch die Schneelandschaft denken. Ihr blieb allerdings keine Zeit zum Grübeln, denn er und Guido erklärten die Regeln ihres Vorhabens.

»Wir tauschen alle die Rollen«, kündigte Bernd an. »Beate spielt Guido, Guido ist Maik, Maik wird heute zu Georg.«

»Hä, was soll das denn?« Maik verzog das Gesicht. »Ist doch total doof.«

»Wieso?« Bernd zwinkerte ihm verschwörerisch zu. »Georg und Alma haben das Sagen. Wenn du also heute Georg bist …« Einer weiteren Erläuterung bedurfte es nicht, um Maik zu überzeugen.

»Na gut, euch zuliebe bin ich dabei«, erklärte er lässig.

Sie ließen Sagard und den Kreidebruch hinter sich und suchten sich einen Platz mit Blick auf einen kleinen See auf dem Rabenberg. Ideal für das traditionelle Ostereier-Kullern. Es galt, die Eier eine möglichst lange Strecke bergab rollen zu lassen, ohne dass die Schale brach. Maik als Georg fasste sich ständig an den Rücken und stellte eine schmerzverzerrte Miene zur Schau.

»Komm, lass mal gut sein«, sagte er zu jedem, der gerade die Startposition einnehmen wollte. Eindeutig eine typische Redewendung von Georg. Anschließend wurden die Eier vertilgt, deren Schale den Abhang nicht unbeschadet überstanden hatten. Tine fragte sich wie in jedem Jahr, wer später noch Appetit haben würde. Und sie kannte die Antwort: Alle!

Nach dem Kullern versteckten Bernd und Guido den Schatz und ein paar Hinweise. Alma und Tine spielten mit den anderen zur Ablenkung und Überbrückung *Ich sehe was, was du nicht siehst.*

»Ihr könnt kommen!«, brüllte Guido endlich.

»Wo sollen wir denn anfangen?«, fragte Beate lustlos.

»Du bist heute ich, dir fällt bestimmt was ein«, erklärte ihr Guido selbstbewusst. Beate verdrehte die Augen.

»Ja, ja, ich hab's ja verstanden.« Doreen hatte sich Almas Hut aufgesetzt. Als sie unter einem Baum hindurchflitzen wollte, blieb der prompt an einem Ast hängen. Die gesamte Truppe musste lachen.

»Na los, Georg, schneller!«, rief Alma. »Du bist schließlich Bernd.« Georg, der langsam hinter den anderen hergetrottet war, zog eine Augenbraue hoch.

»Lass mal gut sein«, brummte er. Das Gelächter wollte gar nicht mehr aufhören. Auch wegen der verschiedenen Aufgaben. Mal mussten alle einen Baum darstellen, dann wieder bunte Eier aus einem Strauch pflücken, ohne eine bestimmte Linie zu überschreiten. Vor allem aber brachten die schauspielerischen Leistungen alle immer wieder zum Kichern und Prusten. Tine war überrascht, welche Talente ans Tageslicht kamen.

»Oh, wie das funkelt und glitzert«, sagte Sven beispielsweise mit hoher Stimme. »Das sind bestimmt Diamanten und Edelsteine!« Er strich sich auffällig durch die Haare, als fielen sie ihm weit über die Schultern. Unverkennbar Beate!

Und dann war es so weit, der Schatz war gefunden.

»Sieht richtig gut aus«, meinte Maik.

»Wirklich, voll hübsch!« Doreen war hingerissen. Guido platzte beinahe vor Stolz. Sicher hatte Bernd ihm geholfen, doch seine noch ungelenke Handschrift war deutlich zu erkennen. Er hatte eine alte Holzkiste mit glitzerndem Papier beklebt. Hier war eine Blumenranke zu entdecken, dort lugten Hasenohren hervor. Weil Sven die meisten Punkte gesammelt hatte, durfte er die Truhe öffnen. Auf den ersten Blick sah es aus, als hätten sie wirklich einen Schatz vor sich. Bunte kunstvoll bemalte Steine, die teilweise funkelten, stapelten sich übereinander. Nach längerem Hinsehen erkannte Tine dazwischen kleine Schokoladenkugeln und Pappeier mit österlichen Motiven.

»Jeder darf sich eins nehmen«, verkündete Guido.

Nach dem Picknick tobten die Kinder auf der Wiese herum. Georg und Alma dösten im Sonnenschein einer Lichtung. Tine setzte sich mit dem Rücken an einen Baum und hatte alles im Blick. Bernd kam zu ihr und ließ sich neben ihr nieder. Sie lächelten sich an.

»Erinnerst du dich an unsere Schneefahrt?«, fragte er nach einer Weile.

»Ich erinnere mich an mehrere«, sagte sie lachend. »Du denkst an die Funkstation in Hoch Seelow, stimmt's? Die muss hier ganz in der Nähe sein.«

»Gut kombiniert, junge Frau.« Er knuffte sie sanft in den Arm und nickte anerkennend. »Bloß gut, dass wir bei dem Wetter nicht dorthin fahren mussten. Aber die Station hätte ich schon gern gesehen.«

»Kann ich mir vorstellen.« Sie sah ihm in die Augen. Sofort schaute er weg.

»So schlimm es teilweise auch war, für mich war der Winter ein Glücksfall«, flüsterte er. »Ausnahmsweise hat niemand kontrolliert, welche Meldungen rausgegangen sind. Ich war nicht der Einzige, der das genutzt hat. Auch ein paar andere Journalisten waren wütend über die Zustände in diesem Land. Sie haben endlich den Mund aufgemacht!« Tine seufzte tief.

»Es ist vorbei. Kannst du nicht einfach den Frühling und den Ausflug genießen? Du bist schon lange Guidos Held. Ich glaube, nachdem ihr gemeinsam die Schatzsuche vorbereitet habt, bist du für ihn sogar so was wie ein Vater.« Bernd machte große Augen und holte Luft. »Ein zweiter Vater nach Georg«, fügte sie schnell hinzu.

»Es ist nicht vorbei, Tine«, widersprach er finster. »Ich will mir nicht länger den Mund verbieten lassen. Ich will sagen können, was in diesem Land falsch läuft. Und ich will meiner Arbeit nachgehen.« Wieder schnaufte er. »Die Entscheidung, in Leipzig an der Journalistenschule zu studieren, war die beste und die schlimmste meines Lebens.«

»Das verstehe ich nicht.«

»Du lernst dort in erster Linie, keine eigene Meinung zu haben. Dieter ist das mit Bravour gelungen.« Er lachte abfällig.

»Dieter hat dir geholfen«, erinnerte sie ihn. »Er ist nicht so mutig wie du, aber er scheint kein schlechter Kerl zu sein.«

»Hast ja recht. Jedenfalls ist es für mich noch immer der richtige Beruf, und deshalb war die Entscheidung eben auch die beste.« Gerade war er noch so unbeschwert gewesen, jetzt traten seine Kieferknochen zuckend hervor. Tine hätte einiges dafür gegeben, seine Sorgen zu vertreiben.

»Was schreibst du eigentlich die ganze Zeit, wenn du in deinem Zimmer hockst?«

»Ich habe alles festgehalten, was hier während der Schneekatastrophe schiefgelaufen ist. Die Tage waren ein Spiegel dessen, was seit Jahren passiert oder eher nicht passiert. Inzwischen ist der wirtschaftliche Schaden messbar, in Heller und Pfennig. Wenn du lange genug bohrst, bekommst du sogar Zahlen.« Er lächelte bitter. »Nur öffentlich sagen darfst du es nicht. Damit ist es bald vorbei. Ich werde schreiben und veröffentlichen können, was ich will, Tine.« Mit einem Schlag sah er glücklich aus.

»Wirklich?« Sie lehnte ihren Kopf an seine Schulter. »Wie soll das denn gehen?«

»Im Westen geht das, da ist das Normalität.«

Ihr wurde von einer Sekunde auf die andere übel, als hätte ihr jemand in den Magen geschlagen. Sie hob den Kopf und rang nach Luft. Bernd nahm ihre Hand.

»Du darfst es niemandem verraten.« Ihr wurde schwindelig. Sie musste es Alma und Georg doch sagen, wenn sie fortgehen würden. »Eigentlich hätte ich es nicht einmal dir sagen dürfen.« Seine Stimme drang wie durch einen Nebel zu ihr. »Ich will nicht, dass ihr Probleme bekommt.« Tine begriff.

»Aber wann?«, stotterte sie. »Und wo? Du müsstest über die Grenze kommen. Wie soll das …?« Sie spürte Tränen aufsteigen.

»Psst«, machte er. »Wenn alles gut läuft, muss ich mir darüber keine Gedanken machen. Ein Magazin will mich haben, in Hamburg. Die kümmern sich um alles.«

»Aber dann müsstest du dort wohnen. Wann würdest du nach Rügen zurückkommen? Lassen die dich überhaupt zurück, wenn …?« Bernd drückte ihre Hand. »Die Kinder hängen an dir und du doch auch an ihnen«, sagte sie verzweifelt.

»Das hier ist nicht mein Leben, Tine. Ich fühle mich sehr wohl bei euch, aber ich komme hier nicht weiter.« Er lachte auf. »Ich möchte bestimmt nicht Mädchen für alles in einem Kinderheim sein, bis ich alt und grau bin.« Ihr wurde wieder schwindelig, der

Boden unter ihren Füßen schien ins Trudeln zu geraten. Schnell rückte sie ein Stück von ihm weg. »Es tut mir leid, Tine. Ich habe nie einen Hehl aus meiner Passion gemacht. Ich habe nichts versprochen, dir nicht und Georg auch nicht.« Sie konnte nichts sagen, Tränen liefen ihr über die Wangen. Er rutschte wieder an sie heran. »Ich habe es versucht, Tine. Erinnerst du dich, ich habe mich am Anfang sogar als Koch probiert. Du kennst das Ergebnis.« Erneut lachte er, wurde aber gleich wieder ernst. »Das ist nicht meine Welt, Tine. Und das weißt du.«

»Wann?«, brachte sie leise hervor.

»So bald wie möglich.«

Die Rückfahrt war eine Tortur. Alle schnatterten fröhlich durcheinander, Tine starrte stur zum Fenster raus.

»Nächstes Jahr denken wir uns einen Osterausflug aus.« Doreen und Beate stießen sich verschwörerisch an. »Hilfst du uns dann auch?«

»Mal sehen, ist ja noch ein Jahr hin«, antwortete Bernd. Tine glaubte an dem Kloß in ihrem Hals zu ersticken.

Die nächsten Tage wurden nicht besser. Einmal fragte Georg sie, ob ihr eine Laus über die Leber gelaufen sei. Da hätte sie beinahe angefangen zu weinen.

Ein anderes Mal musste sie flüchten, weil ausgerechnet Guido sagte: »Du, Tine, du siehst so traurig aus. Soll ich dich trösten?«

Sie versuchte, ihren Kummer in Arbeit zu ersticken, und ging Bernd aus dem Weg, wo sie nur konnte. Was hätte sie sonst tun sollen? Auch an diesem sonnigen Tag im Mai lenkte Tine sich nach Kräften von ihren trüben Gedanken ab. Alma baute sich unvermittelt vor ihr auf.

»Tine, wir sollten miteinander reden.« Das war keine Frage, sondern eine Aufforderung. »Du hast deine Sorgen früher mit mir geteilt.« Sie legte den Kopf etwas schief und sah Tine aufmerksam in die Augen. »Was habe ich ausgefressen, dass du mir nicht mehr vertraust?«

Alma zwinkerte zwar, meinte es aber zumindest ein wenig ernst, nahm Tine an. Sie schluckte. Was sollte sie sagen? Sie hatte Bernd versprochen, seine Pläne nicht zu verraten.

»Hat es vielleicht mit Bernd zu tun?«, fragte Alma.

Tine zuckte zusammen. Dabei hätte sie wissen müssen, dass sie vor ihrer Mutter nichts verbergen konnte. Sie nickte.

»Komm, setzen wir uns auf die Veranda! Die Luft ist herrlich, schon richtig sommerlich.«

Tine folgte ihr nach draußen und setzte sich neben sie auf die Bank, die Bernd erst kürzlich gebaut hatte. So vieles hier trug inzwischen seine Handschrift und würde sie an ihn erinnern, wenn er fort war. Wie sollte sie das ertragen? Tine hielt das Schweigen nicht mehr aus.

»Du hattest recht, Bernd hat nicht die gleiche Vorstellung von seiner Zukunft wie ich«, sprudelte sie los.

»Das habe ich nicht gesagt. Ich wollte nur wissen, ob du ihn je gefragt hast.«

»Habe ich nicht«, gab sie kleinlaut zu. »Brauchte ich auch nicht, er hat es mir neulich von selbst gesagt.« Alma zog Tine an sich und drückte sie. Einen Moment schwiegen sie.

»Ich kann mir vorstellen, wie weh dir das tut, Tine«, sagte Alma sanft. »Du bist zum ersten Mal verliebt. Beim ersten Mal ist es am schlimmsten.« Sie lachte leise. »Glaube mir, der Schmerz vergeht.« Nie im Leben! Tine setzte zum Protest an. »Du willst das jetzt nicht hören, aber du wirst dich wieder verlieben.« Tine biss sich auf die Lippe. Sosehr sie Alma auch schätzte, aber was wusste sie schon von solchen Dingen? »Weißt du, ich hatte auch einmal schrecklichen Liebeskummer. So schlimm, dass ich nicht mehr weiterleben wollte.« Tine sah sie erschrocken an. »Ja, so dramatisch war es damals für mich. Ich war mir sicher, ich würde nie wieder glücklich werden. Und nun sieh mich an! Das Leben hat mir so viel geschenkt. Ich bin sehr …«, Alma zögerte, »… zufrieden«, beendete sie den Satz. »Ich habe eine wunderbare, eine sinnvolle Aufgabe gefunden, und dazu noch einen Ort, an dem man sich wohlfühlen kann.« Sie schmunzelte versonnen. »Einen ganz besonderen Menschen hat das Leben mir außerdem geschenkt. Was sage ich da? Einen ganzen Haufen besonderer und großartiger Menschen.« Sie streichelte Tine über die Wange. Tine hätte schreien können. Genau das wollte sie auch und hatte es schon vor sich gesehen, zum Greifen nah. Und jetzt? Vor ihr lag ein Trümmerhaufen.

»Wo soll ich denn jemanden finden, der so gut hierher passt wie Bernd?«, brach es aus ihr heraus. »Warum sollten sich die Kinder erst wieder an einen Fremden gewöhnen?«

»Bernd war auch ein Fremder, das ist noch nicht lange her.« Almas Miene veränderte sich. »Außerdem wird es Zeit, an dich zu denken, Tine. Es gibt so viel zu sehen und zu entdecken, selbst in unserem Land.« Tine stöhnte. Fing das schon wieder an! »Irgendwann werden wir reisen, frei sein. Daran glaube ich genauso fest, wie Georgs Eltern es getan haben.«

Tine wusste nicht, was sie von ihren Worten halten sollte. Ahnte sie, dass Bernd fortging? Wusste sie sogar von Hamburg? Vielleicht hatte er sich ihr doch anvertraut. Wenn Alma recht behielte, würde Tine irgendwann einfach so nach Hamburg fahren können. Heute war das so realistisch wie eine Reise auf den Mond. Doch wer konnte wissen, ob es so bliebe? Alma war in letzter Zeit sehr still gewesen. Hatte sie etwa selbst Sorgen? Natürlich hatte sie die. Tine verstand.

»Ihr müsst euch keine Gedanken machen, Alma. Ich werde mich immer um die Kinder kümmern. Und um die Buchhaltung. Ich kann die Verantwortung übernehmen, wenn es so weit ist und ihr euch in ein paar Jahren zurückziehen wollt. Zumindest, was das Heim angeht«, sagte sie mehr zu sich selbst. »Für Georgs Aufträge im Schloss Spyker müsste ich jemanden finden.«

»Ach, Kind, du hast mich völlig falsch verstanden.« Alma wirkte auf einmal fast ein wenig ängstlich. Sie nahm Tines Hände. »Ich muss dir etwas sagen. Georg und ich haben sehr lange darüber nachgedacht.« Sie seufzte. »Wir möchten nicht, dass du das Heim übernimmst.«

Tine riss ihre Hände zurück, ihr wurde flau.

»Warum nicht? Was habe ich falsch gemacht?« Ihre Stimme klang schrill in ihren Ohren. »Warum wollt ihr mir alles wegnehmen, was mir wichtig ist?« Sie schnappte nach Luft.

»Das wollen wir doch nicht. Im Gegenteil, wir möchten dir etwas mitgeben für dein Leben. Wir haben Angst, dass du hier hängen bleibst, am nördlichsten Zipfel einer Insel, wo nicht viel los ist, du kaum etwas kennenlernen und erleben kannst. Werde unabhängig, nutze alle Möglichkeiten und baue dir dein eigenes Leben auf. Für dich und nicht immer für andere!«

»Ich brauche keine anderen Möglichkeiten, ich bin hier zufrieden. Hast du nicht gerade selbst gesagt, es ist eine sinnvolle Arbeit und ein guter Ort?« Tine konnte nicht einmal mehr weinen, ihr Körper und ihr Kopf waren wie gelähmt.

»Wir hatten hier eine schöne Zeit, ich möchte sie nicht missen. Aber die ist vorbei.«

»Warum?«

»Tine, wir können die Unsicherheit nicht mehr ertragen, die ständige Bedrohung, strengere Auflagen für das Heim zu bekommen. Wir genießen eine Art stillschweigende Duldung, das habe ich dir schon mal erklärt, erinnerst du dich? Der Preis dafür ist hoch. Georg ist Menschen gegenüber verpflichtet, mit denen er normalerweise nichts zu tun haben will. Er muss Männchen machen, wenn sie pfeifen«, sagte Alma bitter. »Und nicht einmal das gibt uns eine Garantie, Jahr für Jahr so weitermachen zu können.

Selbst wenn …« Sie faltete ihre Hände im Schoß und blickte in den Garten. Auch Tine sah die Knospen an den Bäumen und hörte das Summen der Bienen und Hummeln, doch sie konnte sich nicht daran erfreuen. »Durch Bernd ist uns klar geworden, wie sehr wir uns in den letzten Jahren verstellen mussten, um das alles hier zu beschützen. Wir wollen das nicht länger. Georg und ich werden Putgarten verlassen«, erklärte Alma fest, ohne Tine anzusehen.

Tine fiel innerlich zusammen. Was hatte sie getan, dass ihr ganzes Leben aus dem Gleichgewicht geriet? Nach dem schweren Winter waren die Menschen ein wenig näher zusammengerückt und zogen an einem Strang. Nur hier geschah gerade genau das Gegenteil. Sie räusperte sich.

»Wo wollt ihr hin?«

»Wir gehen nach Stralsund. Wir können dort vorerst bei Bekannten unterkommen. Sie haben ein größeres Haus und können Hilfe gebrauchen.« In Tines Kopf begann es zu rauschen. Es war bereits beschlossene Sache.

»Was ist mit den Kindern?«, fragte sie matt.

»Maik ist fast erwachsen. Er wird mit uns kommen. Vielleicht findet er eine Lehrstelle als Koch. Talent dafür hat er, denke ich. In Stralsund gibt es für ihn viele Möglichkeiten.«

»Und die anderen? Was ist mit Guido?« Tine sah Alma an. Jetzt füllten sich ihre Augen wieder mit Tränen. »Nehmt ihr mir Guido etwa auch weg?« Alma streichelte ihren Arm.

»Für ihn wird gut gesorgt sein. Anneliese und Helmut Lorke holen Guido nach Magdeburg. Ihr Sohn wird den Kurzen zu sich nehmen.« Tine war wie vom Donner gerührt. Jetzt wurde ihr einiges klar.

»Deshalb haben sie sich letztes Jahr so sehr um ihn gekümmert. Ihr habt das schon so lange geplant?«

Sie schluchzte. Ihr Leben löste sich plötzlich auf. Sie hatte

Alma und Georg blind vertraut, jetzt musste sie den Preis dafür zahlen. Alles, was ihr je Sicherheit gegeben hatte, existierte nicht mehr. Noch nie hatte sie sich so verloren gefühlt, nicht einmal beim Tod ihres Vaters. Sie kam sich plötzlich vor wie eine neue Figur in einem Roman, für die erst eine Geschichte erfunden werden musste. Letzten Sommer hatte sie noch eine Geschichte gehabt, eine schöne Geschichte. Am liebsten hätte sie sich jetzt bei Bernd ausgeweint. Ausgerechnet bei ihm. Besser, sie lernte sofort, dass sie ab jetzt auf sich allein gestellt war. »Ihr wisst, dass Bernd die Insel verlässt?«, fragte sie eisig und stand auf. Offensichtlich nahm niemand mehr Rücksicht auf sie, warum sollte sie es dann tun?

»Uns war klar, dass er nicht für immer bleiben würde. Er hat gestern Abend angedeutet, dass er gehen wird. Für die Mädchen haben wir eine Familie in Dranske gefunden. Wir wollen nicht, dass sie die Schule wechseln müssen und auch noch ihre Freunde verlieren.« Wie konnte Alma so sachlich über die Zukunft ihrer Kinder reden? »Um Stefan und Sven müssen wir uns noch kümmern …«

»Ihr gebt sie doch wohl nicht in ein normales Heim?«, fauchte sie. Ihr lief ein Schauer über den Rücken. Sie selbst hatte nur wenige Tage in einem Kinderheim zugebracht, doch was sie darüber gehört hatte, reichte ihr. Allein bei der Erinnerung daran packte sie das kalte Grauen. Keins ihrer Geschwister würde so leben müssen, dafür würde sie sorgen. Koste es, was es wolle!

»Die große Schwester von Andreas, der Silvester hier geschlafen hat, denkt darüber nach, die beiden zu sich zu holen«, sagte Alma. »Keine leichte Entscheidung. Es ist richtig, dass sie sich damit noch Zeit lässt.«

»Wie viel Zeit hat sie denn?«, fragte Tine spitz. »Wie lange habe ich noch ein Zuhause?«

»Mach dir keine Sorgen.« Alma lächelte und ignorierte Tines

Wut. »Bis zum Sommer sind wir sicher noch hier, vielleicht auch bis zum Herbst. Es ist zu schön, wenn die Sanddornsträucher hinten vorm Feld orange leuchten.«

»Was wird mit dem Haus?« Tine verschränkte die Arme vor der Brust. Alma sah zu Boden. Offensichtlich hatte sie dafür keine Antwort.

»Ich gehe spazieren.« Tine wandte sich zum Gehen, doch Alma hielt sie fest.

»Wir lieben dich wie unsere eigene Tochter, Tine. Uns fällt das alles nicht leicht. Es ist auch unser Zuhause. Aber alles hat seine Zeit. Ich hoffe, du wirst eines Tages deinen Frieden mit unserer Entscheidung schließen.«

Bernd würde Ende Mai aufbrechen. Er hatte einen Brief bekommen, dass er die DDR innerhalb kürzester Zeit zu verlassen habe. Mehrfach hatte er versucht, mit Tine zu sprechen, doch sie war ihm jedes Mal ausgewichen. Sie wusste natürlich, dass sie keinen Grund hatte, ihm böse zu sein. Jeder hatte das Recht, die Entscheidungen für sein Leben zu treffen. Das hatte er getan, nichts weiter. Sagte ihr Kopf. Ihr Herz dagegen wand sich unter den Schmerzen. Es tat so unendlich weh, ihn zu verlieren.

»Wenn er nur dir zuliebe bleibt, verlierst du ihn auch, Tine«, hatte Georg eines Tages zu ihr gesagt. Ausgerechnet er, der höchst ungern über Gefühle sprach. »Du darfst niemanden aufhalten, der weiterziehen will. Bernd passt nicht hierher, nicht in dieses Haus, nicht in dieses Land. Wünsch ihm Glück, wenn dir etwas an ihm liegt!«

Natürlich wünschte sie Bernd alles Glück dieser Welt. Also hatte sie einmal ihren Mut zusammengenommen und war zu seiner Tür geschlichen. Sie hatte die Hand gehoben, um zu klopfen, da ertönte Musik aus seinem Zimmer: »Flieg, Vogel, flieg.« Fluchtartig war sie in die Waschküche gelaufen. Sie hätte ja doch kein Wort herausgebracht. Auch nicht, wenn der Moment des Abschieds da wäre und alle um sie herumgestanden hätten. Also beschloss sie, ihm einen Brief zu schreiben.

*»Lieber Bernd, wir waren ein gutes Gespann in schweren Zeiten. Ich hätte mir gewünscht, alle vier Feinde der DDR gemeinsam mit Dir zu besiegen: Frühling, Sommer, Herbst und Winter. Du gehst Deinen eigenen Weg. Wohin es mich verschlägt, weiß ich noch nicht. Dir wünsche ich viel Glück bei allem, was Du tust. Pass auf Dich auf! Deine Tine«*

Sie schob den Zettel am Abend vor Bernds Abreise unter seiner Tür hindurch. Wie gern hätte sie ihn ein letztes Mal umarmt! Einen Moment blieb sie vor seinem Zimmer stehen und lauschte. Sie hörte sein Räuspern, seine Schritte. Er konnte ihre Nachricht jeden Augenblick entdecken! Sie hoffte inständig, er würde die Tür öffnen, sie in seine Arme ziehen und ihr versprechen, sie nicht allein zu lassen, niemals. Doch seine Tür blieb verschlossen.

Als es am nächsten Tag so weit war, kauerte Tine sich auf die oberste Stufe. Die Kinder hatten sich im Flur versammelt und waren ungewöhnlich still. Es fiel ihnen schwer, sich von Bernd zu verabschieden. Er hatte kaum mehr Gepäck bei sich als vor zwei Jahren, als sie ihn aufgelesen hatten. Immerhin war sein Rucksack genäht und sah ordentlich aus. Beate und Doreen zerdrückten eine Träne, Guido weinte so hemmungslos, dass es Tine das Herz zerriss. Sie durfte nicht daran denken, dass sie auch ihn bald würde loslassen müssen.

»Tja, dann will ich mal«, begann Bernd. Seine Stimme war ungewohnt heiser. »Danke für alles!«

»Wir haben ein Geschenk für dich«, brachte Guido schluchzend hervor. Es war um Tines Fassung geschehen. Sie kam die Treppe herunter, nahm den Knirps auf den Arm und drückte ihn fest an sich. Bernd sah sie kurz an und nickte. Zwischen ihnen war alles gesagt. Doreen holte ein großes, knallbuntes Bild hervor.

»Das ist von uns allen«, sagte sie leise und schniefte. Außen herum hatte jemand die mehr oder weniger gut erkennbaren Porträts der gesamten Familie gezeichnet, in der Mitte prangte fein säuberlich das Rezept für Wurstgulasch.

»Vielleicht lernst du's ja doch noch«, kommentierte Maik lässig.

# 21

»Der Frühling hat eine erlösende Kraft.«
*Wilhelm Busch*

Ein lautes Klopfen riss Christina aus ihrem letzten Nachmittagsnickerchen. Hatte sie etwa verschlafen? Sie stand auf und öffnete die Tür. Ziska stand davor, die Augen panisch aufgerissen.

»Sie sind weg, dieses Mal wirklich! Seit einer gefühlten Ewigkeit suchen wir die Zwillinge. Ich weiß nicht mehr, wo sie noch sein können.« Sie kämpfte um ihre Fassung. »Bitte entschuldige, ich wollte nur sagen, dass sich unser Abendessen verspätet. Wenn es überhaupt stattfinden kann.« Ihre Lippen bebten.

»Ach herrje, das sind aber auch Rabauken.« Christina bemühte sich um ein zuversichtliches Lächeln.

»Ich kann sie doch nicht anbinden oder einsperren! Was haben sie bloß von diesem blödsinnigen Versteckspielen?« Christina legte Ziska eine Hand auf den Arm.

»Ich kenne keine Jungs in dem Alter, die es nicht lieben. Meiner Erfahrung nach hört es erst auf, wenn sie mal Angst kriegen, weil sie sich das falsche Versteck ausgesucht haben. Wir finden sie schon. Wo habt ihr denn bisher gesucht?«

»Überall!«, kam es wie aus der Pistole geschossen zurück.

»Glaube ich kaum. Schließlich gibt es eine Menge Geheimverstecke. Komm!«

Ausgerechnet an dem Tag hatte sich ein leichter Nebel auf die Wiesen, den Garten und die Gebäude gelegt. Obwohl bis zur Dämmerung noch etwas Zeit war, konnte man schon jetzt nicht wirklich gut gucken. Ungemütlich war es außerdem. Wenn die Zwillinge nicht irgendwo im Warmen hockten, müssten sie eigentlich in den nächsten Minuten von allein wieder auftauchen.

Nik kam gerade aus der Produktionshalle, als Christina und Ziska über den Hof gingen.

»Da sind sie dieses Mal wirklich nicht. Die Tür war verschlossen. Ich habe zum hundertsten Mal sämtliche Eingänge kontrolliert, sogar die Fenster. Das kann doch nicht angehen, Ziska. Wir müssen uns dafür eine Lösung überlegen.« Vermutlich war es nur die Sorge, doch er klang vorwurfsvoll. Prompt traten Ziska Tränen in die Augen.

»Zwischen den Sanddornsträuschern sind sie auch nischt.« John trat hinzu, Sorgenfalten hatten sich in sein freundliches Gesicht gegraben.

»Wo habt ihr sie denn zuletzt gesehen, drinnen oder draußen?« Christina sah konzentriert von einem zum anderen. »Vielleicht haben sie sich ein Plätzchen im Keller gesucht«, meinte sie. »Da gibt es ja genug Ecken und Winkel.« Dort hatte es früher einige Räume gegeben und auch die Abseite, in der vorübergehend zwei Ferkel Quartier bezogen hatten. Ziska musterte Christina erstaunt.

»Was hätten sie denn da zu suchen? Da stehen nur alte Kessel, Töpfe, Kisten und Wannen herum.« Sie kniff die Augen zusammen. »Woher ... Warst du unten?«

»Nein, ich würde doch niemals einfach irgendwo herumlaufen, ohne zu fragen.« Christina holte tief Luft. »Also gut, keine Geheimnisse mehr. Ich kenne die Villa wie meine Westentasche, wie man so schön sagt.« Sie lächelte. »Ich erzähle euch nachher die ganze Geschichte, jetzt lasst uns erst mal gucken gehen.« Die drei folgten ihr in den Keller. Die Tür war verschlossen, Nik hatte Mühe, sie zu öffnen. Erst als er sich mit seinem vollen Körpergewicht dagegen presste, gab sie nach.

»Das hätten die beiden nie geschafft«, sagte er keuchend. »Ich wollte die längst gangbar machen, aber wir nutzen die Räumlichkeiten hier unten ja kaum.«

»Wie gut, dass du es nicht getan hast«, sagte Ziska.

Ein vertrauter Geruch stieg Christina in die Nase, nicht gerade angenehm, eher muffig und feucht. Trotzdem verursachte er ein angenehmes Kribbeln in ihrem Bauch. Heimat.

»In dem Raum da hinten gab es eine Abseite.« Christina deutete hin und war auch schon auf dem Weg.

»Ich kann mir nicht vorstellen …« Nik rüttelte an dem Verschlag. Die kleine Holzpforte hatte ihm nichts entgegenzusetzen. Er hustete. »Nichts, nur Spinnweben und Mäuseкötel. Da wären die Zwillinge nie freiwillig reingekrochen.«

»Isch muss euch etwas sagen«, begann John zaghaft. Alle starrten ihn an. »Da kam vorhin ein Kleintransporter auf das Gelände. Der Fahrer hatte sich wohl verfahren und war kurz darauf wieder weg.« Er sah betreten zu Boden. »Ich habe allerdings nicht darauf geachtet, ob jemand ausgestiegen ist. Ich habe mir doch keine Gedanken gemacht«, rief er. Ziska schlug die Hände vors Gesicht. Nik nahm sie in den Arm und atmete tief ein, ließ sie aber gleich wieder los und rieb sich die Schläfen.

»Es wird niemand die Kinder gekidnappt haben, nicht hier auf Rügen.« Nik schüttelte den Kopf, John nickte zustimmend.

Plötzlich fiel Christina etwas ein. Ihr blieb kurz die Luft weg, so aufgeregt war sie.

»Habt ihr schon bei der Erdmiete hinter der Villa nachgesehen? Oder gibt es die nicht mehr?«

»Die was?« Ziska zog die Nase kraus.

»Du meinst das Erdloch, in dem man Gemüse lagern kann?« Niks Blick bohrte sich in Christinas. »Ich habe da so was gesehen. Früher mal. Eigentlich war es nur ein Holzgitter, an dem noch ein paar Fetzen von einer Plane hingen. Die habe ich damals abgerissen.« Zu Christinas Zeit hatte es noch eine richtige Tür gegeben, die man nach oben öffnen musste. Trotzdem war sie sicher, dass sie von demselben Ort sprachen.

»Und das Erdloch darunter, hast du es zugeschüttet?«, fragte sie atemlos. Er schüttelte den Kopf.

»Nein, habe ich nicht.«

Nahezu gleichzeitig machten die vier kehrt, rannten die Treppe hoch, aus dem Haus und nach hinten in den Garten. Es hatte leicht zu nieseln angefangen. Nicht gerade angenehm, doch Christina hatte schon ganz anderes Wetter erlebt und andere Herausforderungen bestanden. Sie ging voran, geradewegs auf das Gitter zu, das von Efeu und anderem Grün überwuchert war. Auf den ersten Blick sah es aus, als wäre hier lange niemand mehr gewesen, doch dann erkannte sie einen schmalen Trampelpfad. Und an einer Seite war der Wildwuchs weggerissen worden. Als hätte jemand sehen wollen, was wohl unter der Abdeckung war.

»Und?«, rief Ziska.

»Psst, seid mal kurz still!« Christina hatte unvermittelt zwei Kinder vor Augen. Eins am Fuß einer weggebrochenen Schneewehe, ein anderes in einem eingestürzten Iglu. Sie spitzte die Ohren. Hatte sie nicht ein leises Jammern gehört? Oder spielte ihre Erinnerung ihr einen Streich? Sie packte das Grünzeug und riss mit aller Kraft. Sofort war John neben ihr und tat es ihr nach. Die feuchten Latten, mit denen jemand die Erdmiete irgendwann notdürftig gesichert haben musste, kamen zum Vorschein. Jetzt war das Schluchzen und Wimmern deutlich zu hören.

»Wir haben sie!«

Nik und John fassten das Gitter von zwei Seiten.

»Verdammt, es hängt fest!«, fluchte Nik.

»Moment, isch glaube, isch weiß, warum.« John beugte sich vor. Erst jetzt sah auch Christina den kleinen Holzriegel, der die Konstruktion erstaunlich sicher an ihrem Platz hielt. John drehte ihn zur Seite, dann ging alles sehr schnell. Die miteinander verschraubten Holzleisten flogen zur Seite, und zwei Jungen kamen zum Vorschein, die sich schluchzend aneinanderkauerten und keinen Zentimeter rührten, obwohl der Weg nach draußen frei war.

»Na, was ist? Wollt ihr über Nacht da unten bleiben?« Niks Erleichterung befeuerte offenbar seine Wut. »Wir können den Deckel auch wieder zumachen.«

»Nein!« Im Nu krabbelten Felix und Jockel aus ihrem Versteck. Sie weinten herzzerreißend. Dieses Abenteuer würde ihnen eine Lehre sein!

»Danke, Christina, ohne dich würden unsere beiden Abenteurer vermutlich noch immer in der Falle hocken.« Nik hatte ihr geöffnet. Jetzt stand er ein wenig unsicher vor ihr im Flur. Ganz anders Ziska. Sie stürzte sich geradezu auf Christina und umarmte sie fest.

»Ich wäre beinahe durchgedreht«, sagte sie leise. »Ich weiß nicht, wie wir dir danken können.«

»Fürs Erste würde es mir reichen, wenn ich wieder Luft bekäme«, sagte Christina japsend.

»Oje, entschuldige bitte.«

»Schon gut, war nicht ernst gemeint.« Christina schnupperte. »Ich dachte eigentlich, ich habe noch keinen Hunger, aber es duftet so gut …«

»Dann mal rein in die gute Stube!« Nik ging voraus. Im Wohnzimmer verbreiteten Kerzen eine gemütliche Atmosphäre. Christina sah sich um und erstarrte. Der große Esstisch, an dem sie schon mit Georg, Alma und ihren Geschwistern gesessen hatte! »Entschuldige mich kurz, ich kümmere mich mal um die Getränke.«

Nik verschwand, Ziska war in der Küche, und Christina war allein mit dem guten alten Möbel. Sie ging hin, legte ihre Hände darauf und schloss die Augen. Schon waren all die Gesichter, Geschichten und Stimmen da. Alma, die Teller und Besteck auf die

Plätze stellte. Georgs große Hände, die Haut ganz rissig von schwerer Arbeit. Beate und Doreen, die sich kichernd die neuen Einträge in ihren Poesiealben zeigten. Die vielen verschütteten Gläser von Stefan, Sven und Maik, die einfach zu wild waren, obwohl sie sich Mühe gaben, sich zu benehmen. Guido hatte auf dieser Tischplatte all seine Fundstücke abgelegt, egal ob es Eier waren oder schillernde Käfer. Das hatten Alma und Tine ihm einfach nicht austreiben können. Und natürlich Bernd. Fast immer hatte er sich zum Schreiben zurückgezogen. Nur ein einziges Mal hatte sie ihn mit seinen Notizen an diesem Tisch sitzen sehen und war sicher gewesen, dass er endgültig angekommen war und nie mehr gehen würde. Christina strich über das robuste, warme Holz und lächelte zufrieden. Alle Kerben erzählten eine Geschichte, ihre Geschichte. Ob die Schubladen noch immer so schwergängig waren?

»Alles in Ordnung?« Ziska war unbemerkt zu ihr getreten.

»Ihr habt den Tisch behalten.« Christinas Hände lagen noch immer auf dem Holz.

»Er stand drüben in der Villa und soll sogar hier auf der Insel hergestellt worden sein. Wir haben uns gewundert, dass jemand ihn zurückgelassen hat. Er ist perfekt, nur die Schubladen klemmen ein bisschen.«

»Manche Dinge ändern sich nie!« Christina lachte.

»Schluss mit den Geheimnissen. Hast du das vorhin nicht gesagt?« Ziska sah sie herausfordernd an. In dem Augenblick klingelte es. Christina hob kurz die Schultern und setzte eine Unschuldsmiene auf. »So kommst du mir nicht davon«, sagte Ziska und war schon auf dem Weg zur Tür. »Das wird Gesa sein. Sie ist gerade Strohwitwe und wollte sich von dir verabschieden, also haben wir sie auch eingeladen.«

Gesa erschien mit einer Flasche Rotwein unter dem Arm und John im Schlepptau.

»Er hat sich ein bisschen geziert«, verkündete sie, »aber ich finde, er gehört dazu, wenn wir auf den guten Ausgang der Zwillingsuche anstoßen.«

Ziska stellte eine große Platte duftender, dick belegter Teigquadrate auf den Tisch, Nik füllte die Gläser. Sie prosteten sich zu und waren sofort in einer Unterhaltung, als würden sie sich ewig kennen. Christina konnte kaum fassen, dass sie nur zwei Wochen hier gewesen war. Zwei intensive, wunderbare Wochen. Sie würde wiederkommen, aber plötzlich freute sie sich auch auf zu Hause. Endlich konnte sie ihrer Familie alles erzählen. Über ihre Kindheit, ihre leiblichen Eltern, ihre Pflegeeltern. Es machte ihr keine Angst mehr, im Gegenteil, sie freute sich darauf.

»Wie haben die Kurzen es bloß geschafft, das schwere Holzgitter anzuheben?« Gesa schüttelte schon wieder den Kopf.

»Du weißt doch, gemeinsam sind sie stark«, meinte Ziska schulterzuckend.

»Und unausstehlich«, ergänzte Nik. »Manchmal.«

»Der Riegel muss sich verhakt haben, als das Gitter zugefallen ist«, stellte John fest. »Sie hätten sich niemals befreien können.«

»Hör bloß auf, ich will nicht mehr darüber nachdenken.« Ziska hob ihr Glas. »Auf Christina, die Retterin und eine besonders nette Kundin, Klientin, Besucherin … besonders nette Frau!« Sie tranken einen Schluck. Christina ahnte, dass Ziska sie gleich mit Fragen löchern würde. »Nun mal raus mit der Sprache. Warum interessiert dich hier jeder Stein und jeder Grashalm mehr als deine bevorstehende Rente oder meinetwegen die Sehenswürdigkeiten der Insel? Wieso kennst du dich hier besser aus als wir?«

»Weil ich hier aufgewachsen bin. Die Villa war mein Zuhause.«

Einen Moment lang waren alle Blicke auf Christina geheftet, niemand rührte sich, es war still im Raum. Geradezu synchron stellten Gesa und John ihre Gläser ab.

»Die Eltern meines Pflegevaters Georg haben die Villa im Stil der alten Bäderarchitektur gebaut, obwohl der zu der Zeit schon langsam aus der Mode kam«, begann Christina. »Ihr Traum war ein eigenes Hotel. Leider hat es nie die Glanzzeiten erlebt, wie sie und zuerst auch Georg es sich ausgemalt haben. Habt ihr je von der Aktion Rose gehört?« Christina erwartete keine Antwort. »Die Führungsriege der DDR hat einfach Hoteliers enteignet oder vom Hof gejagt oder beides. Vielleicht ganz gut.« Sie lächelte. »Sonst wäre aus dem Haus womöglich nie ein Zufluchtsort für Kinder geworden, die es im Leben nicht gut getroffen hatten.«

»Die Villa war ein Waisenhaus?« John sah sie an.

»Nicht nur, einige von uns hatten noch Eltern, nur eben welche, die mit einem Kind aus dem einen oder anderen Grund überfordert waren. Meine leibliche Mutter ist aus der DDR abgehauen und hat meinen Vater und mich allein gelassen. Mir haben sie gesagt, sie sei ganz plötzlich gestorben. Später, als ich selbst Mutter war, wollte ich wissen, was passiert ist, und fand heraus, dass ich belogen worden bin.«

»Hast du nach ihr gesucht?«, wollte Ziska wissen.

»Ja, und ich habe sie auch gefunden. Na ja, ich habe herausgefunden, wo sie gelebt hatte. Sie ist nur sechzig Jahre alt geworden.«

»O Mann!« Gesa nahm einen Schluck.

»Klingt vielleicht komisch, aber ihr Tod hat mich nicht sehr berührt, schließlich kannte ich sie kaum.«

Ein paar Sekunden blieb es still. Jeder schien über das nachzudenken, was er gehört hatte.

»Bis wann waren deine Pflegeeltern hier? Leben sie noch?« Ziska war völlig gebannt, sogar der Schreck war offenbar für diesen Moment vergessen.

»Ich wünschte, sie könnten sehen, was ihr aus dem Gelände gemacht habt.« Christina lächelte. »Georg und Alma haben das

Heim geschlossen und viele Jahre in Stralsund gelebt. Erst haben sie das Grundstück verpachtet, später dann verkauft. Sie haben die Ostsee gegen die Nordsee getauscht und sich eine große Wohnung in Wilhelmshaven gekauft. Anfang der Neunziger muss das gewesen sein. Georg starb mit nur siebzig Jahren, Alma hat ihn um acht Jahre überlebt. Immerhin durften beide noch erleben, dass die Mauer gefallen ist.« Wieder herrschte gespanntes Schweigen am Tisch.

»Du hast also immer Kontakt zu ihnen gehabt?« Ziska wusste von allen am meisten von ihr. Wie es aussah, war sie gerade dabei, fehlende Mosaiksteinchen zu sammeln.

»Nein. Es gab eine lange Funkstille. Eine Karte zu Weihnachten, das war's. Ich war zu verletzt, weil sie mir meine Zukunft genommen und unsere Familie auseinandergerissen hatten. Dachte ich damals jedenfalls. Ich habe lange gebraucht, bis ich sie verstanden habe. Und auch heute denke ich noch, sie hätten es mir behutsamer beibringen können.« Christina erzählte von ihrem Traum, das Heim zu übernehmen, und staunte, wie leicht es ihr plötzlich über die Lippen kam und dass da keine Wehmut mehr war. »Ich hatte schon zwei Kinder, als es mir endlich gelungen ist, über meinen Schatten zu springen und die beiden zu besuchen. Das war ein Jahr bevor meine dritte Tochter geboren wurde.«

»Deshalb hast du sie Alma getauft!« Ziska lächelte.

»Ja. Mir ist klar geworden, wie viel ich den beiden zu verdanken habe und wie sehr ich sie noch immer geliebt habe.« Christina sah in die Runde. »Georg hätte ich meine Tochter schlecht taufen können.« John verschluckte sich fast, so sehr musste er lachen. Auch die anderen amüsierten sich prächtig. »Es ist gut, dass ich meinen Frieden mit den beiden geschlossen habe. Leider haben sich die junge und die alte Alma nicht mehr kennengelernt.« Christina lächelte versonnen. »Dafür habe ich immer einen sehr engen Kontakt zu Guido gehalten, dem jüngsten meiner Geschwister.« Sie malte Anführungszeichen in die Luft. »Er ist Almas Patenonkel geworden.« Sie musste grinsen. »Onkel Kilo ist der Lieblingsonkel der gesamten Familie.« Sie bemerkte die irritierten Gesichter. »Inge hat seinen Namen falsch verstanden, als sie noch sehr klein war. Statt Onkel Guido hat sie Onkel Kilo gesagt, ein Name, der ihm natürlich geblieben ist. Er wohnt mit seiner Familie nicht weit weg von Magdeburg, und wir sehen uns häufig.«

Nach Christinas Bericht kam eine rege Unterhaltung über Kinderheime, Pflegefamilien und natürlich über die Geschichte der Villa Sanddorn in Gang.

»Wer war denn der Glückspilz, der das Grundstück von deinen Eltern gekauft hat?«, wollte Gesa wissen.

»So genau kann ich das gar nicht sagen.«

»Aber ich!« Ziska strahlte. »Der Handschrift nach zu urteilen muss es dann wohl Alma gewesen sein, die die Chronik weitergeschrieben hat. Zumindest noch ein kleines Stück.« Ziska stand auf, ging zu der großen Anrichte und holte vier ziemlich ramponierte Kladden hervor. Obwohl Christina nur eins der Notizhefte kurz gesehen hatte, wusste sie sofort, was Ziska jetzt auf den Tisch legte.

»Die Chronik der Villa Sanddorn«, sagte sie feierlich.

»Seit du so interessiert nach den Dingen auf dem Dachboden gefragt hast, hatten wir den Ansporn, weiter aufzuräumen«, erzählte Nik. »Vor allem haben wir uns die Mühe gemacht, die Aufzeichnungen endlich von der ersten Seite an zu lesen. War nicht einfach, der Autor hat die Blätter sehr eng beschrieben und war offenbar oft in Eile. Aber das war's wert!«

»Stimmt!« Ziska lächelte Nik an. »Die Passagen über die ältere Vergangenheit sind natürlich nicht ganz so packend. Ist ja auch kein Wunder, diesen Abschnitt hat der Verfasser schließlich nicht selbst erlebt, sondern sich nur erzählen lassen.« Sie sah Christina an. »Von deinem Pflegevater Georg. Für uns sind die Kapitel natürlich trotzdem interessant.« Sie wandte sich an Gesa. »Der Nachfolger von Christinas Eltern war alles andere als ein Glückspilz. Es war ein Geflügelzüchter, der das Gelände gepachtet hat, um durch den Einsatz eines neuartigen Futters besonders schöne Hühner zu züchten. Wahrscheinlich hat er darauf spekuliert, dass sie goldene Eier legen.« Sie zuckte mit den Schultern. »Jedenfalls hat er schnell aufgegeben und die letzten Monate Pacht nicht mal mehr gezahlt.«

»Ich erinnere mich.« Christina nickte. »Georg muss nach der Erfahrung wohl die Nase voll gehabt haben. Er hat das Land mit allem Drum und Dran verkauft. Aber an wen …?«

»An jemanden mit einer Fünf in Mathe«, erzählte Nik. »Oder er hatte einfach noch mehr Pech als der Vorgänger. Als ich das Angebot gesehen habe, erzählte man sich auf der Insel, der Eigentümer sei schon pleite gewesen, ehe er überhaupt mit der Renovierung angefangen hatte.«

»Ganz ehrlich? Ich hätte den ganzen Klumpatsch nicht mal geschenkt genommen.« Gesa lehnte sich auf ihrem Stuhl zurück. »Der Garten war der reinste Dschungel, die Hütte war ja kaum darin zu sehen. Und ziemlich verkommen«, fügte sie hinzu und verdrehte die Augen.

»Mein Glück!« Nik grinste zufrieden. »Ich weiß, es klingt gemein, aber dadurch war der Preis für mich bezahlbar.« Er füllte die Gläser nach. »Wegen der schlechten Lage gab es kaum Interessenten.«

»Schlecht?« Christina konnte es nicht fassen. »Es ist doch wunderschön hier oben.«

»Sehe ich genauso. Den meisten Touristen ist es allerdings zu weit ab vom Schuss. Die wollen lieber direkt in den Seebädern absteigen, wo was los ist.«

»Das hat sich ziemlich verändert«, warf John ein. »Viele haben inzwischen die Ruhe und Schönheit hier für sich entdeckt.«

»Außerdem ging es dir ja nicht um Touris«, meinte Gesa.

»Nein, ich wollte von Anfang an eine Sanddornplantage anlegen.«

»Darauf muss man erst mal kommen!« Christina lachte. »Früher standen hinten am Ende des Grundstücks nur einzelne Sträucher. Alma hat ein- oder zweimal ein paar Beeren geerntet, aber das war ihr dann doch eine zu stachelige Angelegenheit. Und außerdem waren wir Kinder nicht für die sauren Früchte zu begeistern.«

»Tja, ihr hattet eben nicht die köstlichen Rezepte von *Rügorange*.« Gesa lächelte stolz.

»Die Villa war wirklich eine Hütte, als ich hier angefangen habe«, erzählte Nik. »Die Anpflanzung verschiedener Arten hat mich zuerst so beschäftigt, dass ich sie quasi vergessen habe. Außerdem war am Anfang das Geld knapp, schließlich hat es bis zur ersten Ernte gedauert. Tatsächlich hat mich erst Ziska darauf gebracht, die alte Dame aus dem Dornröschenschlaf zu wecken.«

»Mit Unterstützung deiner alten Dame«, erinnerte Ziska ihn. »Seine Mutter hat übrigens von vornherein an den Sanddorn geglaubt.«

Obwohl alle versicherten, sie könnten nichts mehr essen, blieb von Ziskas selbst gemachtem Sanddorneis mit Krokantsplittern kein noch so winziger Rest übrig.

»Eine Spezialität meiner Heimat ist Mamadou's Banana Glace«, hörte Christina John sagen. Sie nickte ihm kurz zu, starrte aber sofort wieder auf die von Bernd beschriebenen Blätter, die zwischen verbogenen Pappdeckeln steckten. Waren vermutlich mal feucht geworden. Es kümmerte sie nicht, für sie war es der Heilige Gral. »Dazu gibt es traditionell einen kleinen sehr starken Kaffee.«

»Schon verstanden.« Ziska lachte. »Möchte noch jemand einen Espresso? Christina?«

»Bitte? Espresso?« Sie hatte sich gerade nach vorne gebeugt und den Geruch des alten Papiers eingeatmet. »Nein, danke.«

»Die Aufzeichnungen lassen dich nicht los, was?« Nik sah sie verständnisvoll an. »Es klingt übrigens, als wäre der Verfasser ein Profi gewesen. Wie er die Schneekatastrophe 1978/79 beschrieben hat, ist packender als ein Krimi und gespickt mit Fakten.« Ziska war auf dem Weg in die Küche stehen geblieben.

»Das ist die einzige Frage, auf die wir noch keine Antwort haben. Wer ist der Mann, der sich in diesem Tagebuch verewigt hat? Wir wissen nur, dass er in Bedrängnis war und hier Unterschlupf gefunden hat.« Sie kam zurück und stützte sich auf die Lehne von Niks Stuhl. »Ich wüsste außerdem gern, warum er erst so viel notiert und dann alles hier liegen lassen hat.«

»Stimmt«, meinte Gesa und nickte heftig. »Wenn ich mir schon die Finger wund schreibe, dann nehme ich das Ergebnis doch mit. Es sei denn …« Sie riss plötzlich die Augen auf. »Waren ihm vielleicht Gangster auf den Fersen? Oder die Polizei?«

»Dicht dran, allerdings vermutlich anders, als du denkst.« Christina zwinkerte ihr zu. »Der Mann, der die Chronik geschrieben hat, heißt Bernd Dols. Er ist Journalist.« Nun erzählte sie auch noch, wie Bernd bei ihnen gelandet war. »Er hat seine Heimatstadt tatsächlich verlassen müssen, um nicht im Gefängnis zu landen. Das wusste ich auch lange nicht. Ich habe es erst hier auf Rügen erfahren, weil ich mich mit Bernds langjährigem Freund getroffen habe.« Sie erklärte in wenigen Worten, welche Rolle Dieter gespielt hatte.

»Da war von einem Kollegen die Rede, der sich während des Unwetters endlich für die richtige Seite entschieden hat«, erinnerte Ziska sich.

»Den meine ich.« Christina nickte. »Als Bernd die Ausreisegenehmigung bekam, musste es schnell gehen. Innerhalb von achtundvierzig Stunden hatte er die DDR zu verlassen.« Es wurde kurz still.

»Schon verrückt«, meinte Nik schließlich, »meine Mutter hat auf ihre Genehmigung nicht gewartet, sondern ist bei Nacht und Nebel abgehauen, dieser Bernd wurde quasi Hals über Kopf rausgeschmissen. Auch nicht einfach.« Er stand auf. »Ich mache mal den Espresso, sonst wartet John morgen noch drauf.

»Ach je, entschuldige, das habe ich glatt vergessen.« Ziska nahm Niks Angebot gern an und ließ sich sofort wieder nieder. »Trotzdem hatte er doch bestimmt Zeit genug, die Aufzeichnungen einzupacken.«

»Was für ihn relevant war, hatte er im Kopf«, sagte Christina. »Die Informationen und Eindrücke von dem Schneechaos hatte er sowieso schon über Kollegen in der BRD verbreitet. Das Fundament seiner Karriere im Westen. Die Chronik gehört zur Villa. Alma und Georg haben das anscheinend auch so gesehen und sie deshalb hiergelassen. Nehme ich jedenfalls an, ich kenne den Inhalt ja nicht.«

»Wir freuen uns sehr darüber.« Ziska lächelte Christina freundlich an, machte aber keine Anstalten, sie wenigstens ein wenig darin blättern zu lassen. »Wer hat schon die Geschichte seines Hauses? Zwar wohnen wir nicht selbst drin, ist aber trotzdem schön.« Nik kam mit dem Kaffee.

»Chef, ich finde, du lädst diesen Journalisten-Heini ein, damit du ihm die Fortsetzung erzählst und er alles aufschreibt.« Gesas wieherndes Lachen steckte alle an. Sie hatte offensichtlich einen kleinen Schwips.

»Journalisten-Heini!« Christina atmete hörbar aus. »Starreporter trifft es eher. Er hat nicht nur großes Talent, sondern auch Haltung. Davon könnten sich einige Herrschaften bei der Presse etwas abschneiden.«

»Apropos Talent …« Gesas Augen wurden zu Schlitzen. »Du hast perfekt die Ahnungslose gespielt, als ich dir sagte, die Villa sei mal ein Kinderheim gewesen. Ach, das ist aber eine Überraschung«, rief sie übertrieben und mit verstellter Stimme.

»Tut mir leid, dass ich geschummelt habe«, meinte Christina kleinlaut. Gesa fixierte sie.

»Dafür wirst du einen Grund haben. Moment, ich kombiniere. Von diesem Starjournalisten hast du erst am Schluss erzählt. Was hebt man sich gewöhnlich für den Schluss auf?« Sie nickte, als würde sie sich selbst beipflichten. »In Schutz genommen hast du den Heini auch. Wittere ich da etwa eine romantische Liebesgeschichte?«

Christina zögerte, dann sagte sie: »Ich fürchte, es ist die tragische Variante. Meine Güte, ich war so jung und naiv.« Sosehr sie diese Menschen auch mochte, mehr mussten sie nicht erfahren. »Die Romanze ist im Frühjahr 1979 quasi mit dem Schnee weggetaut.« Sie hob die Augenbrauen und schmunzelte. »Dafür habe ich Jahre später meine zweite große Liebe geheiratet. Ich würde Harry für nichts auf der Welt hergeben.« Auch nicht für Bernd. Vielleicht war sie sich dessen bisher nicht so sicher gewesen, doch genau so war es. Und es fühlte sich wunderbar an!

»Wir könnten die Chronik selbst fortschreiben«, schlug Ziska vor.

»Wenn es überhaupt eine Zukunft gibt.« Nik sah auf einmal sehr besorgt aus. »Na ja, für die Villa wohl schon, aber für den Sanddorn?«

»Ach, Chef, bitte nicht jetzt!« Gesa stöhnte.

»Warum, was ist denn los?« Christina blickte überrascht in die Runde.

»Seit einigen Jahren geht eine Krankheit um, die Sträucher vertrocknen einfach.« Nik hob hilflos die Schultern.

»Wir hatten bisher Glück, aber nun hat es uns auch erwischt«, berichtete John.

»Kann man denn nichts dagegen tun?« Die Vorstellung bedrückte Christina.

»Neu anpflanzen.« Nik fuhr sich durchs Haar. »Es dauert sechs bis acht Jahre bis zur Fruchtreife. Dummerweise schlägt der unbekannte Feind genau dann zu. Du hast gewartet, Zeit überbrückt und verlierst am Ende die neuen Sträucher.«

»Gesa hat recht, lass dir wenigstens heute Abend nicht die Laune davon vermiesen«, meinte Ziska sanft. »Irgendein schlauer Wissenschaftler findet den Auslöser, und dann kann man ihn auch bekämpfen. Wenn nicht, fällt uns etwas anderes ein. Und die Chronik der Villa wird sich trotzdem füllen. Allein schon durch die vielen verschiedenen Gäste und ihre immer wieder spannenden Geschichten.«

# Epilog

Christina hatte sich für die westliche Route entschieden und die Wittower Fähre genommen. Während der kurzen Überfahrt hatte sie einen hübschen Blick auf die Nachbarinsel Hiddensee. Statt des von Harry liebevoll zubereiteten Proviants der Hinreise musste sie mit Sanddornkeksen aus dem Hofladen auskommen. Eine Thermoskanne Sanddorntee hatte sie auch dabei. Mehr brauchte sie nicht. Sobald sie wieder Straße unter den Rädern hatte, schaltete sie das Radio ein. Wollte sie zumindest, doch anstelle von Nachrichten oder moderner Musik startete ihre CD: »Flieg, Vogel, flieg.« Christina schaltete sie aus. Genug davon, das war Vergangenheit. Eine schöne Erinnerung, nicht mehr und nicht weniger. Sie hatte ein perfektes Leben und wünschte sich von Herzen, dass sich nichts daran änderte. Harry und die Mädchen würden Augen machen, wenn sie ihnen die Chronik präsentierte. Und Guido erst! Welch eine Überraschung, als Ziska am Morgen mit dem Päckchen unter dem Arm angesaust kam.

»Ein kleines Dankeschön dafür, dass du unsere Rabauken aus ihrer Falle gerettet hast«, hatte sie gesagt und vieldeutig gegrinst. Sie musste die ganze Nacht am Kopierer gestanden haben.

Christina wollte gerade bei Samtens auf die B 96 abbiegen, als ihr Handy sich in der Tasche meldete. Mist, sie hatte doch glatt vergessen, es für die Fahrt stumm zu stellen. Eilig setzte sie den Blinker und lenkte den Wagen im gleichen Moment auf den Sandstreifen. Wahrscheinlich klingelten Harry die Ohren, weil sie so intensiv an ihn dachte und sich so auf ihn freute. Er war es nicht, das Display sagte: unbekannter Anrufer.

»Reeber?«

»Dein Abschiedsbrief damals war wirklich gut geschrieben.« Ihr blieb eine Sekunde die Luft weg, dann stiegen Tränen in ihr hoch, weil sie sich so freute, seine Stimme zu hören. »Kurz, knackig, humorvoll«, fuhr Bernd fort. »Wirklich, du hast Talent. Leider hast du mir damals keine Möglichkeit gegeben, es dir direkt zu sagen.«

»Danke für das Kompliment. Ich freue mich auch mit Verspätung noch drüber.«

»Du klingst gut!«

»Mir geht es ja auch gut. Könnte nicht besser gehen«, sagte sie aus vollem Herzen.

»Übrigens, an deiner Stelle wäre ich mir auch ausgewichen. Damals. Ich hoffe, du bleibst nicht dabei?«

»Nein, Bernd, ich bin erwachsen geworden.« Sie lachte. »Es wäre schön, einmal in aller Ruhe zu reden. Ich bin sicher, meine Familie würde sich auch freuen, dich kennenzulernen.«

# Anmerkungen zu Fakten und Fiktion

Es gehört zu meiner Arbeitsweise, historische Fakten oder auch Gegebenheiten vor Ort gründlich zu recherchieren. Über die Schneekatastrophe 1978/79 gibt es viele Zeitungsartikel und Filme. Eine intensive Beschäftigung mit diesen ebenso spannenden wie schrecklichen Tagen lohnt sich. Nur so viel vielleicht:

40 000 Kälber und Ferkel und 90 000 Küken sind in dem Winter verendet, die Leistung der DDR-Kraftwerke wurde auf ein Viertel der sonst üblichen reduziert, der in der damaligen Deutschen Demokratischen Republik entstandene wirtschaftliche Schaden erreichte einen dreistelligen Millionenbetrag.

Übrigens hat es laut *Ostsee-Zeitung* allein auf Rügen damals dreizehn Hausgeburten gegeben. Es war also nicht die Lust der Autorin an möglichst viel Drama, eine Schwangere dem Unwetter auszusetzen und zu behaupten, die Hebammen seien im Dauereinsatz gewesen, sondern es war wirklich so.

Natürlich handelt es sich um einen Roman, das heißt, hin und wieder habe ich die reale Genauigkeit dann doch dem Spannungsbogen oder einer Idee geopfert. So etwa in der Funkzentrale von Rügen Radio. Es ist wahr, dass es dort einen Hubschrauberlandeplatz gegeben hat und auch zum Beispiel Diesel darüber geliefert wurde. Die technischen Abläufe dürften in der Realität allerdings ein wenig anders gewesen sein. So gab es vermutlich keine lustigen Namen wie Eisbär oder Ameise, die eher beim CB-Funk üblich waren. Doch hier handelte es sich schließlich um drahtlose Kommunikation über Kurzwelle, wie es damals hieß. Rügen Radio hatte eine Kennnummer, ob auch die Mitarbeiter über einen bestimmten Namen oder Code identifiziert wurden, ist mir nicht bekannt.

An einigen Stellen im Buch wird auf die furchtbaren Zustände in DDR-Kinderheimen angespielt. An dieser Stelle möchte ich ausdrücklich erwähnen, dass dies nicht der Kern der Geschichte ist. Meine Recherche dazu war daher nicht sonderlich ausführlich. Bestimmt gab es Heime, in denen Kinder schrecklich gelitten haben. Nicht nur in der DDR übrigens, sondern zum Beispiel auch in kirchlicher Obhut, wie wir wissen. Mein Eindruck ist aber, dass es große Unterschiede gab. Denn wenn eine ehemalige Erzieherin mir erzählt, dass ihre Schützlinge von damals noch heute regelmäßig nach Rügen zurückkommen und sie gern treffen, kann es zumindest in dem Heim nicht schlecht gewesen sein.

Ob übrigens das kleine Kinderheim, das in dieser Geschichte beschrieben wird, so hätte existieren können, ist unklar. Aber wo es Regeln gibt, gibt es auch immer Menschen, die diese auslegen und eventuell auch mal übersehen. Wenn man das berücksichtigt, hätte es so gewesen sein können, wie es hier erzählt wird, denke ich.

# Danksagung

Ein herzlicher Dank geht an besagte Erzieherin Ilona Burwitz, die bereit war, mir von dem Alltag in einem Kinderheim auf Rügen zu Zeiten der DDR zu berichten. Sie hat mir auch ihre eigene Geschichte erzählt, die sie im Schneewinter erlebt hat. Sie werden sie ein wenig wiedererkennen, liebe Frau Burwitz.

Danke auch an Frank Biederstaedt vom Archiv in Sassnitz für die sehr kurzfristige Hilfe. Nicht nur, dass Sie uns mit Zeitungsmaterial und Fotos zur Schneekatastrophe versorgt haben, wir durften uns auch stundenlang in der Bücherei niederlassen und in Ruhe arbeiten.

Apropos ... ein weiterer Dank geht an die Mannschaft im Strandhotel Dünenhaus in Juliusruh. Es war ein wunderbarer Ort, um zu recherchieren und erste Skizzen anzufertigen.

Mein Dank geht wie so oft an meinen Agenten Dirk R. Meynecke, der in für mich etwas komplizierter Zeit einmal mehr dafür gesorgt hat, dass ich weder die Nerven noch die Zuversicht verloren habe. Danke für Ihr »breites Kreuz«!

Ein weiterer Dank geht an meine Lektorin Dr. Gisela Menza, die mal wieder zielsicher die »faulen« Sanddornfrüchtchen ausgemerzt hat.

Danke, Christine Steffen-Reimann! Sie hat alle meine Knaur-Titel begleitet. Ich bin froh, dass sie auch dieses Manuskript noch lesen konnte.

Das größte Dankeschön gehört meiner Schwester Cornelia Maria Mann. Sie hat mich zur Recherche nach Rügen begleitet, hat mit mir über dem Handlungsablauf gebrütet und auch fleißig geschrieben. Es hat großen Spaß gemacht, gemeinsam Logikprobleme aufzuspüren und zu beheben, Ideen zu entwickeln und Fäden zu spinnen.

Danke, Schwesterherz, ohne dich hätte ich es nicht geschafft!

# Quellennachweis

Übersicht über die Quellen der Zitate an den Kapitelanfängen:

Kapitel 1: Leo. N. Tolstoi, *Anna Karenina*, zweiter Teil, übersetzt von Hermann Röhl

Kapitel 2: Marie von Ebner-Eschenbach, *Aus einem zeitlosen Tagebuch*, in *Erzählungen. Autobiographische Schriften*

Kapitel 3: Jean-Jacques Rousseau, *Emil oder Über die Erziehung*, Text folgt der Übersetzung durch Hermann Denhardt

Kapitel 4: Deutsches Sprichwort

Kapitel 5: Johann Wolfgang von Goethe, Brief an Friedrich von Schiller, 27. Juni 1797, in *Goethes Werke*, Band 13, *Briefe (1797)*

Kapitel 6: Friedrich von Schiller, *Der Jüngling am Bache*, in *Sämtliche Werke*, Band 1, *Gedichte (1789–1805)*

Kapitel 7: Paul Keller, *Gedichte und Gedanken*

Kapitel 8: Chinesisches Sprichwort

Kapitel 9: Bauernweisheit

Kapitel 10: Victor Hugo, *Gott ist immer da!*, in *Victor Hugo's sämmtliche Werke*, Band 12, *Innere Stimmen*, übersetzt von O. L. B. Wolff

Kapitel 11: Deutsches Sprichwort

Kapitel 12: Wilhelm Busch, *Sämtliche Werke*, Band 2, *Was beliebt ist auch erlaubt*

Kapitel 13: Emanuel Wertheimer, *Aphorismen. Gedanken und Meinungen*

Kapitel 14: Otto von Leixner, *Aus meinem Zettelkasten. Sprüche aus dem Leben für das Leben*

Kapitel 15: Chinesisches Sprichwort

Kapitel 16: Friedrich Nietzsche, *Also sprach Zarathustra*, in *Werke in drei Bänden*, Band 2

Kapitel 17: Finnisches Sprichwort

Kapitel 18: Berthold Auerbach, *Tausend Gedanken des Collaborators. Aphorismen*

Kapitel 19: Percy Bysshe Shelley, *Ode an den Westwind*, in *Lieder- und Balladenbuch amerikanischer und englischer Dichter der Gegenwart*, übersetzt von Adolf Strodtmann

Kapitel 20: Ludwig Uhland, *Frühlingsglaube*, in *Werke*, Band 1, *Sämtliche Gedichte*

Kapitel 21: Wilhelm Busch, Brief an Johanna Keßler, in *Sämtliche Briefe*, Band I, *Briefe (1841–1892)*